KB105066

# 조선왕비 간택사건

EPISODE 1

조선왕비간택사건 1

초판 1쇄 발행 | 2013년 7월 7일
초판 12쇄 발행 | 2016년 12월 15일

지은이 | 월우
펴낸이 | 김형호
펴낸곳 | 아름다운날

주소 | (121-837) 서울시 마포구 서교동 351-10 동보빌딩 103호
전화 | 02)3142-8420
팩스 | 02)3143-4154
출판등록 | 1999년 11월 22일
전자우편 | arumbook@hanmail.net

ISBN 978-89-93876-37-6 (04810)
978-89-93876-39-0 (세트)



* 이 도서의 국립중앙도서관 출판시도서목록(CIP)은 서지정보유통지원시스템 홈페이지(http://seoji.nl.go.kr)와 국가자료공동목록시스템(http://www.nl.go.kr/kolisnet)에서 이용하실 수 있습니다.(CIP제어번호: CIP2013008842)

# 조선왕비 간택사건

월우 장편소설

**EPISODE 1**

아름다운날

# 차 례

제1장

# 아파(牙婆): 방물장수

## 1-1. 이 윤

도성 최고의 기루, 은월각 앞.

아침부터 쫙쫙 내리긋는, 때 이른 장맛비에 저잣거리는 한낮에도 내내 인적이 드물었다. 쏟아지는 장대빗속에 집 없는 누렁이들만이 잔뜩 젖은 꼴을 하곤, 꼬랑지를 축 늘어뜨린 채 가옥의 처마 밑에서 궁상스럽게 비를 피할 뿐이었다.

그리고 그 담 너머 안쪽, 은월각의 객방에서는 피로한 기색이 역력한 종놈 영복이 비 맞은 누렁이처럼 그저 주인 앞에 조아려 연신 바닥에 머리만 박아대고 있었다.

"후아아함~. 그래, 근래 집 밖에 나온 적이 없다고?"

화려한 비단 보료에 반쯤 누운 사내가 물었다. 사내의 이름은 이 윤(潤). 자타가 공인하는 도성 최고의 미공자(美公子)라는 별칭을 가진 그는 무료함과 짜증을 가득 담은 손짓으로 서안(書案, 책상) 위의 책장을 팔락팔락 넘기고 있었다.

영복은 힐끗 고개를 들어 제 주인의 눈치를 살폈다.

참으로 잘생긴 주인이었다. 얼굴의 첫인상을 좌우할 정도로 시원하게 뻗은 콧날이며, 가로로 길게 뻗은 눈매, 둥근 오엽선(梧葉扇)처럼 시원한 곡선을 만들며 휘어지는 조금 큼직한 입매 등은 여인네들의 가슴을 설레게 하는 특별한 매력이 있었다.

"동네 사람들도 아무도 본 적이 없다는 거야?"

"네. 바깥출입을 안 하신 지 벌써 삼 년도 넘었다고 합니다요."

"이유에 대해 딱히 들은 이야기도 없고?"

"모두들 자세한 사정은 모르는 모양이던뎁쇼? 그 댁 대감마님 삼년상이 갓 지났을 뿐이라 아직 바깥출입을 삼가는 거란 이야기도 있고, 대감마님 돌아가신 후에 심신을 다치셔서 요양 중이시라는 이야기도 있었지만, 누구 하나 시원하게 이야기해주는 이가 없었습니다요."

"내 이럴 줄 알았다."

탁, 소리 나게 서책을 덮은 후 윤이 살짝 미간을 찌푸렸다.

'규중 깊은 곳에 숨어있는 규수들을 어찌 살피라는 것인지. 형님은 도대체 무슨 생각이신가.'

첫 번째 목표부터 예상을 어긋났다.

사실, 목록의 제일 처음에 위치한 이름을 봤을 땐 어쩌면 목표를 완수하기에 가장 쉬운 상대가 아닐까 생각했다. 그도 그럴 것이 전 동지중추부사 '최 참'의 여식인 최 규수의 미모에 대한 소문은 익히 알고 있던 참이었으니 말이다. 윤만이 아니었다. 저잣거리 소문에 밝은 젊은이들이라면 누구나 한 번쯤 그 이름을 안 들어본 이가 없을 정도였다. 이미 대여섯 살 때부터 당나라 양귀비의 재래라는 소문이 자자했던 규수이기 때문이었다.

어려서부터 그 미색이 남달랐던 터라 단오절이나 중추절에 그 집 계집종에게 업혀 저자에 나설 때면 양반 상놈 가리지 않고 눈 가진 사람들은 모두 아기씨의 미색을 구경하러 몰려들었다고들 했다. 포동포동한 복숭아빛 살결에 아이답지 않은 풍성한 머리채, 꽃잎을 머금은 듯 붉은 입술을 가진 아이는 마치 천상에서 내려온 아기 선녀 같다 하여, 보는 것만으로 눈의 보약이 된다고들 했다. 그래서 도성 안 사람들은 한 달에 고작 서너 차례밖에 되지 않는 최 부사 댁 아기씨의 행차를 내심 손꼽아 기다리곤 했던 것이다.

"그러던 게, 동지중추부사가 벼슬을 물러나신 후부터 유난히 바깥출입이 뜸해지시더니 삼 년 전부터는 아예 집 밖으로 한 발자국도 나서질 않는다고 합니다요."

'스스로 나오지도 않고, 쉬 들어갈 수도 없는 곳에 있는 규중처녀를 어이 만난다….'

답답한 마음에 이리 앉았다, 저리 앉았다 윤이 안절부절못하고 있는 새, 바깥에서 여인의 기척이 들려왔다.

"다과상 들였습니다."

"들어오너라."

살며시 문이 열리고, 단아한 흑적삼을 몸에 걸친 홍란이 다과상이 아닌 술병이 담긴 주안상을 들고 들어섰다. 윤의 앞에 주안상을 내려놓음과 동시에 홍란은 작은 고갯짓으로 영복에게 나가 있으라는 눈치를 줬다. 새삼스레 홍란의 미색에 헤- 입까지 벌리며 정신이 팔려 있던 영복이 그제야 앉은 자세 그대로 슬슬 뒷걸음질 치며 방에서 나갔다.

"다과상이라더니, 주안상이 아닌가? 내, 낮술을 청한 기억이 없는

데?"

영문을 몰라 하는 윤의 손에 술잔을 들리고, 홍란이 새초롬한 웃음과 함께 빈 술잔 위로 술병을 기울였다.

"오늘은 비에도 취하고, 술에도 취하고, 제게도 취하시면 어떠시련 지요?"

홍란이 따른 술잔을 멀끔히 내려다보던 윤이 고개를 갸웃거리고는 슬쩍 술맛을 보더니 홍란을 바라보았다.

"비가 오니 네가 꽤나 심심한가 보구나. 식혜를 일러 술이라 하다니…."

"헛헛한 마음에 비까지 더하니 술이 제격일 테지요. 하지만 텅 빈 가슴을 채우는 낮술만큼 추한 술이 또 어디 있겠습니까. 무슨 까닭에 그리 고민하시는지는 모르겠지만 그저 이 한 잔을 술이려니, 또 빗물이거니, 홍란이의 연정이려니 하며 술잔을 비우시는 재미라도 느껴보십사 하는 게지요."

홍란의 말에, 윤은 새삼 다시 술잔을 내려다보았다. 술잔 하나에 담긴 홍란의 마음이 어여쁘기 그지없었다. 그에 윤은 보란 듯이 술잔에 담긴 식혜를 비우곤 "거, 술맛 한번 달구나!" 하며 다시 홍란에게 술잔을 내밀었다. 하지만 홍란은 장난스레 술잔을 도로 빼앗곤 치마 뒤춤으로 감췄다.

"아무리 달다 하나 빈속에 어찌 그리 급히 술잔을 비우십니까? 한 순배는 소녀와 눈 맞추는 재미로 대신하셔요."

자신의 미소에 자상한 미소로 화답하는 윤을 보며, 홍란은 때 이른 장맛비가 만들어준 한낮의 무료함에 새삼 고마움을 느꼈다. 미희(美姬)

들이 모인 은월각은 밤낮을 안 가리고 조선 팔도에서 찾아오는 객들이 끊이지 않는 곳이었다. 하여, 제아무리 귀한 정인(情人)이 객방에 들어 있다고 해도 평상시 같았으면 이처럼 한낮에 오랫동안 윤의 곁에 머무를 여유는 없었을 터였다. 홍란은 지금 윤과 마주앉아 함께 빗소리를 듣는 이 순간의 행복이 조금만 더, 조금만 더 이어지기를 바라고 또 바랐다. 그러나 그 바람도 잠시, 이내 바깥에서 들려오는 떠들썩한 소리에 홍란의 행복한 순간은 성급한 종말을 맞았다.

"성님! 나와 보시어요! 아파가 왔어요! 지난번에 부탁한 향갑들을 많이 가져왔대요, 어서요!"

"너를 부르는 소리가 아닌가?"

"별일 아니옵니다. 장사치가 물건을 팔러온 것뿐인데 괜히 저리 호들갑을 떠네요. 괘념치 마시어요."

"성님, 어서요! 다른 성님들이 먼저 다 골라버린다고요, 아이 참!"

밖에서의 재촉에 아랑곳않고 다시 홍란이 윤과 눈을 맞추려들었다. 하지만 조금 전까지 홍란과 마주해 눈웃음을 보내주던 윤의 관심은 이미 바깥으로 향한 눈치였다.

"아파(牙婆)라, 가내용품을 팔러 다니는 방물장사를 말함인가?"

"예, 몇 달 전부터 중국과의 무역량이 늘어나서인지 요즘 부쩍 아파들의 발걸음이 잦아졌습니다. 저마다 다시없는 귀한 것들을 가져왔다고 야단스레 떠들어대지만 실상 알고 보면 이 조선 땅에서도 얼마든지 구할 수 있는 소소한 것들이 대부분이지요. 신경 쓰실 것 없사와요."

"아파…, 아파란 말이지."

순간, 윤의 얼굴이 반짝, 활기를 되찾았다. 무엇인가에 생각이 미친 것이었다. 홍란은 서둘러 정인(情人)과 눈을 마주치려 했지만 이미 윤은 자신만의 생각에 잠겨 홍란을 보고 있지 않았다.

'이러지 마셔요.

날 좀 더 봐주셔요.

당신을 위해 활짝 피었는데, 왜 어여쁘다 않으셔요.

날 보셔요.

내가 여기 있는데, 당신 생각은 어디로 향하시는 거여요?'

"술 한 잔 더 칠까요?"

홍란은 서글픈 미소로 다시 윤의 관심을 되돌리려 뒤춤에 감췄던 술잔을 도로 꺼내놓았지만, 윤은 이미 자신이 할 일에 생각이 미친 듯 자리를 털고 일어날 뿐이었다.

"벌써 가시려고요?!"

바깥을 향하는 윤의 뒷자락에 대고 홍란은 아쉬운 소리를 내었다.

이제껏 수십, 수백 번을 반복했던 이별이건만 단 한 번도 스스로 윤을 붙들었던 적이 없던 홍란이었다. 하지만 오늘은 달랐다. 무슨 이유를 대서라도 임을 조금만 더 독점하고 싶었다. 하지만 홍란은 윤을 머무르게 할 이렇다 할 이유가 없었다.

"조금만 더 있다 가셔요.

아직 비도 내리고, 아직 술도 남았고,

아직, 아직…."

자기가 생각해도 참으로 보잘것없는 이유였다. 홍란은 비적비적 울음이 새어나올 것만 같아 입술 끝을 꾹 내린 채 서글프게 술상만 노려봤다.

"별스럽구나. 오늘따라 어린아이처럼 투정을 다 부리고. 얘, 홍란아."

윤의 부름에 홍란은 눈을 들어 임을 보았다. 기적(妓籍)에 오르기 전부터 사모하던 임이었다. 뭇 사내의 손을 타 더러워진 몸이 부끄러워 아직 제 한 몸 내주지 못한 임이었다. 언제나 마음으로만, 오직 마음으로만 그를 욕심내고 그를 독점하고 그를 제 안에 삭혔다.

"오늘따라 참으로 곱구나."

윤의 다정한 눈빛이, 다정한 손길이 홍란의 얼굴을 어루만졌다.

"급한 볼일이 떠오른 것뿐이야. 조만간 다시 들를 터이니, 또 맛있는 술을 먹여다오."

그렇게 홍란을 향해 환히 웃어 보이고. 윤이 방을 나섰다.

"영복아! 그 말 이리 주고 넌 먼저 집에 가 있거라!"

"아니, 도련님. 이 빗속에 말까지 타시고 어딜 가시려고요? 도련님! 도련님?!"

잠시 윤이 남기고 간 다정의 여운에 젖어 있던 홍란은 문득 밖에서 들려오는 소리에 기겁을 하고 뛰쳐나갔다.

'폭우에 말까지 타고 어디를 가시는가? 위험할 텐데. 바보 같은 년. 잘 다녀오란 인사도 아니 하고 뭐 하는 거야, 나란 년은.'

고운 버선발이 진흙에 다 젖도록, 바로 얼마 전 마련한 비싼 가체가 다 젖는 줄도 모른 채 홍란은 내처 대문간으로 뛰어갔다.

하지만 이미, 약속한 임은 말을 타고 멀리 사라져가고 있었다. 홍란은 점점 작아지는 그 뒷모습에 자꾸만 가슴이 울렁거렸다. 다시 오마 약조하고 가신 님인데도 왜 이리도 불안의 향기가 스멀스멀 피어나는

지 영문을 알 수 없었다.

## 1-2. 감무현

두어 시각 후, 송파 장시(場市) 사문객주 앞.

여전히 비는 억수같이 내리쏟고 있었다. 하지만 인적이 한산했던 도성 안 거리들과 달리 사문객주 앞은 물건을 가득 실은 우마차와 수레들이 연신 객주 안팎을 오가며 분주하기 짝이 없었다.

"어허! 빨리빨리들 움직이시게. 이깟 비 정도에 그리 굼떠서야 어디 발품 팔아 산다 하겠는가?"

"그쪽이 아니래두! 거기는 중국 물상 자리고! 약재 자리는 그 뒤편!"

거세게 눈앞을 가리고 움직임을 방해하는 폭우 속에서도 부지런히 보부상, 행상들의 갈 곳을 알려주는 객주 사환들과 물목의 움직임들을 빠짐없이 서책에 기록하고 있는 서기, 그 곁에선 어린 사환 놈이 받쳐주는 우산 아래 사문객주의 젊은 행수 무현이 전체 객주의 움직임을 바지런히 눈으로 좇고 있다. 그때, 잔뜩 물보라를 튀기며 삿갓을 쓴 사내를 등에 업은 말 한 마리가 거칠게 뛰어들어왔다. 그 바람에 막 객주 초입에 들어서던, 수건을 푹 눌러써 얼굴을 가린 서경의 치맛단에는 말발굽이 일으킨 흙탕물이 제대로 튀었다.

"쯧!"

짜증 난 기색으로 말이 간 곳을 눈으로 좇던 서경은 한창 일에 몰두 중인 무현의 모습을 보고는 더욱 수건을 깊게 눌러쓰고 무현의 눈에 띄지 않게 곁길로 객주 안으로 들어갔다.

한편, 객주 사람들이 '어-어-' 하며 놀라는 가운데, 무현의 바로 앞에 말이 멈추고 삿갓을 쓴 사내가 날렵한 몸짓으로 말 위에서 뛰어내렸다.

젊은 객주를 향해 성큼성큼 다가서는 사내. 그 낯선 사내에게서 행수를 보호하기 위해 무현의 곁에 섰던 사환 두 명이 무현의 앞을 막아섰다.

"뉘시오?"

무현의 물음에, 사내가 얼굴을 가린 삿갓을 슬며시 들어 올린 후 눈인사를 보냈다.

삿갓 아래의 훤칠한 얼굴을 확인한 무현은 저를 막아선 사환들을 급히 밀어 젖히고 삿갓 사내에게 한달음에 다가섰다.

"아니, 이게 누구신가?"

"잘 있었나?"

윤과 무현은 감격적으로 서로의 두 손을 마주 잡고 해후의 기쁨을 나눴다. 그러다 무현은 문득, 윤의 온몸이 새파랗게 얼어 있음을 깨달았다. 폭우를 고스란히 맞으며 말을 타고 온 덕분에 윤은 이까지 덜거덕덜거덕 부딪히고 있는 중이었다.

"어여 들어가시게. 어이! 여기 말 좀 잘 닦고 먹이 좀 잘 챙겨둬라. 부엌에 일러 뜨끈한 쌍화탕 한 사발도 들이라 하고."

사환들에게 이른 후, 무현은 얼른 윤의 어깨를 감싸며 사문객주 안으로 향했다. 무현의 얼굴이 반가움에 달아오른 걸 본 사환들은 그제야 저마다의 볼일로 다시 바빠지기 시작했고, 객주 안의 공기도 사내가 등장하기 전의 그것으로 돌아가 있었다.

사문객주, 사통각(四通閣) 안.

수를 일일이 셀 수 없이 많은 물건 창고와 보부상이나 아파들이 오가며 묵는 주막과 객주 안 사람들이 터를 이루고 있는 살림집, 물건을 사고파는 경매소 등이 하나의 작은 마을을 이루고 있는 사문객주의 가장 중심에 위치한 집, 사통각은 사문객주의 젊은 행수 무현의 살림집이자 집무실 역할을 했다. 동서남북 네 방향으로 모두 문이 뚫려 있어, 무현이 따로 발걸음을 옮기지 않아도 방문만 열면 사문객주 곳곳의 움직임을 파악할 수 있도록 만들어진 곳이기 때문이었다. 이곳 사통각은 행수가 부르지 않은 이상 그 어떤 작자도 발을 들여놓을 수 없는 요새 같은 방이었다. 사방에 문이 있고, 또 그 문 앞에는 언제나 많은 이들이 지나다니는 까닭에 어떤 사람도 쉽게 벽에 귀를 대고 말을 훔쳐들을 수도 없고 수상쩍은 염탐을 할 수도 없었다.

방에 들어서자마자 무현은 바닥을 더듬어 불기를 확인하곤 버럭 밖을 향해 소리를 질렀다.

"방에 군불 넣어라! 쌍화탕은 아직도 멀었느냐?! 누구 얼른 가서 마른 옷 한 벌도 갖고 오너라!!"

그러자 이내 후다닥후다닥 바삐 움직이는 발걸음 소리가 들리더니, 잠시 후 쌍화탕 소반과 함께 깨끗이 마름질된 옷 한 벌이 딸려 들어왔다. 쌍화탕을 윤에게 건넨 후 옷들을 살피던 무현의 눈썹이 하늘로 치켜올라갔다. 소매와 통이 좁고 길이가 긴 창옷이며 저고리까지, 누가 봐도 평범한 상민의 옷이 들어온 것이었다.

"이게 무슨…. 잠시 더 기다려야 하겠으이. 옷이 잘못 들어왔네. 거기 밖에 있느냐! 얼른 가서…"

"아무 옷이면 어떤가? 이리 주게."

"우리 같은 아랫것들이나 걸치는 옷이야. 행여 누가 알아보는 이라도 있으면…."

"백포 두루마기 뻗쳐 입고 서성이는 것보다는 한결 자연스러워 보이겠지. 그러니 이리 주게."

잠시 못마땅한 듯 옷가지를 보고 있던 무현은 마지못해 윤에게 옷가지들을 건네고는 밖을 향해 단속을 명했다.

"아무도 들이지 마라."

"네!"

마른 옷을 받아 든 윤이 옷을 갈아입을 동안 무현은 정중하게 윤의 시중을 들었다. 젖어서 제대로 벗겨지지 않는 바지저고리와 버선을 직접 벗겨주기도 하고, 젖은 몸을 닦는 것부터 대님을 매는 것에 이르기까지 정성스러운 손길로 시중을 들었다.

이윽고, 윤이 마른 옷으로 갈아입고 군소리 없이 쌍화탕 한 그릇을 다 비우자 무현은 꼼꼼히 윤의 얼굴을 살폈다. 쌍화탕의 효력 덕분에 좀 전까지 새파랗게 얼어 있던 윤의 얼굴에는 이제 제법 화기가 돌았고, 그제야 무현은 안도의 한숨을 쉴 수 있었다.

"어쩌자고 직접 행차 하신 게야! 보는 눈들도 많은데 소문이라도 나면 어쩌려고."

"소문을 무서워하게 되다니. 무현, 이제는 제법 많은 걸 가지게 된 건가?"

"내가 잃을 게 두려운 게 아니야. 나 때문에 자네가 뒤집어쓸 오명이 두려운 게지."

무현이 와락 윤을 껴안았다.

"반가우이, 나의 벗 이윤."

그리곤 몸을 떼어 섬세한 선을 그리는 벗의 얼굴을 바라보았다.

엄연히 반상의 구분이 엄격하거늘 신분이 낮은 자신에게 언제, 어디서나 스스럼없이 벗으로 대해준 이 사내야말로 그가 가진 것 중, 그가 가질 수 있었던 것 중 가장 존귀한 것이었다.

"반갑다, 내 동무 감무현."

윤도 와락 무현을 껴안았다. 그리곤 몸을 떼어 이제는 제법 상인의 노련함을 띠게 된 벗의 얼굴을 바라보았다. 가진 것 없이, 배운 것 없이 그저 성실함만으로 객주의 맨 밑바닥 사환에서 전례 없이 이른 나이에 대객주의 행수의 자리에까지 이른 이 사내야말로 그가 자신의 힘으로 얻은 유일한 보물이자 자랑거리였다.

"근데, 정말 무슨 일인가. 설마 살 것이 있어 예까지 온 건 아닐 테고."

"사람을 구하려고."

"사람?"

"아파. 그것도 몹시 수완 좋은 아파."

윤의 이야기를 잠시 곱씹던 무현이 남쪽 문을 활짝 열어 젖혔다. 어느새 한결 빛줄기가 가늘어진 밖에서는 지금껏 윤이 한 번도 보지 못한 광경들이 펼쳐지고 있었다. 사통각의 남쪽 문과 일직선으로 이어진 육각형의 정자에 비단이며 향낭, 비녀, 노리개 등 여인들의 눈을 사로잡는 다양한 가내용품들이 즐비하게 늘어져 있고, 그 주위를 애를 들쳐업은 아낙부터 이미 허리가 낫 모양으로 꼬부라진 노파에 이르기까지 다양한 연령의 여인네들이 무리를 이루어 둘러싸고 있었던 것이다.

"모두 아파라고? 젊은 치들도 꽤 되잖아."

"아파(牙婆)라 해서 전부 할멈들만 있는 건 아냐. 요즘엔 젊은 아파들도 제법 많이 늘었어. 양반집 소작농보다야 장사치가 벌이가 되는 세상이니 말일세."

"저 중에서 자네가 천거할 사람은?"

"직접 찾아보시게."

"…?"

"어떤 일에, 어떻게 쓸지 결정하는 건 결국 자네 몫일 테니까."

무현의 말에 윤은 본격적으로 여인네들의 움직임을 눈으로 좇아나섰다. 가만히 그 움직이는 모양새를 쫓다보니 처음에는 그저 와글와글 시끄럽게 떠들어대는 한 무리로만 보였던 여인네들의 모습이 한 사람, 한 사람의 움직임으로 시선에 들어오기 시작했다.

그리고 그 움직임들에서 윤은 제법 흥미로운 사실을 깨달았다.

아무 법칙 없이 마구잡이로 움직이는 듯 보였던 여인네들이 실은 한 여자의 움직임을 따라 하고 있다는 것이었다. 금세 밭일이라도 하러 나갈 듯 머릿수건을 깊게 내려쓰고 허리춤에 주머니를 찬 여인이었다. 그녀가 척 보기에도 귀해 보이는 노리개를 연신 앞뒤로 돌려보다 내려놓으면, 그 뒤에 따라오는 여인들이 그녀의 눈치를 보며 노리개를 조몰락거리다 내려놓았다. 또 그녀가 향낭을 집어 들고, 향기까지 꼼꼼히 맡은 뒤 사환에게 값을 묻고, 여남은 개의 향낭을 사들이자 이내 다른 여인네들이 앞다퉈 달려들어 서로 향낭들을 차지하기 위해 한바탕 몸싸움을 벌였다. 하지만 그녀는 그에 아랑곳없이 다시 노리개로 시선을 돌리고 이것저것 재는 듯 여러 번 고개를 갸웃거리고 있었다. 살 듯 말 듯한 그 모습에 주변의 여인네들은 초조하게 애가 타고, 마침내 그녀가 노리개 여남은 개를 집어 들자 이내 나머지 노리개들에 개 떼처럼 달려들어 서로 차지하기 위해 어깨를 밀친다, 팔을 잡아당긴다 야단법석이었다. 그 와중에 여인은 유유자적 다른 물건들을 둘러보다 정자 뒤로 사라져버렸다. 윤의 시선은 내내 그녀의 뒤태를 좇고 있었다.

'역시 놓칠 리 없겠지.'

윤의 시선이 닿는 곳을 함께 더듬던 무현이 쓴웃음을 입에 물었다. 아차 싶은 후회, 그래도 싶은 혹시나 하는 마음이 한데 섞인 복잡한 마음을 얼버무리기 위한 웃음이었다.

"사람은 제대로 골랐으나, 쉽진 않을걸세."

윤이 눈썹을 치켜세우며 의문을 표했다.

"다른 이라면 내가 중재를 해주겠네만, 저이는 좀… 힘들어서 그래."

적어도 거짓말은 아니다. 무현은 자신도 속였다.

"왜?"

"대방 어르신이 특별히 뒤를 봐달라 부탁했어. 무슨 사연이 있는지 장사를 항시 다니는 이도 아니고, 물건도 깐깐하게 고른 몇 가지만 파는 걸로만 알고 있어."

"능력은 있겠지?"

"…눈썰미도 꽤 있고, 중신도 제법 잘 서는 편이라서 매파로도 꽤 잘

나가는 편이지.”

“적역이네. 저이로 하지.”

윤이 벌떡 일어섰다. 당장이라도 쫓아나갈 기세였다.

“함께 가세. 내 설득해볼 터이니….”

“아니, 됐어.”

윤이 장안 모든 여자들을 반하게 만들었던 눈부신 햇살 같은 미소를 지어 보였다.

“여자를 다루는 솜씨는 언제나 자네보다 내가 낫지 않았나. 걱정할 것 없어. 나같이 잘난 사내의 부탁을 어느 아녀자가 감히 거부하겠나?”

찡긋 한 눈마저 감아 보이곤, 윤이 서둘러 방을 뛰쳐나갔다.

사통각 안에는 무현만 홀로 덩그러니 남았다. 방금 전까지 방 안을 가득 채웠던 따뜻한 온기는 사라졌고 네 개의 문에서 들어오는 한기에 무현은 부르르 몸을 떨었다.

## 1-3. 아파라 불리는 여자

사문객주 안 주막. 비는 이제 거의 그친 상태였다.

국밥 한 그릇 서둘러 비우고 바삐 길을 떠나려고 하는 장사치들, 고단한 행상의 끝에 따끈한 술국 한 사발에 피곤을 씻으려 하는 장사치들이 저마다 한 자리씩 차지하며 와글와글 떠들고 있다. 그 한 곁에서 여전히 머릿수건을 깊게 내려쓴 아파, 서경은 이제 막 나온 뜨거운 국밥이 식기를 기다리고 있었다. 서경의 맞은 자리에는 아직 앳된 티가 가시지 않은 한 젊은 아낙이 연신 후-후- 불어가며 국밥을 들이켜고 있었다. 밥때가 되어 주막으로 사람들이 몰린 탓에 조금 전 합석을 하게 된 젊은 아낙이었다. 사실, 아직은 쪽을 지는 것보다 댕기를 드리는 게 더 어울릴 것 같은 젊은 아낙이 주막에 들어섰을 때부터 주막 안 사내들의 관심은 온통 그녀를 향해 있었다. 객주나 주막에 온 것이 처음인 듯 여기저기 호기심 어린 시선으로 살피는 모습도, 맞은편에 앉은 서경에게 뭔가 말을 걸고 싶어서 안절부절못하는 모습도 주막 안의 사내들에게는 신선하기 짝이 없는 자극이었다.

곁눈질로 그녀의 모습을 염탐하던 사내들 중 한 명이 은근히 서경네 자리로 건너와 아낙의 동그란 엉덩이 옆에 지 놈의 큼직한 궁둥이를 철썩 붙여 앉고는 은근히 말을 걸기 시작했다. 얼굴이 벌그레하고 연신 입에서는 푸- 푸- 헛숨을 내쉬는 꼴을 보면 제법 취기가 오른 모양새였다.

"임자, 못 보던 얼굴일세. 초행인가?"

"예, 예?"

갑작스러운 사내의 접근에 놀란 아낙이 도움이라도 청하듯 애절한 시선을 서경에게 보냈지만 수건을 깊게 눌러쓴 서경은 미동도 않고 있었다.

"장사 경험은 있고?"

아낙에게 궁둥이를 더 밀어붙이며 사내가 또 다시 말을 걸었다. 주변의 사내들은 사내의 집적거림을 통해 아낙에 대한 궁금증을 털기 위해 사내와 아낙의 대화에 귀를 기울였다.

"아, 아뇨. 이번 참에 하, 한번 해볼까 하고."

아낙이 사내에게서 맡아지는 술 냄새에 고개를 외로 꼬며 슬며시 사내에게서 물러났다.

"집은 어딘가? 서방은 어디 두고, 어쩌다 젊은 아낙 혼자 객주엘 다 왔누?"

사내가 능글맞게 웃으며 또다시 아낙의 곁으로 제 궁둥이를 들이밀었다. 싫은 기색이 역력한 아낙이 한 번 더 옆으로 물러나려는데, 사내의 동패 중 한 명이 퇴로를 막아서듯 옆자리에 앉았다.

"아낙은 몇 살이나 먹었당가? 열아홉? 스물?"

"아, 아니 저기…"

꼼짝없이 두 사내의 사이에 끼이게 된 아낙은 또 다시 애절한 구원의 시선을 서경에게 보냈다. 하지만 서경은 아낙 쪽으로는 단 일별의 시선도 보내지 않았다. 지금 서경의 시선을 사로잡고 있는 건, 식어가는 국밥뿐이었다.

"입 달린 사람이 왜 답이 없어? 우덜이 무서운가?"

"무서워할 것 없어. 친정오라비니 여기더라고. 우덜이 얼마나 친절한 놈들인지 객주 안 사람들이 다 안다니까? 궁금한 거, 알고 싶은 거 있음 다 물어보고."

"그래! 우덜이 노루붕알 가루 좀 팔아다줄까?"

"그거 좋재! 처음 장사길에 나설 거면 노루붕알 가루만큼 이문 남는 장사가 없으니까."

"무, 무슨?"

"노, 루, 붕, 알."

아낙의 볼이 순식간에 화악－ 빨갛게 달아올랐다. 동시에 주막 안에는 와－ 하고 웃음이 터졌다. 이윽고 여기저기서 남녀 장사치들을 가리지 않고 등등의 진한 농담들이 아낙을 향해 쏟아졌다.

“아즉 어리니까 신랑 꺼는 알아도 노루 꺼는 모를 법도 하재.”

“그래도 노루붕알도 모르면서 장사를 하면 안되지.”

“노루붕알보다야 해구신이 장사 물목으로는 더 낫지 않으려나?”

“물개 음경이랑 고환을 요즘 어데서 찾으라고?”

그 가운데서 침묵을 지키고 있는 건 쓴웃음을 입가에 문 몇 명의 손님들과 이제 막 국밥 한술을 뜨려 하고 있는 서경뿐이었다.

“왜, 왜들 이래요?”

바들바들 떨리는 두 손으로 얼굴을 가린 아낙의 목소리에는 이제 애처로운 울음기가 가득 들어차 있었다.. 그 모습에 처음 아낙에게 집적댔던 사내가 조금 당황한 기색을 보이더니 “이만 일로 뭘 울기까지 허나.” 하며 성급히 다가가다, 아뿔싸－ 저도 모르게 뒷발로 서경의 밥상을 치고 말았다. 그 바람에 와르르 쏟아져버린 서경의 밥상. 아직 채 시작도 안 한 밥이며 국이며 찬들이 흙바닥에 볼썽사납게 나뒹굴었다.

사내는 흘깃 보고는 “거, 미안하게 됐네” 하며 건성으로 넘기고 울고 있는 젊은 아낙에게 다가가 어깨에 넌지시 손을 올렸다. 그 순간 사내에게 숟가락 하나가 날아들더니, 뒤통수에 정확하게 명중하여 따악!－ 경쾌한 타음(打音)을 남기곤 바닥으로 떨어졌다.

“억!! 누구야?”

사내가 뒤통수를 감싸 쥔 채 돌아보자 서경이 사내를 향해 손바닥을 내밀었다. 그리곤 고갯짓으로 엎질러진 상을 가리켰다.

"알았으이. 새로 시켜주면 될 것 아냐. 어이, 주모! 여기 국밥 한 그릇 새로 말아주소!"

사내가 주모에게 새로 주문을 알리곤, 다시 노리던 젊은 아낙에게 돌아서는데 서경이 다시 숟가락을 집어 들곤 사내의 뒤통수를 타격했다.

"또, 왜!"

서경에게 맞은 뒤통수가 아프긴 하지만 이미 먼저 저지른 일도 있고 하니 딱히 뭐라 화를 낼 수도 없어 사내는 그저 짜증만 냈다. 그런 치에게 서경이 자신의 소매 품에서 작은 주판을 꺼낸 후 능숙한 손놀림으로 주판알을 튕겨나갔다.

"댁이 내게 지불해야 될 금액을 계산해보겠소. 우선 첫째, 국밥값. 아직 채 한 술도 뜨지 않은 국밥이니 그 온전한 값을 모두 치러야 할 것이오."

목소리에 그 어떤 감정도 내비치지 않고 그저 담담히 자신이 원하는 바를 조목조목 늘어놓는 서경의 이야기에 주변에서 '당연하지', '셈은 정확해야지' 하는 응원의 소리가 더해졌다.

"줘. 준다고! 누가 안 준대?!"

사내가 자신의 주머니를 뒤지는데, '잠깐 –' 하고 서경이 만류하고 나섰다.

"둘째, 오늘따라 주막에 사람이 미어터지는 통에 나는 한 식경(一食頃, 약 30분 전)전에 주문한 이 국밥을 일다경(一茶頃, 약 15분)전에야 간신히 받을 수 있었소. 그러니 내내 허기를 참고 견딘 내 기다림에 대한 값도 쳐줘야 하지 않소?"

"그렇지. 기다린 게 허사가 됐으니 당연히 기다린 값도 쳐줘야지."

"당연히 쳐줘야지!"

좀 전보다 더 많은 맞장구들이 여기저기서 쏟아졌다.

"셋째, 공교롭게도 난 뜨거운 걸 그리 잘 먹지 못하오. 그러니 결국 다시 국밥을 시킨다 해도 그 국밥을 먹을 수 있게 되기까지는 또 한참을 기다려야 하오. 그러니, 그 시간들에 대한 값도 쳐줘야 할 것 아니오?"

"그렇지! 그렇긴 하지. 우리 같은 장사치들에게 시간은 곧 돈이 아닌가? 시간 값은 제대로 받아야지."

"그럼, 그렇고말고!"

서경의 셈법에 연신 주변에서는 동의를 표하는 소리들이 더해지고, 그 분위기에 휘말려 사내와 동패들은 아무런 반론을 할 수 없음에 점점 기가 죽어갔다.

"넷째, 이제 곧 맛있는 밥을 먹을 수 있다는 내 기대를 깨뜨린 값은 어찌할 거요? 그리고 다섯째."

"아, 아직도 남았어? 도대체 얼마야, 얼마를 주면 되는데에!"

이제는 거의 울상이 된 사내가 서경에게 물었다. 그에 아랑곳없이 서경은 다시 주판알을 튕기며 말을 이어갔다.

"다섯째, 나는 지금이라도 댁을 이 객주의 기찰단에 고변할 수도 있소. 다들 알다시피 여기의 규율에 따르면 도박, 사기, 사전(私錢, 위조한 가짜 돈) 거래와 함께 부녀자 희롱을 가장 엄히 금하고 있소. 그러니 고변만 하면, 댁은 객주 출입이 금지당할 터인데? 고변을 원치 않는다면 그 입막음 값을 제대로 쳐줘야 하지 않겠소?"

"그래서 대체 얼마란 말인가? 제발 좀 봐주시게."

사내의 애원에 서경은 다 놓은 주판을 사내에게 보였다. 주판에 놓인 금액을 확인하는 사내의 눈이 화등잔만 하게 커지는 것을 보면서.

그로부터 다시 한 식경 후.

사문객주 앞 대로변에서 서경은 돈주머니를 흔들며 걷고 있었다. 언제 들어도 찰랑찰랑 엽전 부딪히는 소리는 그 어떤 노랫가락보다 흥이 돋는 소리였다. 그렇게 행복한 기분에 빠져 있는 서경의 뒤를 주막 안에서 조우했던 젊은 아낙이 쫄래쫄래 따르고 있었다. 그 기색을 눈치챈 서경은 얼른 주머니를 허리춤에 쑤셔 넣고는 걸음을 빨리했다. 뒤를 따르던 아낙의 걸음도 빨라졌다. 이번엔 서경이 걸음의 속도를 늦췄다. 그러자 아낙도 따랐다. 다시 서경이 걸음을 멈췄다. 아낙도 따라 멈췄다.

"뭐!"

돌아보지 않은 채 서경이 물었다.

"저… 좀 따라다니면서 일 좀 배우고 싶은데요."

서경이 돌아봤다. 아낙은 움찔, 놀라면서도 제법 강단 있는 눈길로 서경에게 하소연했다.

"집에 벌이할 사람이 이제 저밖에 없거든요. 바깥양반은 병으로 누운 지 오래고, 어린것은 먹을 게 없어 밤낮 없이 울기만 하고."

젊은 아낙은 자기 설움에 겨워 눈물이 그렁그렁하더니 이내 울음이 섞인 하소연을 늘어놓기 시작했다.

"제발 살려주세요. 시키는 일은 뭐든 다 할게요. 죽으라시면 죽는 시늉도 할게요. 그러니 제발 저 좀 가르쳐주세요, 네?"

"얼마 주려오?"

"네?"

"일을 가르쳐주는 값으로 얼마 줄 거냐고."

"돈을… 꼭 드려야만 하나요?"

"그럼, 남의 장사비법을 공으로 가르쳐달라 할 셈이오?"

"아니, 그게 꼭 공짜로라기 보다는… 대신 제가 따라다니면서 수발도 들고 잔심부름도 하고…."

"됐고. 얼마를 줄 수 있는지만 얘기해보오. 참고로, 난 꽤 비싸다오."

낙담한 아낙이 힘없이 고개를 저었다. 그리곤 꾸벅 고개 숙여 인사를 하더니, 터덜터덜 돌아서 가기 시작했다.

"쯧!"

자신의 시간을 허비하게 한 데 대한 원망에 혀를 찬 후, 서경이 다시 돌아서 걷기 시작했다.

그렇게 아낙이 희망을 접고 제 갈 길을 가고 난 후에도 윤은 여전히 서경의 뒤를 따르고 있었다. 사실 윤은 주막에서부터 줄곧 서경의 뒤를 밟은 터였다. 주막에서 젊은 아낙을 둘러싸고 시비가 일어났을 때는 저도 모르게 나서서 도와줄 뻔했다.

하지만 너무도 태연하게 소란을 일으키고, 또 그 가운데서도 자신의 이익을 챙기는 아파의 모습에 윤은 꽤나 감명 받았다. 이 여인이라면 분명 형님이 원하는 답을 찾을 수 있으리라는 생각이 들었다. 돈을 너무 밝히는 게 마음에 걸리긴 했지만, 한편으로는 오히려 돈으로 부릴 수 있다면 최고의 조력자가 될 것이라는 확신도 들었다.

"거기, 아파!"

윤이 앞서 걸어가는 서경을 불러 세웠다. 서경은 그저 걸음만 서두를 뿐이었다.

윤은 큰 키만큼 긴 다리로 성큼성큼 걸음을 재촉하여 서경을 따라잡아 그 앞을 막아섰다.

"잠깐 서보시게."

서경이 옆으로 몸을 피해 가려 하자, 윤이 다시 그 앞을 막고 나섰다. 오른쪽으로 가려면 오른쪽을, 왼쪽으로 가려면 왼쪽을. 아무리 해도 길을 비켜줄 생각이 없음을 안 서경은 "쯧!" 하고 못마땅한 듯 혀를 차더니, 걸음을 멈추고 소맷부리에서 자신의 작은 주판을 꺼내 들었다.

하지만 서경이 주판알을 튕기기도 전에, 윤이 그 주판을 뺏어 몇 개의 알을 튕겨 서경에게 보였다.

"일단, 이 정도에 잠시만 시간을 내어주지 않겠는가?"

서경은 윤이 내보인 주판을 곰곰이 보더니 주판에서 몇 개의 주판알을 더 튕겨 윤에게 보였다. 주판을 보고 윤이 피식 웃었다.

"비싸다는 말이 맞긴 하군. 좋아. 까짓 거 기꺼이 내지. 허면, 조용한 곳에서 이야기를 하고 싶은데, 어디가 좋을까?"

사내의 물음에 서경이 손바닥을 내밀었다. 먼저 계산부터 하라는 뜻이리라. 윤이 급히 소매 춤을 뒤적여보지만 아뿔싸, 갈아입은 옷인지라 갖고 있는 돈이 없었다.

"이런… 미안하네. 내 지금 갖고 있는…"

윤이 채 말을 마치기도 전에 서경이 또 다시 "쯧!" 하고 혀를 차고는 윤을 지나치려 했다.

'뭐야, 이 반응은? 혹시 내 얼굴을 자세히 못 본 건가?'

윤이 다시 서경 앞을 가로막고는, 지금껏 숱한 여인네들에게서 칭송받아온 아름다운 미소를 선보였다. 하지만 그 미소조차도 서경은 제대로 보려 하지 않았다. 또 다시 자신의 곁을 지나치는 서경을 붙잡기 위해 결국 윤은 친구의 이름을 팔 수밖에 없었다.

"잠깐! 감 서방, 임자도 객주 감 서방을 알겠지?"

멈칫, 서경이 비로소 걸음을 멈추고는 윤을 돌아보았다.

"행수 말이오?"

"그래. 그이가 내 오랜 동무라네. 객주로 가서 직접 만나 보증을 받아도 좋으니 잠시 시간을 내주지 않겠나?"

서경이 윤의 모습을 찬찬히 살폈다. 객주에서는 못 보던 자였다. 입은 옷은 상민 것이긴 했지만 그중에서도 제법 값이 나가는 귀한 옷이었다. 비교적 돈푼깨나 만지는 상단의 장사치가 아니라면 어느 대감댁 일을 보는 사람이 틀림없어 보였다. 이야기 정도 들어준다고 해서 나쁠 것은 없어 보였다. 서경은 주변을 천천히 둘러보더니 오십 보쯤 떨어진 밭 한가운데 세워진 원두막을 가리켰다.

"저곳은?"

"한길에 서서 이야기할 수도 없고, 그렇다고 다시 주막으로 되돌아가기에도 뭣하니. 이야기는 저곳에서 듣겠소."

서경이 먼저 성큼성큼 원두막을 향해 걸어가기 시작했다. 윤이 그 뒤를 따랐다.

생각한 것보다 더 영민한 여인이었다. 낯선 자신과 이야기를 하되, 사방이 트인 그리고 비교적 한길에 인접한 원두막에서 이야기를 하면 사람들의 눈이 무서워서라도 아무런 허튼짓을 못할 것이라는 계산이 읽혔던 것이다. 거기다 원두막은 사통각이 그러하듯이 오히려 사방이 트여 있어 누가 엿들을 염려도 없이 긴한 이야기를 할 수 있는 장소이기도 했던 것이다. 윤은 새삼 감탄하면서 자신의 앞에서 걸어가는 서경을 유심히 쳐다보았다. 머릿수건 아래 쪽 진 머리는 의외로 풍성하고 제법 윤기도 흐르고 있었다. 비록 쪽을 가로질러 꽂힌 비녀는 투박하기 그지없는 목비녀였지만 자세히 보면 연하게 문양이 새겨진, 질 좋은 비녀였다.

"댁은, 어느 상단 사람이오?"

소박한 잿빛의 저고리를 걸친 서경의 어깨는 부드러운 곡선을 그렸지만 등허리에는 꼿꼿하게 힘이 들어가 있어 고집스러운 그녀의 성격을 보여주는 듯했다. 특히 윤의 시선을 잡아끄는 건 움직이기 편하게 질끈 묶어놓은 허리끈 탓에 적지 않게 드러난, 백자 주병(酒甁)을 닮은 몸체의 곡선이었다.

'몇 살쯤 되었을까? 서른? 서른둘? 여인네들이란 얼굴을 가리면 의외로 나이를 짐작하기 어렵단 말이야.'

"행수와는 어떤…"

답이 없는 그를 재촉이라도 하듯 뒤돌아본 서경이 순간, 무언가 딱딱한 것에 부딪혔다.

자신도 모르게 서경을 바짝 좇아가던 윤이 걸음을 멈추고 돌아선 서경을 미처 피하지 못하고 부딪치고 만 것이었다. 그 반동에 휘청 뒤로 넘어가려는 그녀의 허리를 단단한 팔이 받치고 나섰다.

"미안하이. 내 잠시 한눈을 파느라…"

서경의 허리를 받친 윤은 그녀의 허리가 보기보다 한결 더 가늘고 탄력 있는 살집인 것에 놀라 잠시 말문을 잃었다. 그리고 막연히 서른

줄은 넘었으리라 여겼던 그녀가 생각보다 훨씬 어릴 수도 있다는 생각도 들었다. 생각지 못한 충돌로 이마 위로 살짝 빗겨난 머릿수건 아래 드러난 서경의 얼굴은 아무리 많이 봐도 스물 두셋 이상으로 보이지 않았다.

잘 닦은 사기그릇처럼 반질반질한 이마며 고집스럽게 다물어진 입매가 유난히 눈에 띄는 서경의 얼굴은 흔히 말하는 절세미녀의 그것은 아니었다. 귀밑으로 조금 각진 턱이며 고집스러움이 드러나는 작은 광대, 그리고 굳게 다문 조금 큰 듯한 입매는 균형적인 아름다움은 갖추지 못했다. 하지만 영민함이 엿보이는 짙고 검은 눈동자가 시선을 끌었다. 특히 그 눈동자가 무엇보다 신기했던 건, 그 어떤 경탄의 빛도 스며있지 않았기 때문이었다. 지금까지 윤과 얼굴을 마주한 사람들 중 이처럼 무감각하게 그를 바라보는 이는 맹세코 단 한 명도 없었다. 남자든 여자든 노인이건 아이이건 늘 그를 보는 사람들의 눈동자에는 그의 겉모습에 대한 경탄이 깃들어 있었으니 말이다. 하지만 이 여인의 눈에는 그 어떤 감탄도, 경외도, 숨은 호기심도 없었다.

"쯧!"

서경이 윤의 팔에서 벗어나기 위해 몸을 비비적거렸다. 그 결에 윤은 퍼뜩 서경을 놓고 얼른 한 발자국 물러섰다.

"미안…"

"되었소."

다시 앞서 걷기 시작한 서경은 뭔가 이상한 느낌에 뒤를 돌아보았다. 사내가 영 따라오는 기척이 없었던 것이다. 돌아보니 사내는 여전히 그 자리에서 서경을 가만히 바라만 보고 서 있을 뿐이었다.

"뭐요?"

뚫어져라 서경을 바라보던 윤이 다가와 서경의 코앞에 자신의 얼굴을 바짝 들이밀고는 지긋이 눈을 맞췄다.

"뭐요?"

"아니, 아무것도 아니라네."

씨익- 윤의 입술이 큰 곡선을 그렸다.

조금 과장을 보태면, 어렸을 적부터 지금까지 귀에 딱지가 앉도록 잘 생겼다는 칭찬과 연모의 시선을 듬뿍 받아온 그였다. 열서넛 되면서부터는 홀로 길을 걷다가 문득 장옷을 입은 여인네에게 강제로 손을 잡히고, 안김을 당한 적도 한 두 번이 아니었다. 신분이나 나이에 관계없이 여인이란 여인네들은 모두 그를 보며 연모의 한숨을 쉬곤 했었다. 그리하여 만약 그가 그럴 마음만 들었다면 아마 천하에 다시없는 난봉꾼이 되고도 남았을 터였다. 허나, 이 여인에겐 자신을 찬미하는 그 어떤 기색도 없었다. 여인의 자존심 때문에 일부러 애써 흠모의 감정을 감추는 것일 수도 있었지만 ―실제로 그런 기색을 보인 이들도 여럿 있었다 ―이 여인의 눈에 비친 자신은 그저 짜증 나고 귀찮은 사내, 그뿐이었다.

그렇게 자기만의 생각에 취해 또다시 히죽 웃음을 흘리는 윤을 보고 서경은 눈살을 찌푸렸다. 이 실없는 사내가 자신에게 도대체 무슨 이야기를 할 것인지 영 가늠이 잡히지 않았다.

잠시 후.

서경은 그가 지금보다 몇 곱절 더 짜증 나는 인간일지라도 이 거래는 성사시켜야겠다고 마음먹었다. 그의 사람됨이 어쨌건 그가 내건 조건은 눈이 번쩍 뜨일 정도로 매력적이었다. 모든 일을 마치면 손에 쥘 수 있는 돈이 자그마치 천 냥이 넘었다. 아무리 장사에 소질이 있다고 한들, 서경이 쉽게 손에 넣을 수 있는 금액은 아니었다.

'거기다 정해진 기한만 두 달일 뿐, 내 할 바에 따라 훨씬 더 빨리 끝낼 수도 있는 일이 아닌가. 그 돈이라면 할멈과 달이 몸값까지 모두 충당할 수 있어.'

서경은 방금 자신에게 어마어마한 돈을 제시한 사내를 바라보았다. 그 돈을 위해서라면 조금 전보다 더 능글맞게 웃고 있는 이 작자와 거래를 하는 것쯤 얼마든지 참아낼 수 있을 것 같았다. 인내는, 서경이 세상에서 가장 먼저 배운 덕목이었으니까.

"왜 넌 죽지도 않니?"

자신을 낳은 친어미가 자신의 귀에 그리 속삭였을 때부터….

## 1-4. 좌상의 손님

그 밤, 같은 하늘 아래. 한양 북악산 기슭 북촌마을에 있는 좌상 댁 사랑채에는 귀한 손님이 들어 있었다. 나는 새도 떨어뜨린다는 명실상부한 권력 실세인 좌상조차도 선뜻 상좌를 양보할 수밖에 없는 손님이었다. 방에 들고도 한참 동안 침묵을 지키던 손님은 좌상에게 작은 밀지를 전해주었다.

"이들 중 한 명이?"

"쉬잇!"

손님이 성급하게 입가에 손을 갖다 대었다. 그리고 한층 더 목소리를 낮춰 좌상의 주의를 환기시켰다.

"명심하실 것은, 절대 성급히 움직여서는 안 된다는 겁니다. 그분께서는 그저 조용히, 은밀하게 처리하실 것을 원하십니다."

"종국엔 피를 봐야만 하는 것이오?"

좌상 역시 은밀하게 그에게 주어진 목표를 확인했다. 허나 손님은 질문에 아무런 답변도 없었다. 그저 천천히, 아주 천천히 입꼬리를 올려 새하얀 이를 몇 개, 살짝 드러낼 뿐이었다. 그 모습은 왠지 오랜만에 포식할 먹잇감을 앞에 둔 육식동물의 이빨 같아 좌상은 등줄기가 삐쭉 서는 느낌을 지울 수 없었다.

제2장

# 회화나무

## 2-1. 아파의 서방

"이게 누구신가? 어서 오시게."

"아파! 얼마 만인가? 우리 마님이 얼마나 찾으신 줄 아시나? 이리로 오시게. 이리로!"

"어허! 무슨 소리야. 우리 아가씨가 얼마나 목이 빠지게 기다리고 있었는데. 아파, 어서 가세. 어서!"

윤은 그저 얼떨떨했다.

마을 초입에 들어서자마자, 동네 아낙들이 저마다 몰려들어 서경의 팔을 붙잡고는 자신들의 주인댁으로 서로 이끌려 야단법석이었기 때문이었다. 오늘 윤이 서경과 온 곳은 최 부사 댁이 있는 남촌마을이었다. 이곳은 벼슬이 낮은 양반들이나 정계에서 소외된, 혹은 은퇴한 이들이 살고 있는 곳으로 권문세가가 주를 이루고 있는 북촌만은 못해도 여든 여덟 칸, 아흔아홉 칸 기와집도 드물지 않게 있는 양반 마을이었다.

"쯧!"

정신없는 부산스러움에 서경이 신경질적으로 혀를 차도, 아낙들은 여전히 먼저 데려가려고 서로를 밀며 난리법석이었다. 결국 그중에서 유독 덩치 큰 아낙 하나가 다른 아낙들을 모두 제치고 서경을 차지하는 데 성공했다. 의기양양하게 서경을 이끌던 아낙이 문득 서경의 곁을 따르는 윤을 보곤 물었다.

"근데, 이 사내는 누군가?"

아낙들의 시선이 일제히 윤에게 향했다. 오늘 윤은 패랭이를 쓴 채 지팡이인 물미장(勿尾杖)을 짚고 등짐을 멘 전형적인 보부상 차림이었다.

"서방이오."

짧고 퉁명한 서경의 답이 떨어지자마자 아낙들이 일제히 "오오오" 소리를 내며 윤을 둘러쌌다. 개중에는 윤의 몸을 이리저리 쿡쿡 찔러보는 치도 있었다.

"아파한테 이런 잘난 서방이 있었어?"

"내 살아생전 이런 미남자는 처음 봤네. 어메, 내 심장 뛰는 거."

"이 튼실한 팔뚝이랑 허벅지 좀 보소. 아파, 오늘 밤에 자네 서방 나 좀 살짝 빌려주지 않을텨?"

"거기 나 좀 줄 서도 되겠는가?"

"꺄르르~"

"하이고, 나는 언제 이런 가슴팍에 안겨볼라나?"

"무뚝뚝한 자네한테 이런 고운 서방이 있었는감?"

"쯧!"

서경이 웅차 – 등짐을 곧추세웠다. 그러더니 가장 가까이에 있는 아낙에게 귀엣말로 무언가를 속삭였다. 아낙이 잠시 놀란 표정을 짓더니 이내 윤을 아래위로 훑어보고선 "쿡 –" 하고 웃음을 흘리며 옆의 아낙에게 귀엣말을 전했다. 이내 "와 -" 하고 아낙들의 웃음이 터졌다.

"쯧쯧, 이 사람아. 그러니 잘 했어야지."

"에휴, 안됐네. 이리 젊디젊은데…. 쿡쿡쿡쿡."

"안사람에게 잘 하시게. 내소박(內疏薄 아내가 남편을 구박하고 모질게 대함) 당하지 않으려면. 키득키득."

마치 손바닥을 뒤집듯이 좀 전과는 확연히 달라진 아낙들의 태도에 윤은 어안이 벙벙할 뿐이었다.

"진사 댁 마님부터 뵙고, 순(順)대로 돌 터이니 어서들 가요."

훠이훠이 손을 휘저으며 서경이 아낙들을 쫓았다. 그 손길에 흩어진 아낙들은 힐끔 윤을 아래위로 훑어보고는 다시 쿡쿡거리며 흩어졌다. 진사 댁에서 나온 아낙 역시 웃음을 흘리면서 앞장서 걸어갔다.

"뭐라 했나?"

"뭐요?"

"뭐라고 했기에 저리들 웃느냐고."

"아무 말도."

서경은 시침을 뚝 떼며 걸음을 빨리했다. 윤 역시 걸음을 빨리 하여 서경 옆에 나란히 서고는 몸을 기울여 으르렁거리듯 따져 물었다.

"분명 무슨 말인가 했지?"

"글쎄…."

윤이 내처 몇 번이 따져 물었지만, 진사 댁 솟을대문을 넘어서 여종들의 환대를 받으며 홀로 안채로 향할 때까지 서경은 끝끝내 아무 말도 하지 않았다.

한 시간 후.

진사 댁 안채에서 나온 서경은 행랑채에서 여남은 명의 사내종들에게 둘러싸여 고개를 뚝 떨어뜨리고 있는 윤을 보았다. 사내종들은 의기양양한 표정으로 윤의 어깨를 토닥여주기까지 하고 있었다.

"갑시다."

서경이 부르자 윤이 축 늘어뜨린 어깨로 일어서더니 사내들에게 눈인사를 하고는 터벅터벅 대문 쪽을 향해 걸어갔다. 대문간을 나서자 윤이 물었다.

"다음은 뉘 댁인가…?"

풀기라곤 하나도 없는 목소리였다. 고개는 여전히 축 떨군 상태였다.

"여기서 세 집 건너 좌랑 댁이오. 헌데 무슨 일이 있었소?"

"창병(瘡病, 매독과 같은 성병) 걸려 아랫도리가 썩은 놈이 무슨 일이 있겠나?"

"아…."

짧게 대답한 채 아무 표정도 없이 먼저 성큼성큼 걸어가는 서경의 뒤를 윤이 얼른 따라잡았다. 그리고는 각자의 집 앞에서 요란스레 손을 흔들고 있는 아낙이나 계집종들에게 들리지 않게끔 목소리를 낮추고 으르렁거렸다.

"아? 아아?! 사지육신 멀쩡한 사내를 창병 고자로 만들고선 아아?! 무슨 억하심정으로 그런…."

"상관없잖소? 누가 알아볼 것도 아닌데?"

"왜…, 왜 상관이 없어? 당장만 해도… "

큰 소리로 따지던 윤은 자신을 보고 킬킬거리는 동네 사람들을 보곤 애써 손으로 얼굴을 가리며 서경에게 다시 따졌다.

"저 시선들이 안 보이는가? 내가 왜 이런 굴욕을 당해야…"

"사람들이 귀찮게 달라붙는 것보다야 낫지 않소."

"그래도 하고 많은 변명 중에 왜 하필!"

"다 왔소."

여전히 파르르 열을 올리는 윤을 버려두고 서경이 활짝 열린 대문 안으로 들어갔다.

"내 말 아직 안 끝났어!"

분함에 윤은 자신도 모르게 주먹을 불끈 쥐고 바르르 떨었다. 그런 윤의 곁을 어린 동네 아이들이 킥킥거리며 지나치고 있었다.

"이 동네는 무슨 놈의 소문이 이렇게 빠른 것이야?! 으!!"

한편, 그 무렵 사문객주에서는 무현이 사환들의 보고를 받으며 객주 내를 살펴보고 있었다.

"요즘 밀거래를 하는 자들이 부쩍 늘었다고 합니다."

"저희 쪽에도 넌지시 중국의 비단을 더 구할 수 없는지 묻는 댁들이 많습니다."

그중 하나가 주변의 눈치를 살피더니 넌지시 목소리를 낮춰 무현에게 고했다.

"이 달 들어 마님들의 독촉이 더 심해졌습니다. 적당한 경로를 찾아 볼까요?"

"아니, 당분간은 그대로 가자. 때가 안 좋아. 사대부 여인들이 이리 한꺼번에 움직이는 걸 보면 조만간 나라에서 또 한 번 비단 금제(禁制)

를 시행할지도 몰라. 괜히 움직였다가 본보기로 걸리면 바닥까지 털리기 십상일세. 헌데…"

무현이 아파 무리가 모여 있는 정자 쪽을 눈으로 살폈다.

"안 보이는군."

누구에게랄 것도 없이 무현이 말했다.

"누구를 말씀하시는 건지?"

"아닐세. 그저 혼잣말이야."

무현이 다시 발걸음을 옮겼다.

'벌써 함께 움직이는 건가?'

자신이 처음 마음을 허한 남자와 처음 마음을 빼앗긴 여자가 함께 있다. 만약 그들이 운명의 장난으로 맺어진다면, 그리하여 그들 둘을 함께 잃을 수밖에 없다면 둘 중 어느 편을 더 아쉬워하게 될까…. 무현은 그 답을 알 수 없었다.

'아냐. 그건 그저 나의 망상일 뿐이다. 얻기보다 잃을 것을 먼저 걱정해왔던 비굴한 습관일 뿐이야…. 정신 차려, 무현. 도대체 무얼 그리 겁내는 거냐?'

* * *

"저, 저기… 마님이 안채로 드시랍니다. 푸훗…."

좌랑 댁에서 먼저 안채로 든 서경을 기다리느라 바깥채 행랑 마루에 앉아 기다리던 윤에게 계집종이 쿡쿡 애써 웃음을 참으며 다가왔다. 이미 규중 안채까지 윤의 '그 소문'이 들려온 모양이었다. 계집종은 대놓고 윤의 아랫도리에 시선을 보내며 계속 웃음을 참지 못하고 있었다.

연이은 수모에 얼굴이 벌게진 윤이 좌랑 댁 안채에 들었을 때, 서경은 맑은 물이 담긴 놋대야를 곁에 둔 채 누워 있는 좌랑 부인의 얼굴을 깨끗한 무명천으로 찍어내듯이 정성스레 닦아내고 있는 중이었다.

"결이 많이 상하셨습니다."

등짐을 내려놓은 윤은 딱히 누구에게랄 것도 없이 꾸벅 고개를 조아리고는 이내 벽을 향해 돌아앉았다. 혹시 안채에 들게 되거든 바로 벽을 향해 돌아앉아 있으라는 서경의 귀띔이 있었기 때문이었다.

"자네 서방이라며? 아이들 말대로 참으로 잘난 사낼세."

좌랑 부인이 고개를 돌려 곁눈으로 윤을 보며 미소를 머금었다.

"지금부터는 움직이지 마십시오."

서경이 엄하게 이르자 좌랑 부인이 얼른 입을 다물었다. 부인의 얼굴을 다시 정면으로 향하게 한 후, 서경은 마른 수건으로 부인의 얼굴을 닦아낸 후, 작은 도기 접시에 자작하게 깔린 물에 가루를 섞어 개었다. 그리고 가늘고 납작한 나무주걱으로 떠서 좌랑 부인의 얼굴 위에 얇게 펴 발랐다.

"이번에 발라 드리는 것은 율무에 톳과 다시마 등의 해초 가루, 그리고 몇 가지 향초를 섞은 것이옵니다. 마님처럼 울긋불긋하게 잡티가 많이 올라온 살결에는 율무만한 것이 없지요. 살결에 탄력을 더해주는 데도 특효가 있고요. 거기에 막 목욕을 하고 나온 처녀의 피부처럼 촉촉함을 오랫동안 유지해줄 해초가루를 더했습니다. 이 해초가루는 맑은 날을 골라 제가 직접 구한 것들을 삼칠일 동안 말린 후 빻아 만든 것입니다. 향초 역시 아침 첫 이슬 맺힌 것을 그대로 섞어 신선한 향을 더했습니다만, 향의 정도는 어떠십니까?"

"음… 과하지도 부족하지도 않네."

좌랑 부인의 얼굴 위에 반죽을 빼곡히 올린 후 혹여 빠진 구석이 없나 얼굴 이곳저곳을 주걱으로 꼼꼼히 눌러주며 서경이 말을 이었다.

"얼굴이 제법 당긴다 싶으시면 그때 다시 깨끗한 물로 씻어주면 됩니다. 이틀에 한 번 정도, 적어도 이레에 두 번을 이리 해주시면 깨끗하고 맑은 살결을 유지하는 데 도움이 되실 것입니다."

잠시 후.

얼굴을 씻어 닦아낸 후 좌랑 부인은 서경에게서 경대를 건네 받아 자신의 얼굴을 비추고는, 살그머니 살결을 만지며 얼굴 가득 미소를 만개했다.

"음. 음. 음. 확실히, 확실히! 부드럽구나. 달라졌어. 한층 맑아졌고, 빛이 나는 것 같아. 거기, 자네가 보기에는 어떠한가?"

좌랑 부인이 윤에게 물었다. 윤은 고개를 돌려 살짝 좌랑 부인의 얼굴을 본 후, 다시 벽을 향해 돌아앉았다.

"외람되오나 이제 겨우 방년(芳年, 이십 세 전후의 꽃다운 나이)을 넘긴 소녀 같사옵니다."

"홋! 눈에 빤히 보이는 거짓이라 해도 사내의 칭찬이란 이리 기분 좋은 것이구나."

좌랑 부인이 곁의 서경에게 은밀한 웃음을 흘렸다.

"자네, 저 사람 내소박은 못 놓겠네. 다른 건 몰라도, 장사를 돕는 솜씨만큼은 쓸 만하지 않은가? 저리 인물도 훤한데다 말솜씨 또한 말짱하니 제법이로세."

"물건은 맘에 드십니까?"

"들고말고. 이제껏 자네가 준 비약들도 다 좋았지만 이번엔 훨씬 더 마음에 드네. 요 근래  밤마다 바깥이 소란스러워 잠을 못 이루는 통에 까칠해졌던 살결들이 이제는 마치 백일된 갓난아이의 살결처럼 투명해 보이지 않은가? 거기다, 이 향은 또 어떻고. 부드럽게 살결을 간질이는 느낌이 더할 나위 없이 만족스럽네. 이제까지 내가 봤던 것 중 최상품일세."

"그리 칭찬해주시니 그저 감사할 따름입니다."

"그래, 얼마나 갖고 있나? 일단 갖고 온 것만이라도 모두 주게. 얼만가?"

서경이 품속에서 작은 비단 주머니를 꺼내 부인 앞에 놓았다. 어린아이의 손바닥보다도 작은 주머니 크기에 좌랑 부인의 얼굴엔 실망감이 번졌다.

"고작, 이것뿐인가? 더 있지 않은가. 어서 이리 내시게."

"죄송합니다. 원래 마님께 드릴 예정이 아니었던지라."

"그게 무슨 소린가?"

좌랑 부인이 서경의 두 손을 움켜쥐었다.

"어찌 이리 섭섭하게 구는가? 내 이제껏 자네가 달란 값을 한 푼이라도 깎은 적이 있나? 아니면 대접을 소홀히 한 적이 있던가?"

"아닙니다."

"그럼, 내게 이러면 안 되지. 내 후하게 값을 치른다니까?"

좌랑 부인은 애원하다시피, 간절한 눈빛으로 서경을 보았다. 하지만 서경의 눈빛에는 흔들림이 없었다.

"다시 이만한 물건을 구하려면 또 몇 달이나 더 지나야 할지 모릅니다. 경험해보셨으니, 어느 정도의 질인지 마님께서도 잘 아시겠지요?"

"알고말고. 그러니 내 후히 값을 쳐준다 하질 않나. 얼른 모두 내놓게."

"면구스럽습니다. 애초에 정해둔 임자가 따로 있는 물건이니 이번 한 번만 양보를 해주십시오."

서경이 고개를 숙여 인사를 하곤 일어섰다. 그리고 윤에게 눈치를 주어 방을 나가려는데, 등 뒤에서 지금까지와는 전혀 다른 날카로운 목소리가 들려왔다.

"그러려면 아예 보여주지를 말든가! 이리 사람 마음을 홀려놓고 이제 와서 주지 못하겠다니, 네년이 나를 갖고 희롱하는 것이냐!"

서경이 돌아보곤 다시 깊숙이 고개를 숙였다.

"부디 너그러이 용서해주십시오."

"다른 임자가 누군가?"

"……"

"다른 임자가 있긴 한 건가? 그저 값을 더 받으려 이리 수를 쓰는 건 아니고?"

"……"

"누구냐니까!"

"…실은 그동안 제가 동리의 여러 댁들과 연을 텄으나, 아직 최 부사 댁과는 아무런 연이 없었습니다. 하여, 이번에 그 댁과의 첫 거래를 트고자 마련한 것이오니, 부디 어여삐 여겨주십시오. 저희 같은 장사치들에게 첫 거래가 얼마나 중요한 것인지 아시지 않습니까?"

"최 부사 댁이라면, 전 동지중추부사 댁 말인가?"

"그러합니다."

"흠…."

좌랑 부인은 잠시 생각에 잠기더니, 경대에 다시 자신의 얼굴을 비춰 보았다. 새삼 거울 속 자신의 얼굴에 홀린 듯 잠시 황홀하게 쳐다보던 부인은 시선을 거울 속의 자신에게 향한 채 물었다.

"이번에 가져온 양은 얼마나 쓸 수 있는가?"

"한 분이 쓰신다면 족히 서너 달은 쓰실 수 있을 양입니다."

"이번에도 역시 여느 때처럼 단 몇 사람에게만 보이는 특별한 물건일 테고?"

"물론입니다."

"그럼, 됐네."

탁- 소리 나게 경대를 닫고서 좌랑 부인이 눈부시게 화사한 미소를 띠었다.

"이번 참에 갖고 온 걸 모두 두고 가시게. 또한 근방에서는 오직 내게만 팔아야 할 것이야. 약조할 수 있다면, 내 자네가 들으면 솔깃할 이야기를 일러주겠네."

보일 듯 말 듯 서경의 입술 한쪽 자락이 슬며시 위를 향했다.

"말씀 받들겠습니다."

서경이 다시 좌랑 부인 앞에 무릎을 꿇자마자, 좌랑 부인이 무릎걸음으로 다가와 은밀히 속삭였다.

"실은 말일세. 내가 아주 이상한 이야기를 들었단 말이지. 내 친정 오촌 조카 되는 이가 말일세…."

## 2-2. 흔들리는 밤

좌랑 댁 이외에 몇 군데의 양반집들을 더 돌았을 때 즈음엔 해는 이미 서산 너머로 진한 잔영을 남기며 지고 있었다. 서경의 등짐은 처음보다 훨씬 홀쭉해진 상태였지만, 한 걸음 한 걸음 내딛는 서경의 발걸음은 무겁기 짝이 없었다. 그리 무거운 걸음을 한 발자국씩 디뎌가던 서경이 문득 무언가를 발견하고는 화들짝 뒤로 돌아섰다. 쓰고 있는 머릿수건을 더 아래로 내려 얼굴을 숨긴 후 길 가에서 외로 돌아서기까지 하였다. 그 곁으로 '훠이, 훠이' 소리를 내며, 화려하게 장식된 부인용 남여 (덮개 없이 사방이 트인 가마)를 멘 사내들이 지나치려던 순간. "멈추어라!"하는 여인의 명령과 함께 남여가 우뚝 멈춰 섰다.

교자가 멈추자, 외로 향해 있던 서경이 급히 발걸음을 재촉해 빠른 걸음으로 걸어나갔다. 혹시 아는 사람이라도 있을까 하여 패랭이를 낮춰 얼굴을 가리고 있던 윤도 서둘러 그 뒤를 따랐다. 남여 위에 짙은 빛의 너울을 드리워 제 얼굴을 가리고 있던 여인은 그런 서경의 뒷모습을 눈으로 좇다가 잠시 눈살을 찌푸렸다.

"가자."

여인의 명이 다시 떨어졌다.

다시 움직이기 시작한 남여 위에서 여인은 곁에 따르는 시종을 불렀다.

"임 서방."

"네, 마님."

"함창댁을 불러들이게."

"넵!"

* * *

긴 하루의 일과를 마치고 서경과 윤이 당도한 곳은 남촌마을에서 한참 더 떨어진 곳에 있는 주막이었다. 도성 중심에서 남촌과 북촌으로 갈리는 경계에 위치한 주막은 도성을 오가는 지방 장사치들이 짐을 부리는 곳이기도 했다. 둘은 오늘 이곳에서 묵은 후 내일 새벽 일찍 북촌 공방(工房, 장인들의 공예 작업장)들을 훑기로 한 참이었다.

"한방을 쓰겠다고?"

흔연하게 댓돌을 딛고 객방 마루에 올라서던 윤은 자신의 귀를 의심하며 뒤돌아보았다. 그 순간, "어어엇, 억!" 하는 소리와 함께 윤의 발이 마루 밑으로 푹 빠졌고, 그 바람에 균형을 잃고 휘청하던 윤이 우당탕탕 엉덩방아를 찧었다. 마루의 나무가 썩었던 탓인지, 윤의 무게를 감당하지 못하고 마루가 꺼져버린 것이었다.

"으…!!"

윤이 급작스러운 고통에 발도 빼지 못한 채 앓는 소리만 냈다. 갑작스러운 사태에 놀라 잠시 멍하니 보고만 있던 서경이 얼른 달려들어 마루 밑에 빠졌던 윤의 발을 들어 올렸다.

"윽!"

"붙잡고 일어서오."

서경이 윤의 어깨 밑에 파고 들어가 제 몸으로 윤을 부축하여 일으켜 방으로 데리고 들어갔다. 늙수그레한 주모가 화들짝 놀라 뛰어와선 방에다 대고 변명이란 것을 주절주절 늘어놓았다.

"내가 미리 경고했잖소. 마루도 썩었고, 문틀도 안 맞는다고. 사람 잘 만한 방이 못된다고 했는데 그래도 좋다고 한 건 어디까지나 아파요! 이제 와 딴말 하기 없소?!"

"알았소."

서경이 무뚝뚝하게 대답하곤 아귀가 제대로 맞지 않는 방문을 닫았다.

"윽!"

앉으면서 다시 발목에 힘이 전해졌는지, 윤은 다시 발목을 안고 뒹굴었다. 꽤 고통이 심한지, 이마에는 제법 식은땀까지 나고 있었다.

"어디 좀 보오."

제 등짐을 벗어 한쪽에 놓고, 머릿수건까지 벗은 서경이 윤에게 다가왔다. 그리고선 제 발을 감싼 윤의 손을 떼어낸 후, 좁은 바짓자락을 휘감고 있는 대님을 풀고, 조심스러운 손길로 바짓자락을 걷고 버선을 벗겼다. 윤의 발목, 복숭아뼈 부분이 시커멓게 부어오르고 있는 것이 보였다.

"쯧!"

서경이 혀를 찬 후, 자신의 등짐을 뒤적여 작은 쌈지와 무명천, 손바닥만 한 호리병을 꺼내었다. 그리고는 쌈지 속에서 약초를 꺼내 무명천 위에 놓은 후, 호리병의 액체를 부어 적셔 윤의 부은 발목에 대고 조심스럽게 감기 시작했다.

"으… 그게 뭐야?"

"골쇄보(骨碎補, 넉줄고사리)요. 원래 예부터 접질리거나 뼈가 부러졌을 때에 자주 쓰이는 약초요."

"…골쇄보?"

"옛 당나라의 어느 황제가 붙인 이름이라오. 황제가 어느 날 황후와 함께 말을 타고 나들이를 나갔는데 갑자기 숲에서 호랑이가 나타났다 하오. 그 때문에 황후가 낙마하여 다리를 크게 다쳤는데 근처에 어의가 없는 까닭에 대신 어느 병사가 구해 온 이 약초를 황후의 다리에 붙였다고 하더이다."

윤은 조심스럽게 자신의 발목에 천을 감으며 나지막한 말투로 이야기를 들려주는 서경을 바라보았다. 생각지도 못하게 접질린 발목은 물론 아프긴 했지만, 좀 전에 야단스럽게 고통을 호소한 건 사실 반쯤은 엄살에 가까웠다. 칠칠치 못한 모습으로 구른 게 창피해 일부러 더 아픈 척을 했던 것뿐이었다.

"황후의 다리가 금세 낫자 감탄한 황제가 그 신통한 약초의 이름을 물었으나, 아무도 그 이름을 몰랐다더군요. 심지어 약초를 구해온 병사조차도요. 그래서 황제가 친히 그 약초에게 '부러진 뼈를 보강한다'는 뜻의 골쇄보라는 이름을 내렸다 하오. 자, 다 됐소. 어디 보자…."

서경은 윤의 발목에 감은 천의 단단함을 확인하듯 천천히 쓰다듬었다. 윤은 순간 당황해 숨을 들이켰다. 무슨 까닭인지, 서경의 손이 닿은 천의 아랫부분이 뜨거워지고 있었다. 바짓자락을 내려주는 서경의 손가락이 잠시 정강이에 닿았을 때는 자신도 모르게 마른 침을 삼키기도 했다.

"저녁밥을 시켜놨으니, 그때까지 좀 쉽시다."

이제 윤에게서 떨어진 서경이 풀어헤친 제 등짐을 여미며 문에서 가까운 구석에 웅크려 앉았다. 제법 피곤한 모양인지, 무릎 위에 두 손을 얹고 벽에 머리를 기대며 눈을 감았다.

"진심으로 이 방에서 함께 묵을 생각인가?"

"그렇소."

"합방은 좀 곤란하지 않나? 임자의 바깥사람이 나중에라도 알게 되면 난처해질 게 아닌가."

"농은 됐소."

서경은 눈도 뜨지 않은 채 아무 감정이 느껴지지 않는 건조한 목소리로 윤의 말을 끊었다.

"첫째, 굳이 이 방을 고른 건 이 근처에서 가장 싼 방이기 때문이오. 둘째, 합방을 하자고 한 건, 방값도 아끼고 짐들을 지키기 위해서요. 셋째, 내가 댁을 사내로 보지 않으니 댁도 나를 계집으로 보지 않으면 되오. 음심(淫心)이 동하거든 대명률을 상기해보길 바라오."

따박따박, 제 할 말을 다 마치고 서경은 본격적으로 쪽잠을 취하기 시작했다. 서경이 말한 대명률이란, 원래 명나라의 율법으로 조선에서도 능히 통용되는 율법이었다. 그 대명률에 의하면 화간(和姦)은 장 80대, 조간(刁姦·여자를 유괴한 뒤 간음)은 장 100대에 달하는 죄라 했다. 강간한 자는 교수형[絞刑]에 처해지고, 설령 강간미수죄라 하더라도 장 100대에 유배[流] 3000리에 해당하는 벌을 받는다. 결국 서경은 윤에게 자신에게 손 하나라도 댔다가는 관아에 발고하겠다는 협박을 한 셈이었다.

'감히 이 나에게 협박을 하다니, 참으로 깜찍한 여인이 아닌가. 훗.'

여인들에게서는 항상 넘치는 호의만 받아오던 윤이었다. 항상 귀찮다는 듯이 혀나 차며 하냥 어리석은 막냇동생 다루듯이 하는, 그러다 종국에는 깜찍한 협박까지 마다 않는 이 여자가 윤에게는 참 별나게 보였다.

윤은 조그맣게 숨소리를 내며 졸고 있는 그녀의 얼굴을 찬찬히 뜯어보았다. 그 얼굴은 눈을 뜨고 있을 때와 눈을 감았을 때의 인상이 사뭇 달랐다. 짙고 큰 눈동자 덕분에 평소에는 조금 고집스럽게도 당돌하게도 보이던 얼굴이 눈을 감고 있을 땐 어딘가 앳된 인상을 주고 있었다. 매양 돈, 돈, 돈을 외치며 항시 입술 양끝에 힘을 주어 꾹 다물어 있던 입매 또한 부드럽게 풀어져 있었다. 윗입술에 비해 유난히 도톰하게 부푼 아랫입술이 윤의 시선을 끌었다. 당장이라도 앙 깨물고 싶은 탐스러운 복숭아꽃 같은 입술이었다. 그렇게 서경의 얼굴을 뜯어보고 신기해하는 동안, 얼마간의 시간이 지났을까.

툭.

무릎 위에 얹고 있던 서경의 손이 힘없이 떨어졌다. 그리고 웅크린 자세 그대로 스르르 몸이 옆으로 기울기 시작했다.

'엇쿠!'

윤이 얼른 서경의 곁으로 가 기우는 몸을 제 어깨로 막았다. 차마 손은 대지 못하고 그저 어깨만으로 기우는 서경의 몸을 지탱하는 자세였다. 자연히 서경의 고개는 윤의 어깨와 가슴 중간에 기댄 모습이 되었다. 누가 보면 나란히 벽에 기대어 앉아 있다 잠든 모양새였다.

"흐음…."

꽤 숙면에 들었는지 숨소리인 듯 옅은 코골이인 듯 희미한 소리가 새어 나왔다. 하긴, 피곤할 법도 했다. 곁에서 본 아파의 일과란 그가 예상했던 것 이상으로 피곤한 일투성이였다. 양반 부인들은 서경을 보자마자 너나 할 것 없이 저마다 온갖 불만들을 토로해댔고, 옆집 누구보다 아무개 누구보다 더 좋은 물건들, 더 좋은 비방이 없는지 물어댔다. 그들의 비위를 맞춰주며 서경은 솜씨 좋게 거래를 성사시키는 한편, 그러는 와중에도 그들에게서 부지런히 부사 댁 아가씨에 대한 정보들을 캐냈다. 머리가 좋은 여인네였다.

"응…."

딱딱한 사내의 어깨가 불편했는지 몇 번 뒤척이던 서경의 고개가 차츰차츰 윤의 품으로 미끄러져 들어왔다. 윤은 재미 반, 장난 반 삼아 몸을 피하지 않고 그대로 잠자코 있었다.

설렘을 안은 침묵의 시간이 흘렀고, 잠결에 좀 더 편안한 자세를 찾는 본능으로 서경의 몸은 점점 더 아래를 향해 기울기 시작했다.

이윽고, 어느새 작은 서경의 머리통이 윤의 단단한 가슴팍과 긴장으로 딱딱하게 굳어진 아랫배를 훑듯이 지나 평평하고 넓은 허벅지에 안착했다. 제법 넓고 두툼한 그곳이 마음에 들었던지, 서경은 그의 허벅지에 대고 "흐응 –" 하는 콧소리까지 내면서 볼을 비벼대기까지 했다.

"……!"

윤은 얼른 소리 죽여 신음을 흘렸다. 동시에 자신의 허벅지에서 느껴지는 서경의 체온을 만끽했다. 천하의 한량이라는 평판답게 이제껏 많은 기생을 품어왔고, 타고난 외모 때문에 적지 않은 추파와 유혹을 받아봤던 그였다. 하지만 이런 식으로  작은 몸짓 하나하나가 자신을 흔들리게 하는 여인은 처음인 것만 같았다.

'설마 자는 척, 작정하고 유혹하는 것인가?'

꿀꺽 침까지 삼키며 여인의 옷깃 아래로 살짝 엿보이는 가슴골을 눈으로 탐하던, 윤이 얼른 고개를 흔들어 잡념을 털었다.

'장난은 이제 끝.'

윤은 잠시 서경에게 향했던 어지러운 마음들을 모두 거두기로 했다.

'결코 손을 대선 안 되는 여인이야.'

종친이라는 자신의 신분도 신분이려니와, 그녀는 이미 지아비가 있는 유부녀였다. 자신이 손을 댈 수 없는, 대어서도 안 되는 존재, 그 자체인 셈이었다.

'대명률. 대명률. 대명률…'

윤은 머리를 흔들어 자꾸만 머릿속을 어지럽히는 잡념을 떨쳤다. 하지만 허벅지에서 느껴지는 그녀의 규칙적인 숨결이 자꾸만 그의 결심을 무력하게 했다.

윤은 서경에게서 제 다리를 빼내기로 결심했다. 이러다 서경이 잠을 깨면 괜한 오해 사기 십상일 터였다. 허벅지와 같은 높이에서 살짝 서경의 머리를 받치고 다리를 빼내기 시작했다. 서경이 깨지 않도록 살그머니, 살그머니….

'조금만 더, 조금만.'

막 다리를 빼내는 데 성공하려는 찰나!

"응…."

서경이 다시 사내의 아랫배를 자극하는 신음과 함께 몸을 뒤척였다. 그리곤 모처럼 얻은 베개를 놓치지 않겠다는 듯이 자신의 머리 밑에서 빠져나가려 하는 윤의 다리를 두 팔로 고정한 뒤 넓고 안정감이 느껴지는 푹신한 그 베개에 더욱 깊이 고개를 묻었다.

'이거 참 미치겠군, 정말!!'

안달하는 사내의 마음도 모른 채 자세를 바꾼 서경의 얼굴은 이제 윤의 바짝 긴장한 아랫배 쪽으로, 그것도 거의 배꼽 아래와 거의 맞닿기 직전까지 가까이 다가왔다. 그 때문에 서경의 규칙적인 숨결은 윤의 배꼽 밑 고간 부분에 정확히 와 닿고 있었다. 윤의 얼굴은 어느새 점점 더 벌겋게 달아올랐다. 숨을 참고, 자꾸만 묵지근하게 열기로 부풀어 오르는 하초를 진정시키기 위해 다른 데로 시선을 돌리고, 입속으로는 대명률을 거듭 반복해보았다. 까딱 잠시만 방심을 해도 민망한 상황에 처하게 될 게 뻔했다. 여기서 그런 망신까지 더했다간, 그야말로 사나이로서 윤의 체면은 바닥에 곤두박질쳐질 것이 분명했다.

"응…."

모기에라도 물렸는지 간지럽다는 듯 턱을 긁던 서경의 손이 이제는 윤의 허벅지 깊숙한 곳에 놓였다.

'더 이상은 안 돼!'

윤은 크게 침을 한번 삼키고, 다시 서경이 깨지 않도록 조심스레 그 머리를 들어올린 후 달콤한 고문 속에서 자신의 다리를 해방시키려 했다.

그때, 뜻하지 않은 상황이 발생했다.

"상 들어가오."

소리와 함께 주모가 저녁상이 담긴 개다리소반을 들고 들어온 것이다. 들어오라 소리도 하지 않았는데 성큼성큼 들어온 후, 방 가운데 상을 내려놓고 돌아서던 주모는 놀라 굳어버린 윤과 윤의 허벅지께에 고개를 대고 있는 서경의 모습을 보고는 "에그머니낫!" 외마디 비명을 지르며 두 손으로 얼굴을 감쌌다.

그도 그럴 것이 보이는 것만으로 치자면, 사내가 여인의 머리통을 안고 아랫배로 끌어당기는 중이었으니, 오해하기 딱 좋은 모양새였기 때문이었다.

"뭔 짓이요! 뭔 일을 치를 거면 불이라도 꺼놓던가. 남우세스럽게!!"

"아, 아니. 그게 아니라…"

주모가 윤의 대답도 들어보지 않은 채 후다닥, 방 밖으로 뛰쳐나갔다. 그리고선 금세 바깥에서 사내들의 와하하 웃음소리가 진하게 들려왔다.

"아랫도리를 못 쓴다더니, 그래도 할 건 다 하는 갑제."

"뭔 수를 쓰건 풀 것만 다 풀어주면 되는 거지이."

"예끼, 숭악한 사람들아. 남의 집 부부 밤일에 뭘 그리 관심들인가? 그러다 큰 쌈 나네. 우린 그저 술이나 마심세."

하지만 그러고도 바깥에서는 한참 동안 윤의 아랫도리 사정과 부부의 속궁합에 대해 이런저런 추측들이 계속되었다. 그 민망한 소리들을 들으며 윤은 모든 사건의 원흉인 서경을 원망스레 쳐다본 후, 서경이 괴고 있는 제 다리를 거칠게 빼내었다. 그 바람에 쿵 하고 서경의 머리가 방바닥에 떨어졌지만, 서경은 그저 머리만 한번 긁을 뿐 여전히 깰 기색이 없었다. 그 모습에 괜히 지금까지 서경이 깰까 조바심 냈던 자신이 한심스러워 윤은 벌겋게 달아오른 얼굴을 두 손으로 벅벅 문질러댔다.

## 2-3. 잠자는 규수

"아가씨? 아가씨이-"

꿈인 듯 현실인 듯 어디서 누구를 부르는 소리가 났다.

누군가의 손이 자신의  흔드는 것 같은 느낌도 있었다. 한희는 몽롱한 가운데 눈을 떴다 이내 다시 감았다. 상관할 게 없었다. 아무 상관없다. 자신은 이미 죽었으니까. 자신을 방해하는 손들을 떨쳐내고, 한희는 허리께로 내려가 있는 모시 홑이불을 끌어당겨 얼굴까지 뒤집어썼다. 눈앞을 가린  모시 홑이불에는 금사와 은사로 화려한 무늬가 수놓아져 있었다.

'참으로 아름다운 수의(壽衣)가 아닌가….'

한희는 다시 눈을 감았다. 현실을 버리고, 꿈의 세계로 떨어져갔다.

꿈은 여느 때보다 더 길었다.

안개가 되어 아름다운 호수를 누비던 한희는 문득 자신을 침범해오는 검은 그림자를 깨달았다. 그리고 어느새 정체 모를 그림자에 쫓기기 시작했다. 달을 넘고, 해를 건너, 산속 깊숙이 달아나고 달아나도 그림자는 어느새 쫓아와 자신의 다리를 휘감았다.

"……!"

어느새 자신에게 다리가 생겼다. 말랑한 배가 생겼다. 봉긋한 가슴이 생겼다. 안개에서 생긴 그 다리를, 허벅지를, 배를, 가슴을 지나 스멀스멀 올라온 그림자가 가늘고 긴 한희의 목을 휘감았다. 비의 냄새가 묻은 축축한 그 그림자의 냄새에 한희는 역겨움을 참을 수 없었다. 애써 숨을 헐떡이며 입을 열었지만, 그림자는 입속까지 침범해왔다.

"읍…읍…으읍!!"

작은 비명과 함께 긴 악몽이 끝났다.

아무도 없는 텅 빈 방 안. 어느새 한밤중이 되었던지, 짙은 어둠 속에서 달빛이 조각한 나무 그림자만이 방 안을 어지럽게 흔들고 있었다.

"하학, 하악!"

어둠이 숨을 조여왔다. 거칠게 숨을 몰아쉬어보지만, 점점 더 숨 막힐 듯 죄어오는 답답함 속에 한희는 방문을 열고 뛰쳐나갔다. 맨발로 정원을 가로질러 안채에서 사랑채로 통하는 평대문을 열어젖히고, 마당을 지나 집 밖으로 향하는 솟을대문의 무거운 빗장을 낑낑거리며 열었다. 그리고 있는 힘을 다해 대문을 밀어젖혔다. 끼익-! 고요한 밤의 정적을 깨는 무거운 소리와 함께 대문이 열렸다.

'됐어! 이제 이 문간만… 문간만….'

하지만 거기서 한 치도 더 나아갈 수 없었다. 한희의 발은 땅에 붙은 듯 움직이지 않았다.

두 손으로 다리를 들어 움직이려 해봐도 못으로 고정된 듯 한희의 발은 조금도 움직일 생각을 못했다.

"아…아…악!!"

한희는 절망에 차서 울부짖었다. 움직이지 않는 다리를 주먹으로 쳐가며 비통한 울음을 쏟아냈다. 그 울음소리에 대문 옆 바깥 행랑채에서 자다 깬 가노(家奴)들이 우르르 뛰쳐나왔다. 안 행랑채 쪽에서도 사색이 된 행랑어멈과 계집종 서넛이 맨발로 뛰어왔다.

"어이구, 아가씨! 또 왜 이러십니까요?"

"가세요. 아가씨! 얼른요!"

"악! 악!"

여전히 자신의 두 다리를 주먹으로 내리치며 울부짖는 한희를 계집종들이 거의 떠메듯이 어깨를 부축하여 안채로 데려갔다. 사내종 몇은 대문 바깥으로 뛰쳐나갔다 다시 돌아와서 아무도 없음을 서로의 눈치로 확인했다. 대문은 재빨리 다시 닫혔고 굳은 빗장이 가로질러졌다. 한희의 비명이 희미하게 멀어져갔다. 마치 아무 일도 없었던 것처럼, 마당에는 다시 고요한 어둠이 찾아왔다. 그 어둠 속에서 벽 위로 작은 얼굴 하나가 떠올랐다 가라앉았다.

* * *

어슴푸레 빛이 어둠 사이에 스며들고 있는 새벽. 윤과 서경이 묵고 있는 주막 문 앞에서 이제 갓 열 살쯤 됐을까 싶은 거지 아이 하나가 왔다 갔다 하더니 늘어지게 하품을 하며 제 방에서 나오는 주모를 보더니 얼른 문 안으로 들어섰다. 주모가 아이를 보더니 눈살을 찌푸리곤, 맨 안쪽의 객방을 고갯짓으로 가리켰다. 아이는 객방 문 앞으로 가 콩콩 문을 두들겼다.

"누나…."

"누나아…."

밤늦게까지 잠을 이루지 못했던 윤은 방문을 두들기는 소리에 잠이 깼다. 누굴까 싶어 일어나려던 찰나, 자신보다 먼저 벌떡 일어나 문을 여는 서경의 기척에 자는 척을 하며 실눈을 뜨고 두 사람의 동태를 살폈다. 어제 동네에 들어설 때 서경이 무언가 슬며시 귀엣말을 하던 거지 아이였다. 아이와 서경은 어제처럼 한참을 두런두런 속삭임을 나누었다.

"수고했다! 여기."

아이의 이야기가 끝나자마자 서경이 허리춤에서 작은 돈주머니를 꺼내 통째로 건넸다.

"얼른 가지고 가. 주모한테 일러뒀으니까 공치는 날에는 여기 와서 밥 얻어 가고. 그렇다고 너무 자주 오면 안 되는 건 알지? 또 눈치 없이 사람들 많을 때 와서 혼나지 말고. 요령껏 다녀, 요령껏."

"응!"

주머니를 받아 든 아이가 꾸벅, 고개를 끄덕였다. 그러면서도 아이는 영 쉽게 발을 못 떼었다. 그러자 서경이 가만히 아이의 머리를 쓰다듬어주었다.

"고맙다. 수고했어. 큰 도움이 됐어."

"정말?"

칭찬이 가장 큰 심부름값인 듯, 아이는 신이 나서 얼른 주머니를 제 허리춤에 쑤셔 넣고 밖으로 달려 나갔다. 서경은 눈으로 아이를 배웅하고는 윤에게 다가와 이불을 든 후 바짓자락을 걷어, 어제 묶어두었던 천을 내려 발목을 살피더니 다시 바지를 내려주었다.

"언제까지 자는 척할 거요?"

"눈치챘나?"

부시시 윤이 일어났다.

"붓기는 다 빠진 것 같구려. 오늘 걷는 데는 그리 지장이 없겠소."

"근데, 그 아이가 한 말은 다 뭐야. 그 규수에게 따로 정인(情人)이 있었다고?"

"그렇다면… 접을 거요?"

"…일단은 사실을 먼저 확인해야겠지."

"그럼, 서둡시다. 오늘 들러야 할 곳이 많소."

간단히 아침 요기를 마친 두 사람은 그날 오전부터 해가 떨어질 때까지 도성 안 공방(工房, 공예 작업장)들을 누비며 특별한 '무엇'을 찾느라 바빴다. 윤이 보기에 웬만하다 싶은 것들도 서경의 손에 들려지면 가차 없이 트집 잡히기 일쑤였고, 공장(工匠, 공방의 장인)들이 자신하는 작품들도 서경의 잔혹할 정도의 날카로운 품평에 의해 굴욕을 맛보곤 했다.

"쓸 만은 하나, 너무 비싸오…."

다섯 번째 들른 공방에서도 기어이 빈손으로 나온 서경이 잠시 고민에 빠졌다.

"쓸 만하면 사, 사라고. 어차피 팔 거잖아. 그리 재고 따지고 하지 말고 웬만하다 싶음 사, 사라고!"

"이리 원가를 비싸게 주면, 이문을 별로 못 남기고 팔아야 하오. 이문을 제대로 붙이자고 들면, 값이 너무 과해지니 팔고 싶어도 팔 수가 없소."

"그럼 이문을 좀 덜 남기면 되겠네."

"그럴 수는 없지요! 벌 수 있는 돈을 왜 포기하오?"

너무도 단호한 서경의 말에 윤은 그저 입만 딱 벌렸다. 돈에 대해 이처럼 확실하게 자기 주장을 하는 여자를 그는 이제껏 단 한 번도 본 적이 없다.

"사문객주로 가봐야겠소. 황 서방을 찾으면 얼추 비슷한 것을 찾을 수는 있을 것이요."

"없으면? 못 찾으면?"

"그땐 다시 여기 와서 한 번 더 훑어야지요."

"윽!!"

질렸다는 듯 혀를 내두르는 윤에 아랑곳없이 서경은 방금 나온 공방을 다시 되돌아보았다. 다시 들어가서 살펴볼까 망설이는 눈치였다. 그때 윤에게도 서경에게도 익숙한 목소리가 들려왔다.

"예서 만나는군."

사환 겸 종자 두 명을 데리고, 막 공방 골목에 들어선 무현이었다. 무현은 윤의 변장에 눈썹을 치켜올리더니 이내 걸음을 서둘러 둘 곁으로 다가왔다.

"안녕… 하셨습니까?"

서경이 꾸벅 인사를 하고는 슬며시 곁에 선 윤의 뒤로 한 발자국 물러났다. 누가 봐도 피하는 기색이 역력한 그 모습에 무현은 쓴웃음을 물었다.

'아직도 내가 그리 불편한 게요?'

"무탈하였소?"

무현도 꾸벅 고개를 숙여 인사를 건넸다. 두 사람의 어색한 태도를 수상하게 지켜보던 윤이 무현에게 눈짓으로 무슨 일인지 물었다. 하지만 무현은 그저 가볍게 고개만 저을 뿐 아무 대답도 하지 않았다.

"잠시 시간 좀 내어주겠소?"

무현의 청에 서경이 고개를 끄덕였다. 두 사람은 윤을 남겨둔 채 골목 안쪽으로 더 깊숙이 들어가버렸다.

'나한테는 돈 주기 전에는 말도 못 걸게 하더니, 무현한테는 저리도 순순한 건가? 도대체 무슨 사이야? 무현, 자네도 둘이 잘 아는 사이라고는 안 했잖아.'

두 사람 모두에게 서운함을 느끼면서 윤이 그들의 모습을 눈으로 좇았다.

"그날 일은 미안하오. 한 번은 정식으로 사과를 해야겠다 싶었소. 그날은 그저 술기운을 빌어 잠시 경계심을 잃었던 것뿐이오. 용서해주시오."

무현이 깊이 고개를 숙여 사죄의 뜻을 전했다.

"…이미 기억에서 지웠는걸요."

"혹시 내 도움이 필요할 땐 언제라도 말씀해주시오."

"…그리 하겠습니다."

서경이 꾸벅 고개를 숙여 보이고는 얼른 골목을 벗어나 윤의 곁에 섰다. 마치 그곳이 제자리인 양 자연스러워 보이는 서경의 모습에 무현은 가슴 한쪽에 서늘한 바람이 비집고 들어옴을 느꼈다. 그 쓸쓸함을 메우기 위해 무현은 짐짓 명랑을 가장하며 윤에게 다가갔다.

"헌데, 두 사람은 여기서 무얼 찾고 있는 중인가?"

무현의 중재로 서경이 그나마 맘에 드는 '그것'을 찾게 된 건 늦은 오후가 다 되어서였다. 도성 공방의 장인들 중에서도 가장 솜씨 좋고 콧대 높다는 공장(工匠)이 끝끝내 값을 낮출 수 없다는 것을 무현이 고생

하여 설득해준 덕분에 예상보다 훨씬 싼 값에 간신히 손에 넣을 수 있었다.

* * *

서경과 윤이 부사 댁을 방문했을 땐 이미 해가 서산으로 넘어가고도 한참이 지난 시간이었다.

"마님께서 그냥 돌아가라 하시오."

부사 댁 안주인에게 아파의 내방을 알리고 온 행랑어멈이 고개를 가로저었다. 문전박대였다. 이미 기존에 거래하고 있는 아파가 있으니, 새 아파는 필요 없다는 이유에서였다.

"마님께 전해주시오. 아가씨 병증에 도움이 될 만한 것을 가져왔다고."

"무, 무슨 소리요. 아가씨 병증이라니."

행랑어멈은 혹여 누가 들었을까봐 대문 밖을 휘휘 둘러보았다.

"밤마다 보이시는 그 모습이 어찌 무탈하다 할 수 있겠소."

행랑어멈의 얼굴이 새파랗게 질렸다. 그리곤 대문 안쪽으로 구르듯이 뛰어들어갔다. 그 모습을 본 서경이 넌지시 윤에게 일렀다.

"좀 거친 취급을 받더라도 참으시오."

"무슨?"

순간, 대문이 다시 열렸다. 서경과 윤이 문지방을 넘자마자 누군가가 그들의 뒤에서 대문의 빗장을 닫아걸었다. 그와 동시에 사내들이 우르르 뛰쳐나오더니 험한 기색으로 서경과 윤의 주위를 둘러쌌다.

잠시 후, 굵은 밧줄에 두 손을 뒤로 한 채 포박당한 두 사람은 부사댁 안채 부사 부인의 앞에 무릎이 꿇려졌다.

"정체가 무엇이냐?"

행랑어멈이며 두 사람을 끌고 온 노비들까지 모두 내보내고 난 다음에도 잠시 동안 무표정으로 두 사람을 응시하고 있던 부사 부인이 마침내 말문을 열었다.

"그저 물건을 팔러 온 아파일 뿐입니다."

"우리 아이에 대해 무엇을 아는가? 어디서, 어떤 이야기를 듣고 왔는지 자세히 고하라."

마치 가면이라도 씌운 듯 여전히 무표정을 가장한 채 부인이 물었다.

"두려우십니까?"

"…뭐야? 네 이년! 내 네깟 것들을 두려워할 이유가 무에 있어! 하도 해괴한 소리를 한다기에 무슨 까닭인지, 무슨 억하심정인지 그 자초지종이나 듣고자 하는 것뿐이다. 네가 감히 우리 집 아이가 병중이란 소리를 입에 담았다지?"

"아까부터 계속 마른 침을 삼키고 계시질 않습니까. 두 무릎 위에 올려놓고 계신 손 역시 묘하게 떨리고 있사옵니다. 무엇이 그리 두려우신 것입니까?"

"닥쳐라! 내 진작부터 요망한 네년에 관한 소문은 익히 들어 알고 있었다. 그 잘난 세 치 혓바닥으로 사치스러운 물건들을 억지로 사게 한다지? 이번엔 우리 집 차례더냐?! 이번엔 뭘 얼마나 비싸게 팔아치우려고 감히 그따위 망발을 나불대는 것이냐?!"

"마님."

서경이 잠시 지긋이 부사 부인의 눈을 마주 보았다.

"걱정하지 마십시오. 아직 그 일에 대해서는 아무도 알지 못합니다."

"그 일이라니?"

어느새 무릎을 쥐고 있는 부사 부인의 손이 덜덜덜 떨리기 시작했다. 아니, 떨리는 건 손만이 아니었다. 가지런한 눈썹 밑의 눈꺼풀도 마치 경련이라도 일으키듯 빠르게 깜빡였고, 눈의 흰자위에는 점점 더 벌겋게 붉은 기가 들기 시작했다.

"그, 그 일이라니… 무슨."

"삼 년 전, 바로 그 일 말입니다."

서경이 담담히 부인을 마주 보았다. 그리곤 힐끗 문쪽으로 시선을 보내더니, 다시 부인과 시선을 맞추고 은밀한 어조로 이야기했다.

"이 자리에서 여쭐 수 있는 일이 아니잖습니까."

한층 더 창백해진 얼굴로 부사 부인이 언성을 낮춰 다시 물었다.

"… 그 일을 누구에게서 들었나?"

"……"

부사 부인과 서경의 시선이 허공 위에서 팽팽히 맞닿았다. 먼저 시선을 돌린 건, 입술을 굳게 깨문 부사 부인 쪽이었다.

"무엇을 얼마만큼 아는가?"

"삼 년여 전, 이 댁에서 비밀리에 혼담을 진행 중이셨다지요."

"…! 대, 대감께서 와병 중 황망히 졸하셨기에 없던 일로 하기로 했을 뿐이다. 그것이 무어."

"그러십니까. 허면, 이 이야긴 어떻습니까? 혼담이 오가는 중에도 실은 이 댁 아가씨가 몰래 변복까지 하시고 정인(情人)을 만나러 다니셨다는 건…."

"…!"

"목도한 이가 있습니다. 비록 변복을 하였다고 하나 틀림없는 이 댁 아가씨였다고 하더군요. 워낙 장안에 소문난 아가씨의 미모이다보니 변복 차림이었어도 금세 알아차릴 수 있었다고요. 참, 아가씨가 비밀리에 청서모(靑鼠毛)로 만든 고급 붓이며 서찰용 향지(香紙)를 다량으로 구입하신 일도 있다지요. 거기다 백단향 가루와 잇꽃 가루들을 구입하시는 일도 빈번했고요. 누가 보아도 한창 사랑에 빠진 어린 아가씨의 구매 내력이 아니옵니까?"

이번엔 부사 부인은 물론 윤도 내심 놀랐다. 위급시에 비상으로 통용되는 아파와 보부상들의 연락망이 지극히 촘촘하다는 것은 익히 알고 있는 사실이었으나, 이처럼 예전의 세세한 물목 구입 내역까지 하나의 정보로 공유될 줄은 몰랐던 것이었다.

"헌데 일이 이상스럽지 않습니까? 이렇듯 비밀리에 만나시던 정인도, 또 정식으로 혼담이 오가던 분도 모두 삼 년 전, 황급히 다른 댁 규수와 혼례를 올리셨다고 하더군요. 거의 비슷한 시기에 말입니다. 마치 약속이나 한 듯이. 그것도 다름 아닌 이 댁 대감마님이 갑자기 돌아가신 지 얼마 안 돼서요."

"그만!"

부사 부인이 떨리는 손을 들어 말을 가로막았다.

"모두가 삼 년 전 '그 일'이 원인이 된 게 아닙니까? 마님도 아시고 계셨던 거지요?"

"그만, 그만, 그마안!!"

격하게 고개를 흔들며 부인하던 부사 부인이 서안 위에 있던 작은 화병을 집어 서경을 향해 던졌다. 순간, 서경의 곁에 앉아있던 윤이 황급히 서경의 앞에 끼어들어 서경의 얼굴을 가렸다.

탁!

떼구르르르-

날아오던 화병이 윤의 이마에 맞고 튕겨져 나가며 요란한 소리와 함께 바닥에 뒹굴었다.

"으…!"

고통을 참지 못한 윤이 고개를 숙였다. 날아오던 화병이 이마를 정통으로 가격한 탓이었다. 눈앞이 캄캄해질 정도의 충격과 얼굴을 타고 흘러내리는 물 때문에 윤은 잠시 동안 눈을 질끈 감고 있을 수밖에 없었다.

"미, 미안하네. 부러 그런 것이 아니네."

부사 부인이 자신의 난폭한 행동을 떨리는 목소리로 사과했다. 윤의 볼을 타고 흐르는 피를 보고 놀란 듯싶었다. 서경이 그런 윤을 흘끗 보더니 다시 부사 부인에게로 시선을 돌렸다. 여전히 차갑고 무감각한 얼굴, 그대로였다. 놀란 기색 하나 없었다.

'도대체 어떻게 생겨먹은 여자가….'

감탄인지, 원망인지 모를 시선으로 자신을 보는 윤을 젖혀두고, 서경은 거친 숨을 연거푸 몰아쉬며 여전히 떨림을 감추지 못하는 부사 부인에게 공손히 머리를 조아렸다.

"그리 떨지 마십시오. 겁박을 하고자 하는 것이 아닙니다."

"…그때의 일은 그 아이의 잘못이 아니다."

"그리 믿습니다."

"그 아이의 탓이 아니야."

서경이 가만히 고개를 끄덕여 보였다. 마치 다 알고 있다는 듯이. 믿고 있다는 듯이. 그리고 믿어 달라는 듯이.

"그래서… 자네들이 원하는 게 뭔가?"

부사부인은 반쯤 체념한 목소리로 서경에게 물었다.

"아가씨를 뵙고, 아가씨께 필요한 것을 팔고자 합니다."

"…얼마를 원하나? 원하는 값을 말해보게."

"거래를 하고자 온 것인데, 어찌 적선을 하려 하십니까?"

"…정녕 자네들을 믿어도 되겠나?"

"원래 거래의 시작은 신뢰부터가 아닙니까?"

"…자네 뜻대로 하세."

서경의 입가에 다시, 거래가 성사되었을 때만 나타나는 미소가 걸렸다.

안채에서 나오자마자 금세 포박은 풀렸다. 부사 부인의 배려로 잠시 숨을 돌릴 행랑채 방 한 칸도 얻었다.

"쯧!"

방에 들어 호롱불을 켜자마자 서경이 윤을 돌아보곤 못마땅한 듯 혀를 찼다.

"또 그놈의 혀 차는 소리! 그 혀 차는 소리 좀 안 내면 안 되나?"

"됐고, 이리 가까이 와보오!"

서경이 윤의 소매를 끌어당겨 앉혔다. 그리곤 호롱불을 얼굴 가까이

대어 상처를 살피더니 한 손으로 꾹 상처를 눌렀다.

"악!!"

윤이 고통에 진저리를 치며 얼른 뒤로 물러섰다.

"뭐하는 짓이야!"

"쯧쯧. 그거 하나 요령껏 피하지 못하고 이 사단이오? 그깟 게 뭐 대수라고 이리 피 칠갑을 다하고. 쯧!"

서경이 자신의 등짐에서 어제와는 다른 쌈지와 무명천을 꺼낸 후, 쌈지에서 짙푸른 약초를 꺼내더니 질겅질겅 씹었다. 그리곤 씹던 약초를 윤의 이마 상처 위에 철썩 붙였다.

"으악! 더럽게 뭐하는 짓이야!"

질겁하고 떼내려고 치켜든 윤의 손을 서경이 찰싹 때렸다.

"가만 못 있소?!"

쌍심지를 켜고 눈을 부라리는 서경의 태도에 찔끔한 윤이 입을 다물자, 서경이 이번엔 무명천을 이로 물어 길게 찢은 후 상처 부위를 동여매기 시작했다.

"아니, 뭐 이만한 상처로 이리 싸맬 것까지야…."

"약효가 스며들 때까지만 이러고 있소."

그러더니 지나가는 말처럼 툭 한마디를 던졌다.

"…암튼, 고마웠소."

서경답지 않은 갑작스러운 감사의 인사에 얼떨떨해진 윤은 이내, 무릎으로 일어선 채 윤의 머리에 천을 동여매는 서경 때문에 시선을 어디로 둬야 할지 몰라 당황스러워했다. 서경의 가슴이, 살포시 부풀어 있는 그 봉긋한 가슴이 제 눈 바로 앞에서 움직이고 있었다. 특히 뒤통수로 천을 돌릴 땐 그 부드러운 윤곽이 거의 얼굴과 맞닿을 듯 가까이 다가왔다. 옷깃 사이론 흰 배꽃색의 살결도 들여다보였다. 그 너무나도 위협적인 유혹에 윤은 숨조차 쉴 수 없었다. 숨을 쉬면 자신의 뜨거운 숨결이 당장 그녀의 가슴에 가 닿을 게 분명했기 때문이었다.

"이, 이번 약초는 또 뭐, 뭐야?"

애써 호흡을 가다듬으며 묻자, 천을 마저 다 감은 서경이 물러나 앉아 손목을 휘휘 돌리며 답했다.

"쑥잎이오. 산을 넘다 나뭇가지에 걸려 살이 찢겼을 때 이리 붙여두면 피가 금세 멎을뿐더러 상처도 잘 아물더이다."

"항시 그리 뭐든 도움될 만한 약초들을 갖고 다니나?"

"다칠 때마다 약방이며 의원 찾아갈 돈이 어딨소? 행상 다닐 때 눈에 띄는 것들만 따서 말려 보관해 두면 이리 잘 써먹을 수 있는 것을."

"돈이라… 임자는 왜 그리 돈이 좋은가? 서방이 노름빚이라도 왕창 진 건가? 아니면 거둬 먹일 식솔들이 많은 건가?"

"…알 것 없잖소."

퉁명스럽게 답하고는 방을 나온 서경은 행랑채 마루에 걸터앉아 밤하늘을 올려다보았다. 별 무리들 사이에서 달이 유난히 밝은 빛을 내고 있었다.

"우리 달이 기침은 멎었으려나?"

* * *

그 밤, 북촌에 있는 도승지 한국영 대감댁 안채에는 늙은 노비 하나가 방바닥에 엎드려 있었다. 서경 일행을 지나쳤던 남여 위의 부인이자 임금 앞에서도 두려움 없이 직소를 올릴 정도로 강직한 한 대감도 당해내지 못한다는 소문이 자자한, 강씨 부인의 앞에서였다.

"찾으셨습니까?"

"늦었구나."

비단 보료에 기대지도 않고, 한 점 흐트러짐도 없이 꼿꼿하게 앉아 이제 일흔을 넘긴 늙은 종에게 다정한 말을 건네는 강씨 부인이었다.

"쇤네가 늙고 힘이 없어 걸음이 늦었습니다. 죽여주십시오."

방바닥에 찧을새라 다시 한 번 깊숙이 고개를 숙인 늙은 종, 함창댁은 원래 강씨 부인의 친정집 노비였다. 지금은 돌아가신 강씨 부인의 친정어머니가 시집올 때 함께 데려온 노비로, 강씨 부인을 직접 업어 키운 장본인이기도 했다.

"무얼, 그럴 수도 있지. 노구를 이끌고 예까지 오느라 수고 많았으이."

강씨 부인의 말대로 사실 함창댁은 성한 몸이 아니었다. 일흔을 넘어섰을 때부터 한쪽 눈은 거의 보이지 않게 되었고, 걸음을 재게 하면 가슴에 격통이 올 정도로 이미 온몸의 기능은 쇠약해질 대로 쇠약해진 상태였다. 그런 노인이 이틀여 만에 백리 길을 무사히 올 수 있었던 건, 어찌 보면 천운이 따라준 것이나 진배없었다.

"그래, 요즘 그 아이는 어찌 지내나?"

"무탈하시옵니다. 매일 아침부터 저녁까지 서책을 읽으시거나 자수를 놓으시거나 하며 소일을 하고 계실 뿐이지요."

"훗! 그런가?"

강씨 부인이 다정한 미소를 만면에 띠었다. 여느 날들과 달리 인자하기 그지없는 주인의 모습에 반색하며 함창댁이 얼른 말을 덧붙였다.

"쇤네가 가끔은 바깥에 나가 산책이라도 하시라고 그리 말씀을 드려도 부녀자의 덕은 그런 것이 아니마 하고 어찌나 조심스러워하시는지 모릅니다."

"함창댁."

다정한 어조로 강씨 부인이 늙은 노비를 불렀다.

"네, 마님."

"자네 거짓말하는 솜씨가 꽤나 늘었네?"

여전히 다정한 말투였지만, 함창댁의 얼굴에서는 순식간에 핏기가 가셨다.

"그에 반해 사리를 이해하는 머리는 꽤나 녹이 슨 것 같고 말이야."

함창댁은 엎드린 채 그야말로 바들바들 온몸을 사시나무 떨 듯하며 떨었다.

"마님…"

"그것이 그리 얌전히 있을 것 같으면 왜 내가 자네를 불렀겠나? 그 쭈글쭈글한 추한 면상이나 보자고?"

"마님… 쇤네는…"

"어디서!"

강씨 부인의 언성이 순식간에 높아졌다. 하지만 이내 흠흠- 소리를 낮추며 다시 말했다.

"어디서 감히, 거짓을 고하는 것인가? 이 내가 자네에게 참으로 밉보였던 모양일세?"

"마님, 이년이 어찌 감히… 그런 것이 아니오라, 쇤네는 그저…"

"내 며칠 전, 그 흉측한 것을 직접 보았거늘 어찌 내게 거짓을 고하는 것인가?"

"헉…"

강씨 부인이 우아하게 일어나 함창댁 옆으로 다가와 앉았다. 그리곤 조용히 멱살을 쥐고, 늙은 노비의 뺨을 후려쳤다.

철썩!

"첫째, 그것이 다시는 도성에 발을 들이지 말란 내 명을 어겼네."

철썩!!

"둘째, 더는 그 짓을 하지 말란 명령도 또 어겼더군."

철썩!!

"셋째, 그것을 감싸자고 너는 내게 거짓을 고했고."

"마니임…"

늙은 노비의 입가에서는 어느덧 핏물이 배어나왔다. 모진 매질에 입 안쪽 살이 터진 모양이었다.

"넷째!!" 하며 다시 손을 올려 뺨을 치려던 강씨 부인이 피가 흘러내리는 모양을 보자 멱살을 놓아주고는 다시 보료에 가 앉으며 말을 이었다.

"달이를 데려오게."

"마니임!!"

함창댁이 비명을 지르듯 주인을 불렀다.

"이제 겨우 일곱 살입니다. 아직 아무짝에도 쓸모가 없을 어린 것입니다. 데려다 무얼 하시게요?"

"시끄럽다. 내 집 종년, 내 맘대로 하겠다는데 네까짓 게 무슨 상관이냐!"

"마니임. 흐으으흑…"

함창댁이 눈물 콧물을 흘려대며 강씨 부인 앞에 기어왔다.

"살려주십시오. 어리고 약한 것입니다. 병도 들어 있어 제대로 구완하지 않으면 언제 이승을 뜰지 모르는 여리디 여린 것입니다. 살려주십시오. 살려주십시오!"

"누가 죽인다더냐? 데려와 잘 키워 쓸 것이다. 임 서방! 밖에 있나? 얼른 데려나가게!"

"네!"

문이 열리고 임 서방이 들어와 여전히 엎드려 울부짖는 함창댁의 어깨를 들쳐메고 방 밖으로 데리고 나갔다.

"마님, 안됩니다요. 이 늙은 것한테 하나밖에 남지 않은 핏줄입니다. 그거 없으면 쇤네는 죽습니다요. 죽습니다요. 마님, 마님, 마님!!!"

바깥 행랑채 마루까지 끌고 온 후에야 임 서방은 함창댁을 놓아주었다.

"임 서방! 살려주시게. 살려주시게! 자네가 마님한테 잘 말씀드려서 우리 달이, 달이만큼은…"

함창댁이 임 서방의 소맷자락을 붙들고 애원했다.

"말이 되는 소리를 하슈! 누구 명줄 끊어지는 거 보고 싶어서 그러슈? 괜히 할멈도 마님 성정 더 건드리지 말고 순순히 따르는 게 낫수. 내 할멈 손녀딸은 기 안 죽게 뒤는 잘 봐주리다. 아셨수? 괜히 마님 성정 건드리지 마슈. 저분이 어떤 분인지 잘 알면서 왜 그러우? 연전에 대감마님 눈길 한번 받았다고 언년이년은 그 자리에서 손톱발톱 모두 뽑혀 반병신 상태로 팔려갔수. 으…"

생각만 해도 무섭다는 듯이 임 서방이 몸서리를 쳤다.

"그런 분이니까. 그런 분이니까, 우리 달이는 안 되네. 달이는… 달이는…"

함창댁의 무릎이 푹 꺾였다. 그리곤 임 서방의 바짓자락을 붙들고 긴 울음을 쏟아내었다.

"아가씨, …어쩌면 좋아요, 아가씨이이…"

* * *

밤의 장막이 한 겹 더 두터워진 시각, 윤은 희미한 호롱불을 든 채, 서경은 한 팔에 장옷을 접어 걸친 채 각기 부사 댁 대문 옆 벽에 기대어 하릴없는 기다림을 반복하고 있었다. 멀리에서 뉘 집의 컹컹 개 짖는 소리만 들리는 고요한 밤이었다.

"헌데, 그 일이란 게 뭔가?"

윤이 나지막이 속삭였다.

"……"

"두 남자 모두와 혼인을 할 수 없었던 결정적 원인이라는 게…."

그 원인이야말로 어쩌면 윤이 부사 댁 규수에 대해 가장 먼저 알아내야만 하는 것인지도 몰랐다.

'혼인을 할 수 없었던 중차대한 사유가 있었다면, 이번 규수는 더 따져볼 것도 없지 않은가?'

"……"

"혹시 내가 생각하고 있는 그런 일인가?"

"…그런 일?"

"혹시 누군가에게 몹쓸 짓이라도 당하거나 한 건…"

윤은 자신답지 않게 우물거렸다. 규중 처녀의 정조를 의심하는 건, 그 역시 내키지 않는 일이었다. 허나 지금의 상황은 누가 보아도 그 일을 의심할 수밖에 없는 상황이었다. 서경은 아무 대답도 하지 않았다. 그저 새까만 어둠을 응시하고 있을 뿐이었다.

그때, 대문 너머에서 다다닥 누구의 급한 발자국 소리가 들리더니 덜커덩, 끼익 하는 소리와 함께 대문이 열렸다. 급히 윤과 서경이 대문 앞을 향했다. 열린 대문 안쪽에 서 있는 건 역시나 부사 댁 규수였다. '하아 하아' 숨을 몰아쉬며 다리를 움직이려 하는 규수의 얼굴은 좌절과 공포가 뒤섞인, 참으로 애처로운 표정이었다.

"움직여!… 제발, 움직여…! 움직이라고!!"

규수가 움직이지 않는 자신의 다리를 주먹으로 쳐가며, 애원을 거듭했다. 그 순간, 서경이 윤과 약속의 시선을 마주쳤다. 그리고 두 사람은 손을 뻗어, 서경은 규수의 손을 잡고 윤은 규수의 소맷부리를 잡고선 힘주어 바깥으로 잡아끌었다.

"…?"

두 사람의 힘에 얼결에 대문간을 넘어선 규수는 멍하니 자신을 잡아 끈 이들을 보았다. 그리고는 방금 자신이 넘어선 대문을 다시 돌아보았다.

"…!"

얼떨결에 대문간을 넘어선 것이 믿기지 않는 듯했다. 격한 감정에 무어라 말을 잇지 못한 채 밤거리를 휘휘 둘러보는 규수 앞에 윤이 당혜(唐鞋, 가죽신) 한 켤레를 가지런히 놓았다.

"신고 가십시오."

서경이 규수에게 말을 건넸다. 규수가 멍하니, 서경을 보았다가 다시 자신이 지나온 대문을 돌아다보았다. 어둠 속에서 하늘을 찌를 듯 높이 솟아 있는 대문은 고함이라도 치듯 입을 활짝 벌리고 있는 상태였다. 부르르 밀려오는 밤의 한기에 잠시 어깨를 감싸안은 규수가 누구에게랄 것도 없이 물었다.

"…가도 돼?"

서경이 고개를 끄덕였다. 규수가 당혜에 조심스럽게 발을 집어넣었다. 그리곤 어두운 밤길 속으로 한 발자국, 한 발자국 걸어가기 시작했다.

규수는 어디를 가고자 했던 것일까? 서경과 윤은 결국 그 답을 찾지 못했다. 마치 어둠에 끌려가듯 앞서 걸어가던 규수가 풀썩 쓰러졌기 때문이었다. 부사 댁에서 마을 외곽 쪽으로 한식경(30분)쯤 떨어진 곳에서였다. 축 늘어진 규수의 몸을 서경이 얼른 받쳐 들었다.

"진이 다한 듯하오. 하긴 오랜만의 긴 걸음이니, 제법 지칠 듯도 할 것이오. 오늘은 여기까지 해야겠소."

서경이 자신이 들고 있던 장옷을 윤에게 건네고는 규수를 업으려 들었다.

"이리 내. 내가 업을 터이니."

윤이 얼른 도와주려 나섰지만 서경이 그 손을 마다했다.

"사대부집 규수요. 제집 노비도 아닌 낯선 사내의 손을 탈 수는 없지 않소. 그 장옷으로 잘 가려주기나 하오."

몇 번 비틀거리더니 기어이 제 힘만으로 규수를 업는 데 성공한 서경은 몇 번 거듭 추어올려 얼추 균형을 잡고는 저벅저벅 밤길을 걷기 시작했다. 윤이 얼른 뒤따라 가서 장옷을 규수의 위에 걸쳐주었다.

서경의 말이 맞았다. 비록 창병 고자라는 소문을 핑계로 무시로 각 집안의 안채를 드나들 수 있게 되었다 해도 엄연히 사내인 자신이 규중 처녀의 몸에 손을 댈 수는 없었다. 단지 살이 닿았다는 그 사소한 이유만으로 형률에 따라 엄한 죄를 받을 수 있었고, 자칫 부녀자는 스스로 정조를 잃었다는 죄책감에 자진을 하는 비극적인 사건으로 번질 수도 있었기 때문이었다. 그러기에 윤은 서경이 제 체격만 한 규수를 업어 한 발, 한 발 힘들게 발걸음을 옮길 때 그저 초롱불로 그 발 앞을 비춰주는 일밖에 할 수 없었다.

'젠장…!'

자신이 할 수 있는 일이 더는 없음이 왠지 분했다. 처음부터 끝까지 서경에게 기댈 수밖에 없는 자신이 한심스럽기도 했다. 그래서 윤은 서경이 규수를 업고 온 길을 거슬러, 안채에 무사히 규수를 눕힐 때까지 단 한 마디도 하지 않았다.

"나는 며칠 이 댁에 머물며 규수의 상태를 봐야 할 것 같소. 댁은 어떻게 할 거요?"

규수 방을 나선 서경이 윤에게 물었다.

"무엇을?"

"이 댁에서 굳이 둘 다 머물 필요가 없지 않소? 아가씨 상태도 오늘 내일 변할 것 같지 않으니, 일단 주인댁에 가 계시오. 내 며칠 뒤 연락을 주리다. 주인댁이 어디오? 어차피 도성 안일 것이잖소."

"주인댁…? 무슨…?"

이 여자가 무슨 소리를 하나 싶어 얼이 빠져 있던 윤이 퍼뜩 정신을 차렸다. 자신이 처음 서경에게 한 거짓말이 생각났던 것이다.

"내 어느 댁 서생 겸 청지기 노릇을 하고 있는데, 우리 주인어른이 내게 긴히 하명하신 일이 있어 임자를 찾아왔네만, 도와주겠나?" 라는 게 거짓말의 시작이었다.

"아… 아직, 주인댁에는 못 가지. 일이 하나도 진척된 게 없는데 무슨 면목으로 주인마님을 뵙겠어? 그러니 주인댁 말고, 사문객… 아, 아니, 은월각으로 오게. 은월각은 알고 있겠지?"

"도성 장사치들 중에 은월각을 모르는 이들이 있소?"

"그럼 되었네. 거기 오거든 이 대감 집 청지기를 찾으면 되네. 일이 없을 땐 항시 거기에 묵곤 하니 객방으로 안내해줄 걸세."

"쯧!"

서경은 못마땅한 듯 눈살을 찌푸리며 윤을 보았다.

'은월각이라 하면, 하룻밤 술값만 해도 눈이 튀어나오게 비싸다고 하던데, 거기 객방을 빌려 들 정도면 도대체 지금까지 얼마나 많은 돈을 갖다 부었다는 건가? 참으로 허랑방탕한 사낼세.'

"알았소. 그럼 내 일간 소식을 보낼 테니 그곳에 가 있구려."

## 2-4. 홍란

윤이 당도했을 땐 이미 깊은 새벽이었건만 은월각은 여전히 대낮처럼 환했다. 기방에서는 끊임없이 노랫소리와 사내들의 웃음소리가 흘러

넘쳤다. 은월각의 행랑아범은 새벽에 갑자기 들이닥친 윤의 변장을 보고서도 아무 말도 하지 않았다. 처음에 문을 열었을 땐 갈 곳을 잘못 찾은 보부상인 줄만 알고 내쫓으려 했지만 이내 오랫동안 뵈었던 귀한 손님인 줄 알고는 황급히 문을 열어 그를 맞았다.

"홍란일 불러올까요?"

객방의 호롱에 불을 붙이며 행랑아범이 물었다. 윤이 패랭이 모자를 벗어 벽에 걸자, 윤의 이마에 두른 천을 보고, 흡 - 하고 숨을 삼켰다. 제법 놀란 기색이었다.

"그 아이가 아직 깨어 있나?"

"오늘 세 어른께서 모두 회합하신지라…."

"삼 정승이 이리 자주 모이니, 세상 사람들이 은월각이야말로 진짜 빈청(賓廳: 3정승을 비롯한 비변사(備邊司) 당상관 등 주요 관직자들이 정기적으로 나라의 중요한 일을 의논하던 곳)이라 하지 않는가?"

윤이 겉옷을 벗으며 쓴 입맛을 다졌다.

"송구합니다."

윤의 옷을 받아들며 행랑아범이 고개를 숙였다.

"자네가 송구할 게 뭐야. 이리 깊은 새벽까지 술판을 벌이고 있는 그 작자들이 얄미워 한 소리야."

"네에."

"아, 그리고 미안한데, 정방(목욕소) 좀 준비해주겠나? 땀이 말라 온몸이 서걱거리네."

"예!"

행랑아범이 뒷걸음질로 재빠르게 방을 나섰다. 기방을 향해 발걸음을 옮기면서 그는 문득 걸음을 멈춰, 다시 객방 쪽을 돌아보았다.

'지금 저분이 미안하다고 하신 건가? 아니, 왜?'

수년을 모셨지만 미안하다는 말을 들은 건 처음이었다. 자신이 그런 말을 들을 이유도 없었다.

'시키시면 하는 것이 아랫것의 본분이거늘, 미안하다니? 거기다 그 상처는 또 뭐야?'

행랑아범은 참 별스러운 일이 다 있다며 고개를 갸웃거리다가 다시 기방 쪽을 향해 걸음을 빨리했다. 정방은 그 반대쪽에 있었지만 볼일은 기방 쪽이 먼저였기 때문이었다.

"근데, 금혼령이 떨어진 지가 언젠데 아직 초간택도 결정하지 않는 것이오?"

"그러게 말입니다. 봉단령에 의해 웬만한 집안에서는 다들 처녀단자를 낸 것 같은데요."

영의정 권중화, 좌의정 송만섭, 우의정 이상호.

신하 중 가장 윗자리들을 나눠 가진 이들은 서로가 서로의 정적이자 가장 든든한 우군이기도 했다. 섣불리 서로가 서로를 공격하지 않는 한, 각자의 지위가 보장되리라는 것을 너무도 잘 알고 있었기 때문이었다. 은월각은 공공연히 뭉쳐 다닐 수 없는 이들이 서로의 의중을 떠보고, 나름의 동지의식을 다지는 중요한 장소였다. 오늘 밤, 그들의 중요 '의제'는 한 해 전 중전을 잃으신 주상의 혼인을 위한 간택령에 관한 것이었다.

"성님, 봉단령이 뭐예요?"

우의정 이상호의 곁에서 부지런히 술을 따르던 보화가 좌의정의 곁에 앉아 수발을 드는 홍란이에게 작은 소리로 물었다.

"핫핫핫하. 네년은 아직 봉단령도 모르는 것이냐?"

우의정이 솥뚜껑만 한 손으로 와락 보화의 얼굴을 거칠게 끌어당기더니, 기름기로 번들거리는 두툼한 입술을 아직도 솜털 보송보송한 보화의 귓가에 대고 속삭였다.

"봉단령이란 말이다. 국혼을 위해 금혼령이 내렸을 때 혼기가 찬 처자가 있는 집안은 자진해서 처녀단자를 내라는 명령이란 거다. 즉, 내가 니년들에게 이불 펴거라! 명을 내리면 어느 이불로 들어갈지 모를지라도 네년 모두가 얌전히 이불 속에 누워 기다리고 있어야 한다는 것이지. 흐흐흐."

"아이, 싫어라."

보화가 온몸을 틀며 우의정의 손에서 벗어나려 애썼다. 하지만 우의정은 아예 보화를 납작 들어 제 살찐 허벅지 위에 앉히고는 그녀의 젖가슴에 제 얼굴을 묻고 비비적거렸다.

"싫기는, 그젯밤에는 좋아서 숨넘어가게 웃던 주제에."

"그게 누구래요? 난 전혀 모르는 사실인데? 까르르…."

보화의 웃음소리가 기방 가득히 울렸다.

"대왕대비전 욕심이 어지간해야죠. 집안이면 집안, 인물이면 인물, 재산이면 재산 어느 하나 빠지는 것 없이 구색을 다 갖춘 규수를 원하니 계속 고르고 또 고르는 것 아닙니까?"

"조선 팔도를 뒤져보라고 하십쇼. 그런 규수가 지금까지 혼처도 안 정한 채 남아 있기나 한 건지!"

"거기다 시어머니, 시할머니 되실 분들 성정이나 웬만하셔야죠. 앉은 자리에서 며느리 될 양반 껍데기까지 홀랑 까서 구워먹고 데쳐먹고 찜쪄 먹을 양반들이 아니십니까?"

"맞아요, 맞아! 그러니 이전 중전께서도 항시 골골하시다 그리 어린 나이에 명을 달리하신 게지요. 회임하신 걸 아셨을 때부터 이리 앉아라, 저리 앉아라, 이거 먹어라, 저거 먹어라, 온갖 간섭이며 잔소리를 매일같이 쏟아내시니 어찌 버텨내셨겠습니까? 아니그렇소, 좌상?"

우의정마냥 저 역시 옆에 낀 기생을 있는 대로 주물럭거리며 영의정이 투덜거렸다.

"영감들 말씀이 다 옳습니다."

좌의정 송만섭은 조용히 술잔을 기울였다. 그 빈 잔에 홍란이 술을 더해, 좌의정에게 다시 내밀었다. 두 정승이 경망스럽게 기생의 몸을 탐하고 있는 데 반해 좌상은 홍란과 다섯 치쯤 떨어진 거리를 유지하며 술잔만 받을 뿐이었다. 좌의정이 다시 술잔을 입에 대려는데 곁문이 살그머니 열리더니 어린 계집종이 허리를 숙이고 종종걸음으로 들어왔다. 그리곤 홍란의 귀에 무엇인가를 속삭였다. 순간, 홍란이 놀란 기색을 감추지 못하더니 벌떡 일어섰다.

"뭔가?!"

우의정이 기분을 잡쳤다는 듯이 인상을 쓰며 물었다.

"아, 저기… 동기 하나가 급체를 하였나 봅니다. 늦은 시간이라 의원을 부를 수도 없어 저를 찾는 모양입니다. 제가 서툴게나마 수침(手鍼)을 놓을 줄 압니다. 퇴석(退席)을 용서하여주시옵소서."

"어허! 손님보다 기생이 먼저 자리를 파하다니, 은월각의 기생 법도가

고작 이 정도란 말인가?"

우의정이 짐짓 노한 척 목소리를 높였다.

"그깟 급체로 죽는다더냐?! 자리가 파할 때까지 참고 기다리라 하여라!"

영의정도 한소리를 더했다. 험해진 분위기에 홍란은 오도가도 할 수 없어 안절부절못하고 서 있기만 했다. 좌의정이 그런 홍란의 기색을 보더니 술잔을 내려놓고 말했다.

"가보게."

"대감마님…."

"어허, 영감! 그런 법은 없다니까요?!"

"이쁘다고 너무 귀애하다가는 나중에 상투 잡자고 덤빌지 몰라요."

우의정과 영의정이 저마다 볼멘소리를 내었다. 사실 두 정승 모두 내심 이번 기회로 콧대 높은 은월각의 제일 기생 홍란을 꺾고 싶은 마음이 컸기 때문이었다.

"허허허. 잡자고 들면 내주면 그만인 것을요. 자네는 어서 가보게. 사람이 아프다고 하질 않나?"

"네…."

홍란은 깊이 허리를 숙여 감사의 예를 하곤, 얼른 방을 나섰다. 그 뒤를 계집종이 따랐다.

"헉…헉… 어딜, 어떻게, 얼마만큼 다치셨다는 것이야?"

홍란이 치마 앞자락을 올려 쥐고는 객방 쪽을 향해 달리며 계집종에게 물었다.

“저도 몰라요. 그저 오 영감이 그리 전해주라고 한 것뿐이라서.”

‘다치셨어? 왜? 무엇 때문에?’

마침내 객방에 다다른 홍란은 여느 때와 달리, 거칠게 객방 문을 열어젖혔다. 갑작스러운 홍란의 등장에 놀란 윤의 눈이 커다래졌다가 이내 달콤한 곡선을 그리며 휘어졌다.

“어서 들어와.”

한 발자국. 또 한 발자국… 그리고 또 한 발자국….

홍란에게는 방문에서 윤이 있는 곳까지의 그 짧은 거리가 너무나 멀게만 느껴졌다. 마침내 윤의 곁에 다가가 앉을 때, 후두두둑 - 갑자기 굵은 눈물방울들이 떨어졌다.

“왜 울어. 또 누가 못된 장난질이라도 친 거야?”

“다치셨다고… 놀라서…흑….”

홍란이 윤의 가슴에 얼굴을 묻고 훌쩍훌쩍 눈물을 흘렸다. 윤은 다정한 미소와 함께 그런 홍란의 머리를 어루만졌다.

“어이구, 이런 큰애기를 봤나. 나 안 다쳤어. 봐봐, 하나도 안 아프다니까?”

홍란이 윤의 품에서 절레절레 고개를 저었다.

“보라니까? 보고 나면 멀쩡한데 괜히 울었다고 후회하게 될걸?”

홍란이 눈물 젖은 얼굴을 살그머니 들어 윤을 보더니 또 다시 그 큰 눈에 눈물이 가득 차올랐다. 그리곤 윤의 이마에 둘러진 천을 살그머니 어루만졌다.

“어쩌다… 이러셨습니까?”

“별일 아니다. 신경 쓸 거 없어.”

윤이 긴 손가락으로 부드럽게 홍란의 눈물을 훔쳐주었다.

"다리도 다치셨습니까?"

발목에 감긴 천을 그제야 본 모양이었다.

"정말이다. 이젠 하나도 아프지 않아."

홍란이 다시 한번 걱정스러운 눈길로 발목을 보는데, 바깥에서 행랑아범의 소리가 들려왔다.

"정방 준비가 끝났습니다."

"곧 나감세."

윤이 다시 한번 홍란의 머리를 쓰다듬어주었다.

"피곤하겠다. 가서 쉬려무나. 아침에 다시 보자?"

윤이 일어서 방을 나서려는데 홍란이 주저하며 말을 꺼냈다.

"오늘은… 예서 머물러도 괜찮겠습니까?"

멈칫, 윤이 발걸음을 멈췄다. 홍란이 떨리는 가슴을 부여잡고 다시 나지막한 소리로 자신의 마음을 전했다.

"아니… 됩니까?"

윤이 돌아보지 않은 채, 짐짓 가벼운 어조로 말했다.

"그러려무나."

정방에서 몸을 닦은 후, 행랑아범인 오 서방이 건네준 새 옷으로 갈아입고 객방으로 돌아왔을 땐, 이미 금사와 은사, 갖가지 색실로 원앙 한 쌍이 화려하게 수놓아진 금침이 깔려 있었다. 그리고 그 앞에 좀 전의 진홍색 저고리와 황금빛 치마 차림이 아닌 은은히 속이 들여다보이는 백색 치마저고리 차림의 홍란이 얌전히 고개를 숙이고 앉아 있었다.

진한 화장기도 지우고, 말끔한 새 얼굴로, 부피가 만만치 않던 가체도 벗어버린 채 풍성한 머리채를 한쪽 어깨로 내린 그 모습은 첫날밤을 맞이하는 여염집 새색시와 다름없었다. 반투명한 천 너머로 들여다보이는 고운 몸 선은 가냘프면서도 색기(色氣)가 어려 있었다.

"곱구나."

윤의 칭찬에 홍란의 볼이 빨갛게 달아올랐다.

"다과… 상이라도 들일까요?"

"됐다. 다 늦게 다과는 무슨. 너도 곤할 터이니 어서 자자구나."

윤이 얇은 비단 이불 속에 몸을 뉘었다. 그리고 이불 한 쪽을 걷어 홍란을 불렀다.

"이리 온?"

더욱 볼이 붉어진 홍란이 호롱불을 손으로 저어 끈 후 이불 속으로 살그머니 파고들어가 윤의 품에 고개를 기대었다. 토닥토닥, 윤이 홍란의 머리를 다독여주었다. 홍란이 떨리는 마음으로, 오랫동안의 염원을 담고, 눈을 감아 다음을 기다렸다. 자진하여 기루에 들어오고 쭈욱, 아니 기루에 들어오기 전, 처음 윤을 보았던 그 무렵부터 바라왔던 순간이었다. 기적에 올라 낯선 사내가 처음 머리를 올려주던 날에도, 힘으로 돈으로 권세로 뭇 사내들에게 희롱당하면서도 그저 입술 한 번 꾹 깨물고 버틸 수 있었던 것은 언젠가, 언제가 될지 모르는 그 언젠가 이리 한 번은 윤의 품에 누울 수 있으리라 기대했기 때문이었다.

하지만 아무리 시간이 지나도 그저 누이처럼, 아이처럼 다독이기만 할 뿐 윤은 속적삼 고름 하나 손에 대려 하지 않았다.

"왜…?"

긴장된 탓에, 목소리가 갈라져 나왔다.

"응? 뭐가?"

윤이 다정하게 미소를 띤 얼굴로 홍란의 얼굴을 들여다보았다.

"왜… 안아주지… 않으시는 겁니까?"

부끄러움을 무릅쓰고 홍란이 애써 용기 내어 물음을 던졌다.

'도련님께 안길 자격조차 없는 년이라서요? 이미 많은 사내가 거쳐 간 더러운 계집이어서요?'

홍란은 차마 입으로 낼 수 없는 질문을 담은 애처로운 시선을 보냈다. 그 시선을 다정한 윤의 시선이 가만히 품어주었다.

"홍란아."

"네…."

"나는, 앞으로도 평생, 너를 품지 못할 것이야."

"…왜…?"

홍란의 목소리가 가늘게 떨렸다.

수치스러움, 모멸감, 좌절, 슬픔, 아픔의 감정이 모두 '왜'라는 한 마디에 실려 나왔다. 윤은 그런 홍란의 어깨를 힘주어 꽈악 – 안아주었다.

"너를 안고 나면 내가 잃어버릴 것이 너무나 많구나. 내게 무작정 달꽃을 따달라며 조르던 어린 계집아이를, 한겨울 추위에 쩍쩍 갈라진 새빨간 손등을 하고선 되려 내 손을 녹여주겠다고 호호 불어주던 어린 너를, 그때의 너를 모두 잃어버리게 되잖니."

홍란에게만 윤이 첫정이 아니었다. 엄밀히 말하면 윤에게도 이 가련한 아이는 첫정이나 다름없었다. 아이다운 사소한 이유로 무현과 뒤엉켜 싸울 때마다 누가 시키지도 않았는데 자신의 편이 되어 물고 뜯어

기어이 자신을 이기게 도와주던 어린 계집아이가 좋았다.

감히 양반집 도령과 놀아선 안 된다며 동리 어른들에게 모진 매질을 당하면서도 단 한 번도 울음을 터뜨리지 않았던 고집 센 아이가 좋았다. 매 해, 매 봄, 매 여름 가장 일찍 피는 꽃, 가장 어여쁘게 피는 꽃을 찾아 자신의 방 앞에 살포시 놓고 가던 계집아이는 아직도 선연한 그리움의 대상이었다.

"…정녕 모두 잃게만 됩니까?"

가느다란 마지막 희망을 안고 홍란이 물었다.

"나도 사내다. 왜 너를 안고 싶지 않겠느냐?"

'그리 하시어요. 제발…'

"허나, 그리 너를 한 번 안고 나면 두 번, 세 번. 아니, 너를 볼 때마다 나는 너를 탐하려 할 것이다."

"그러시면… 안 됩니까?"

"그럼 네가 너무 가엾잖니."

"……"

"나마저 너를 사내로서 품어버리면, 너는 이제 앞으로 누구에게 기대어 울 수 있을까? 세상사에 찢기고 상처 입고 아파할 네가, 그 아이가 쉴 곳이 하나도 없어지잖아."

내내 다정한 미소를 머금고 있던 윤의 표정이 굳었다. 심란한 마음이 눈에도 떠올랐다. 굳고, 어둡고, 비통한 마음이 느껴지는 슬픈 눈빛이었다.

"나는… 나는… 네가 원할 땐 언제나 이리 어깨를 내어줄 것이야. 그걸로는 안 될까?"

홍란은 아무 말도 할 수 없었다. 슬펐다. 여인으로 품어주지 않는 그의 매정함이 슬퍼서, 슬퍼서 가슴이 아렸다. 기뻤다. 이제는 아무도 기억하는 이 없는 십여 년 전의 그 아이를 여전히 기억해주고, 사랑해주고, 아껴주는 그의 다정함이 기뻐서, 기뻐서 목이 메어왔다. 그래서 홍란은 윤의 가슴께를 움켜쥐고 그 밤 내내 뜨거운 눈물을 쏟아냈다.

## 2-5. 최한희

한희는 그림자에 쫓기고 있었다.

오늘 밤도 지치지 않고 그림자는 한희를 찾아 산을 넘고 바다를 건너왔다.

'누가… 도와줘…!'

그때, 온몸을 옥죄던 축축한 비 냄새를 뚫고 그윽한 향기가 스며들었다. 향기가 스며듦에 따라 어느새 검은 그림자는 점점 옅어져만갔다.

'…뭐지?'

"…습니까?"

먼 어딘가에서 소리가 들려왔다. 그리고 기분 좋은 차가움이 느껴지는 무언가가 가만히 얼굴을 쓸어내렸다.

"이리 줄곧 내버려두어도 괜찮은 것인가? 그날로부터 벌써 며칠째 이리 잠만 자고 있질 않은가."

"중간중간 깨셔서 미음도 드셨고, 측간 볼일도 일정하게 보십니다. 본인의 뚜렷한 의식이 없을 뿐 몸은 살고자, 부지런히 제 할 일을 다 하고 있습니다."

"그건 지금까지도 마찬가지였어. 다만 이제까진 새벽마다 그리 난리를 떨었거늘 이제는 그마저도 잠잠하니 되려 더 걱정스럽지 않은가."

"조만간 깨실 것입니다. 몸과 마음이 서로 정반(正反)의 형태로 다투고 있으니, 곧 승부가 나지 않겠습니까?"

한희는 점점 또렷하게 들려오는 말소리들에 귀를 기울였다.

'어머니…?'

참으로 오랜만에 들어보는 듯한 어머니의 목소리였다.

'헌데, 누구랑 말씀을 나누시는 거지?'

"자네만 믿네. 그저 이 아이를 온전히만 되돌려주게."

다시 기분 좋은 차가움이 느껴지는 무언가가 가만히 얼굴을 쓸어내렸다. 잠시 후 그 손의 임자가 방을 나서는 기척이 느껴졌다.

"이미 깨어 있으시지요?"

여인의 목소리가 자신을 향했다. 목소리에 이끌려 눈을 뜬 한희는 자신을 내려다보고 있는 짙고 까만 눈동자와 마주쳤다. 한 번도 보지 못했던 여인이었다. 아니, 어디선가 본 듯한 얼굴인 것 같기도 했다.

"…누구?"

"잠시만 더 누워 계십시오. 얼굴을 만져드리겠습니다."

여인의 차가운 손이 가만히 눈 위를 덮었다. 손바닥으로 두 눈을 꾹꾹 눌렀다. 손바닥이 미지근하게 느껴질 때쯤 다시 차갑게 식혀진 손이 뺨을 둥글게 굴렸다. 턱과 목, 쇄골에 이르기까지 차가운 손이 기분 좋은 압력을 전해주었다. 얼마쯤인가, 한참을 주무르던 차가운 손이 얼굴에서 떨어졌다.

"다 되었습니다. 일어나시겠습니까?"

여인이 다정한 목소리로 물었다. 그러더니 한희를 부축해 일으켜 앉히고는 등 뒤로 가 앉았다.

"머리를 빗겨드리겠습니다."

다정한 손놀림이었다. 참빗을 기름에 묻혀가며 정수리에서부터 허리께에 이르는 머리카락들을 단정히 빗어내렸다. 사르륵, 사르륵 머리카락 사이로 미끄러지는 참빗의 느낌이 좋았다. 긴 머리의 아랫부분을 빗을 때 머리카락이 당기지 않도록 여인의 손이 머리 윗부분을 가만히 눌러주는 느낌도 좋았다. 빗질 하나하나에 정성스러움이 느껴지는 세심한 보살핌이었다.

"머리를 땋아드리겠습니다."

여인의 능숙한 손놀림 아래 머리카락들이 허공에서 모였다 나눴다 꼬여 하나의 땋은 형태로 완성되었다. 여인이 다 땋은 머리를 다시 한 번 정수리에서 머리끝까지 사뿐히 어루만진 뒤 한희의 앞에 와 앉아 그녀의 모습을 살피곤 음-음- 하며 꽤나 만족스러운 듯이 고개를 끄덕거렸다.

"다 되었습니다."

"…누구?"

"면경 보시겠습니까?"

한희가 채 대답을 하기 전, 여인이 경대를 내어왔다. 보통의 경대보다 조금 더 몸체가 컸지만 여느 경대들과 달리 화려한 문양을 갖고 있진 않았다. 특별한 장식 대신 소박한 꽃나무 몇 그루가 음각으로 새겨져 있고 여덟 귀퉁이마다 ㄷ자의 은색 경첩이 달려 있을 뿐이었다.

"직접 열어보시지요."

경대의 윗부분을 들어 올리자 동경(銅鏡, 구리거울)이 나타났다. 뚜껑을 열어젖혀 비스듬히 세운 후 면경을 들여다보자 유난히 반짝반짝 생기 있는 얼굴 하나가 거기에 있었다. 홍화 꽃잎을 문 듯한 빨간 입술에, 아련한 홍조가 밴 통통한 볼, 방금 목간을 마치고 나온 듯 자르르 윤기가 흐르는 살결까지 참으로 어여쁜 얼굴 하나가 멍하니 이쪽을 보고 있었다. 한희는 잠시 거울에 비친 얼굴이 누군가 기억이 나지 않아 몇 번이고 눈을 끔뻑였다.

"이게 나…?"

당혹스러움을 금치 못하던 한희가 경대의 뚜껑을 소리 나게 닫고는 거세게 밀쳐버렸다.

"치워!"

"조심히 다뤄주십시오. 이것이 얼마짜린 줄 아십니까?"

여인이 경대를 다시 가져와 한희의 눈앞에 들이밀었다.

"평소에 쓰시던 경대보다 아마 네 곱절은 더 비쌀 겁니다. 왕실에 물건을 대는 경공장이 직접 만든 자신작입니다. 자세히 보십시오."

"관심 없어."

다시 누우려는 한희를 서경의 단단한 손이 잡아끌었다.

"자세히 보십시오. 이 은색 경첩의 단단함을, 정확하게 아귀가 물려 있는 구석구석을. 그리고 여느 면경들보다 훨씬 더 얇게 깎아 더 환하게 비추는 이 동경도요."

서경이 경대를 들어 한희의 얼굴에 가까이 가져다 대었다.

"여기에 비친 게 누구입니까? 지금 여기에 살아 숨 쉬는 아가씨가 아닙니까?"

"누구야, 넌! 어찌 이리 무례하게 구는 것인가?!"

"아팝니다. 아가씨에게 이 경대를 팔고자 온 장사치지요. 그러니 아가씨께선 이 경대를 자세히 살펴주십시오. 얼마를 내면 좋을지, 꼼꼼히 살펴주십시오."

"돈이라면 얼마든지 어머님이 낼 것이야. 그러니 들고 얼른 나가!"

"못 나갑니다!"

지금까지의 온화함과는 다른 서경의 강경한 어조에 한희는 움찔거리며 놀랐다.

"아래 서랍을 열어보세요."

한희는 고개를 돌리며 외면하려 했다. 하지만 이렇다 할 기력이 없는 한희의 손을 붙든 서경이 강제로 경대에 손을 가져다두었다. 결국 한희는 멈칫, 멈칫거리며 경대의 면경 부분을 들었다. 그 아래에는 작은 여닫이문이 있었고, 그 문을 열자 작은 서랍 서너 개가 있었다.

"…!"

한희가 문득 놀라 서경을 보았다.

서랍을 열자, 꿈속에서 맡았던 향기, 서경과의 기싸움에 지금까지 눈치채지 못했던 방 안에 떠도는 은은한 향기가 더욱 진하게 느껴졌기 때문이었다.

"이것은…?"

한희가 서랍 속의 작은 꽃나무 가지를 들어올렸다. 우윳빛과 연한 노란빛이 더해진 꽃송이들이 가지런히 붙어 있었다.

"회화나무 꽃가지입니다. 경대 몸체에 새겨진 꽃나무도 그것이고요."

한희는 떨리는 손으로 한참 동안 경대에 새겨진 꽃나무 음각들을 쓰다듬었다. 가슴이 시끄러웠다. 울렁울렁- 눈앞의 보이는 모든 것이 묘하게 요동쳤다. 급하게 밀려오는 현기증에 휘청거리는 한희의 몸을 서경의 팔이 단단히 받쳤다. 그리곤 곁에 놓인 찻상에서 작은 찻잔을 들어 한희의 입에 가져다 대었다.

한 모금, 입에 머금은 차는 씁쓸한 첫맛을 지나 달콤한 뒷맛을 남기며 목 안으로 넘어갔다.

입 안에 남은 향기는 방 안에 떠돌고 있는 향기와 닮아 있었다.

"회화나무 꽃으로 달인 꽃차입니다. 머리가 아프고 어지러운 증상에 도움이 됩니다. 특히 눈을 밝게 해주는 데 효과가 좋지요."

서경의 말 대로였다. 단 한 모금뿐이었는데도, 어쩐지 내내 뿌옇게만 보이던 세상이 밝아진 느낌이 들었다. 머릿속을 무겁게 누르던 그림자들이 한 겹 더 엷어진 듯한 기분이었다.

한희는 제 손으로 찻잔을 넘겨받아 천천히, 아주 천천히 찻잔에 입을 가져다 대었다.

한 시간 후, 서경과 함께 장옷을 걸친 한희가 방에서 나오자 마당을 쓸고 있던 어린 계집아이가 기절할 듯 놀라며 부사 부인의 처소로 뛰어갔다.

"마, 마니임!!!"

제각기 볼일을 보고 있던 다른 종들도 마찬가지였다.

"아가씨?"

"어유, 아가씨!!"

종들이 저마다 울먹울먹하는 얼굴로 한희에게 달려드는 것을 서경이 눈짓으로 막았다.

다들 제법 놀란 듯싶었다. 안채에서 나와 너른 마당을 거쳐 대문간을 향할 때도 하인들은 저마다 대낮에 나타난 귀신을 본 것처럼 놀랐다. 개중에는 놀라 뒷걸음질 치다 제 발에 제가 걸려 엉덩방아를 찧는 놈도 있었다. 하긴 그럴 법도 한 것이 훤한 대낮에 한희가 제 방에서 나온 것이 실로 오랜만이었던 까닭이었다.

대문 앞에 선 한희는 잠시 숨을 골랐다. 종놈 두엇이 대문을 활짝 열어줬지만, 막상 대문 문턱을 넘어서기는 그리 쉽지 않았다. 다시 대문간에서 주저하는 한희를 본 하인들은 저마다 염려스러운 얼굴이었다. 혹시 여느 밤들처럼 다시 발작이라도 일으키는 것이 아닌가 싶어서.

"이미 확인하셨잖습니까? 이제 문을 넘어선다고 해도 달라질 것은 없습니다."

"…너였어? 그 밤에… 나를 잡아 이끈 이가?"

"훗."

서경이 미소를 짓더니 발걸음도 가볍게 훌쩍 대문턱을 넘어섰다. 그리고 그날 밤처럼 손을 내밀어 한희의 손목을 잡았다.

"다시 당겨드릴까요?"

한희가 서경에게 잡힌 제 손목을 보더니 가만히 고개를 저었다. 그리곤 크게 심호흡을 하더니 제 스스로 발을 내딛어 대문턱을 넘어섰다.

"고만한 문턱 하나 넘는 데 참 오래도 걸리셨습니다."

"그러게."

한희가 오랫동안 자신을 가두어 두었던, 커다란 벽과 같은 대문 문턱을 다시 바라보았다.

그리곤 여전히 자신의 손목을 잡고 있는 서경의 손을 보았다. 한희가 다른 쪽 손으로 서경의 손을 자신의 손목에서 떼어냈다. 그리고 그 손을 이제는 제 쪽에서 먼저 잡았다.

"가자."

오래 기다려왔던 바깥나들이를 나서는 친한 동무처럼, 두 사람은 손을 맞잡아 흔들며 가벼운 발걸음으로 걸어가기 시작했다.

그 시각, 윤이 머물고 있는 은월각의 객방 문은 누군가에 의해 거칠게 열렸다. 윤과 다과상을 마주하여 담소를 나누고 있던 홍란이 뜻밖의 손님에 반색을 하며 일어섰다.

"오라버니, 웬일이어요?"

하지만 무현은 홍란을 본 척 만 척 성급히 윤에게 물었다.

"다행히 여기 있었군. 그이 어디 있나?"

"생전 이곳엔 발걸음도 않던 자네가 웬일인가? 이리 와 앉으시게."

"급하네. 어디 있는지 알려주게."

성급한 무현의 물음에 윤의 표정이 굳었다. 그이라 하면 분명 서경을 이르는 것일 터였다.

"무슨 일인가?"

"그이 집에 큰일이 생겼다는 것 같으이. 대방 어르신께서 급히 찾으시네. 어디 있는가?"

“일 때문에 잠시 어디에 머무르고 있네.”

“어딘가? 알려주시게.”

“…미안하이. 그건 알려줄 수 없네.”

“급한 일이래도.”

“대신 내가 가서 전해주겠네. 그럼 되겠나?”

내키진 않지만 무현이 고개를 끄덕여 동의를 표했다.

“부탁하네.”

* * *

“그저 여기 이렇게 나란히 앉아 그 사람이 들려주는 이야기를 듣는 것만 해도 좋았어.”

꽃나무 향기가 마음을 살랑이는 강가에서 한희와 서경은 회화나무에 기대어 서서 햇살에 반짝이는 수면을 보며 이야기를 나누고 있었다.

“은은한 나무 향기에 감싸여 햇살을 반사하는 물결을 바라보고 있노라면, 이곳이 선계(仙界)인 듯도 싶었지. 바보 같은 착각이었지만 말이야.”

한희가 쓴웃음과 함께 나무를 쓰다듬으며 말했다.

“아니요. 꼭 착각인 것만은 아닙니다.”

“응?”

“혹시 아십니까? 예부터 이 나무처럼 이리 나이가 많은 회화나무 속에는 신선이 깃들어 있다고 하였습니다. 세상을 보는 눈이 밝고, 정의로운 신선이요. 그래서 아주 먼 옛날 중국에서는 재판을 할 때 재판관이 이 회화나무 가지를 들고 판결을 했다고 하더군요. 진실을 밝혀주는 회화나무의 힘을 믿었기 때문이지요.”

한희가 새삼 감탄한 눈으로 회화나무를 쳐다보았다. 그리고 가만히 나무에 볼을 대었다.

"여기, 신선이 사신다고? …그럼, 내 죄도 심판해주실까?"

"아마도요."

"그런가?… 제 아비를 죽인 딸이라고 해도?"

한희가 서경을 빤히 바라보았다. 그리곤 한참을 입술을 옴짝거리더니 천천히 비밀을 털어놓기 시작했다.

―나는 아버지에게 참으로 사랑받는 딸이었어. 어렸을 적부터 아침 세수를 시켜주는 건 늘 아버지셨어. 손수 팔을 걷어붙이시고는 꼼꼼히 얼굴을 닦아주시며 늘 말씀하셨지. 곱구나, 내 딸. 어여쁘구나, 내 딸. 입는 것, 먹는 것, 치장하는 것 하나하나 항상 최고로 값진 것, 최고로 귀한 것으로만 갖춰주셨어. 그래서 난… 교만해졌던 거야. 아버지는 무조건 내 편이 될 것이라고. 내가 선택한 남자를 무조건 허락해 주실 것이라고. 그래서 가진 것 없고 집안도 변변치 않은 그를 사랑하는 데 주저하지 않았고 그가 당연히 내 남자가 될 것으로 믿었어.

"따로 정인이 있습니다."

전 호판 대감의 조카되는 이와 혼담을 진행 중이라는 어머님의 이야기에 한 치도 거리낌 없이 그리 당당히 말할 수 있었던 것도, 결국은 부모님이 자신의 뜻을 꺾지 못한 것이라 여겼기 때문이었다. 하지만 아버지의 태도는 한희의 예상과 전혀 달랐다.

"그자는 안 돼!"

"…이미 알고 계셨어요?"

"아직 초시에 합격조차 못했다지? 그 아버지도 그 할아버지도 모두 이렇다 할 벼슬자리 한번 나서지 못한 그저 허울만 양반이 아니더냐. 네 상대가 아니다!"

"언제 그리 뒷조사까지 하셨습니까?"

"변복을 하고 바깥출입을 한다고 하여 모두를 속일 수 있을 것이라 생각했던 것이냐? 제대로 된 사내라면, 그리 몰래 만나는 것 자체를 수치스럽게 여겨야 할 것을… 제가 먼저 만나자 청해오는 것이 한 두 번이 아니지 않느냐. 음험한 놈 같으니…."

"어찌 그분을 욕하십니까? 아버지가 그분에 대해서 뭘 아시는데요? 집안이 무슨 상관입니까? 저를 자신의 몸보다 아끼고 귀히 여겨주시는 분입니다. 제가 세상에 태어나 처음으로 연모하는 분입니다."

"어리석은 것! 사내의 달콤한 언동에 넘어가 무엇이 옳고 무엇이 그른지 사리분별도 못하는 천치 같으니!!"

"…천치라니요, 아버님 어찌 그리 심한 말씀을!"

"그 입 다물어라! 내 너를 너무 오냐오냐 키운 것을 지금에야 후회한다! 앞으로 혼담이 마무리될 때까지 당분간 집 밖 출입할 생각을 하지 마라!"

—그때는 아버지의 노여움이 뜻밖이어서 더 반발했었어. 아버지에게서 꾸지람을 받는 것 자체가 처음이었던 까닭에 나를, 그를, 우리의 고결한 사랑을 이해해주지 못하는 아버지를 더 원망했었지. 게다가 혼담이 오가는 상대를 알고 나선 아버지의 안목에도 실망했고 말이야.

그 전부터 종종 안부 인사를 여쭙는다는 핑계로 집에 들르던 그 선비는, 집안 배경이 화려하다는 것 외에는 어느 것 하나 그와 견주어 뛰어난 것이 없었거든. 생긴 것도 지루하고, 성격도 지루한, 어쩌다 종종 마주쳐도 "날씨가 좋습니다", "무탈하셨습니까?" 같은 지루한 말밖에 건넬 줄 모르는 재미없는 남자였지.

"그런 사내와 혼인하느니 차라리 죽고 말겠어요."

집안 사람들의 눈을 피해, 여종의 복색을 하고 몰래 밤나들이를 나선 한희는 회화나무 아래에서 임을 만나자 그리 투정부터 부렸다.

김혁수. 그를 처음 만난 건 단오 인파에 휘말려 시종과 떨어져 홀로 되었을 때의 일이었다. 마른하늘에 갑작스레 소낙비가 내렸고, 허둥지둥 비를 피해 들어간 어느 집 처마 밑에서 노란 들꽃을 한아름 안고 쑥스럽게 웃고 있던 그를 만났다. 처음엔 한희의 존재를 신경도 쓰지 않던 그가 한희와 눈이 마주치고는 쑥스러운 미소를 보냈다.

"하도 꽃이 고와 어머니께 드릴 요량이었습니다."

나란히 서서 빗방울이 연주하는 땅의 웃음소리를 즐겼다. 낯선 사내와 함께 있는데도 어쩐지 경계의 마음이 들지 않았다. 잠시 후 언제 그랬냐는 듯 금세 비가 그치자 그는 불쑥 들고 있던 들꽃을 한희에게 안기더니 눈인사를 건넨 후 뛰어갔다.

"왜…?"

"귀한 눈보시를 시켜주신 값입니다!"

보름 후, 우연히 장시에서 그를 다시 만났을 때에는 서책을 읽으며 길을 걷다 넘어지는 모습을 보았다. 그는 자신의 낡은 도포가 찢어진 것보다 땅바닥에 떨어뜨려 더러워진 서책에 더욱 안타까워하고 있었다.

—그를 연모했어. 우연이 거듭되어 그를 만날 때마다 조심스럽고, 불안하고, 떨리는…, 마치 칼날 위를 걷는 듯한 아슬아슬한 그 모든 감정들이 신기하고 기뻤어. 결국 그와 내 감정이 서로 다르지 않음을 알았을 땐 세상 모든 것을 다 가진 것 같았지. 그런 느낌 알아? 가슴 안쪽에서 몽글몽글 무언가 따뜻한 것이 퍼져가는 느낌? 꽃잎같이 여리고 보드라운 무엇이 자꾸만 겨드랑이를 간질간질하는, 그와 시선을 마주칠 때마다 자꾸만 볼이 후끈거리고, 멀리에서 우연히 그의 뒷모습만 봐도 가슴 한쪽이 그리움으로 쿵 내려앉는 그 기분. 하지만 무엇보다 가장 나를 황홀하게 했던 건, 내가 내 스스로의 의지로 내가 선택한 분을 연모하고 있다는 사실, 그 자체였어.

"잠시만 기다려주오. 내 반드시 이 회화나무 꽃을 머리에 꽂고 당신을 신부로 맞으러 가리다."

"이 꽃을요?"

"모르고 있었소? 과거에 급제한 이들에게 하사되는 어사화가 바로 이 회화나무 꽃인 것을? 곧 있으면 대왕대비마마의 칠순을 기념하는 증광시(增廣試, 나라에 경사가 있을 경우에 행해지는 임시 과거제도)가 시행된다오. 내 이번에는 반드시 급제를 하여 부사 어른께 사윗감으로 인정받고 말리다."

—그가 과거를 준비하는 동안에도 집안에는 뻔질나게 전 호판 대감

의 조카 이 도령이 드나들었지. 마당에서 우연히 마주칠 때마다 나를 보는 그 시선이 왠지 탐욕스럽게만 느껴져 나는 한시바삐 도련님이 과거 급제할 날만 기다렸어. 그런데 과거를 며칠 앞둔 어느 밤, 내 방 앞뜰에 그의 서찰을 묶은 작은 들꽃 묶음이 떨어져 있더군. 다음 날 밤 해시(亥時, 밤 9시)에 이곳에서 만나자는 내용이었어. 하지만 매일 밤 인정(人定, 통행금지의 시작을 알리기 위하여 밤마다 치는 종)이 울릴 때까지 사랑채에 붙들어 두시는 아버지 때문에 나갈 수 있는 방법이 없었어.

"그래서 수면초를 쓰신 겁니까?"

"이미 들어 알고 있구나! …훗, 그랬어. 두릅나무 뿌리 껍질과 꽃고비에 몇 가지 풀을 더하면 마치 죽은 듯이 하룻밤 내내 깊이 잠들 수 있다는 걸 예전 아파에게서 들어 알고 있었거든."

다음 날 한희는 머리가 깨어지게 아프다는 핑계를 대고 계집종에게 약재방에 들러 은밀히 몇 가지 약재들을 사오라 시켰다. 그리곤 직접 정성스레 탕약을 달여 사랑채에서 서책을 읽으시던 아버지에게 올렸다.

"속상하게 해드려 죄송해요. 몸이 많이 상하신 듯하여 탕약을 고아 보았습니다."

—아버진 눈물까지 글썽이며 기뻐하셨어. 언제나 내게 주시기만 하셨지 한 번도 내게 뭘 받아보신 적이 없었거든. 기뻐하시는 아버지를 보며 양심의 가책은 받았지만, 나를 기다리고 있을 도련님을 생각하면 잠시 잠깐 아버지를 속이는 것쯤 뭐 그리 큰 죄가 될까 싶었지.

자신이 올린 탕약을 마시고 이내 곯아떨어진 아버지를 확인한 후, 한희는 집안 사람들 몰래 재빨리 집을 빠져나왔다. 사람들의 눈치를 피해 가며 강가에 다다랐을 땐 이미 혁수가 기다리고 있었다.

"도련님…."

"낭자…."

단 며칠만의 해후였지만, 이별 끝의 만남은 더욱 애달팠고 감미로웠다. 하얀 달빛 아래서 두 사람은 격정을 이기지 못해 서로를 꽉 끌어안았다.

"나와주어 고맙소. 정말 고맙소!"

혁수가 한희의 귀에 대고 속삭였다.

"보고 싶었습니다. 참으로 보고 싶어 죽는 줄만 알았습니다…."

누가 들을까, 누가 볼까 하는 두려움도 그에 따른 주저함도 없었다. 한희는 그저 이리 고운 달밤에 정인의 품에 안겨 있다는 사실만으로도 행복해 죽을 것만 같았다.

"고맙소. 그리고 미안하오."

혁수가 다시 한번 한희의 귀에 대고 속삭였다.

"…무엇을요?"

"으음, 아무것도 아니오. 오늘은 그저 이리 얼굴만 보는 걸로 족하오. 내가 과거에 급제하게 되면 모두 낭자 덕분이라오."

한희는 황홀한 눈빛으로 혁수를 바라보았다. 벌써부터 그가 과거에 급제하여 어사화를 꽂고 자신을 맞으러 오는 모습이 눈에 선했다.

"급제를 못하면 어떻습니까? 그저 필부의 아내로, 평범한 아낙으로 살아도 좋습니다. 너무 무리하지 마시어요."

"늦은 시간, 내 욕심만으로 불러내어 미안하오. 인정이 울리기 전에 어서 돌아가보오."

—짧은 만남을 뒤로하고 집으로 향하던 중, 문득 만남에만 취해 그를 위해 산 붓을 미처 건네주지 못한 것을 깨달았어. 언제나 싸구려 붓과 벼루를 사용하는 것이 늘 마음에 걸렸었거든. 그래서 과장(科場, 과거를 보던 곳)에서만이라도 꼭 써주었으면 하는 마음에 미리 사둔 청서모 붓을 챙겨갔던 것인데 깜빡 잊고 말았던 거야. 그가 돌아갔을지도 모르지만, 그래도 만약 그가 아직 그 자리에 있거든 건네줄 생각으로 황급히 뛰어갔지. 그때… 멀리서 그가 누군가와 만나고 있는 것을 보았어.

한희는 멀리서 보이는 사내들의 그림자에 까닭 모를 불안함이 느껴져 황급히 풀숲에 몸을 숨기고 지켜보았다.

"보았소? 그 낭자가 내 품에 안겨 있는 모습을?"

혁수는 호판 댁 조카, 이 도령을 향해 의기양양한 웃음을 보였다.

"내, 내게 원하는 게 뭐요? 어찌 그런 모습들을 보여준 것이오?"

이 도령은 불안한 시선을 땅에 둔 채 더듬거리며 혁수에게 물었다.

"왤 것 같소?"

혁수는 단 한 번도 한희에게 보여준 적 없었던 비열한 웃음을 띠고 자신보다 머리 하나쯤은 더 작은 이 도령의 주위를 천천히 한 바퀴 돌았다.

"나, 나, 낭자를 포기하라는 말인가?"

“그, 그, 그러하오. 하하하하.”

더듬거리는 이 도령의 말투를 따라 하며 혁수가 비웃었다. 한희는 자신의 눈을 의심했다.

‘저리도 불량해 보이는 저이가 누구란 말인가? 난 저런 사람을 몰라…. 본 적이 없어.’

“이미 보신 대로 그 낭자는 제게 바짝 몸이 달아 있소이다. 아직까지는 거래를 위해 따로 더는 손을 대지 않았지만 다음 진도는 어차피 시간 문제가 아니겠소? 허니, 도령은 이대로 잠자코 물러서서 지금 오가는 혼담을 파하시던가, 아니면 백부이신 어른께 말씀드려 과장 심사에서 제 뒷배를 봐주십사 청을 올려주시오. 그럼 내 그 낭자를 얌전히 댁의 손에 건네드리리다. 물론 이놈의 입에 자물쇠도 굳게 채워드릴 터이고. 천하절색 미인을 얻는 데 이만한 거래가 있다 한들 뭐 그리 손해날 건 아니잖소?”

“……”

“어찌하시겠소.”

“…과거 급제를 위해 낭자를 파는 것이오?”

“하! 나같이 가진 것 없고 뒷배도 없는 가난한 선비가 과거에 급제할 수 있는 다른 길이 무에 있겠소. 어차피 댁이 가진 그 알량한 생원 자리도 결국 태어날 때 줄을 잘 잡고 태어난 덕분이 아니오? 다 집어치우고! 댁의 답을 듣고 싶소. 한번 남의 품에 안겼던 계집이라도 아내로 맞을 배포가 있으시오?”

“…그럴 순 없소.”

“어허, 그리 간단하게 포기하시는 것입니까? 그것 참 아쉽습니다. 그럼 어찌할 수 없지요. 앞으로 그 댁과 부사 댁의 혼담은 파하는 것으로 알고 있으리다."

오랜 짝사랑의 끝을 안고 힘없이 돌아서는 이 도령의 등에 대고 혁수는 또 한번 으름장을 놓았다.

"멀쩡한 두 눈 뜨고 색싯감 놓친 반편이 취급받고 싶지 않거든, 앞으로 입단속 잘 하시오! 그리고 얼른 수더분한 색시 맞아 결혼이나 하시구랴. 하하하하!"

밤하늘에 혁수의 날카로운 비웃음이 퍼져갔다. 이윽고 소리가 잦아들 즈음 혁수의 곁에 슬그머니 그림자 하나가 다가왔다.

"수고했네."

그림자는 혁수에게 두툼한 돈주머니를 건네주었다. 풀숲에 숨어 있던 한희는 허억- 하고 숨을 들이쉬었다. 달빛에 얼굴을 드러낸 그림자의 정체는 바로 부사 영감이었던 것이다.

—그때 난, 더 이상 숨을 생각도 안 하고 멍하니 서서 내가 본 것들을 이해하려 애썼어. 하지만 아무것도 이해할 수 없었어. 조금 전 그리 아름답고 황홀했던 밤은 어디로 가고 똑같은 밤, 똑같은 하늘, 똑같은 달빛 아래서 나는, 내 마음은 갈가리 찢어지고 있었지. 왜, 내가 그리도 연모해 마지않던 정인(情人)이 그리도 무도한 말들을 거침 없이 입에 담은 것일까? 왜, 방금 전까지 내게 영원한 사랑을 약속하던 그 입술이 거래를 운운하는 것인지. 그리도 그를 거절하고, 마음에 들지 않는 혼담을 진행시키고, 거기다 분명히 내가 드린 탕약을 드신 후 잠이 드셨을 아버지가 어떻게 이곳에 나타나서 그에게, 내가 연모하는 이에게, 내

정인에게! 돈주머니를 건넨 것인지 난 하나도 이해할 수 없었어!

"대감마님도 대~단하십니다."

탐욕스럽게 돈 주머니를 훑어보던 혁수가 부사 영감을 보며 이죽거렸다.

"따님을 놓아드리기가 그리도 싫으셨습니까? 쿡…."

"그 입 닥쳐라. 과거에 합격하는 대로 어디 작은 지방 수령 자리라도 하나 알선해줄 터이니 그리 옮겨 살아라. 다른 처자와 혼사를 서두르는 것도 잊지 말고."

"네에, 네. 여부가 있겠습니까. 누구 명령이시라…낭자."

—마침내 그가 나를 보았어. 그리고 아버지도 나를 보았지. 그들 눈에 떠오른 표정을 보고 그제야 난 깨달았어.  나는 여전히 아버지의 손 위에서 노는 어린 계집아이였다는 것을….

그들의 손이 내게 닿으려 할 때 난 무작정 도망칠 수밖에 없었어. 그들… 아니 정확히 말해 내 아버지의 입에서 무슨 이야기가 나올지 무서웠거든….

한희는 숨이 턱에 차도록 밤길을 달렸다. 뒤에서 검은 그림자 둘이 그런 한희의 뒤를 쫓아왔다. 이윽고 행인이 오가는 대로에 닿자 최 부사도 혁수도 더는 한희를 쫓으려 하지 않았다. 그저 멈춰 선 채… 허겁지겁 뛰어가는 한희의 뒷모습을 쳐다만 보고 있을 뿐이었다.

—내 방에 돌아온 후 내가 제일 먼저 한 일이 뭔지 알아? …그가 내게 보내온 연서들을 다시 읽는 것이었지.

한희는 벽장 안 깊숙한 곳에 손을 넣어 소중히 싼 비단 보자기를 열고, 그 안에서 몇 겹이나 꽁꽁 싸 매어놓은 편지 꾸러미들을 꺼냈다. 거친 손놀림으로 봉투에서 꺼내 호롱불에 비추어 한 자, 한 자 읽어나가는 한희의 눈빛은 거의 광인의 그것과 다름없었다.

—혹시나 그 안에서 내가 미처 발견하지 못했던 거짓의 증거가 있지 않을까, 그가 내게 거짓을 고하는 고백을 어느 글귀에선가 에둘러 하진 않았을까, 소중히 간직해오던 수십 장의 연서를 읽고 또 읽었지.

이윽고 방 안에는 읽다 팽개친 연서들이 보기 흉하게 흩어졌다. 그렇게 연이어 편지를 꺼내 호롱불에 비춰보던 한희가 문득 징그러운 것이라도 만진 것처럼 기겁을 하고 편지를 집어던졌다. 자신의 주변에 흩어져 있는 연서들을 피해 방구석으로 가 몸을 움츠렸다. 그리곤 다시 저만치 떨어져 있는 연서들에 시선을 던졌다.

"이게… 뭐야? 이게…?"

한희의 고운 얼굴이 공포로 일그러졌다. 그리고 제 무릎에 고개를 묻고 길고 긴 비명을 질렀다.

"아아아악!"

곧이어 발자국 소리들이 들리더니 행랑어멈과 계집종 두엇이 방 안에 뛰어들어왔다. 한희는 비명소리에 놀라 뛰쳐 들어온 행랑어멈을 붙들곤 덜덜덜 떨며 다시 비명을 질렀다.

"아아! 아아아악!"

"아가씨, 무슨 일이십니까요?! 아가씨!!"

"정신 차리셔요. 아가씨, 어찌 이러십니까요?"

—그 연서들은… 모두 나의 아름다움을 찬미하는 글들이었어. 나란 여인이 세상에 있는 것이 얼마나 고마운지 절절히 고백하는 글들이었어. 우연이 빚어준 인연에 그가 얼마나 가슴 떨리게 기뻐하고 있는지 나라는 꽃에 대한 헌사와 헌시들로 가득 찬 연서들이었어. 몰래 그에게서 받은 그 연서들로 나는 얼마나 행복했는지 몰라. 서시보다 양귀비보다 어여쁘다며, 눈을 감을 때마다 내가 보고 싶다고 고백하는 그의 연서들을 볼 때마다, 나는 그와 함께 살고 그와 함께 죽으리라 맹세했었어. 그래서 미처 눈치 못 챘던 거야. 그 달콤한 말들에 취해, 연모의 감정을 절절히 고백하고 있는 그 모든 글들이 모두…… 내 아버지의 글씨들이었다는 것을….

한희는 그 밤 내내 끙끙 앓았다. 온몸이 스스로 불덩이가 되어 뜨겁게 앓았다. 앓는 와중에도 방 안에 계집종들이며 행랑어멈, 어머니, 그리고 의원이 들락날락하는 것들을 느낄 수 있었다.

—얼마나, 며칠이나 앓았을까? 어느 새벽, 불현듯 눈이 떠졌어. 이제 막 아침빛이 전해지려 하고 있는 방 안에 내 곁에서 쪼그려 잠든 행랑어멈과 벽에 기대어 잠시 눈을 붙이고 계신 초췌해진 어머니의 모습이

보였어.

한희는 일어나 제가 덮고 있는 얇은 이불을 어머니에게 걸쳐주고는 소리가 나지 않도록 살며시 장을 열어 옷가지들을 꺼내 갈아입기 시작했다.

—눈을 뜨자마자 든 생각은 그를 만나러 가야겠다는 것뿐이었어. 그가 왜 나를 속인 건지, 언제부터 어디서부터 나를 속인 건지 확인해야겠다는 생각이 들었어. 그리고 만약 아주 조금이라도 나에 대한 마음에 진심이 담겨 있었다면 나를 데리고 도망쳐 달라고 애원할 생각이었어. 그래. 바보 같았지. 모든 게 다 거짓이라는 걸 확인한 후에도 나는 작은 한 조각의 미련만은 끝끝내 버리지 못하고 있었던 거야. 그가 나를 연모하지 않았을 리 없다는 작은 희망이었지.

안개가 가득 찬 새벽 아침. 살그머니 안채 평대문이 열리고 보따리를 품에 안은 한희가 나왔다. 사람의 인기척이라곤 느낄 수 없는 너른 마당을 빠른 걸음으로 가로지른 한희가 대문의 빗장을 살그머니 미는 순간, 누군가가 한희의 어깨를 붙잡았다.

"헉!!"

숨을 들이켜며 돌아본 한희의 눈에 비친 건 단 며칠 사이에 본디의 모습보다 훨씬 더 늙은 것만 같은 아버지 최 부사의 퀭한 얼굴이었다.

"어디를 가느냐?"

한희는 기겁을 하고 물러섰다. 그리고 아버지의 손에 닿은 어깨를 신경질적으로 털어내며 몸서리를 쳤다. 그 모습을 본 최 부사의 볼에는 어색한 경련이 일었다.

"아비의 변명은…, 단 한 마디도 들어주지 않는 것이냐?"

"…무슨 변명을 하시려고요!"

혹시 누구라도 들을까 목소리를 낮춘 채 한희가 쏘아붙였다.

"그런… 소름 끼치는…, 역겨운 거짓말들로 나를 속인 주제에!"

"너는."

우는 듯 웃는 듯 찡그린 얼굴로 말을 이어가는 최 부사의 눈빛은 광인의 눈빛인 양 붉게 충혈 되어 기묘하게 번뜩이고 있었다.

"너는 내 보물이다…. 내가 만들고 내가 키워온 이 세상에 단 하나밖에 없는 보물이야. 네가 태어난 이후로 단 한 순간도 너를 사랑하지 않은 적이 없었어. 네 웃는 모습을 볼 때마다 너같이 고운 아이가 내 딸이라는 사실에, 너같이 어여쁜 아이를 내게 주신 하늘에 감사하고 또 감사했다."

"…그런데, 왜, 왜 그러셨어요?"

"돼먹지도 못한 것들이 감히 내가 소중히 키워온 꽃을 저들 멋대로 가져가려고 했으니까! 거절해도 거절해도 끝도 없이 밀려드는 혼담, 혼담, 혼담들! 종당에는 집안 뒷배를 믿고 뻔뻔스레 밀고 들어오는 그딴 덜떨어지는 놈하고 혼담을 진행시킬 수밖에 없었어! 내가 좋아서 그런 줄 알아? 문중 어른들이 나서서 기어이 그러라고 하는 것을 어떻게 마다할 수 있었겠어! 거기다 또, 너는 어떻고! 내가 소중히 지켜주고 있는 것도 모른 채, 그저 언제고 내 품에서 떠날 생각만 하고 있었지. 내가 모르는 줄 알았느냐?! 그래서 네게 가르쳐주어야만 했어. 세상이 얼마나 더러운 것들로 가득 차 있는 곳인지, 연모의 언약이나 맹세가 얼마나 무의미한 것인지. 그래서 모든 것을 계획했던 것이야. 겉모습만 그럴듯한 작자 하나를 꼬여 네게 연모의 감정을 심어주기로. 그 작자를 이용해 너의 평판에 흠이 가지 않을 정도로만 겁박을 하도록 시켜 혼담을 깨기로. 그렇게 제 목숨이라도 내어줄 듯이 사랑을 맹세한 그놈이 너를 헌신짝처럼 버리고 떠나고 나면, 너는 비로소 깨닫게 되었을 거야. 세상에서 너를 완전히 사랑해줄 사람은 나 말고는 아무도 없다는 것을."

"그럼… 그럼 왜 애써 반대하는 척을 하셨습니까? 왜요?! 그 거짓 연서들은 다 무엇이고요!"

눈물로 범벅이 된 얼굴로 애원하듯 묻는 딸의 얼굴을 보며, 빙긋이 최 부사가 웃었다. 자신의 가슴 속에 가득히 퍼져나가는 만족감이 떠오른 그 얼굴을 보며 한희는 또다시 부르르- 몸을 떨었다.

"왜냐고? 그래야 네가 더 그놈을 연모할 테니까. 그래야 더 상처 받을 테니까. 반대를 무릅쓰면서까지 택한 사내놈에게 철저히 버림받아봐야, 그래야 다시는 내 뜻을 어길 생각을 못할 테니까."

최 부사가 한희의 얼굴로 손을 뻗어 조심스레 그 뺨을 쓰다듬었다. 한희가 질겁을 하고 고개를 돌리는데도, 최 부사의 손은 딸아이의 복숭아 같은 뺨에서 떨어질 줄 몰랐다.

"그 연서…, 그것이 어찌 거짓 연서란 말이냐? 그 한 구절, 한 구절에 한 치도 다름없는 내 진심이 담겨 있거늘. 서시보다 아름답고 양귀비보다 어여쁜 너를 찬미하는 그 마음이 모두 한 점의 거짓도 없는 나의 마음이거늘, 그것을 일러 어찌 거짓이라 하느냐?"

번들거리는 최 부사의 눈빛은 호판 대감의 조카 이 도령의 눈빛과 닮아 있었다. 아니 그보다 더욱 진한 집착과 탐욕이 어려 있는 눈빛이기도 했다.

"아가…, 넌 그저 평생 내 곁에서 웃고만 있으면 된다. 이 아비가 네가 바라는 모든 것을 들어줄 거야. 그저 꽃처럼, 그림처럼 내 곁에서 그리 머물러라. 그러면 돼. 그러면 너도 나도 행복해질 수 있어."

—숨도 쉬지 않고 모든 것을 털어놓은 아버지를 지켜보면서 나는 내 앞의 사람이 더 이상은 자상한 아비가 아니라는 걸 깨달았어. 이미 오래전에 집착의 괴물로 변해버린 것을 인정할 수밖에 없었어. 그리고 또 깨달았어. 도망치지 않으면, 평생 아버지의 그 끔찍한 집착에서 벗어날 수 없게 되리라는 것을. 나는 그에게 꺾일 꽃송이가 되고 말 거란 걸….

경악을 금치 못한 채 제 아비를 지켜보고 섰던 한희가 재빨리 뒤로 돌아 대문을 넘어 뛰쳐나가려 했다. 하지만 대문간을 넘어서는 순간 최 부사에게 잡히고 말았다. 최 부사는 한희의 팔을 단단히 움켜쥐어 대문 안으로 다시 끌어들이려 했다. 그런 최 부사를 떨쳐버리기 위해 온몸을 뒤틀며 한희는 대문 밖으로 나가려 용을 썼다.

"못 간다. 넌 아무 데도 못 가!"

최 부사가 대문간에 발을 대어 팽팽히 지탱한 채 온몸을 뒤로 당겨 자꾸만 도망가려고 하는 한희의 몸을 끌어당겼다.

"제발 놔요… 이것 좀 놔아, 놓으라구!!"

진저리를 치던 한희는 마지막으로 사력을 다해 최 부사의 손을 뿌리

쳤다. 그 순간, 한희의 옷소매가 쭈욱 찢기면서 한희의 팔을 잡고 있던 최 부사의 몸이 순식간에 균형을 잃고 뒤로 기울더니 그대로 바닥에 쓰러졌다. 동시에 끼득 하는 묘한 소리가 났다. 최 부사의 고개가 꺾이면서 나는 소리였다. 바닥에 나뒹군 몸과 달리 최 부사의 고개만 대문에 기대 ㄴ자 모양으로 꺾어져버렸다. 눈 깜짝할 사이에 벌어진 일을 망연히 쳐다보던 한희는 금세 자신이 자유로워진 것을 깨닫고 얼른 대문간을 나서 도망치려 했다.

하지만… 이내 발걸음을 멈추고 주춤, 주춤 돌아볼 수밖에 없었다.

—너무 조용했거든. 순식간에 찾아온 침묵이 너무 이상했거든.

덜덜덜 떨리는 다리로 한희는 최 부사에게 다가갔다. 움직이지 않는 최 부사의 몸을 조심스러운 손길로 흔들자 스르륵 툭- 대문에 기대어 있던 고개가 바닥으로 미끄러졌다. 한희는 그저 텅 빈 눈으로 한참 동안 아버지의 시신을 내려다보고 있었다.

* * *

"그래. 그렇게 내가 이 손으로 내 아버지를 죽였어."

눈물이 말라붙은 얼굴로 한희가 긴 고백을 끝냈다. 서경은 그런 한희를 묵묵히 바라보고만 있었다.

"…놀란 기색이 없네. 아니면 이조차도 미리 알고 있었나?"

서경이 묵묵히 고개를 저었다.

"내가 겁나? 아니면 혐오스러운가?"

서경이 다시 한번 묵묵히 고개를 저었다. 그리고 말했다.

"제게 한 고백이 아니지 않습니까. 회화나무에게 한 고백이니 잘잘못도 그가 따질 일인 것을요."

한희가 고개를 들어 여전히 푸름을 과시하고 있는 늙고 오래된 나무를 쳐다보았다.

울창한 나뭇잎들 사이로 스며들어온 빛이 자신의 온몸을 어루만지고 있었다. 한희는 오랫동안, 아주 오랫동안 마치 춤추듯 일렁이는 그 빛들을 받아가며 그 자리에 머물렀다.

## 2-6. 그들 각자의 밤

"헌데 내게 회화나무가 각별한 의미를 지니고 있음은 어찌 알았어? 회화나무 문양의 경대를 팔러 올 생각은 어찌 한 거야?"

집으로 향하는 길에 건네온 한희의 물음에 서경은 그저 빙긋이 웃기만 하였다. 한희 낭자가 몰래 밤 나들이를 나갈 때 동네 거지 아이들도 몰래 그 모습을 홀린 듯 훔쳐보곤 했다는 사실은 전하지 않았다. 차마 저들은 가까이에서 훔쳐볼 수도 없는, 마치 천상의 선녀와 같은 아름다운 모습을 지닌 양반댁 아가씨가 저들 사이에서 별로 평판이 좋지 못한 사내와 밤마다 몰래 만나는 것에 내심 안타까워하며 지켜보던 거지 아이들이 많았다는 사실도 전하지 않았다.

"마님이 나와 계시네요."

서경과 한희가 부사 댁이 보이는 마을 초입에 다다랐을 때, 부사 댁 대문은 활짝 열려 있었다. 집안 종복들을 뒤로 거느린 부사 부인이 눈물이 그렁그렁해서는 한희를 보고 있었다. 또, 그 곁에는 어느 결에 왔는지 윤이 한발 물러서 두 여인의 귀가를 맞고 있었다.

"저 어른께 나는 사랑하는 딸일까? 아니면 남편을 죽인 원수일까?"

"잘은 모르겠지만, 그날 그 일이 있었는데도 부사 어른이 지병으로 돌아가셨다고 알려진 것은 어머님께서 백방으로 손을 쓰신 덕분일 겁니다. 아가씨를 속인 그 작자의 입을 매섭게 단속한 것도 마님이 아니실는지요?"

한희의 눈에 다시 슬그머니 눈물이 차오르기 시작했다. 그리곤 점점 걸음을 빨리하더니 마침내 뛰어가 어머니의 품에 안겨 아이처럼 엉엉 소리 내어 울었다. 두 모녀의 주위를 행랑어멈과 계집종들이 둘러싸 저마다 치맛자락으로 눈물을 찍어내었다. 그 모습을 흐뭇하게 바라보며 서경이 조금 늦게 부사 댁 앞에 다다르자, 윤이 얼른 서경에게 다가와 팔을 끌었다.

"따라오게."

"뭐요? 아직 중요한 이야기가… 경대 값도…."

"지금 그게 중요한 게 아냐."

부사 댁에서 삼십 보쯤 떨어진 곳에 마부가 말 한 필을 세워두고 대기하고 있었다. 마부의 도움을 받아 윤이 날렵한 몸놀림으로 말 위로 뛰어올랐다. 그리곤 아래에 있는 서경에게 손을 내밀었다.

"도대체 뭐요?"

"얼른 잡아."

"뭐냐고 묻지 않소!"

"집에 무슨 일이 생겼나봐. 객주에서 대방 어른이 기다린대. 얼른 올라타."

순식간에 서경의 표정이 돌변했다. 그리곤 마부의 도움을 받기도 전에 제 발로 말의 날씬한 옆구리에 매달려 있는 등자에 발을 걸고 뛰어올라 윤의 뒤에 걸터앉더니 그의 허리에 양팔을 둘렀다.

"꽉 잡아."

"신경 쓰지 말고 최대한 빨리 가기나 하오!"

"꽉, 꽉! 한 마디도 안 지지. 이랴!"

윤이 능숙한 솜씨로 말의 옆구리를 걷어찼다.

그리고 두 남녀를 태운 말은 갈기를 휘갈기며 마을 초입을 향하게 거칠게 뛰어나갔다.

그로부터 서너 시간 후. 서경과 윤이 탄 말이 서문객주 앞에 다다르자, 무현이 기다렸다는 듯이 다가왔다.

"워워~"

윤은 말을 세우고 훌쩍 뛰어내려 서경이 내리려는 걸 도와주려 했다. 하지만 윤보다 무현이 빨랐다. 무현은 성급하게 말에서 뛰어내린 서경의 허리를 부축하여 무사히 땅에 발을 딛도록 하였다. 그 때문에 서경은 잠시 말과 무현의 사이에서 무현의 품에 안긴 모양새가 되었다.

"대방 어르신은?"

서경의 물음에 무현은 얼른 사통각 쪽으로 고갯짓을 했다. 서경이 허겁지겁 사통각 쪽으로 뛰어갔다. 그 뒤를 윤이 따르려는데 무현이 막아섰다.

"대방 어른께 자네의 이 꼴을 어찌 설명하란 말인가?"

윤은 새삼 자신의 차림을 내려다보았다.

"역시… 좀 그렇겠지? 근데, 무슨 일이야?"

"나도 몰라. 대방 어른이 이번처럼 서두시는 건 처음 봐서 나도 놀라는 중이야."

두 사내는 나란히 사통각 쪽을 바라보았다.

사통각 주위에는 온통 시커먼 옷으로 온몸을 감싸고 저마다 무기를 든 검계(칼을 차고 다니는 무리)들이 철통 같은 경계를 서고 있었다.

"무슨 일이에요? 집에 일이 생겼다니?"

방에 들어서자마자 서경이 물었다. 서경이 질문을 던진 이는 명실상부한 도성 지하경제의 큰손이자 무현의 스승이기도 한 송 대방이었다. 신선처럼 새하얀 머리에 새하얀 수염을 달고 있는 그는 자못 선하디 선해 보이는 인상을 하고 있지만 실제로는 자신의 이득을 위해서는 친혈육의 피를 보는 일도, 제 수하를 버리는 일도 눈 하나 깜짝 않고 해치운다는 소문이 떠들썩한 거상 중의 거상이었다.

"그이도 참, 대단한 양반네더구나. 늙은것 뺨을 어찌나 제대로 후려쳤던지 입 안이 다 터져서 왔더라."

송 대방의 얼굴에는 못마땅함과 풀 수 없는 분노와 혐오감이 고스란히 떠올라 있었다.

"많이 다쳤어요?"

누구를 말하는 것인지 서경은 묻지 않고도 알 수 있었다. 이미 지난번 거리에서 스쳐지나갔을 때, 잠자코 있지는 않을 거라는 생각이 들었던 탓이었다. 송 대방이 잔뜩 못마땅하게 노려보며 말을 이었다.

"맞은 것보다 애 녀석을 뺏긴 게 더 타격이 큰 것 같다."

잠시 말을 끊고 서경의 놀란 기색을 보더니 송 대방이 다시 말을 이었다.

"그래, 데리고 갔단다. 늙은 게 그 충격에  반쯤 정신이 나가서 찾아왔더라. 너 좀 빨리 불러달라고. 꼴이 하도 가관이 아니라 그대로 뒀다간 진짜 송장 치울 일 생길 것 같아서 아는 약방에 데려다 눕혀 놨다."

하아 – 서경은 작게 한숨을 내쉬고는 무거운 발걸음으로 제가 들어선 문을 향해 뒤돌아섰다.

송 대방이 자신의 등쪽 문을 열었다.

"발 빠른 놈들로 가마 한 채 내어줄 테니 타고 가라."

"됐어요. 가마는 무슨…."

"타고 가. 그 어린 걸 걸려서 데려올래? 애들한테 약방 일러 놨으니 돌아오는 길에 그리로  태워다줄 거다."

서경이 꾸벅 고개를 숙여 예를 표하곤 송 대방이 열어준 문 쪽으로 나섰다. 그러자 기다렸다는 듯이 교자꾼(가마를 메는 일꾼)이 방 앞에 놓인 가마의 문을 얼른 열어주었다. 서경이 가마 안에 들어앉자 이내 교자꾼 넷이 합을 맞추어 일어서더니 방 안의 송 대방에게 꾸벅 고개를 숙여보이고는 으샤으샤 저들끼리 구령까지 붙여가며 빠른 속도로 뛰어가기 시작했다.

송 대방이 자신했던 대로 교자꾼들의 발걸음은 꽤나 빨랐다. 그 덕분에 여느 때라면 저녁 늦게나 되어서야 도착했을 도승지 댁이었건만 이 날만은 해가 완전히 자취를 감추기 전 도착할 수 있었다.

"예서 기다려주시오."

서경은 교자꾼들에게 그리 이르고는 도승지 댁 대문 앞으로 성큼성큼 걸어가 문을 두들겼다.

쾅! 쾅! 쾅! 이윽고 대문이 열리고 어린 여자애가 삐죽 얼굴을 내밀었다.

"누구시오?"

"아파다. 마님이 불러서 왔어."

들은 소리가 없는지 여자애가 고개를 갸우뚱거리는데, 서경이 문을 밀고서는 무작정 대문 안으로 들어섰다.

"저, 저기요. 이리 막 들어오시면 안 되는데…"

여자애가 어떻게든 막아보려고 작은 손을 훼훼 저어보았지만 서경을 막기에는 역부족이었다. 서경은 자신을 막아서는 아이를 간단히 제치고는 안채 쪽으로 걸어 들어갔다.

"시끄럽다!"

화선지에 혜란(蕙蘭, 잎이 길고 한 꽃대에 여러 꽃이 달린 난초의 일종)을 치고 있던 강씨 부인은 문득, 바깥이 시끄러워졌음에 인상을 찌푸렸다. 지금 그녀는 부드럽게 손목을 놀려 우아하게 휘어지는 꽃대를 그리려던 참이었다.

'여기가 항상 어렵단 말야. 집중. 집중해서… 이제 뻗기만 하면…'

천천히 붓으로 꽃대의 형상을 만들어내려는 찰나, 갑자기 누군가 안방문이 탕 소리가 나도록 양쪽으로 시원하게 열어젖히고는 성큼성큼 걸어 들어왔다. 그 등장에 아주 잠시, 신경을 흩트린 바람에 공들여 그려가고 있던 꽃대에 보기 싫은 검은 멍울이 생겼다. 강씨 부인은 그 우아한 눈썹을 치켜 올리더니 이내 종이를 집어 들어 꾸깃꾸깃 접은 후 던져버렸다. 그리곤 다시 한 장의 화선지를 펼쳐 서진으로 양 귀퉁이를 눌렀다.

"왔니?"

강씨 부인이 보지도 않고 서경에게 말했다. 서경이 강씨 부인의 앞에 털썩- 소리가 나도록 앉았다. 힐끗 그 모습을 본 강씨 부인이 또 흔연한 말투로 중얼거렸다.

"상스럽기는."

"이번엔 원하는 게 뭡니까?"

강씨 부인이 눈을 감고 호흡을 가지런히 모았다. 그리고 다시 붓을 들어 화선지에 막 한 점을 찍으려는 순간, 서경의 손아귀에 손목이 잡히고 말았다.

"원하는 대로 쥐 죽은 듯이, 없는 듯이 살아주고 있잖아요."

강씨 부인이 서경에게 잡힌 제 손목을 보더니 휙 그 손목을 들어올렸다. 그 바람에 붓에 묻어 있던 먹물이 서경의 얼굴에 점점이 튀고 말았다.

"그럼 내 눈에 걸리질 말았어야지. 내 경고가 그리 우스웠니?"

서경은 제 얼굴에 튄 먹물을 닦을 생각도 없이 침착한 눈빛으로 강씨 부인과 마주 보았다.

"걱정 마세요. 아무도 내가 누군지 따윈 궁금해 하지도 않으니까."

"누가 걱정 따윌 한다고? 네년이 누군지 드러나면 뭐. 내가 큰 타격이라도 입을까봐? 천만에! 그것을 대비한 변명이라면 이미 수백 가지는 더 마련되어 있어. 물론, 사람들의 비난은 좀 받겠지. 하지만 네가 잃을 것에 비하면 그 정도야 아주 약과잖니?"

또 협박이었다. 이 여인은 언제나 그랬다. 서경이 가장 소중히 여기는 것이 무언지 알고, 늘 그것을 뺏겠노라고 겁박하고 실제로 몇 번은 실행에 옮기기도 했다. 몇 번은 심하게 반항했고, 몇 번은 자신도 맞서 겁박을 한 적도 있었다. 하지만 그때마다 더 심하게 상처받는 건 언제나 서경 자신이었다.

"그래서 이번엔 원하시는 게 뭡니까?"

서경이 조용히 물었다.

"그런 거 없어. 그저 너랑 그 늙은것한테 나를 기망하면 어찌 될지 알려주려 한 것뿐이니까."

"단순히 할멈과 저를 혼내기 위해 달이를 끌고 온 게 아니잖아요. 그리 감정적으로만 행동하시는 분이 아니란 것 아니까 말씀해보세요. 이번엔 또 무엇 때문입니까?"

"당장 할멈 데리고 수종사(水鍾寺, 남양주 운길산에 있는 절)로 돌아가. 도성엔 얼씬도 하지 말고 그 상스런 짓도 그만하고."

"더 하라고 해도 두 사람 속량(贖良, 몸값을 받고 노비의 신분을 풀어주어서 양민이 되게 하던 일) 값만 채우면 그만둘 거예요. 잊지 않으셨죠? 언제고 합당한 돈만 마련해오면 두 사람 속량시켜주시겠다고 한 것."

"그만한 돈을 금세 마련할 수는 있고? 헛짓하지 말고 돌아가. 니가 얌전히 내 말만 들으면 혹시 또 아니? 언제고 내 마음이 변해서 그것들을 그냥 넘겨줄지? 아니면…."

강씨 부인이 은밀히 눈빛을 반짝이며, 넌지시 진짜 자신이 원하는 바를 입에 담기 시작했다.

"두 달 후, 양촌 아저씨가 사절단에 끼어 중국 선양으로 떠나실 거야. 함께 가거라. 원한다면 할멈도 달이도 함께 데려가도 좋아. 그리곤 다시 돌아오지 마."

"그거였군요. 결국…."

"너는 네 것을 지키고, 나는 내 것을 지킨다. 거기에 딱 맞는 거래라고 생각되지 않니? 뭐, 네가 정 내키지 않으면 할멈이랑 달이만 보내는 것도 나쁘진 않겠지."

서경이 잠자코 일어섰다. 그리고 문가로 향했다.

"대답은?"

"아시잖아요. 결국은 원하시는 대로 할 거라는 거."

"이번엔 어길 생각을 않는 게 좋을 거야. 나도 나이가 드는지, 점점 더 참을성이 없어지는 것 같거든."

"달이는요?"

"행랑채 어디쯤에 있겠지. 데려가려무나."

서경이 안채에서 물러나와 마당에 섰을 때 멀리서 가늘게 울음소리가 들려왔다. 달이 울음소리였다.

서경은 얼른 소리의 방향으로 걸음을 서둘렀다.

"어휴 애, 너 또 우니? 그만 좀 울어!"

계집종들의 거처인 안 행랑채 중 가장 좁고 낡은 방 안. 서경에게 문을 열어주었던 계집아이는 막 김치보시기와 간장만을 찬으로 누런 보리밥을 한술 뜨고 있는 중이었다. 그 곁에서 달이는 두 손으로 연신 눈을 비벼가며 울고 있었다. 계집아이가 숟가락을 든 손으로 달이의 머리를 연신 콩콩 쥐어박았다.

"그만 울고 밥이나 처먹어. 도대체 뭘 어쩌라고 울기만 하는 거야. 아우 진짜! 가뜩이나 할 일도 많은데 마님은 왜 이런 애까지 맡기신 거야!"

"에-"

"뚝 안 그쳐?!"

계집아이가 이번엔 좀 더 거칠게 머리를 쥐어박았다. 그 바람에 옆으로 툭 넘어진 달이의 울음소리가 한층 더 커졌다.

"에에에-"

"정말 이게에!"

계집아이가 분김에 수저를 집어던졌다. 그리고 벌떡 일어나 달이에게 다가가자, 달이가 얼른 제 머리를 두 손으로 감싼 채 웅크리며 발발 떨었다.

"에- 에-"

"야!"

계집아이가 기어이 발을 들어 걷어차려는데, 순간 낡은 문짝이 활짝 열리더니 서경이 모습을 드러내었다.

"달아!"

웅크리고 있던 달이 살그머니 고개를 들어 목소리의 주인공을 훔쳐

보았다.

"언니이…?"

"달아!!"

서경이 신을 신은 채로 방 안에 들어와 얼른 달이를 안아올렸다.

"언니이-! 왜 이제 왔어. 왜 이제 왔어-. 에-"

어린것이 서경의 저고리를 고사리 같은 두 손으로 말아쥔 채 좀 더 큰 울음소릴 내었다.

"왜 이제 와, 왜 이제와… 에-"

서경이 그런 달이의 등을, 머리를 연신 쓰다듬어주었다.

"그렇게 무서웠어? 바보구나. 우리 달이. 어디 가 있든 언니가 금방 찾으러 온다고 했잖아. "

"언니이… 언니이…"

"봐, 이렇게 금방 데리러 왔지?  얼른 가자. 할머니가 눈이 빠지게 기다리겠다."

서경이 제 품에서 달이를 떼어놓으려 했지만, 달이는 점점 더 달라붙으며 떨어질 생각을 않았다. 결국 서경은 달이를 안은 채로 전신에 힘을 주어 일어설 수밖에 없었다. 갑작스러운 서경의 등장에 놀란 토끼눈을 한 계집아이가 그리 달이를 안은 채 방을 나서는 서경의 뒷모습을 망연히 쳐다보았다. 그리고 에- 하는 울음소리가 점점 더 희미해져가는 걸 들으면서 눈물을 참듯이 입술을 삐죽거렸다.

"나도… 누가 좀 데리러 오지… 엄마아…!"

그리곤 조금 전 달이가 그러했듯 웅크리고 앉아 무릎 위에 고개를 묻은 채 에- 하고 소리 내어 울었다.

* * *

그 밤, 서경과 달을 태운 가마가 약방을 향해 질주하고 있을 때, 윤은 오랜만에 궁방(宮房, 왕족이 거처하는 집)에 들어 있었다. 아무리 반쯤 내놓은 자식이라 하나 한 자 소식도 없이 집을 비우는 것을 걱정한 어머니 부부인 홍씨가 직접 은월각으로 아랫것을 보내 윤을 불러들인 까닭이었다.

"전하와 무슨 작당을 한 것이냐?"

"작당이라니, 무슨 말씀이신지, 소자는 도통 알 길이 없사옵니다."

"지난번에 입궐했다 퇴궐한 이후 쭈욱 집을 비우고 있지 않니. 내내 은월각 아이한테 가 있는 줄만 알았더니, 그것도 아니었다면서?"

"용서하십시오, 어머님. 차마 이놈의 입으로 뭐하고 돌아다녔는지 아뢸 수가 없사옵니다. 입에 담기 민망한 짓들만 하온지라… 하하. 아뢰기 송구하옵니다."

윤이 부끄럽다는 듯이 한 손을 들어 얼굴을 가리며 고개를 외로 꼬았다.

"정녕 궁금하시다면 말씀 드려야지요. 그젯밤에는 은월각 홍란이, 그전날에는 호산루 채희가, 그 전전날에는 토월루 명월이가 어찌나 이 몸의 허리짝을 조르던지…."

윤이 짐짓 과장된 몸짓으로 바닥에 엎드리며 어머니에게 용서를 빌었다.

"불초 소자, 그만 여색에 빠져 어머님을 등한히 한 죄 죽어 마땅하옵니다만, 어찌 이것이 소자만의 죄이겠사옵니까? 이리 자알 낳아주신 어머님의 죄가 한층 더… 아얏!"

윤이 채 말을 다 잇지도 못하고 비명을 질렀다. 홍씨 부인이 윤의 등 허리를 가볍게 '찰싹!' 내려친 탓이었다.

"아이고오오오. 어머님 손끝이 고추당초보다 더 맵습니다. 아이고, 내 허리야! 이제 명월이는 다 만났네. 아이고오오오!!"

윤이 엄살을 피우며 방바닥을 데굴데굴 굴렀다.

"능청스러운 녀석!"

홍씨 부인이 눈을 흘겼다. 윤이 구르는 것을 멈추고 온 얼굴에 가득 미소를 띠운 채 조르르 홍씨 부인에게 다가가 그 여린 어깨에 고개를 기댔다.

"아버님과 똑 닮았지요?"

"그래."

"그래서 마음껏 미워하지도 못하시겠지요?"

"그으래!"

"…죄송해요. 걱정 끼쳐 드려서."

홍씨 부인이 제 어깨에 기댄 아들을 내려다보고 흐뭇하게 웃었다. 어느새 모자의 정담이 끝나고 부부인이 나간 후 윤은 벌렁 보료 위에 드러누웠다.

'시간은 자꾸 가는데 이를 어쩌나….'

보름 전, 경애해 마지않는 형님과의 독대가 새삼 윤의 머릿속을 복잡하게 헝클어뜨리고 있었다.

윤은 여느 때처럼 형님의 부르심을 받아 경복궁 강녕전에 들어 있었다. 상선내시도, 대전상궁도 모두 물린 채 다과상을 마주한, 오직 둘만의 오붓한 자리였다.

"그래, 요즘도 기방 출입이 잦다지?"

술잔에 술을 따라주며, 강녕전의 주인이 먼저 입을 열었다. 춘추, 이제 곧 서른을 맞이하는 임금 학(鶴)에게는 다섯이나 되는 사촌동생이 있었지만 그가 가장 신뢰하고 친아우처럼 아끼는 이는 윤뿐이었다. 현무군(現務君) 이윤은 학의 작은 아버지가 되는 회현대군 이문(雯)의 독생자로, 워낙 어릴 적에 아비를 잃은 후 할머니이신 대왕대비 전하의 가여움을 사 학과 거의 함께 자란 처지나 마찬가지였다. 지난해에 산후병으로 중전과 첫 아기씨를 함께 잃은 후 내내 시름에 빠져 있던 임금에게 웃음을 되찾아준 이도 윤이었고, 내내 궁에 갇혀 꼼짝달싹 못하는 허한 마음을 도성 안팎의 재미있는 이야기로 달래준 것도 그였다.

윤이야말로 세상 천지에 마음을 둘 곳 없는 외로운 군주의 유일한 벗이자 사랑하는 아우인 셈이었다. 하여, 임금은 때때로 별다른 볼일 없이도 아우의 입궐을 명했고, 그날도 중국에서 좋은 술이 들어왔다고 일부러 입궐을 시킨 참이었다.

"하릴없는 종친에게 기방 출입만큼 재밌는 놀이가 또 있겠습니까?"

부끄러운 줄도 모르고 윤이 빙긋이 웃어 보였다. 임금의 눈으로 보기에도 친애하는 아우는 참으로 잘생긴 사내였다. 소문에 의하면, 저잣거리에 나서면 그의 얼굴을 본 아녀자들이 절로 무릎에 힘이 빠져 추풍낙엽처럼 쓰러진다고 하는 미공자 중의 미공자였다. 소문에 의하면, 그가 처음 들르는 기방에서는 그의 옆자리를 차지하기 위해 기생들끼리 머리채를 드잡는 싸움이 작렬한다고 했다. 소문에 의하면, 10년 수절한 청상과부가 저자에서 그의 모습을 본 후 그날 밤 부끄러움도 잊은 채 궁방의 담을 넘어 그의 방에 들어가 자기 손으로 옷을 벗으려다 대군부인에게 들켜 망신살을 뻗쳤다고도 했다. 물론 이 모든 소문은 뻔뻔스럽게도 윤 자신의 입으로 전한 덕분에 임금도 익히 잘 알고 있는 것들이었다.

"언제까지 장가도 아니 간 채 그리 허송세월을 보내려고?"

"소인의 신세가 부러우십니까?"

"이놈이!"

버럭 임금이 소리를 질렀지만, 언제 그랬냐는 듯 금세 손으로 무릎을 치며 파안대소했다.

"하하하하, 네 말대로다. 부럽다. 암 부럽고말고. 조선 천지에 네놈 팔자보다 좋은 팔자가 어딨겠느냐?"

"모두가 전하의 하해와 같은 은혜 때문이 아니옵니까? 하하하."

윤도 임금의 웃음에 화답하여 만면에 크게 희색을 띠었다. 하지만 그 웃음은 그리 오래가지 않았다. 임금께서 문득 웃음을 거두고 긴한 기색으로 몸을 기울였기 때문이었다. 바깥의 귀들에 들리지 않도록 잔뜩 목소리를 낮춘 임금의 속삭임은 비밀스러움을 가득 담고 윤의 귓가에 와 닿았다.

"하니, 네 그 팔자를 걸고 내기를 하지 않겠느냐?"

"…내기라 하심은?"

"받거라."

임금이 등을 돌려 서안 밑에서 작은 두루마리를 꺼내 윤에게 건넸다. 그리고 다시 목소리를 낮춰 윤에게 명했다.

"봉단령을 내렸거늘 처녀단자를 올리지 않은 몇몇 가문의 처자들이다. 미모면 미모, 집안이면 집안 어느 것 하나 남부럽지 않은 처자들이

나 뚜렷한 사유도 없이 처녀단자를 내지 않아 윗전들께서 내심 괘씸해 하고 있지. 나 역시 궁금한 건 마찬가지고. 허니 윤아, 네가 그들을 직접 만나 교태전의 안주인이 될 재목을 찾아오너라."

"전하! 이 무슨 천부당, 만부당…."

소리가 새어 나오는 윤의 입을 임금의 손이 서둘러 막았다.

"어허!"

임금은 다시 한번 눈으로 긴한 일임을 전하며 천천히 손을 떼었다.

"이 일은 너와 나, 단둘만의 일임을 명심해야 할 것이야. 너도 알다시피 이 일에 가문의 사활을 건 이들이 적지 않다."

"하오나 전하… 중전마마 책봉이라면 의당 대왕대비 전에서…."

"예순 밤."

지엄한 임금의 말이 윤의 말을 끊고 나섰다. 좀처럼 보기 어려운 단호함을 가득 띤 임금의 용안에 윤은 입 안에 가득 물은 궁금증을 그저 삼킬 수밖에 없었다….

"기한은 단 두 달뿐이다. 두 달 안에 만족스러운 답을 가져와다오. 명심하거라. 만약 이를 지키지 못할 경우, 내 기필코 너를 세제(世弟)로 삼아 후사를 잇게 할 것이야."

"전하!!"

"윤아, 내 친애하는 동생아. 네 그리 소중히 아끼는 자유를 잃고 싶지 않거든 부디 한시라도 바삐 교태전의 주인을 찾아와야 할 것이다."

임금은 하얗게 질린 조선 최고 미남자의 얼굴을 보며 은밀한 미소를 지었다. 사랑해 마지않는 아우의 당황한 얼굴은 예상했던 것보다 훨씬 더 짜릿하고 통쾌했던 것이다.

# 제3장
# 앵가의 피

## 3-1. 까다로운 여자

"헉…헉…"

숨이 턱끝까지 차오른 윤이 혀를 길게 내밀고 헐떡거렸다.

지금 윤은 여러 가지 포목들이며 장신구들이 가득 든 등짐을 진 채, 물미장(勿尾杖, 지겟작대기)을 짚어가며 적갑산 고개를 힘들게 걸어가는 중이었다.

능선 곳곳마다 굵직한 소나무와 울창한 나무들이 가득 찬 덕분에 아직 신시(申時) 육각(오후 4시 30분 정도)밖에 되지 않았음에도 사방은 온통 어둑어둑한 그림자들로 빼곡히 채워져 있었다.

"헉…헉… 좀 쉬었다 가지? 헉…헉…"

윤의 등짐보다는 작지만, 저 역시 만만치 않은 무게의 등짐을 맨 채 윤보다 열 발자국쯤 앞서 씩씩하게 산길을 걸어 올라가고 있는 서경에게 윤이 하소연했다. 사내가 돼서 여인보다 더 힘들어 한다는 사실이 자존심이 상하긴 했지만, 지금 당장은 그것을 신경 쓸 계제가 아니었다.

"예서 지체했다가는 철문봉을 넘기도 전에 해가 지고말 것이오."

“아! 몰라!”

윤이 등짐을 맨 채 바위 위에 주저앉았다.

“더는 못 가. 끌고 가려면 가던가!”

“쯧!”

서경이 못마땅한 듯 혀를 차고는 윤 옆에 자신도 걸터앉아 연신 주변을 두리번거렸다.

“뭘 그리 찾아?”

“아니오.”

윤이 제 어깨를 툭탁거리더니 등짐을 벗으려 어깨끈을 내리는데, 서경이 얼른 어깨끈을 다시 걸쳐주었다.

“아, 왜애!”

“쉿! 잠시만….”

서경이 다시 한번 긴장된 얼굴로 주변을 살피더니 고개를 갸웃거리다 은밀한 어조로 윤에게 속삭였다.

“아무래도 산적패들이 올 것 같소. 바로 갈 수 있겠소?”

긴장된 서경의 얼굴을 보고 윤도 마른 침을 꿀꺽 삼켰다. 그러고 보니, 서경의 말대로 주변에서는 심상치 않은 소리들이 들려오는 것 같았다. 풀숲을 가르는 소리, 조심스럽게 사르락거리는 발자국 소리들…. 제 검만 있다면, 산적 몇 명이 떼로 덤비건 어쨌건 해 볼만은 할 테지만 휘두를 수 있는 것이라곤 물미장밖에 없는 상태다보니 윤은 더욱 불안해졌다.

‘거기다 이 짐들이랑, 이 여자는 어쩌고…’

“얼른 갑시다….”

서경이 먼저 일어나더니 다시 은밀하게 속삭였다.

그 순간, 풀숲을 가르는 소리들이 더욱 거칠게 들려오기 시작했다. 서경과 윤은 등짐을 단단히 멘 채 허겁지겁 다시 길을 나섰다.

"헉… 헉…"

걸음을 빨리하는 덕분에 아까보다 곱절은 더 힘들어졌지만, 윤은 쉬자는 말을 다시 꺼내지 못했다. 산중에서 산적패를 만나면 운이 좋으면 짐을 뺏기는데 그치겠지만 십중팔구는 후환을 두려워하는 산적패들에게 목숨까지 뺏기는 수가 많았기 때문이었다.

그렇게 한참을 정신없이 걷다보니 어느새 주변이 새카맣게 물이 들었다. 밤이 된 것이었다.

'아뿔싸. 이를 어쩐다. 빨리 산을 내려갔어야 하는데….'

"이제 저기 보이는 작은 미덕고개만 넘으면 바로 능내리요."

한층 더 긴장된 표정으로 주위를 두리번거리는 윤과 달리 평안하기 그지없는 표정으로, 서경이 어둠 속을 가리키며 이야기했다.

"밤이 늦었으니 예서 좀 쉬어 갑시다."

서경이 커다란 나무 등걸에 몸을 기대, 이마에 촉촉이 맺힌 땀을 닦아내며 휘이휘이 손부채질을 했다.

"어허. 어서 가세… 산적패들이 오면 어떡해?"

윤이 이제는 제 쪽에서 먼저 서경을 재촉했다. 하지만 서경은 들은 척도 안하고 이제는 제 등짐까지 벗어놓고서는 허리를 편다, 팔다리를 움직여본다 하면서 몸 풀기를 하고 있었다. 그때 사륵, 사르륵 아까보다 더 가깝게 풀초들을 밟는 발자국 소리들이 들려왔다.

이제 제법 초조해진 윤은 혀를 내밀어 바짝 마른 입술을 한번 축

여가며 서경의 앞을 지키듯 서서 물미장을 치켜들고 주변을 두리번거렸다.

순간, “어이! 거기 장사치들, 목숨이 아깝거든 그 짐들 다 내어놓지?” 하는 소리와 함께 딱 보기에도 인상 한번 더럽게 험상궂은 사내 예닐곱 놈이 횃불을 들고 나타나 두 사람의 주변을 둘러쌌다. 그리곤 그중에서 두목쯤 되어 보이는 인간이 장칼을 치켜 들고는 두 사람에게 다가왔다. 윤이 위협적으로 물미장을 휘휘 휘둘러 보이며 등 뒤에 있는 서경에게 말했다.

“내가 어떻게든 막아볼 테니, 임자라도 빨리 도망가, 얼른!”

“됐소. 저리 물러나소.”

서경이 벌떡 일어나 윤의 앞으로 나섰다.

“뭐하는 짓이야!”

윤이 당황해서 얼른 서경의 손목을 잡아 제 뒤로 이끌었다.

“켈켈켈. 꼴에 사내라고 계집 앞에서 허세를 부리고 싶은 모양일세.”

두목이 주변의 산적패들을 보며 너털웃음을 터뜨렸다.

“그러게 말입쇼. 한 번 본때를 보여야 나 죽었소 엎드리겠는데요?”

산적패들이 워워- 위협적인 소리까지 내며, 횃불과 무기를 있는 대로 휘두르며 점점 더 두 사람에게 가까이 다가서기 시작했다.

“다가오지 마!”

윤이 들고 있던 물미장을 휘휘 저으며 패들과 맞섰다. 하지만 산적들은 그저 낄낄거리며 횃불을 들이대고 웃을 뿐, 별로 두려워하는 기색도 없었다. 일촉즉발의 상황, 윤은 등에서 주르륵- 진땀이 흐르는 것을 느낄 수 있었다.

그때, 등 뒤에서 "쯧!" 하는 서경의 혀 차는 소리가 들려왔다.

'무슨 이런 여자가… 지금이 혀를 찰 때야?'

어이없어 돌아보는데 서경이 제 등짐을 내려놓더니 그 안에서 작은 비단 보자기 하나를 꺼냈다. 그리곤 윤의 앞으로 나와 두목쯤 되어 보이는 이에게 보자기를 건넸다. 두목이 얼른 받아들어 보자기의 주머니 끈을 풀자, 주변에 선 산적패들도 저마다 달려들어 보자기 안을 들여다보려 애썼다.

"애게에! 겨우 요거야?"

"짜다 짜다 해도 너무한 거 아냐?"

"형님, 이걸로 물러나면 안 되죠."

이런 동패들의 소리에 두목이 씨익 웃으며 서경에게 말을 건넸다.

"들었어? 이걸로는 부족하다는데?"

"누가 도적놈들 아니랄까봐 욕심들 하고는."

서경이 제 소매에서 쌈지 주머니 하나를 꺼내더니 다시 두목에게 건넸다.

"이걸로 끝! 더는 안 돼."

두목이 쌈지 주머니를 치켜들고 손바닥 위에서 흔들자 은가락지 두 개가 또르르 두목 손바닥으로 굴러 떨어졌다. 패들은 그것을 보고 다들 실망하는 기색이 역력했지만, 그래도 저들끼리 눈을 맞추더니 저마다 고개를 주억거렸다.

"됐어. 아쉽긴 하지만 오늘은 이걸로 퉁!"

"퉁!"

"퉁!"

산적패들이 저마다 "퉁!"을 외치더니 무기랍시고 들고 있던 것들을 허리춤에 꽂아넣고는 서경에게 다가왔다. 그 얼굴들에서는 좀 전의 긴장이나 험상궂음이 전혀 보이지 않았다.

"이번엔 꽤 오랜만이네? 다른 길로 가나 했지?"

"그 짐, 이리 주게. 들어다줌세."

"이자가 그 소문의 서방인가? 킬킬킬. 듣던 대로 허우대는 아주 멀쩡하구먼?"

사내들은 뭐가 뭔지 몰라 얼이 빠진 상태의 윤에게서도 등짐을 빼앗아 들고는 앞서 걸어가기 시작했다. 윤이 얼른 서경에게 다가가 속삭였다.

"혹시… 아는 패들이야?"

"그렇소. 장사 때문에 항시 다니는 길이니 모를 리 없잖소."

서경이 퉁명스레 대답했다.

"아, 아니, 그럼 아까는 왜? 산적패가 온다며 그리 겁먹은 척하더니….

사람 놀라게 하는 것도 분수가 있지. 아니 왜에? 진짜 왜에?!"

"그래야 딴소리 안 하고 부지런히 길을 갈 것이 아니오. 실제로도 그랬고. 만약 아까 그대로 늑장 부렸으면 아직까지 저 등성이에서 꼼지락거리고 있었을 거요."

"무, 무슨… 이런…."

윤은 기가막혀 쉽게 말을 잇지 못했다. 그런 윤을 내버려두고 서경이 걸음을 빨리하여 앞으로 나서 걷기 시작했다. 윤은 그 뒷모습을 어이없다는 듯 쳐다보았다.

"놀랐나? 켈켈켈. 사내가 돼서 뭐 이만한 일로 쫄고 그래."

윤의 곁으로 다가온 두목이 윤의 어깨에 척 제 팔을 걸쳤다. 그리곤 앞서 걸어가는 서경을 향해 말을 붙였다.

"올 때가 됐는데 왜 안 오나, 애어멈이 궁금해 하던 차였어. 어찌 이번엔 이리 뜸했어?"

"애어멈 몸은 풀었소? 산달이 이번 달 아니었나?"

서경이 뒤도 돌아보지 않은 채 물었다.

"보름도 훨씬 전에 낳았지. 이번엔 계집애라네. 켈켈켈. 내 딸답지 않게 아주 인물이 훤한 게 벌써부터 어느 놈한테 줄지 아까워서 죽겠다네. 임자네는 딸이 하나랬던가?"

두목이 이제는 윤에게 물었다. 윤은 에- 하며 무심결에 고개를 끄덕이면서 말을 맞추었다.

"자식새끼라는 게, 그것도 계집애는 차암 요상스러운 데가 있어. 그냥 보고만 있어도 뼈마디가 녹신녹신 녹는 느낌이, 그냥 내 오장육부를 다 빼줘도 아깝지 않을 정도라니까? 자네도 그렇지 않나?"

"그, 그렇지요. 뭐."

윤이 그리 말했을 때쯤, 저 앞 계곡에 나무들로 대충 얼개를 맞춘 삐뚤빼뚤한 움막들 대여섯 채가 보였다. 화전민들의 집이라기에도 꽤나 누추해 보이는 집들이었다. 저만치 앞서 걸어가던 사내들은 움막들 중 가장 가운데 집에 윤과 서경의 짐을 내려놓고는 다들 자신의 집으로 들어갔다. 잠시 후, 여기저기 움막들에서 초라한 행색의 아낙들이 뛰어나오더니 서경의 손을 잡고 반겼다.

"이게 얼마만이야? 아이고, 반가워라!"

"아예 장사 작파했나 했네. 왜 이렇게 오랜만에 왔어."

"저치가 그 소문의 서방이던가? 양반집 귀공자처럼 잘생긴 서방이랑 다닌다더니, 참말로 잘도 생겼네."

몇 발짝 떨어져서 아낙들의 이야기를 듣던 윤의 표정이 굳었다. '설마- 도성 소문이 벌써 예까지 퍼졌다는 건… 아니겠지?' 하는데, 곁에 선 두목이 동정에 찬 시선으로 고개를 끄덕이며 윤의 어깨를 토닥여주었다.

"뭐, 너무 걱정 마시게. 사내한테 소중한 게 어디 그것뿐이겠나?"

그때 아낙들 무리 중의 하나가 버럭 소리를 질렀다.

"그것뿐은 아니지만 그게 젤 소중한 거야!!"

"그러엄! 세상 여자들한테 다 물어보게. 천석지기 고자 서방하고 살래? 거지 서방이랑 살래? 하면 백이면 백, 천이면 천 다 거지 서방하고 산다고 할걸?!"

까르르- 아낙들의 웃음이 터졌다. 그리고는 아낙들이 윤의 아래 위를 훑어보더니 저마다 서경의 어깨를 두드려주며 위로하기 시작했다.

"에이그, 자네 팔자도 참 뭐하네. 암만 용을 써서 돈을 벌면 뭐하겠어? 사는 낙이 없는 것을…."

"이녁 표정이 항시 어두웠던 게, 그러니까 다 까닭이 있었던 것이여."

"자네의 그 신통한 약방 기술로도 어찌 치료가 안 되는가?"

* * *

윤과 서경이 산적패의 두목 막한이네 방에 들자, 아랫목에 두꺼운 이불을 겹겹이 덮고 누워 있는 아낙과 그 곁에 놓인 아기 포대기가 눈에 띄었다.

"이게 누구야? 하아… 하아… 아이고 반가워라. 오랜…만의 행차네?"

부스스한 얼굴의 아낙이 몸을 일으키려 애쓰더니 도로 누웠다. 검버섯이 가득 핀, 푸석푸석한 얼굴이었다. 서경이 "쯧!" 하고 혀를 차고는 얼른 다가서 앉아 얼굴을 들여다보았다.

"꼴이 왜 이래… 산후풍이야?"

"그렇지 뭐… 하아…하아… 여기 우리 딸, 이쁘지? 하아…하아…"

힘겹게 숨을 쉬어가며 아낙이 고갯짓으로 아기 포대기를 가리켰다. 하지만 서경은 포대기는 보지도 않은 채 소매에서 수건을 꺼내 아낙의 이마에 맺힌 진땀들을 닦아주었다.

"의원한테는 보였어?"

"하아…하아… 뭐 중병이라고 그런 사치를 부려. 하아… 그냥 이리 며칠 더 누워 있음 괜찮아지겠지."

방문이 열리고 막한이 두 세 가지 나물 찬과 꽁보리밥 두 그릇이 놓인 밥상을 들고 들어왔다.

"시장할 텐데 이거라도 먼저 들고 있어. 내 옆집 가서 얼른 닭이라도 한 마리 잡아올 테니까."

"쯧!"

다시 서경이 혀를 찼다. 그리곤 방에 들여진 제 등짐 속에서 꾸러미 몇 개를 꺼내더니 일어섰다.

"먼저 들고 있소."

서경이 윤에게 그리 이르곤 막한이의 등을 떠밀며 방을 나갔다.

윤은 여전히 방문 근처에서 어찌할 줄 모르고 엉거주춤 서 있을 뿐이었다.

"거… 거기가 아파… 바깥사람인가보오. 하아… 이야기는… 전해 들었소. 어려워 말고 얼른… 드시오."

"근데 여긴 산적… 아니 산채가 아니오?"

윤이 상 앞에 앉아 숟가락을 집어들다 말고 아낙의 눈치를 살피며 그리 물었다.

"흐흐… 내자한테 아무 말도 못 들은 모양이오. 산채 맞소. 하아…하아… 그래도 굳이 변명하자면… 여지껏 사람 하나 상하게 한 적은… 쿨럭, 쿨럭!! 쿨럭!!!"

아낙이 갑자기 격하게 몸을 웅크리며 기침을 하기 시작했다. 그 기침소리에 잠든 아기가 깨었는지 '으에, 으에, 으아아앙 –' 하고 울음소리가 요란스레 들려왔다. 어떡해야 하는지 수저를 들고 안절부절못하던 윤이 조심스레 아낙 쪽으로 다가갔다. 그리곤 귀 아플 정도로 울어대는 아기의 포대기를 엉거주춤 들어올려 어르기 시작했다.

"옳지, 옳지. 착하다… 착하다."

저도 울상이 되어가면서, 혹여 떨어뜨릴까 조심조심 아기포대기를 좌우로 흔들자 다행히 금세 아기의 울음소리가 잦아들기 시작했다.

아기가 다시 곤히 잠의 세계로 안착하고, 윤이 포대기를 막 내려놨을 때, 방문이 열리고 약탕 그릇이 놓인 소반을 든 막한와 서경이 들어왔다. 막한이 누워 있는 제 아내를 부축해 반쯤 일으켜 앉히곤, 서경이 내민 약탕 그릇을 아내의 입가에 가져다 대었다.

"하아…이게 뭐야? 하아…"

아낙이 그리 말하곤, 제 남편이 넘겨주는 탕약을 힘들게 꿀꺽꿀꺽 삼켰다.

"생강나무 달인 거야. 손바닥 반 정도 되는 양을 잘게 썰어서 진하게 달여 먹으면 돼. 하루에 세 번씩, 밥 먹고 난 다음에 먹으면 좋아질 거야."

서경이 퉁명스럽게 말하곤, 그제야 포대기에 감싸인 아기 얼굴을 들여다보았다. 무표정을 가장했지만, 아기의 포동포동한 볼을 쓰다듬는 그 손길은 조심스럽기 그지없었다.

'딸아이가 있다고 했지? 몇 살쯤 되었으려나?'

윤은 오는 길에 막한과 서경이 나누었던 이야기들을 기억해냈다. 아이를 두고 긴 장삿길을 나서게 한 스스로가 조금 미안해지기도 했다.

"하아··· 하아··· 또 이리 귀한 걸. 미안해서 어쩌지?···"

"공짜 아냐. 고마워할 거 없어."

퉁명스러운 서경의 대답에 아낙이 물음을 실은 눈빛을 제 남편에게 보내자, 막한이 얼른 고개를 끄덕거렸다.

"마침 가져온 짚신들도 다 떨어져간다기에 약값 대신 짚신 삼아주기로 했네. 걱정 마. 내 오늘 밤을 새워서라도 삼아줄 테니까 자네는 어서 몸 추스르고 일어나기나 해."

"다시 말하지만 다섯 켤레 이하로는 안 되오."

서경이 단단히 못을 박았다.

"세 켤레 이상은 힘들다니까··· 에이 알았어, 기분이다. 다섯 켤레. 통!"

서경이 만족스레 웃으며 그제야 밥상 앞에 다가앉았다.

* * *

"원앙금침은 아니더라도 하룻밤 꿀잠자기에는 이만하면 부족하지 않을 걸세."

메주며, 산고사리 말린 것들이 방바닥의 반절을 차지하는 좁은 방안에 막한이 거의 넝마에 가까운 바닥 요와 얇은 담요를 깔아주고 얼마나 오래됐는지 반들반들 닳아빠진 나무베개까지 놓여준 후 방을 나섰다. 요도 하나, 담요도 하나뿐인 누가 봐도 딱 부부 침상이었다.

윤은 새삼 멋쩍어서 방 안 이곳 저곳을 두리번거리는데, 서경은 제 등짐 꼬리에 매달린 아직 신지 않은 새 짚신 꾸러미들 중 한 짝을 빼어 내더니 그리 넓지 않은 바닥 담요의 한중간에 놓은 후, 요 안으로 들어가 누웠다.

"이건 뭐야?"

"원래 사내 보부상은 여자 보부상의 짚신도 넘어서면 안 된다오. 그리 알고, 괜히 잠결에라도 넘어올 생각 마오."

그리 말하고, 서경은 윤에게 등을 보인 채 돌아누웠다.

"하! 이제 와서 내외를 한다고? 별일일세, 체! 안심하게. 넘어오라고 빌어도 내 발톱 하나라도 안 넘어갈 테니."

부러 퉁명스레 말하곤 윤도 담요 속으로 들어가, 보란 듯이 담요를 제 쪽으로 바싹 끌어당겼다. 그 바람에 서경이 덮고 있던 담요자락이 거의 반절 이상 윤 쪽으로 넘어가버렸다. 서경이 잠시 어이없다는 듯 돌아보다 다시 돌아누웠다. 하지만 빼앗긴 담요자락을 다시 끌고 오려고 하지는 않았다. 다시 빼앗아가리라는 자신의 예상이 어긋난 것에 민망해진 윤이 큼큼 헛기침을 거듭했다.

"근데, 원래 장사치들은 다 이러나?"

천장을 보고 반듯이 누운 윤이 물었다. 하지만 돌아누운 서경에게는 답이 없었다.

"산적패들과 이리 허물없는 사이일 줄은 생각도 못했네."

"……"

"언제 맘 바뀌 목숨이랑 재물이랑 빼앗아갈지 모르는데, 무섭지도 않아?"

"쯧!"

자꾸만 말을 시키는 윤에게 짜증 난 듯 서경이 혀를 찼다.

"언제 나타날지 몰라 전전긍긍하고, 짐 안 뺏기려고 아등바등하고 그러느니 차라리 적당한 길 값 쥐어주면 이리 재워도 주고 먹여도 주는데, 뭐가 무섭겠소? 거기다…"

"거기다?"

"때로는 산 아래 마을보다 산채 사람들의 귀가 더 밝기도 하오. 언제나 산 아래 동정을 살피며 살고, 또 산을 오가는 사람들에게 이런저런 이야기를 주워 모으다 보니, 웬만한 장사치들보다 더 주변 사정에 환한 것이 바로 산채 사람들이란 말이오! 됐소?! 자꾸 딴소리 말고, 얼른 주무시오. 내일도 또 제법 먼 길을 걸어야 할 테니!"

서경의 말 대로였다. 여전히 윤 홀로 잠 못 이루는 밤을 지새운 후, 다음 날 아침 막한이 마련해준 아침상을 받는 동안 윤과 서경은 알짜 정보들을 앉은 자리에서 얻을 수 있었다. 아침상에 더하라며 이런저런 나물 찬들을 한 가지씩 갖고 온 산채 아낙들이 산 아래 마을 능내리의

'백 규수'에 대한 이런저런 소문들을 늘어놓기 시작했기 때문이었다.

전 참의직제학 백인라의 딸, '백은호'.

바로 윤과 서경이 찾고 있는 두 번째 규수에 대한 소문들을….

"근데, 아파도 이번에 백 규수 댁에 가는 길인감?"

"에이그, 괜히 애먼 품만 들이지 말고 웬만하면 그냥 다른 집에 가게. 그 집 아가씨가 어떤 아가씬데, 아무리 아파 자네라도 그 아가씨 짝은 못 찾을 거야."

아낙들이 그럼, 그럼 하며 저마다 고개를 주억거렸다. 윤은 서경이 아낙들에게 무어라 물어봐줬으면 하고 기다렸지만 서경은 그저 밥 먹기에만 열중할 뿐 딱히 어떤 반응도 보이지 않았다.

"대체 그 아가씨 성미가 어떻기에 그러시오?"

윤이 상 너머에서 자신을 힐끔거리며 배시시 웃는 개중 젊은 아낙에게 물었다.

"아직 아무 소문도 못 들었소? 하이고, 무슨 장사치들이 산채 깊숙이 처박혀 있는 우리보다 소식이 늦고 그러우?"

"그러게 말이야. 백 대감댁 규수 하면 사방 오십 리 안에서는 그 소문을 모르는 이가 없는걸. 이리 깜깜해서야…."

밥상 위의 반찬들을 연신 손으로 집어먹던 아낙이 얼른 끼어들어 말을 채어가더니 젊은 아낙이 제 말을 잃어 분김에 흘겨보는데도 아랑곳없이 수다를 늘어놓기 시작했다.

"그 댁 아가씨란 사람이 어찌나 성깔이 드세고 깐깐한지 수발 드는 계집종들이 이틀 걸러 한 명씩 픽픽 쓰러진다고 합디다. 그 집 계집종들치고 규수 수발 들다 몸살 안 걸린 년이 없대요."

"어떤가 하면 방 안에…"

"방 안에 먼지 한 톨 떨어진 꼴, 마룻바닥에 실오라기 한 올 떨어진 꼴을 못 본다니까 말 다했지."

얼른 이야기 중간에 끼어들려는 젊은 아낙의 말을 이번에는, 막한의 아이를 싼 포대기를 품에 안고 어르던, 중년의 아낙이 잘랐다.

"거기다 자기 먹을 상에 오르는 나물들은 눈앞에서 직접 맑은 물에 도합 열두 번 이상은 씻어야 하고, 안채 방이나 마루 비질, 걸레질은 하루에 족히 스무 번은 넘게 시킨다고 하더라고."

"그러니…"

"그러니, 다른 거는 오죽하겠수. 안 봐도 척, 앉아서 삼천리 아니겠수. 성미가 그러하다보니, 인근 동네에 그 아가씨 성정 대단하다는 소문이 좌악 퍼지니 제아무리 열녀 가문 여식이라 해도 누가 데려가려고 하오? 그 덕분에 벌써 스물도 훌쩍 넘었는데, 아직도 혼처를 못 구하고 있는 거 아니오."

"아, 좀!! 나도 말 좀 하자고, 말 좀!!!"

연신 말문을 가로막힌 젊은 아낙이 버럭 소리를 질렀다.

그리곤 답답하다는 듯이 제 가슴을 팡팡 치더니 잠자코 밥술을 뜨고 있는 서경 옆에 바싹 다가앉아, 혹여 누가 제 말을 채갈까 숨도 쉬지 않고 다다다다 – 말을 늘어놓기 시작했다.

"그래서 그 댁 마님이 원래는 어디 이 근방 가까운 데에 시집보내려던 생각을 바꿔먹으시고, 일부러 머언 동네들에서 혼처감을 구하고 있지 뭐요? 그 때문에 올봄부터 이 산을 넘은 매파가 열 손가락이 넘는다니까요? 더러는 그 댁에서 부른 매파기도 하고, 더러는 만만치 않은 아가씨라는 소문을 듣고 자기가 아가씨 혼담을 성사시키겠노라고 자신 있게 찾아온 치들도 있었죠. 그도 그럴 만한 것이 이리 어려운 혼사를 성사시키고 나면 성혼 사례비도 몇 배는 두둑하게 받을 수 있고, 또 소문이 나면 자연 매파 몸값도 천정부지로 뛸 것 아니오? 그래서 너도나도 산을 넘는 덕분에 우리 산채도 제법 쏠쏠한 재미를 보기는 했지만, 그 매파들만 안됐지 뭐요. 기껏 어렵사리 길값까지 주며 산을 넘어 내려갔는데, 정작 이렇다 할 성과를 못 냈으니 말이요. 매파들이 어쩌면 하나같이 모두들 아가씨를 직접 만나고 온 이후엔 고개를 절레절레 젓더라고요. 완전 지독하대요. 끝내준대요. 흡사 사흘 굶은 시어미가 며느리 볶듯이 그리 달달달 볶아댄대요. 신랑감은 뭐하는 작자냐. 재산은 어느 정도냐. 신랑감 될 이의 친가 외가 집안은 어느 정도냐, 친가 어른들의 명은 어느 정도냐, 신랑감이 어려서 크게 앓은 적이 있느냐 없느냐. 그 댁 대감마님이랑 마님을 젖혀두고 규수가 직접 나서 꼬치꼬치 캐묻는다고, 매파들이 하나같이 혀를 내둘렀다니까요? 또, 매파들이 그러는데 조선 팔도에서 그 아가씨 데려갈 시부모가 있으면 그야말로 생불(生佛)일 거래요. 웬만한 시어른들은 며느리 들이자마자 화병으로 쓰러질 거라고. 휴우-"

드디어 제 할말을 다 한 젊은 아낙이 만족스러운 한숨을 내쉬며 가슴을 쓸어내렸다. 그리곤 끝도 없이 쏟아지는 수다에 질려 입이 딱 벌어진 윤과 다른 아낙들을 본척만척하고서는 소녀처럼 눈을 반짝이며 서경에게 물었다.

"근데 나 요즘 턱 밑에 뾰루지가 장난이 아닌데… 살결 진정시키는데 뭐 좋은 약초 가진 것 없수?"

"에라이, 이 속없는 여편네야!"

"그럼 그렇지. 다 품은 마음이 있으니 그리도 열심히 나발을 분 것일세."

"산채에 숨어 사는 팔자에 이뻐지면 뭐하려고? 이게 정신머리가 있는 여편네야, 없는 여편네야?"

잠시 얼이 빠져 있던 아낙들이 일제히 젊은 아낙을 비난했다. 결국 서경에게 뭐 하나 얻자고 저리 긴 수다를 늘어놓은 것이리라 짐작했기 때문이었다. 하지만 그리 젊은 아낙을 향해 눈을 치켜세운 아낙들도 서경이 밥그릇을 다 비우기 전에 저마다 자신이 알고 있는 백 규수의 신상정보를 하나씩 털어놓기 시작했다.

## 3-2. 매파와 아파

군더더기는 하나도 없었다. 쓸데없는 요란한 문양도 어울리지 않는 장식물 하나도 없는, 그저 제 본연의 기능을 하기 위해 만들어진 소박한 장들과 서안이 전부인 방이었다.

방의 주인도 마찬가지였다. 지나치게 바짝 당겨 뒤로 땋아내린 머리 모양하며, 빳빳하게 다려 입은 소박한 치마저고리, 군더더기 살이라고는 하나 보이지 않게 바싹 마른 몸에는 어떤 치장의 흔적도 없었다.

"그 댁과 연을 맺기에는 내가 너무도 부족하다, 그리 전해주시게."

"뭐가 맘에 안 차십니까? 고마, 알려만 주시믄 지가 어떻게든 맞춰 드리겠심더."

단호한 은호 낭자의 거절에 염 매파(媒婆)가 몸이 달았다. 번들거리는 뱀 같은 두 눈에 중력을 이기지 못해 축 늘어진 심술보 같은 볼을 가진 염 매파는 이미 보름 전부터 백 낭자의 마음을 돌리기 위해 백 대감댁 문턱이 닳도록 드나들었던 터였다.

"인연이 억지로 맞춘다고 되는 일이겠나?"

"하이고 마, 맞춰서 안 되는 일이 세상에 어딨겠심꺼? 지가 매파 노릇 한 지가 벌써 삼십 년입니더. 조선 팔도에 연 안 닿는 가문이라고는 막말로 임금님 댁밖에 없어예. 슬마 궁에 들어갈라꼬 이라는 거 아이지예? 고마 탁 털어놔보이소. 어뜬 집이믄, 어뜬 도령이믄 되겠심꺼?"

염 매파의 목소리가 점점 더 커졌다. 동시에 은호 낭자의 얼굴에는 점점 불편한 기색이 완연하게 드러나 보였다. 매번 염 매파를 대할 때마다 은호 낭자는 불쾌함을 감출 수 없었다. 짜증 나는 자였다. 가능하다면 얼른 쫓아내버리고 다시는 찾아오지 못하도록 하고 싶었지만, 이제 와 특별한 이유 없이 매파를 쫓아버리면 괜한 구설에 오르기 딱 좋았다.

'지금의 소문들로도 충분히 불리해. 더는 구설을 더할 수 없어.'

결국 은호 낭자는 피곤을 핑계로 매파를 내보내기로 했다.

"그만 물러가게. 내 잠시 쉬어야겠네."

"그라지 마시고 저기 영주 사는 임 진사네 도령은 어떻심꺼? 인물 좋지, 성품은 마 말할 것도 없이 양반 중의 상 양반이지. 거그다 집안 재산은 말할 것도 없심더. 영주 땅 반이 다 그 집 꺼 아입니꺼."

은호 낭자는 이제 진짜로 지끈거리기 시작하는 이마를 손으로 누른 채 다른 손을 휘휘 저어 나가라는 표시를 했다.

"아가씨, 아니믄…"

그래도 포기할 줄 모르고 한 마디 더하려는 염 매파를 계집종이 거의 떠밀듯이 방에서 내보냈다. 여기서 매파가 몇 마디만 더 하면 아가씨의 짜증이 고스란히 제게 쏟아질 것이 분명했기 때문이었다.

"아따! 듣던 대로 가시나 승질 한번 죽여주네. 그놈의 콧대 언제까지 세우나 두고 보자. 내사 이대로 물러날 줄 아나? 퉷!"

대문 밖으로 쫓겨나온 염 매파가 찍- 대문간을 향해 침을 뱉었다. 그러고선 보란 듯이 허리춤을 추켜 올리는데, 문득 저 멀리서 등짐을 메고 다가오는 서경 일행을 보고서는 붉으락푸르락 안색을 바꿔가며 씩씩거리기 시작했다.

"니, 여기 웬일이고?"

어느새 백 대감댁 대문 앞에 다다른 서경에게 염 매파가 위협적으로 다가섰다. 서경은 본 척도 않고, 백 대감 댁 대문을 두드렸다. 염 매파가 서경과 대문 사이에 억지로 제 몸을 끼워 넣더니 제 키보다 고개 하나쯤 더 큰 서경을 향해 옹졸한 턱을 치켜들며 다시 물었다.

"웬일이냐고오!"

"아파 볼일이 다른 게 있겠소? 댁의 볼일이랑 같을 거요."

서경이 다시 한번 대문을 두드렸다. 그 소리에 대감댁 마당쇠가 슬며시 문을 열고 고개를 내밀었다.

"뉘슈?"

"도성서 온 아파요. 아가씨를 뵙고자 청하오."

더는 말하지 않아도 이미 익숙한 일인 듯, 마당쇠는 '으흠' 하고 알은

체를 하더니 대문 안으로 다시 사라졌다.

"곱게 말할 때 얌전히 포기해라. 이 댁 가시나는 내가 미리 침 발라뒀으니까네!"

염 매파가 다시 위협적으로 눈을 부라리며 서경에게 으르렁거렸다. 하지만 서경은 그런 매파에게 눈길 한 번 주지 않았다.

"단디 들어라. 이번에도 또 중간에 일 가로채면 그때는 니 죽이고 나도 고만 혀 깨물고 죽을라니까 고마 알아서 해라. 상도의 상자도 모르는 추접한 년 같으니라고, 에라이 드럽다!!"

매파가 저주에 가까운 상소리를 늘어놓더니 기어이 서경의 얼굴을 향해 침을 뱉었다.

"아니, 이 할멈이!!"

여태 어이가 없어 지켜만 보고 있던 윤이 놀라 얼결에 매파의 어깨를 잡았다.

"지금 뭐하는 짓이야?"

"니, 내 잡았재?"

매파가 윤의 모습을 아래위로 훑어보더니 씨익 웃었다. 그러고선 제 어깨를 감싸며 바닥에 털썩 주저앉더니 때굴때굴 구르기 시작했다.

"하이고!! 나 죽네에에에! 세상 사람들이요! 백주대낮에 사람 치는 무뢰배가 여 있심더! 나 좀 살려주소!! 아이고! 아이고오오!! 나 죽네, 나 죽어!"

덩치도 조그맣고 다 늙은 할멈이 웬 목소리는 그리 큰지, 흙바닥을 구르며 곡소리를 해대는 통에 거리를 오가는 사람들의 이목이 전부 서경 일행에게 쏠렸다. 그중 몇몇은 노골적으로 호기심을 드러내며 서경

일행에게 다가서기도 했다. 윤은 당황해서 노파의 입을 어떻게든 막으려 했지만, 그렇게 손을 대려 할 때마다 노파는 더욱 큰 소리로 있는 대로 고함을 질러대며 바닥을 굴렀다.

"그래! 죽이라, 죽이뿌라!! 내사 뭔 힘이 있겠노! 젊은것이 치믄 그냥 죽어뿌려야재!! 아이고!! 사람들이요, 내 이대로 죽심더! 단디 지켜보이소!"

제 얼굴에 묻은 침을 닦으며 서경이 가만히 눈살을 찌푸렸다. 그때 대문이 열리고 잔뜩 인상을 쓴 마당쇠가 다시 얼굴을 비추었다.

"아가씨께서 소란에 심기가 불편하시니 오늘은 물러가라 하시오. 거기 매파도! 그만 시끄럽게 굴고 얼른 가소. "

마당쇠는 몰려든 사람들에게도 훠이훠이- 가라고 손짓을 하더니 대문을 닫아걸었다. 그제야 사람들은 하나둘씩 흩어지기 시작했다. 그러자 염 매파가 벌떡 일어나더니 툭툭 제 옷에 묻은 흙들을 털어냈다.

"마, 오늘은 이쯤음 하까? 니들은 좀 있다 보재이."

그리곤 제 허리며 어깨를 연신 주물러대더니 아무 일도 없었다는 듯 빠른 걸음으로 엉덩이까지 실룩이며 앞서 걸어가기 시작했다.

"뭐, 뭐야. 저 노파는?"

서경은 아무런 말도 하지 않은 채 할멈이 이미 걸어간 쪽을 향해 걸음을 옮기기 시작했다.

"뭐냐고?"

윤이 얼른 서경을 따라잡으며 물었다. 하지만 대답이 없자 슬며시 서경의 안색을 살폈다. 여느 때처럼 무표정하기 그지없는 얼굴이었다.

"임자도 참 대단하이. 어지간한 소란으로는 눈썹도 하나 까닥 않으니."

"앞으로, 그 매파가 무슨 짓을 하든 섣불리 손대지 마시오. 여기 있는 한 무슨 핑계를 대든 계속 부딪쳐올 건데, 괜한 빌미를 주기 싫으면 그냥 무시하는 게 최고니까. 방금만 해도…"

서경이 말을 하다 말았다. 윤은 서경이 하려던 말을 짐작할 수 있었다.

"결국 내가 괜히 그 노파에게 손을 대는 바람에 일을 번거롭게 만들었다는 뜻인가?"

서경은 빈말로라도 아니라고 대답하지 않았다. 실제로 그랬으니까. 자신이 침을 맞건, 매를 맞건 그냥 이 사내가 내버려뒀으면 될 일이었다. 괜히 매파에게 손을 대는 바람에 당장 자신들의 눈앞에 벌어질 일이 걱정되기 시작했다.

깊은 밤. 서경과 윤은 여느 때처럼 동네 주막의 객방 중에서 가장 허름한 방을 빌려 들었다. 이불을 따로 쓰고 누웠지만, 다른 밤들과 달리 서경은 쉽게 잠을 이루지 못했다. 주막에 들어섰을 때 자신들을 보던 다른 이들의 시선이 유난히 신경이 쓰였던 탓이다. 단순한 호기심과는 뭔가 다른, 무슨 재미있는 일을 기대라도 하는 듯한 그 눈들….

'설마… 설마 아니겠지?'

서경은 문득 머릿속에 깃든 불안한 생각을 쫓으려 고개를 저었다. 그런 서경을 곁눈으로 지켜보는 윤도 머릿속이 복잡하기는 마찬가지였다.

'머리만 닿으면 곯아떨어지던 사람이 오늘은 웬일이지? 그 노파의 일이 마음에 남은 건가?'

그때 방문 위로 사람의 그림자가 어렸다.

"아파, 아파 있는가?"

주모의 목소리였다. 서경이 긴장한 기색으로 일어나 문 옆에 바짝 다가앉았다.

"무슨 일이오?"

"아, 급한 손님들이 들어 방이 모자란데 미안하지만 더 작은 방으로 옮겨 앉을 수 있으려나? 대신, 방값은 안 받겠구만."

서경이 잠시 또르륵 눈알을 굴렸다. 윤이 무슨 일인가 싶어 부스스 일어나는데, 서경이 그런 윤에게 손가락으로 급히 조용히 하라는 신호를 보냈다.

"…미안하지만 서방이 잠을 깊이 들어 깨우기가 미안하구려. 방은 그대로 쓰겠소."

"그러시겠나?"

잠깐의 침묵이 흐른 후, 낮은 사내의 목소리가 은밀히 들려왔다.

"덮쳐!"

순간 방문이 우지끈! 넘어졌다. 그리고 이내 호롱을 든 사내와 검은 그림자들이 우르르 들이닥치더니 거세게 저항하는 윤의 온몸을 제압한 후, 두 손을 뒤로 하여 묶은 후 재갈을 물렸다.

"읍!! 읍!!!"

"으으으읍!! 읍!!"

제게 닥친 일에도 정신을 못 차리고 있던 윤의 눈에 험악한 표정의 아낙네들에 의해 재갈이 물리고 두 손이 묶인 채 바닥으로 넘어뜨려진 서경의 모습이 들어왔다.

'도대체 무슨 일이야!!'

"읍!! 읍!!!"

어떻게든 일어서려 바르작거리는데 사내들 중 한 놈이 냅다 윤의 등을 발로 걷어찼다.

"여기서 죽고 싶지 않음 조용히 해!! 지금부터 도방(道房)으로 간다."

"으으읍!! 으으으으읍!!!"

도방이라는 소리에 서경이 더 급하게 머리를 가로젓기 시작했다. 아니, 머리만이 아니었다. 어떻게든 몸을 일으키려고 저를 누르고 있는 아낙들을 밀며 거세게 온몸으로 저항하기 시작했다. 그 바람에 언제나 단정했던 머리카락은 흩어져 산발이 되었고, 치맛자락도 반 이상은 거칠게 말려 올려갔다. 아낙들 중 한 명이 연신 발버둥치는 서경의 등줄기를 집어 올리더니, 매섭게 따귀를 때렸다. 철썩! 철썩! 철-썩!! 뺨을 두드리는 거센 소리가 방 안에 울려 퍼졌다. 윤의 귀에 등 뒤의 사내들 중 누군가가 "쯧쯧…" 혀를 차는 소리도 들려왔다. 몇 번의 따귀를 더 맞고서야 비로소 서경이 의미 없는 반항을 멈췄다.

"씌워!"

수염이 반 이상 얼굴을 덮은, 등을 든 사내가 근엄하게 말했다. 순간 윤과 서경에게는 큰 보자기가 머리끝부터 발끝까지 통째로 씌워졌다.

* * *

'어디로 가는 거지?'

덜커덩, 덜커덩 하는 소리와 함께 몸이 흔들리는 걸 보아, 어디 수레에라도 실려 이동하는 것 같았다. 윤은 몸을 조금 비비적거려보았다.

윤의 등에 툭 둔탁한 무언가가 부딪히는 느낌이 들었다.

"읍…읍…."

'임자, 거기 있어?'

윤이 재갈에 물린 채로 그리 물었다.

"읍…읍."

서경의 신음이 들렸다. 일단 함께 움직여지고 있는 것만으로 윤은 그나마 다행인 듯도 싶었다.

'도대체 우리에게 무슨 일이 생기고 있는 거지?'

잠시 후, 수레가 어딘가에서 멈췄고, 윤은 다시 거친 손들에 의해 바닥으로 끌어내려졌다. 그제야 윤의 몸에서 보자기가 벗겨지고 재갈이 풀어졌다. 급히 주변을 둘러보자, 어둠 속에서 횃불을 든 사내들이 자신들의 주위를 둘러싸고 있었다. 그리고 눈앞에는 나지막한 높이의 객주 건물과도 비슷한 집채가 조르륵 늘어서 있었다.

"왜! 왜!! 장문이 설치된 것이오?!!"

어느 결에 곁에 선 서경이 기겁을 하고 누구에게랄 것도 없이 물었다. 윤은 서경의 시선이 가 닿은 곳을 더듬어보았다. 거기에는 자신이 들었던 것과 비슷한 물미장(작대기) 두 개가 질기고 성긴 끈들로 묶이고 이어져 무슨 표식인 듯, 문 앞에 괴어져 있었다.

"조용히 햇! 어서 들어가!!"

어딘가에서 명령이 들려왔다. 그 명에 따라 건장한 사내 보부상들이 윤을 질질 끌고 문 안으로 들어갔다. 역시 마찬가지로 건장한 아낙네들이 서경을 질질 끌며 문 안으로 들어갔다.

그리고 두 사람은 이내 다시 어느 창고인 듯한 공간에 갇혀버렸다.

작은 창으로 어스름하게 들어온 달빛에 창고 벽에 이리저리 튄 피들이며 벽에 기대진 형틀 등, 기괴한 창고 안의 모습이 비쳤다.

"여기가 어디야?"

윤이 나지막한 소리로 서경에게 물었다. 서경은 대답도 없이 여전히 겁에 가득 질린 얼굴로 윤의 눈을 마주 보았다.

"왜 그래? 무슨 일이냐고!"

'설마, 또 장난하는 건… 아니겠지?'

"장문… 장문이 설치됐소. 어떡하지? 이제 어쩌지?"

서경의 얼굴이 새하얗게 질렸다.

"뭐야? 그 장문이라는 게."

서경이 부르르 몸을 떨며 창고 안을 시선으로 하나하나 짚어가며 마치 눈앞에 주어진 현실을 부정이라도 하려는 듯 고개를 저었다.

"뭐냐고!!"

"아까 물미장 두 개가 묶여 괴여져 있는 걸 보았소? 그걸 바로 장문이라 하오…."

"그게 뭐!"

"보부상들이, 장사치들이 죄를 저지르면, 자치율법인 장문법(杖門法)으로 다스려지오. 장문이 설치되었다 함은 결국 무서운 죄를 저지른 보부상에 대한 처결이 이뤄진다는 뜻이오. 그렇게 장문이 세워진 이상, 이곳은 이제 그 어떤 누구의 접근도 금지되오. 관아의 형방들도, 아니 아무리 높으신 양반네라도, 심지어 임금이라 하시더라도 이곳에 쉽게 근접할 수 없단 말이오."

"무슨, 우리가 무슨 죄를 지었다고."

"아시겠소?"

서경이 윤을 마주 보았다. 여전히 겁에 질린 얼굴이었다.

"명심하시오! 누가 죄를 묻거든, 무조건 부인하시오. 부인하고, 부인하고, 부인하고 또 부인해야 하오. 아셨소? 나머지는 내가, 어떻게든 내가… 손을 써보겠소."

항상 침착하고 자신만만하기 그지없던 서경의 자신 없는 말투와 겁에 질린 모습에 윤은, 제 앞에 무슨 일이 닥칠지도 모르면서 가슴 한쪽이 찌르르 울렸다.

'도대체 뭐야? 임자를 이리 겁에 질리게 하는 게. 뭐가 그리 겁나는 거야? 제 처지에 대한 걱정인가, 아니면 나에 대한 걱정인가?'

윤이 서경에게 다가가 그녀의 얼굴에 제 가슴을 가져다대었다. 그리곤 그녀의 어깨에 가만히 자신의 고개를 기댔다. 여전히 두 팔이 뒤로 돌려져 묶여 있었기에 겁에 질린 그녀를 안아 위로해줄 수는 없지만 그저 이리 나란히 붙어서 있는 것만으로, 체온을 조금 나누는 것만으로라도 두려움에 떨고 있는 그녀를 조금이라도 안정시켜주고 싶었다.

그리고 얼마나 시간이 지났을까?

삐거덕 굳게 닫혔던 창고 문이 다시 열렸다.

* * *

험상궂은 상인패들에 의해 도방의 앞마당으로 끌려나온 윤과 서경은 둥글게 깔린 멍석 위에 강제로 꿇어앉혀졌다. 주변에는 보부상들과 아파와 매파들이 잔뜩 모여 있었다. 호롱과 횃불을 든 이가 많았기에 마당은 거의 대낮인 양 환했다. 다들 걱정 반, 호기심 반의 시선을 두 사람에게 보내고 있었다. 마당 가장 안쪽에는 작은 탁자와 의자 하나가 놓여 있었고, 그 양 옆으로 제법 근엄해 보이는 중년의 상인들이 서 있었다.

이윽고 예순은 넘어 보이는 늙은 상인 한 명이 안쪽 건물에서 나왔다. 그의 등장에 마당에 있는 모든 이들이 깊이 허리를 숙였다. 그리고 양 옆에 섰던 상인이 저마다 그에게 다가와 그의 귀에 대고 무엇인가를 속삭였다. 그들의 이야기에 따라 제법 무거운 시선이 윤과 서경에게 쏟아졌다.

“저이가 누군가?”

윤이 서경에게 은밀히 물었다.

“오늘 판결을 맡은 여기 도방 행수일 것이오.”

“판결이라니. 그럼, 여기가 송정(법정)이란 말이야?”

“…그렇소. 우리 장사치들만의 송정이오.”

행수에게 고변하던 이들이 물러나자 행수가 의자에서 일어났다.

“척(피고), 어느 임방(보부상 관리조직) 동무이신가?”

무슨 말인지 몰라 그저 앞만 보고 있는 윤을 서경이 팔꿈치로 쿡 밀었다.

“아, 예. 나는 송파 임방 동무입니다.”

“척, 이 자리에 왜 불려 나왔는지 알고 있나?”

“알지 못하오!”

주변에 모인 이들이 윤의 성긴 대답에 일제히 웅성거리기 시작했다. 행수가 한 손을 들자, 웅성거림은 일시에 그쳤다. 행수가 옆의 상인에게 물었다.

"이자의 채장(보부상의 신분증명서)은 누가 가지고 있는가?"

"예, 여기!"

곁에 선 상인 중 하나가 두 손으로 채장을 가져다 행수에게 바쳤다. 행수가 그 채장을 가만히 들여다보더니 윤 쪽으로 휙! 던졌다.

"너도 명색이 장사치라면, 채장의 뒤에 무어라 쓰여 있는지쯤은 알 터이지?"

순간, 윤은 당황한 기색을 감추지 못했다. 무현을 통해 가짜로 채장을 만들어 받긴 했지만, 그 앞면에 적힌 가짜 주소와 성명, 출생일만 외웠을 뿐, 정작 그 뒷면에 무엇이 쓰여 있는지는 주의 깊게 보지 않았던 까닭이다.

"무엇하느냐. 행수 어르신이 묻질 않느냐?!"

행수의 왼편에 있는 상인이 버럭 소리를 질렀다. 윤이 속히 마땅한 답을 내놓지 못하자, 고함은 한 번 더 이어졌다.

"어허! 이놈이 그래도!!"

"어르시인!!"

서경이 얼른 무릎걸음으로 몇 발자국 앞으로 걸어 나와 하소연했다.

"작자가 어리석어 아직 글월을 알지 못합니다. 장사 일을 나선 것도 이번이 초행이라 모르는 것투성이지요. 용서해주십시오."

행수가 가만히 고개를 끄덕였다. 그리곤 윤에게 물었다.

"그 채장의 뒷면에는 물망언(勿妄言), 물패행(勿悖行), 물음난(勿淫亂), 물도적(勿盜賊)의 사 계명이 적혀 있다. 이게 무슨 뜻인지 알겠느냐?"

"모릅니다."

그러자 행수가 주변을 둘러싼 이들에게 크게 외쳤다.

"물. 망. 언!"

그 자리에 모인 이들이 일제히 입을 모아 답을 내놓았다.

"헛된 말을 하지 않는다!!"

"물. 패. 행!"

"힘으로 상대를 억압하지 않는다!!"

"물. 음. 란!"

"음란한 짓을 하지 않는다!!"

"물. 도. 적!"

"도적질을 하지 않는다!!"

행수가 다시 윤에게 관심을 돌렸다.

"알겠느냐? 무릇 장사치란 이 네 가지 규율을 목숨처럼 여겨야 하는 법이다. 우리가 엄히 징치(懲治, 징계하여 다스림)를 하는 이유는 길을 떠돌아다닌다 하여 도적이나 거렁뱅이와 다름없이 보는 세상의 시선 속에서 우리 자신을 지키기 위한 방도이다. 허니, 오늘 너의 대답 여하로 너는 이 자리에서 손목이 잘릴 수도 있고, 목숨을 내놓아야 할 수도 있다. 운이 좋으면 모둠매질 정도로 그칠 수도 있을 터이고. 이를 순히 받아들이겠느냐?"

"그래서 나의 죄목이 무엇이란 말이오!"

윤이 벌떡 일어나며 소리를 질렀다. 분했다. 평소라면 제 앞에서 감히 고개도 못 들 인간들이 자신을 벌하겠다고 하는 것이 고까웠다. 아무리 자신이 지금 신분을 위장하고 있다고 하나, 명색이 이 나라의 종친이었다. 이리 상것들한테 무도한 취급을 받으면서까지 참을 이유가 없었다. 거기다 감히 자신을 죽이겠단다. 보부상들 따위가 감히 종친의 목숨을 논하다니, 이는 도저히 간과할 수 없는 일이었다.

"내가 감히 누군 줄 알고, 이따위!!"

"입 닥치고 얼른 앉아요!"

윤의 항변이 끝나기도 전에 서경이 윤을 향해 다급히 속삭였다. 하지만 이미 때는 늦었다.

"아니 이놈이 여기가 감히 어디라고!!"

"어디서 이런 개차반 같은 놈이 나왔어!!"

행수의 양 옆으로 도열해 있던 건장한 상인 몇 사람이 제 팔뚝보다 굵은 몽둥이를 가지고 덤벼들었다. 그리곤 다짜고짜 발로 차, 윤을 쓰러뜨리더니 모진 매질을 쏟아붓기 시작했다. 퍽! 퍽! 요란한 매질과 함께 살이 터지고 피가 튀었다.

"으악!! 윽!"

둔탁한 매질 소리와 함께 윤의 비명이 도방 마당 안에 크게 울려 퍼졌다. 주위에 모인 사람들 중 몇몇은 "더해!" "본때를 보여줘라!" 하며 짐짓 주먹까지 흔들어가며 매질을 북돋우고 있었고, 몇몇 아녀자들은 "에그그", "쯧쯧" 하며 안쓰러운 마음을 감추지 못하고 혀를 찼다.

"아지익! 아직 죄가 밝혀지지 않았습니다! 매질을 멈춰주십시오!"

서경이 꼬꾸라지듯 앞으로 엎드리며 비명처럼 외쳤다.

"공평무사(公平無私, 공평하고 사사로움이 없음)해야 할 송정이 아닙니까?! 어찌 이리 매질부터 시작하십니까? 그만, 그만… 멈춰주십시오-!"

그러자 행수가 손을 들었다. 윤을 향한 매질이 그치고, 여전히 분을 참지 못해 씩씩거리던 상인 패거리들이 윤의 몸에서 떨어졌다. 서경이 무릎걸음으로 얼른 쓰러져 누워 있는 윤에게 다가갔다. 거의 반쯤 정신을 잃은 윤은 매질에 얼굴 곳곳, 특히 눈가가 터져 이미 피를 흘리고 있는 상태였다.

"괜찮소? 정신 드시오??"

서경이 다급히 물었다. 그러자 윤이 "끄응" 하는 소리와 함께 간신히 고개를 주억거렸다.

"저자를 일으켜 앉혀라!"

행수의 오른편에 앉아 있던, 조금은 순해 보이는 인상의 중년 상인이 그리 명하자, 젊은 패 두엇이 달려들어 윤을 일으켜 앉혔다.

"물패행(勿悖行). 그것이 오늘 너의 죄목이다. 고발자는 앞으로 나서라."

행수의 명이 떨어지자마자 주변에 모인 사람들 중에서 늙은 몇몇 매파들의 부축을 받으며 염 매파가 나섰다.

"지, 여 있심더."

염 매파가 제대로 허리도 펴지 못한 채 '에구구' 신음을 흘려가며 서경과 윤 옆에 앉았다.

"매파 염가, 고발의 내용이 모두 사실인가?"

"하, 하모요. 어제 이 사람들한테 짓밟히가, 이래 허리가 아작이 안났습니꺼? 내사 억울해서 몬살겠심더. 늙고 힘없다고 이리 당하고 살아야 하는 깁니꺼? 아이고오, 아이고오."

염 매파는 이제 땅까지 쳐가며 곡소리를 늘어놓았다.

"하!"

윤은 정신이 몽롱해가는 가운데서도 그 모습에 어이가 없다는 듯 코웃음을 치는데, 이를 본 사람들이 모두 주먹까지 내지르며 소리를 질렸다.

"저, 저놈. 반성할 줄도 모르고 코웃음치는 것 좀 보게."

"이런 놈들 때문에 우리네들까지 욕먹는 것이야!!"

"아주 겁을 상실한 놈일세!"

"죽여라!!"

점점 더 거칠어지는 군중들의 소란을 행수가 다시 손을 올려 진정시켰다.

"척, 너는 어찌하여 늙고 연약한 노파를 상대로 그같이 무도한 행패를 저질렀는가? 이는 물패행 그 이상의 중죄임을 알지 못했느냐?"

"으… 쿨럭!"

답하려고 입을 연 윤의 입가에서 핏물이 터져 나왔다.

"행수는 어찌, 어찌 저 간악한 노파의 말만 믿고 이러시오?! 나는 절대… 쿨럭… 저 노파에게 폭력을 행사하지 않았소. 하늘에 맹세하오! 나는 그저, 저 노파가 내 내자(內子, 아내)에게 공연히 침을 뱉고 욕을 하기에 말리려고 어깨를 잡았을 뿐이오!!"

억울함에 윤이 목청껏 외치자 주변 사람들이 또 다시 웅성거리기 시작했다. 행수나 그 곁의 상인들도 문득 표정을 굳히고는 자기들끼리 무언가를 숙덕거렸다.

"염 매파, 저자의 말이 사실인가?"

행수가 매파를 향해 물음을 던졌다.

"아입니더, 아입니더. 그런 일 한 적 없심더! 미쳤다고 멀쩡한 젊은 새댁한테 그랬겠심꺼? 아야야야… 지는 결단코!! 하늘이 무너져도 그런 일 안 했어예."

염 매파가 두 손을 휘휘 저어가며 자신의 억울함을 호소했다. 윤은 또 다시 뻔뻔스레 거짓말을 늘어놓는 매파를 죽일 듯 노려봤다.

"거짓말! 이 간악한 것!! 네가 진정 하늘이 무섭지도 않느냐?!"

"하이고, 무서버라. 다들 보셨지예? 저 인간이 저렇심더. 내사 진짜 억울해서 몬살겠심더. 무시로 백주에 젊은 놈한테 뚜드려 맞지를 않나, 이리 송정에서까지 거짓말쟁이 취급을 당하다니…"

"증인이나 증좌(證左, 증거)가 있습니까?"

서경이 매파의 말을 자르며 행수를 향해 물었다. 행수가 주변을 둘러보았다. 그러자 주변의 무리 속에서 보부상과 매파 몇이 선뜻 나섰다.

"제가 보았습니다!"

"저도 보았구먼요."

"저도요!"

행수의 좌편에 섰던, 턱이 뾰족하고 꼬장꼬장하게 생긴 중년의 상인이 한 발자국 앞으로 나와 고했다.

"염 매파가 분명 매를 맞고 땅바닥에 구르는 모습을 본 증인이 다섯이 넘습니다."

행수가 이번에는 윤을 향해 물었다.

"네 내자에게 매파가 침을 뱉고 욕하는 것을 본 사람이 있는가?"

사람들은 저마다 고개를 빼어가며 저들 중에서 누구 나서는 자가 없는지 주변을 둘러봤지만, 아무도 나서는 사람은 없었다. 이를 본 좌(左) 상인이 다시 행수에게 고했다.

"사정이 이러하니, 저놈의 죄상이 명명백백하지 않습니까? 참형으로 저 놈의 죄를 엄히 물어야지요."

참형이라는 소리에 서경의 안색에서 핏기가 순식간에 사라졌다. 모인 사람들 중에서도 "어이구…", "워메…" 하며 놀란 한숨들이 터져 나왔다.

"안됩니다."

우(右) 상인이 한 발자국 앞으로 나와 행수에게 고했다.

"이만 일로 참형은 과하지 않습니까. 아직 젊고 우둔한 자이니 그저 장문의 법도대로 하시지요."

"장문의 법도대로라면 처벌이 어떻게 되나?"

행수가 우 상인에게 물었다. 우 상인이 손에 든 규율 책자를 뒤적뒤적하더니 고하기 시작했다.

"동료 간에 성품이 완악하거나 거동이 패악한 죄, 장 30대. 행동거지와 거동이 의롭지 아니한 죄, 장 20대. 젊은이가 나이든 자를 능멸한 죄. 장 20대. 사내 장사치가 여인 장사치를 능멸한 죄, 장 30대. 도합 일백 대의 장으로 다스리면 될 것입니다."

"너무 물러요! 이리 징치하는 일에 사사로운 인정을 갖다붙이면 우리들의 신의(信義)와 정의(情誼)는 어디서 찾습니까?! 감히 연로한 여인에게 주먹을 휘두르다니 멍석말이를 해서 죽여도 시원치 않아요!"

우 상인의 말을 가로막으며 좌 상인이 그리 이르자, 사람들 사이에서 "그렇다!" "찬동(贊同, 찬성하여 동의함)이요!!" 소리가 터져 나왔다.

"그래도 참형은 너무 과합니다."

우 상인이 목소리를 죽이고서는 행수에게 한 발자국 다가와 넌지시 이야기했다.

"솔직히 저 매파에 대해서라면 우리도 다 아는 게 있잖습니까? 이리

저 매파 말만 믿고 괜히 생목숨 날릴 순 없지 않습니까?"

좌 상인도 목소리를 죽이고서는 행수에게 넌지시 이야기했다.

"이번 참에 다른 사람들한테도 본보기를 보여야 해요. 안 그래도 요즘 규율 우습게 여기고 느슨한 놈들이 몇 있는데, 이번 참에 율법의 무서움을 보여주자고요! 참형이 아니면 손모가지라도 날려야 합니다!"

두 사람의 목소리를 모두 들은 행수가 두 손을 들어 좌중을 진정시켰다. 그리고 윤과 서경에 대한 판결을 내리기 시작했다.

"우선 아파 한 씨, 비록 염 매파가 그대에 대한 고발도 함께 했다 하나, 이렇다하게 밝혀진 죄상이 없다. 방면(放免, 붙잡아 가두었던 사람을 놓아줌)을 허한다. 단, 염 매파에 대한 폭행을 방관한 죄가 있으니 그에 따른 보상금으로 염 매파에게 일금 삼십오 냥을 지불해야 할 것이다."

모인 이들이 모두 합당한 판결이라며 고개를 끄덕거렸다. 서경은 자못 불만인 기색이긴 했지만, 수긍한다는 의미로 행수에게 엎드려 예를 표했다.

"송파동무, 허 아무개!"

윤은 자신의 가명(假名)을 부르는 것을 인지하지 못했다. 시야가 자꾸만 흐릿해졌고 귀에 들어오는 모든 소리들은 윙윙거리는 소음과 함께 의미 없는 파편이 되어 까마득한 어둠 속으로 흩어져갔다.

"이보오!"

윤은 의아했다. 당황한 얼굴로 자신을 쳐다보는 서경의 얼굴이 기우뚱 옆으로 기울고 있었다. 그 도톰한 입술이 무언가를 이야기하듯 계속 움직이고 있었지만, 그 소리는 전해지지 않았다.

'뭐? 뭐라고…?'

윤이 까무룩 정신을 잃고 옆으로 쓰러졌다. 서경이 놀라 무릎걸음으로 기어와 뒤로 묶인 손으로 어떻게든 윤의 몸을 흔들어 깨우려 했다. 하지만 가느다란 신음소리만 들릴 뿐 윤은 꿈쩍도 하지 않았다. 주위 사람들의 웅성거림이 점점 더 심해졌다.

"송파동무 허 아무개!"

그에 아랑곳않고 행수가 판결을 계속했다.

"연로한 여 상인에게 패악을 저질렀으니 그 죄, 참살을 해도 무방하나, 아직 장문의 법도를 채 익히지 못한 그 무지함을 안타까이 여겨 장 일백 대로 그 죄를 갚게 한다. 단, 여기서 즉행(바로 시행)을 명한다. 형틀을 가져오라!"

"옙!"

행수의 명에 건장한 상인 몇이 창고 쪽으로 뛰어들어갔다. 군중의 반응은 둘로 갈렸다. 그 정도로는 부족하다는 듯 못마땅한 기색들이 반이었고, 참형은 아니지만 중형에 가까운 처벌에 대해 동정하는 기색들이 반이었다. 반면 서경 곁에 앉은 염 매파는 '아고고고' 하며 허리를 감싸고 고개를 숙이면서 웃는 얼굴을 감추려 애쓰고 있었다.

"잠시만요!!"

모든 사람들의 이목이 서경에게 쏠렸다. 서경이 제자리에서 일어나 행수를 향해 외쳤다.

"이미 모진 매질에 정신을 잃은 잡니다. 지금 여기서 장 매까지 더하면 그저 죽으라는 이야기와 진배없지 않습니까? 인정의 도리를 따져 부디 형의 집행을 미루어주십시오!!"

행수가 좌우의 상인들을 둘러보며 뜻을 물었다. 우 상인이 그렇게 하자는 듯 고개를 끄덕여 보였다. 좌 상인은 썩 마땅해 하는 표정은 아니었지만, 그 역시 결국 고개를 끄덕여 보였다.

"아파의 말에 일리가 있다. 따라서 형의 집행은 사흘 후로 연기한다."

판결을 내린 후, 행수는 물론 행수 좌우에 도열했던 상인들까지 흩어지기 시작했다.

서경과 윤을 마당으로 끌고 왔던 상인들이 의식을 잃은 윤을 떠메듯이 하여 다시 창고로 끌고 갔고, 아낙들 중 하나가 서경의 포박을 풀어주었다. 서경이 얼른 창고 쪽으로 따라가려는데, 행수의 오른편에 섰던 상인이 슬그머니 뒤에 따라붙었다.

"잠시, 나 좀 보세."

은밀한 목소리였다. 그의 귀띔에 따라 서경이 건물 외벽 그림자 속으로 그를 따라 들어갔다.

"날 기억하겠나?"

연신 좌우를 두리번거리며 우 상인이 말했다. 서경은 긴장을 풀지 않은 채, 고개를 저었다.

"뉘신지…"

"송 대방 어르신 밑에 있던 잘세. 몇 년 전, 자네가 송 대방 어르신께 장사 일을 배울 때 몇 번 나도 거들지 않았었나?"

"아…!"

서경의 얼굴에 그제야 반가운 기색이 떠올랐다. 그러고 보니 낯이 익은 얼굴이었다. 처음 장사를 배우겠노라고 송 대방을 찾아갔을 때 장사 일의 기본을 가르쳐주겠다며 몇몇 상인들에게 일을 배우게 한 적이 있었다. 그때 유독 셈법이 빠른 이라고, 보고 배우면 두고두고 쓸모가 있을 것이라고 송 대방의 칭찬이 자자했던 이가 바로 그였다.

"오랜만에 뵙습니다."

서경이 얼른 허리를 굽혀 인사했다. 그가 나서준 덕분에 그래도 극형을 면할 수 있었다는 게 천만다행이었다. 실제로 몇 년 전, 별 대수롭지도 않은 실수를 저지른 젊은 보부상 청년이 장문에 끌려나와 그 자리에서 손목이 잘려나가는 걸 본 이후 서경은 장문의 무서움을 뼛속 깊이 깨달았던 터였다.

"서방 때문에 걱정이 크겠네."

"…무슨 좋은 방도가 없겠습니까?"

"방법이 영 없는 건 아닐세."

상인이 다시 한 번 주의 깊게 주변을 둘러보았다. 마당에 깔렸던 멍석은 이미 둘둘 말려 창고로 옮겨지고 있었고, 주위에 가득 찼던 상인들도 두서넛씩 무리를 지어 제 갈 길로 돌아가고 있었다.

"…얼마나 마련할 수 있겠나?"

돈 이야기인 듯했다. 서경이 바싹 마른 입술에 침을 축이며 역시 은밀하게 물었다.

"얼마면 되겠습니까?"

"얼추 오백 정도면 갈음(다른 것으로 바꾸어 대신하다)할 수도 있을 것 같네. 어차피 매질을 하는 것들도 전부 같은 장사치들 아닌가? 돈 앞에서 싫다 할 이 없다네. 돈냥 좀 쥐어주면 무른 나무 매질로 요령껏 다치지 않게 장을 칠걸세. 가능하겠나?"

"…구해봅지요. 그동안 저 사람을 부탁드려도 되겠습니까?"

"그 정도는 내 힘 써보지."

서경이 다시 한번 허리를 숙여 감사의 인사를 전했다. 그리고 옥(獄)을 대신하여 윤을 가둔 창고 쪽을 보고는 서둘러 도방 바깥쪽으로 걸음을 옮기기 시작했다.

'그만한 돈을 어디서 구하지?'

어둠 속에서 그런 서경의 뒷모습을 지켜보는 이가 있었다. 염 매파였다. 돈 냄새를 맡은 염 매파의 뱀눈이 어둠 속에서도 빛을 발하며 탐욕스럽게 번들거리고 있었다.

## 3-3. 두 여자

그 밤. 서경은 팔려고 가지고 온 물건들이며, 수중에 돈 되는 것들을 모두 다른 장사치들에게 헐값에 넘겨 오십이 넘는 돈을 마련했다. 원래대로라면 이백은 넘게 받아야 할 터였지만, 당장 그만한 돈을 수중에 지니고 있는 장사치들도 없었을뿐더러, 서경의 다급한 사정을 아는 장사치들이 연신 가격을 후려치는 까닭에 이문을 남기기는커녕 본래 값의 삼분지 일도 받지 못하였다.

서경은 그 돈으로 우선 마방(馬房)에 가 말과 마부를 빌렸다. 원래 보부상이나 아파들은 말을 타지 못하는 것이 법도였다. 하지만 점차 빨리 장삿길을 나서기 위해 몰래몰래 말을 빌려 타는 장사치들이 늘어난 이후부터는 마방이 성행하게 되고, 장사치들도 급하면 말을 빌려 타는 경우도 점점 늘어나고 있었다. 물론 그 값이 적지 않았다. 웬만한 장사이문보다 말 빌리는 값이 더 비싸기에 말을 타고 장삿길을 나서느니, 집 안에 드러누워 배 두들기며 낮잠자는 것이 더 낫다는 우스갯소리도 있을 정도였다. 그런 까닭에 아무리 짐이 많아도 아무리 가야 할 길이 멀어도 서경은 여태껏 제 돈을 들여 말을 빌려 탄 적이 거의 없었다. 하지만 이번은 달랐다. 윤의 목숨이 걸린 일이니 돈을 아낄 계제가 아니었다.

결국 서경은 이미 장문에 대한 소문이 퍼졌는지 쉽게 말을 내어주지 않으려는 마부의 처를 설득해, 수중에 있는 오십 냥이 넘는 돈을 전부 주기로 하고 사문객주까지 데려다 달라는 청을 할 수 있었다. 제 걸음으로 걷자면 족히 이틀이 걸리는 거리였지만, 밤새 말을 달리면 다음날 이른 오후까지는 족히 다다를 수 있을 터였다.

서경은 윤이 벗이라고 했던, 무현에게 돈을 융통할 생각이었다. 자신의 일이라면, 설령 쌀 톨 하나 무현에게 빚지고 싶지 않았지만, 윤의 일이니 어쩔 수 없었다. 게다가 큰 객주의 행수쯤 되는 이니 은자 오백 냥쯤 능히 갖고 있을 터였다. 무엇보다 현재 그보다 마땅한 자가 없었다.

하지만 밤새 서경을 뒤에 태우고 말을 달린 마부가 피곤에 누렇게 찐 얼굴로 서경을 객주 앞에 내려주었을 때, 정작 객주 안에는 무현이 없었다.

"행수는… 행수는 지금, 어디 계시오?"

낯이 익은 객주의 사환들에게 물어보았지만, 급한 일로 지난밤 늦게 출타한 후 아직 돌아오지 않았다는 이야기만 들었다.

"그럼, 혹시 송 대방 어르신은 어디 계신지 아시오?"

"며칠 전 잠시 유랑 가신다며 길을 떠나셨다던데?"

낭패였다.

설령 무현에게서 돈을 융통할 수 없다고 해도 송 대방에게 아쉬운 소리를 하면 어떻게든 마련이 되리라는 계산이 있었다. 아니 돈을 빌리는 건 물론, 행수나 대방 어르신이 어떻게든 손을 써 줄 수도 있으리라 넌지시 기대하고 있던 것까지 모두 허사가 되었다.

'그렇다면…'

"아! 혹시 청지기라고 행수의 벗되는 이가 도성 어느 댁 청지기인지 알고 있소?"

"거, 허옇고 길쭉하고 빤질빤질하게 생긴 사람 말이요? 글쎄올시다. 행수가 유달리 귀히 대접하는 이라 얼굴은 익히 알지만, 어느 댁 청지기인지는… 여보게, 혹시 그 행수 어른의 동무 되는 이를 누가 알고 있나?"

너무나 간절해 보이는 서경의 표정에, 사환이 친절하게도 지나가는 이들에게 물어봐주었다. 하지만 누구 하나 이렇다 할 대답을 내놓는 이가 없었다.

가뭄에 콩 나듯 불현듯 들이닥치는 행수의 '벗'은 객주 사람들에게도 수수께끼와 같은 존재였기 때문이었다. 아무런 소득 없는 발걸음에 실망한 서경이 황급히 자신을 데려다준 마부를 찾았다. 윤의 주인집을 알기 위해 찾아가야 할 곳이 한 군데 떠올랐기 때문이었다.

* * *

"어허, 알려줄 수 없다고 하지 않나."

은월각 행랑아범 오 영감은 갑작스런 여인의 등장에 잔뜩 긴장된 기색을 보였다. 머릿수건을 쓴 채 은월각의 문을 두드린 낯선 여인이 다짜고짜 이 대감집 청지기를 아는지, 어느 댁 사람인지 물어왔기 때문이었다.

'이 아낙은 모르는구먼. 기루에서 청지기가 무슨 뜻인지.'

원래 사대부라면, 아니 굳이 사대부가 아니더라도 중인이나 양인들 중에서도 돈푼 꽤나 만지는 자들이라면 누구나 무시로 드나들 수 있는 데가 기루(妓樓)다. 하지만 엄밀히 말하자면 사대부나 왕족은 기루에 함부로 드나들 수 없는 신분이었다. 기루에 드나드는 것 자체가 품위를 손상시키는 일인 까닭이었다. 따라서 기루를 드나드는 양반네들은 대부분 스스로 '북촌의 오 서방입네', '남촌의 이 서방이요' 혹은 '어느 대감집 청지기'라며 스스로의 신분을 낮춰 말하는 것이 기루의 원칙이다. 그런 까닭에 현무군(現務君) 윤 역시 일찍이 은월각을 드나들 때부터 '이 대감집 청지기'를 자칭했었다. 기루 안의 사람들은 누구나 그의 정체를 알고 있었지만 대외적으로는 어디까지나 그는  북촌 이 대감집 청지기일 뿐이었다. 그런데 갑자기 난생처음 보는 아낙이 나타나 윤의 집이 어디인지 알려달라고 하니, 오 영감의 경계심이 발동될 수밖에 없었다.

"기방 손님에 대해선 아무것도 밝히지 않는 것이 기방의 법도네. 그러니 그만 물러가게!"

"너무나 시급한 일이라 그러오. 어떻게 알 방법이 없겠소?"

"어허, 안 된대도!!"

오 영감의 단호한 태도에 실망하던 서경이 문득 오 영감의 등 너머로 은월각 대문 안쪽을 설핏 넘겨다보더니 싱긋 웃음을 머금었다.

"그런데 은월각의 기생들 안목이 하늘을 찌른다 들었거늘 모두 헛소문이었던 모양이오?"

"무슨 소린가, 갑자기?"

갑작스러운 화제 전환에 미처 따라가지 못한 오 영감의 미간이 찌푸려졌다. 서경은 그런 오 영감에게 턱짓으로 대문 너머를 가리켜 보였다. 대문 너머에서는 아리따운 은월각의 기생 몇몇이 유유히 마당을 거닐고 있었다.

"슬쩍만 보았는데도 가품(假品, 모조품이나 위조품)을 걸친 이들이 적지 않아 하는 소리요. 저기 저 여인이 걸치고 있는 삼단 호박 노리개며 저어쪽, 기생이 가체에 꽂은 산호와 칠보 머리꽂이들까지 하나같이 진품을 위장한 싸구려 가품들이구려. 설마하니 조선 최고의 기루라는 은월각의 기생들이 일부러 가품을 장식하진 않았을 터이고, 이는 곧 진품으로 속아 가품을 걸쳤다는 이야기인데, 만약 저들이 그 사실을 알면 분명 아주 볼 만한 광경이 펼쳐지지 않겠소?"

오 영감의 얼굴은 이내 땡감을 씹은 듯 일그러졌다. 이 낯선 아낙의 말이 참이라면 누구보다 쓴맛을 보게 될 건 그 자신이었다.

은월각에 물건을 팔러 드나드는 아파들은 모두 오 영감에게 허락을 받고서 드나드는 자들이었고 그 과정에서 자신도 적지 않은 쌈짓돈을 챙겼던 터다. 만약 그 아파들에게서 산 물건들이 가품이란 것이 드러나게 되면 가뜩이나 만만치 않은 성깔을 자랑하며 투정하는 것이 일인 기생들에게 그가 어떤 핍박을 당할지 몰랐다.

"저, 정말 저것들이 모두 가품이란 말인가?"

오 영감이 소리를 죽여 서경에게 물었다.

"나 역시 아파요. 괜히 다른 이가 판 물건에 트집을 잡지는 않소. 물론 영감이 나를 도와준다면 이 일에 대해서도 입을 다물어줄 것이오."

서경의 의중을 확인한 오 영감은 자신이 이 거래에 응할 수밖에 없음을 깨달았다.

"알았네. 자, 잠시만 기다리게. 내 안에 들어가서 여쭤보고 올 터이니."

서둘러 홍란의 처소에 들른 오 영감은 급한 귀엣말로 서경의 방문을 알렸다.

"그분을 찾는 게 아니라, 그분의 댁이 어딘지를 묻는단 말이에요?"

"그렇다니까? 보아하니 그분의 정체에 대해선 영 아무것도 모르는 눈치야."

"그런 이가 왜?"

"아무튼 시급한 일이라고 하는데, 어떻게 하려나?"

"…불러주어요."

홍란은 자꾸만 떨려오는 가슴을 부여잡고 침착을 가장하려 애썼다. 윤과 관련된 일이면 사소한 일 하나라도 늘 과민해졌다. 며칠 소식이라도 없으면 불안한 상상이 근심을 부추겼다. 얼마 전 당분간 들르지 못할 것이라며 인사를 하고 떠난 임이기에 그의 정체를 묻는 낯선 여인의 등장이 더욱 불안하기만 했다.

잠시 후, 문이 열리고 웬 여인 하나가 방에 들어섰다.

머릿수건으로 얼굴을 가렸지만, 날씬한 허리 품이나 가늘고 동그란 어깨선만 보고도 젊은 여인네인 것은 미루어 짐작할 수 있었다. 여인은 홍란을 향해 가볍게 목례만 까닥하고선 홍란의 맞은편에 앉았다.

"이 대감댁 청지기와는 어찌 아는 사이인가요?"

"사정이 있어 말할 수 없소. 그저 그 사람의 주인집이 어디인지 알려 주시면 아니되겠소?"

"저 또한 사정이 있어 말할 수 없는걸요. 그러니 왜 알고자 하는지 알려주면, 답을 좀 더 쉽게 얻을 수 있을 텐데요."

"…그럼 다른 사람에게 물어보리다."

서경이 벌떡 자리에서 일어섰다.

"저 말고 그 분에 대해 알려줄 사람은 아무도 없어요."

서경이 제자리에 선 채 홍란을 내려다보았다.

과연 조선 제일 기루의 기생다운 화사함을 갖고 있는 여인이었다. 몸에 걸친 옷이나 장신구들에서 느껴지는 느낌도 으레 기생들의 치장에게서 느껴지기 쉬운 천한 부분이 없었다. 살결을 드러낼 듯 말 듯 반투명의 결 고운 한산모시가 새하얀 피부와 어우러져 은은하면서도 묘한 색기가 느껴지는 듯했다. 풍성한 가체 아래 조막만 한 얼굴은 미인도 그림 속에서 막 빠져나온 듯 섬세한 아름다움을 지니고 있었다.

홍란도 제자리에 앉은 채 서경을 올려다보았다.

머릿수건 아래 이목구비가 비로소 눈에 띄었다. 강단 있는 얼굴, 눈빛이 맑고 강한 여인이었다. 걸치고 있는 저고리는 낡고 누추한 것이었고, 어디 흙바닥에서 구르기라도 한 건지 치맛자락에는 온통 누런 흙물이 들어 있었지만 자신의 그런 초라한 차림을 부끄러워하는 기색은 조금도 없었다.

'도대체 이 여인은 그와 무슨 관계인 걸까?'

두 여자의 머릿속에 똑같은 궁금증이 떠올랐다. 두 여인은 서로에 대한 궁금증을 안고, 서로를 탐색하는 시선을 교환했다.

둘 중 먼저 시선을 거둔 건 서경이었다. 지금 이 순간 더 아쉬운 건 서경 자신이었으니까….

"만약 주인집을 알려줄 수 없다면, 말씀이라도 대신 전해주지 않겠소? 그 집 청지기가 위급한 상황에 처해 있으니, 은자 오백 냥을 급히 마련해주셨으면 한다고. 달리 그 댁을 알 길이 없어 이곳을 찾아왔소. 일전에 이곳 객방에 자주 드나든다는 본인의 이야기도 들었던 터라…."

서경은 그리 말하면서도 내심 '너를 어찌 믿고 그리 큰돈을 선뜻 내어달라는 것이냐'란 질문이 나오리라 추측했다. 자신이 상대였어도 별반 다르지 않은 반응을 보였을 터였기 때문이었다. 하지만 눈앞의 여인이 보여준 반응은 자신의 예측과는 전혀 달랐다.

그녀는 서경의 말을 듣는 순간부터 얼굴이 새파랗게 질리더니, 말을 채 끝맺기도 전에 부들부들 떨리는 손으로 벽장을 열어 가로로 길쭉한 돈궤를 꺼내 통째 서경에게 내밀었다.

"백 냥 정도 모자라요. 내 얼른 마련해 올 것이니 잠시만 기다려줘요."

홍란은 어찌나 당황했던지 허둥지둥 방 밖으로 나가려다 치맛자락을 밟고 거꾸러졌다. 그 덕분에 몸에 휘감았던 비싼 치맛자락이 부욱－ 소리와 함께 보기 흉하게 찢어지고 말았다.

"괜찮소?"

서경이 얼른 부축하여 일으키자 홍란의 볼이 조금 붉어진 것이 보였다. 당황한 와중에도 넘어진 것이 창피했던 모양이었다. 귀여운 여인이었다.

"잠시만, 아주 잠시만요."

홍란이 치맛자락을 움켜쥐고 빠른 걸음으로 방을 나갔다.

방을 나선 홍란은 마당을 가로질러 은월각의 남쪽 큰 채로 뛰어갔다. 그곳은 은월각의 주인인 '하 서방'의 거처였다. 원래 큰 상단을 운영하던 행수 출신인 하 서방은 일만금의 재산을 가지고 조선 최고의 기루를 만들겠노라며 은월각을 짓고, 실제로 지금에 이르기까지 키워온 장본인이었다.

"홍란이에요. 들어가겠습니다."

돈궤짝을 차고앉아 돈을 세고 있던 하 서방은 밖에서 홍란의 소리가 들리자마자 얼른 궤짝을 안고 돌아앉았다. 하지만 궤짝을 치우기도 전에 벌컥 방문이 열리고 홍란이 가쁜 숨을 몰아쉬며 들어왔다.

"저 돈 좀 주시어요."

"돈 없다."

하 서방이 궤짝을 품에 안 듯 엎드려 딴청을 피웠다.

"이럴 시간 없어요. 얼른 그중에서 백 냥만 내어주시어요."

"이게 어딜 봐서 돈이냐? 이건 내 땀이고, 피고, 눈물이야. 보고 있기만 해도 아드드드 살 떨리는  내 목숨줄이라고!! 넌 니 목숨 빌려 달라고 하면 줄 테냐? 그것도 돌려줄지 안 줄지도 모르는 상대한테?"

"무조건 절 믿으시고 제발 돈 좀 내어주세요. 제발요!"

심상치 않은 홍란의 간절한 청에 하 서방이 정색을 하곤 홍란을 돌아보았다.

"무슨 일이야?"

"묻지 마시고 빨리 내어주세요. 한 시가 급합니다."

"그리 급하다면… 내어줘야겠지. 허면… 그 대신 넌 무엇을 담보로 걸겠느냐?"

홍란은 지그시 입술을 깨물었다. 하 서방이 무엇을 말하는지 알았기 때문이었다. 진작부터 하 서방은 넌지시 은월연(宴, 연회)에 서지 않겠느냐고 제의해온 터였다.

"은월연… 말씀이세요?"

"그래. 네 정히 돈이 급하다면 은월연의 화전(花錢, 꽃값)을 급전으로 땡겨줄 수 있다는 이야기다. 그리라도 하겠느냐?"

은월연이란, 은월각에서 은밀히 열리는 연회를 말했다. 이때 그날의 꽃이 된 기생은 특별히 초청된 몇 명의 손님들 앞에서 저를 선보인 후, 가장 높은 화전을 매기는 손님을 상대로 사흘 밤 연속하여 밤 수발을 들게 된다. 은월연은 아무나 함부로 초대받을 수 있는 자리가 아닌 만큼, 도성의 남정네들 사이에서는 은월연에 초대받는 것 자체만으로도 자신의 권세와 재력, 능력 등을 인정받았다하여 크게 기뻐하는 이들이 많았다. 거기다 콧대 높기로 유명한 은월각의 기생, 그중에서 가장 아름다운 기생 중 하나를 사흘 밤이나, 그것도 은월각의 가장 호사스러운 방에서 마음껏 취할 수 있다는 점 때문에, 근래 들어 은월연은 비밀 연회임에도 불구하고 도성의 사내라면 누구나 선망하는 연회자리로 인정받고 있었다.

물론 기생에게도 그리 나쁜 자리는 아니었다. 자신의 뜻과는 상관없이 오직 가장 비싼 화전을 매긴 손님을 사흘 밤이나 연속하여 모신다는 점은 부담스럽기 짝이 없었지만, 그 사흘의 화전이 일 년 벌이보다 나은 경우가 많았기 때문이었다. 게다가 은월연에서 인연을 맺은 손님이 나중에 따로 소실로 들어앉혀주는 경우도 적지 않았기에, 어린 기생들까지도 넌지시 은월연의 꽃으로 선발되기를 바라는 경우도 많았다.

하지만 홍란만은 달랐다. 지금껏 끈질긴 하 서방의 제의에도 내내 거절해왔었다. 비록 수없이 많은 사내에게 어쩔 수 없이 제 몸을 내어주며 살아왔지만, 지금껏 같은 사내를 이틀 연속 접한 적은 없었다. 아무리 많은 돈을 주어도, 그것만은 싫다며 고집스레 거절해왔었다. 거듭하여 한 사내에게 안기고 나면, 왠지 자신의 몸에 낯선 사내의 체취가 더 깊이 스며들 것만 같아서였다. 아무리 씻고 또 씻어도 가시지 않는 그 오욕의 냄새가 자신을 더욱 더럽히고 능욕할 것만 같은 두려움이 컸기 때문이었다. 그러기에 지금껏 내내, 천금을 주어도 은월연의 꽃으로 서진 않겠다. 그리 굳게 다짐했었다. 죽어도 그리 않겠다고.

"왜, 싫으냐? 그럼 어쩔 수 없고."

"그리 할게요."

생각보다 선선히 대답한 홍란의 태도에 놀란 하 서방은 혹여 홍란의 마음이 변하기라도 할까, 허겁지겁 돈뭉치를 집어 건네주고는, 열흘 후에 있을 은월연에 꽃으로 서겠다는 각서에 기어이 홍란의 지장까지 받아내었다.

"하악… 하악… 여기 있어요."

또다시 뛰어 방에 돌아온 홍란이 저를 기다리고 있던 서경에게 돈꾸러미를 건넸다.

"어서 가서 그분을 구해주셔요."

"무슨 일인지 안 묻소? 이리 큰돈을 내어주면서 의심하지도 않소?"

"거짓이라면 차라리 다행이지요. 그분이 댁네 말처럼 위험하지는 않다는 뜻일 테니까. 진실이라도 다행이 아닌가요? 이 정도 돈으로 그분을 구할 수 있으니 말이에요. 그러니 어서 가세요, 어서 가서 그분을 구해주셔요."

"잠시만."

서경이 제 허리춤에서 휴대용 필갑(筆匣, 작은 붓을 넣어두는 통)을 꺼내 재빨리 무엇인가를 적어 홍란에게 내밀었다. 홍란이 고개를 갸웃하며 종이를 들여다보았다.

"무엇인가요?"

"내가 오늘 이 자리에서 댁에게서 일금 오백 냥을 받아간다는 내용이오. 나중에 혹여 내가 딴소리를 하더라도 이것을 가지고 관아에 발고하면 능히 이 돈을 되돌려받을 수 있을 것이오."

서경은 미리 자신의 등짐 속에 우겨넣은 돈 꾸러미들 속에 방금 홍란에게서 받은 돈 꾸러미들을 더해 넣고선, 제법 무거워진 등짐을 어깨에 진 후 영차 하며 힘을 주어 일어났다.

* * *

"으음…"

부르르- 찬 바닥에서 밀려올라오는 한기에 윤이 눈을 떴다. 새까만 어둠 속 작은 창고의 창으로 달빛이 스며들어오고 있었다. 윤은 자신이 여전히 팔이 묶인 채로 바닥에 쓰러져 있음을 눈치챘다.

"끄응!"

억지로 몸을 일으키려 해봐도 영 꿈쩍거려지지 않았다.

"…임자, 거기 있어? 임자?!! 임자!!"

묶인 채로 몸부림치며 윤은 서경의 퉁명스러운 목소리가 들려오기를 기다렸다. 하지만 서경의 대답은커녕 사람의 인기척 하나 없었다. 그때 툭툭 창고의 나무문을 때리는 소리가 들렸다.

"누구요?"

"난 이 도방의 상인일세. 자네 내자는 지금 자네 매값을 구하러 갔으니 잠시만 얌전히 기다리게나. 물이랑 먹을 것은 조금 있다 내 밑의 아이를 통해 보내줄 테니 불편한 것 있음, 그 아이에게 말하게."

윤은 그제야 몸부림을 멈추고 누운 채 창살 틈을 통해 스며들어온 달빛의 파편을 지그시 바라보았다.

"지금, 어디 있는 거야?"

* * *

같은 시간, 그곳에서 멀리 떨어지지 않은 백 대감 집에서는 온통 검은 복색으로 몸을 휘감은 그림자 하나가 바람처럼 날렵하게 담을 넘어 스며들어오고 있었다. 발소리를 죽인 검은 그림자가 향한 곳은 안채, 은호 낭자의 처소 쪽이었다. 마당을 건넌 그림자의 발은 살그머니 은호 낭자 처소의 마루에 올랐다. 그리곤 다시 한번 사방을 둘러본 후, 낭자의 방문을 아주 조심스레 좌우로 밀었다.

방 안에는 잠든 여인의 고른 숨소리만 들려오고 있었다. 그림자는 어둠 속에서 가만히 여인을 향해 미끄러져갔다. 그리고 조용히 품속에서 단도를 꺼내 여인의 목을 향해 겨누었다.

"죽이려는 겐가?"

흠칫, 그림자가 한 발자국 물러섰다. 자신이 죽이려던 대상이 말을 걸어온 것이었다. 은호 낭자는 가만히 눈을 떠 몸을 일으켜 앉더니, 머리맡의 호롱불에 불을 댕겼다. 그리고 여전히 자신을 향해 칼날을 겨누고 있는 복면의 사내를 찬찬히 바라보았다.

"누가 보냈는지는… 알려주지 않겠지?"

복면의 사내가 다시 칼을 고쳐 쥐었다.

"미안하오. 저승에 가서라도 실컷 원망하시구려."

꿀꺽, 침을 삼킨 사내가 칼을 든 손을 치켜 올리려는데 낭자가 얼른 제 품에서 은장도를 꺼냈다.

"그까짓 장도로 대적할 수 있을 것이라 생각하오?"

사내의 물음에 낭자가 고개를 저었다. 그리곤 은장도를 가슴 앞에서 꼭 거머쥐고는 담담한 목소리로 이야기했다.

"어차피 죽을 목숨이라면 내 손으로 죽을 수 있도록 허락해 주시게."

"……?"

"정 원한다면 자네가 지켜보고 있어도 되네. 다만 이 은장도로 스스로 내 목숨을 거둘 수 있게 해주시게."

어둠 속에서 두 남녀의 시선이 부딪쳤다.

"살려달라고 해야 하는 것이 아니오?"

"살려달라면 살려줄 것인가?"

눈빛 속에 거절의 의미를 담고 복면의 사내가 가만히 낭자를 바라보았다.

"그러니 적어도 자진할 수 있게 허락해주시게."

복면 사내의 침묵을 긍정의 뜻으로 해석한 낭자가 칼집에서 은장도를 빼내어 제 왼쪽가슴을 겨눴다. 그리곤 두 눈을 꾹 감고 장도를 거머쥔 두 손을 치켜 올려 제 가슴을 향해 내리꽂았다.

챙!!

칼과 칼이 맞부딪치는 소리가 방 안의 침묵을 갈랐다. 낭자의 은장도가 갈 길을 사내의 칼이 막아선 것이었다. 낭자가 실망에 가득 찬 눈으로 사내의 복면 속 두 눈을 바라보았다.

"이러는 이유가 뭐요?"

"알 것 없네. 어차피 자네는 내 목숨을 앗으러 온 것이 아닌가?"

낭자가 다시 은장도를 치켜 들어 제 가슴을 겨눴다. 그런 낭자의 손목을 사내가 거칠게 잡아챘다.

"내 손에 죽는 것과 자진하는 것의 차이는 무엇이오?"

낭자가 제 손을 빼내기 위해 한참을 용썼다. 하지만 사내의 손에 잡힌 손목은 쉽게 풀려나지 않았다.

"놔… 이것 좀 놔!"

"물음에 답하시오."

더 세게 손목을 움켜쥔 채 놓아주지 않으려 하는 사내에게 반항하다 지친 은호 낭자는 결국 자신의 본심을 털어놓고 말았다.

"자네 손에 내가 죽는다면 후에 나와 우리 가문이 어떤 오명을 덮어쓰게 될지 짐작이 가나? 분명 온갖 흉흉한 소문이 다 돌 테지."

"…누군가는 낭자의 정절을 의심할 테고, 누군가는 집안 내에 살인자가 있지 않을까 의심하고 두려워하겠지요."

"그러느니 은장도로 자진을 함으로써 나는 나와 내 집안의 명예를 지키려 하네. 운이 좋으면, 죽은 후 검시를 통해 내 다른 이의 손을 타지 않았음이 증명된다면, 우리 가문에게는 좀 더 좋은 기회가 올지도 모르고."

"…열녀가 되시겠다?"

"잘못인가? 어차피 죽을 목숨이라면 가문의 번영에 조금이라도 도움이 되는 방법을 택하겠다는 것이?!"

"……"

잠시 뚫어져라 낭자의 얼굴을 들여다본 복면의 사내가 마치 귀찮은 것이라도 팽개치듯이 낭자의 손목을 떨치고 일어섰다. 그리고 호롱불 쪽으로 다가가 가만히 손을 저어 불빛을 꺼뜨렸다.

"죽든 말든, 낭자 맘대로 하오."

"…살려준다고?"

다시 어둠이 찾아온 방 안에서 은호 낭자가 의아하다는 듯 물었다. 무슨 까닭에서인지 자신을 죽이겠다고 찾아온 사내가 자진하겠다는 자신을 말리더니, 이젠 그냥 그만두겠다고 한다. 하나부터 끝까지 영 이해가 가지 않았다.

"나는 말이요, 옛날 옛적부터 제일 싫은 게 바로 그놈의 양반들의 명예 어쩌고 하는 소리였거든. 하물며 제 한 몸 바쳐서 열녀가문으로 집안의 번영 어쩌고? 하! 너무 아둔하고 바보 같아서 상대할 가치도 없소. 낭자의 멍청함이 낭자의 목숨을 살렸구려. 그저 나쁜 꿈 꿨다 치고 다시 주무시구려."

그 말을 마지막으로, 들어왔을 때처럼 가만히 사내의 인기척이 방 안에서 사라졌다. 이후로도 한참 동안 은호 낭자는 그저 망연히 어두운 방 안에 홀로 앉아있었다. 누가, 왜, 자신의 목숨을 노렸는지에 대한 궁금증과 자신을 향해 그리 무례한 말들을 쏟아붓고 간 사내에 대한 궁금증, 그럼에도 무사히 목숨을 건졌다는 안도감, 낯선 이의 침입에 더럽혀진 방 안에 대한 불쾌감, 그리고 몇 없는 '기회'를 놓친 것은 아닌지에 대한 아쉬움 등으로 영 잠을 이룰 수 없었기 때문이었다.

"헉…헉…헉…!!"

은호 낭자가 밤잠을 설친 후 차츰 다가오는 새벽을 맞이하고 있을 때, 서경은 제 등짐을 앞으로 돌려 껴안은 채 강줄기를 따라 힘껏 뛰어 도망치는 중이었다. 죽창을 든 대여섯 명의 괴한들이 갑자기 서경을 노리고 쫓아오기 시작한 건, 저녁부터 새벽녘에 이르기까지 서경을 태워준 마부가 약속했던 능내리 인근의 큰말 강가에 내려준 후였다.

'인근 도적패들이나 산적패들과는 다 안면이 있는데, 어느 패들이지?'

다행히 멀리서 수상쩍게 다가오는 패들을 일찌감치 발견해 도망치기 시작한 덕분에 아직까지 잡히지는 않았지만, 여인의 발걸음이 빨라 봤자 사내들의 뜀박질 속도를 당해낼 수는 없었다. 녀석들이 금세라도 서경의 목덜미를 움켜쥘 수 있을 정도로 꽤 가까이 근접해 오고 있었다.

"아…!"

잡힐 듯 말 듯 아슬아슬하게 도망치고 있던 서경의 눈에 마침 저만치에서 불쑥 나타난 누군가가 눈에 띄었다.

"이보오! 살려주오! 살려주…!!"

목이 터져라 외치며 그이를 향해 뛰어가던 서경은 금세 발걸음을 멈추고 말았다. 오십 보쯤 앞에서 서경을 향해 돌아선 인물이 바로 염 매파였던 것이다.

"어째, 돈은 자알 구해왔나?"

"…또 당신이야?"

어느새 뒤에서 쫓아오던 무리가 다가와 서경과 염 매파의 주위를 둘러싸기 시작했다.

"그 짐 이리 내놔라. 이제 황천길 갈낀데 짐이 다 무슨 소용이고?"

염 매파가 서경을 향해 손을 내밀어 까닥거렸다. 하지만 서경은 쉽게 내어줄 수 없다는 듯 품에 안고 있던 등짐을 더욱 꼭 껴안았다.

"이 일이 들통 나면 이번에 장문으로 다스려질 건 바로 당신일 텐데?!"

"들통이 왜 나노, 들통이. 증인이 있나 증거가 있나. 오늘 니는 여서 쥐도 새도 모르게 칵 디지뿔긴데. 안 그렀나, 야들아?"

"하모요!"

"아짐 말이 맞심더!!"

주변의 괴한들이 낄낄거리며 동조했다. 그런 무리를 긴장된 기색으로 노려보는 서경에게 염 매파가 가까이 다가와서 서경의 등짐에 손을 뻗었다. 짐을 빼앗기지 않으려고 더욱 힘을 주는 서경의 눈앞에 괴한 중 하나가 불쑥, 죽창을 내밀어 위협의 신호를 보냈다. 염 매파가 꼼짝없이 얼어붙은 서경의 품에서 등짐을 뺏어들고는 보란 듯이 아래위로 들썩이며 무게를 가늠해보았다.

"하이고 제법 묵지익하다. 가시나, 재주도 용테이. 이틀 상간에 이리 큰 쩐을 다 마련해뿔고. 하기사 그리 재주 좋으니 만날 남에 거 가로채가 지 입에 홀랑 털어먹었재. 억울타 생각 마라. 다 니가 저지른 짓, 고대로 돌려받는 기다. 야들아! 내사 먼저 가 있을 테니까 니들은 정리 자알 하고 이내 온나."

"알았심더. 먼저 가 계시소."

염 매파가 서경에게서 뺏은 짐을 품에 꼭 안고 제법 콧노래까지 흥얼거리며 뛰다시피 하여 저만치 앞으로 사라져갔다.

"우리를 너무 원망 마라. 얌전히만 따라주믄 큰 고통 없이 곱게 보내줄 끼다."

죽창을 든 무리 중 하나가 허리에 찬 시퍼렇게 날이 선 큰 칼을 꺼내 들었다. 사내가 보란 듯이 공중으로 칼을 휘이휘이 내저으며 천천히 한 발, 한 발 다가서는데 곁에 있던 사내놈이 그런 사내의 등줄기를 짝! 하고 후려친다.

"고마 겁주고 빨리 해라. 어차피 죽일 거 겁은 왜 주노, 겁은?!"

"아, 좀! 사람 목숨 비는 게 그리 쉽나. 나도 마음의 준비는 해야 하지 않겄나!"

칼을 든 사내가 짜증을 냈다. 그러더니 큼 하고 헛기침으로 목을 가다듬더니 다시 휘이휘이 칼을 휘두르며 서경에게 한 발, 한 발 다가섰다.

"나 같음 다른 데서 베겠소."

"어, 어?"

뜻밖의 이야기에 칼 든 놈도 나머지 놈도 어리둥절한 모양이었다.

"예서 나를 베면 시체는 어쩌려고 하오? 그냥 버려두고 가면 금세 여기 오가는 사람들 눈에 훤히 띌 텐데, 괜찮겠소?"

서경의 물음에 사내놈들이 서로를 마주 봤다. 서경 말도 딴에는 맞는 것이 이 큰말 강터는 인근 장터에서 능내리로 이동해오는 상인들의 지름길이었던 것이다. 한밤중이면 또 몰라도 벌써 저만치 동이 트고 있는 시점이면, 상인들이 올 시간이 머지않았음을 의미하고 있었다. 어쩌면 서경을 베고 돌아서는 자기들의 모습을 누군가 먼발치에서라도 볼지 몰랐다. 거기다 시신이 발각되는 시간은 늦추면 늦출수록 좋은 것이 아닌가? 그래야 혹여 자신들에게 의심의 시선이 와 닿기 전에 도망칠 시간을 벌 수 있을 테니 말이다.

"형님, 고마 저어기 산속으로 끌고 가입시더. 어디 계곡 근처에라도 묻어두믄 쉽게 발각은 안 나겠지예."

"그러입시더. 내도 이리 환한 데서 비기는 쫌… 많이 떨립니더."

칼을 휘둘렀던 사내도 꿀꺽 침을 삼키며 거들었다. 결국 사내들은 서로 마주 보고 고개를 주억거리더니 서경을 향해 죽창을 휘두르며 산길 쪽으로 이끌기 시작했다. 칼 쥔 놈을 포함해 서너 명이 주변을 두리번거리며 앞서 걷고, 서경의 좌우에 죽창을 든 놈들이 한 놈씩 따라붙은 식이었다.

"아얏!!"

얼마간 말없이 따라 걷던 서경이 발을 접질렸는지 비명과 함께 웅크리며 발목을 움켜쥐었다.

"뭐꼬?"

"괜히 딴청 피우지 말고 어서 일나라."

"아야야야!! 발을, 발을 심하게 삔 것 같소. 아무래도 못 일어날 것 같은데 좀 부축해주지 않겠소?"

서경이 금세 땅에 구를 듯이 아파하며 눈물이 그렁그렁한 얼굴로 양쪽의 사내들에게 청했다. 잠시 머뭇거리던 두 사내는 앞서 가는 사내들에게 눈으로 동조를 구한 후, 각기 한 손에는 죽창을 든 채 다른 한 손으로 서경의 어깨 밑을 들어올리려 하였다.

그때!

서경이 아픈 척 땅에 딛었던 손에 움켜쥔 자갈과 모래들을 제게 가까이 온 두 사내의 얼굴 쪽으로 확!! 뿌렸다.

"읍!"

"읍프프프!! 이게 뭐꼬!"

"야, 넛!"

제 얼굴을 감싸고 정신 못 차리는 두 사내와 앞서 가다 뒤늦게 사태를 눈치채고 돌아본 놈들을 뒤로 하고 서경은 반대쪽을 향해 죽을힘을 다해 열심히 뛰었다. 이번에 잡히면 진짜, 죽을 것이었다.

"거기 못 서?!"

"야!!"

숨이 턱에 차도록 뛰고 또 뛰었지만 사내들이 또 다시 거리를 좁혀오기 시작했다. 성미 급한 놈이 날린 죽창이 서경의 볼을 스치듯 지나 서너 걸음 앞쪽에 떨어지기도 했다.

'하… 할멈… 할멈! 나 어쩌지?…'

* * *

"아가씨!!"

함창댁은 소스라치게 놀라 잠에서 깨었다. 흉흉한 꿈이었다. 공중에 매달린 큰 칼날이 아가씨의 뒷목에 닿을 듯 말 듯 아슬아슬하게 좌우로 비껴가고 있었다. 그런데도 아가씨는 아무것도 모른 채 그저 어여쁘게 웃고만 있었다. 위험하다며 악을 쓰고, 어서 비키라며 고래고래 고함을 질러대도 영 들리지 않는 것인지, 아가씨는 그저 헤실헤실 웃고만 있었다.

'아가씨한테 무슨 일이라도 생겼나?'

불안한 마음에 함창댁은 괜히 방 안을 휘- 둘러보았다. 방금 전까지 함창댁이 누워 있던 자리 옆에는 달이가 새우처럼 등을 웅크린 채 잠에 빠져 있었다. 다시 못 보는 줄 알았던, 또 아가씨가 무엇인가를 희생해 되찾아온, 하나밖에 없는 피붙이였다. 이 어린것이랑 늙은 자신을 위해 아가씨가 지금까지 해온 고생을 생각하면 하늘 아래 머리를 들고 살 염치도 없었다.

그래도 아가씨가 살아라 - 해서 살았다. 떠나지 마라 해서 면구스럽고, 면목 없고, 죄스러운 마음을 가득 안고서 그저 아가씨에게 기대어 살았다.

"우리 아가씨 짐이 너무 무거워 어쩌누, 휴우 -."

긴 한숨을 내쉬며, 함창댁이 주름진 손으로 가만히 달이의 등을 어루만졌다. 아이다운 따끈한 온기가 자신의 불안을 조금은 지워주는 듯도 했다.

함창댁이 서경을 처음 만난 건 서경이 다섯 살쯤 되었을 무렵이었다. 유난히 매서운 추위가 일찍 찾아온 그해 겨울, 한 대감 댁 아드님과 혼례를 올린 후 줄곧 도성에 머물렀던 젊은 마님은 피접을 명목으로 어린 아기씨를 데리고 홀로 되신 어머니만 계신 친정에 찾아오셨다. 양반가에 있어 어린 아기씨들을 시골이나 친가, 외가에 피접 보내는 일은 그리 드문 일은 아니었다. 더위를 피해, 추위를 피해, 돌림병을 피해 많은 아기씨들이 피접이라는 이름으로 휴양을 떠나곤 했다.

그러기에 젊은 마님이 아기씨를 데리고 피접을 왔을 때만 해도 함창댁이나 다른 노비들도 그저 흔히 볼 수 있는 일이겠거니 그렇게만 받아들였다. 하지만 아기씨의 피접은 주변에서 봤던 여느 아기씨들과의 피접과는 여러 모로 다른 점들이 많았다.

젊은 마님에 의하면, 한양에서 몇 년 내내 잔병치레를 하느라고 쇠약해져 피접 삼아 데려왔다는 아기씨였건만, 또래 아이들보다 조금 덩치가 작을 뿐 딱히 아파 보이는 곳이 없었다. 또래 아이들이 쉽게 보이는 짜증이나 투정조차도 보이지 않았다.

며칠이 지나, 어머니가 어린 자신을 남겨놓고 떠나는데도 울고 보채고 매달리기는커녕 그저 멀거니 땅바닥만 보고 있었다. 하지만 정작 함창댁의 눈에 가장 이상해 보인 건 그 어린 아기씨가 아니라, 병약하여 피접 온 귀한 외손녀를 대하는 노마님의 태도였다. 언제나 미천한 아랫것들에게도 너그럽고 후하기 그지없어 보살이라며 칭송 받아온 어진 성품의 노마님답지 않게 귀한 손녀딸을 영 마주 대하려 하지 않으셨기 때문이었다.

외손녀, 그것도 귀애하던 외동딸이 맡기고 간 금쪽 같은 아이인데도 옆에 끼고 재롱을 보려 하시기는커녕, 일부러 안채에서 멀리 떨어진 별채에 아기씨 방을 정하라 명하시고는 종년 두엇과 부엌 종 두엇에게 '불편한 것 없이 돌봐주라'는 분부만 내리셨을 뿐이었다.

노마님은 아기씨를 따로 찾는 일도 없었다. 아니 노마님뿐만 아니라

피접을 명목으로 따님을 두고 간 젊은 마님 역시 어찌된 일인지 좀처럼 아기씨를 데리러 오지 않았다. 그런 주인들의 태도는 금세 영악한 아랫것들에게까지 영향을 미쳤다.

피접 온 지 한참이 지나도록 '잘 있느냐' 는 안부 인사도 없고 일부러 들여다보시지도 않는 노마님의 눈을 피해, 별채에서 아기씨를 돌보는 것들끼리 단합하여 방자한 짓들을 저지르기 시작한 것이었다. 한동안은 혹시나 노마님이 눈치라도 챌까 씻기는 일, 입히는 일들에 조금씩 눈치를 보는가 싶더니, 노마님이 찾는 일이 절대 없음을 안 뒤로는 대놓고 어린 아기씨를 구박하기 시작했다. 세숫물 데우는 것도 귀찮아 한겨울에도 얼음 같은 냉수로 억지 세수를 씻기는가 하면 하루 한 번씩 갈아입히던 입성들도 사흘에 한 번, 닷새에 한 번씩으로 갈아입히다보니 귀한 양반 댁 아기씨 꼴은 시간이 갈수록 추레해져만 갔다.

가장 심각한 건 밥상이었다. 아기씨의 밥상은 여느 종년들의 그것보다 나을 것이 하나 없었다. 처음엔 그래도 제법 어린 아기씨가 좋아할 만한 반찬으로 채워졌던 밥상은 점점 반찬 가짓수가 줄기 시작하더니 종국에는 시금털털한 푸성귀 몇 조각에 다 말라비틀어진 짠지 몇 조각만이 상에 오르게 되었다. 그마저도 아기씨가 수저질을 머뭇거릴라 치면, "먹기 싫음 관두라!"며 눈앞에서 밥상을 치워버리는 일도 적지 않게 있었다.

그러다 결국 시간이 가면서 하루 세끼 밥상 차려주는 것조차 귀찮아져서 하루에 두 끼, 하루에 한 끼만 챙겨주는 날도 있었다. 그 탓에 귀한 댁 아기씨는 수시로 배를 곯아야만 했다. 그 끔찍스러운 학대의 전횡을 함창댁이 안 것은 그 후로도 한참이 지나서의 일이었다.

"마님! 마님!"

매서운 한파에 바깥 동리에서 얼어 죽은 거지들의 시신이 발견되던 여러 날 중 하루였다. 아기씨를 돌본다는 핑계로 한동안 별채 바깥으로는 코빼기도 보이지 않던 종년 두엇이 얼굴이 사색이 되어 안채로 뛰어들어왔다. 어린 아기씨가 많이 편찮으시다고 했다. 의원을 빨리 불러야 할 것 같다고 했다. 처음엔 그저 멀쩡히 밥도 잘 자시고 잠도 잘 주무신 아기씨가 아침에 영 눈을 뜨지 못해 이마를 짚어봤더니 이마가 불덩이라고만 했다.

"무슨 소리를 하는 것이야! 매일 아침마다 무탈하시다고, 어머님도 안 찾고 잘 지내신다고 그리 고했던 것이 자네들이잖아! 갑자기 왜 편찮으시다는 것이야!"

"저희는 몰라요. 그저… 그저…"

"도대체 무슨 짓을 한 거냐고!!"

똑바로 저를 쳐다보지 못하고 수상한 기색을 보이는 종년들에게 함창댁이 연거푸 따져 묻자, 그중 한 명이 죽여달라며 넙죽 엎드려선 주절주절 변명을 늘어놓기 시작했다.

지난밤 별채의 노비들이 하나같이 아기씨 방 군불 살피는 걸 깜빡 잊은 바람에 아기씨 방이 땅땅 얼어붙은 냉골 바닥이 되었다는 것, 두꺼운 이불을 어린 아기씨가 늘 무거워하시는 듯해서 춘추용 얇은 이불을 두어 장 덮어드렸는데 그마저도 지난밤 주무시면서 차버린 것 같다고 했다. 그 때문인지 아침에 문을 열었을 때는 이미 아기씨는 의식을 잃고 온몸이 불덩어리인 양 열이 펄펄 나고 있었다는 이야기였다.

"이 사람들아!! 말이 되는 소리를 해야지! 이게 무슨… 도대체 무슨 짓들을 한 것이야?!"

어이가 없었다. 있을 수 없는 변명들이었다. 한겨울 밤 내내 어린 아기씨가 불기 하나 없는 차디 찬 방 안에서 얇은 홑이불을 덮고 주무셨다는 이야기였다. 아기씨를 돌보라 붙여준 노비들이 하나같이 제 할 일을 하지 않고 아기씨를 팽개쳐뒀다는 사실에 함창댁은 눈에서 불이 뚝뚝 떨어질 정도로 화를 냈다.

사람도 아니라고.

인두겁을 쓴 짐승들이라고.

당장 요절을 내야 한다고!

하지만 정작 가장 분노하고 가장 노여워해야 할 노마님은 아랫것들을 전혀 타박하지 않으셨다. 그저 심기가 불편하신 듯 끄응 헛기침만 내는 것이 전부셨다.

"급히 의원을 불러다주게. 약값은 괘념치 말고 좋은 것만 골라 처방해달라 하게."

그저 그뿐이었다. 의원이 온 다음에도 따로 불러 어디가 얼마나 아픈 건지, 얼마나 오래 누워 있어야 하는지도 물어보시지 않았다.

"마님, 그것들 경을 쳐야 합니다. 치도곤을 놓으셔야 해요. 마님의 살핌이 살뜰하지 않다 하여 어찌 이리 흉악한 짓을 저지를 수 있습니까?"

뒤늦게 모든 정황을 안 함창댁이 피눈물을 흘리며 어린 아기씨에 대한 처우를 바로잡을 것과 함부로 군 종년들에 대한 처벌을 요구했을 때도 노마님은 별다른 반응을 보이지 않으셨다.

"바쁘다보니 어린것한테 신경들을 못 쓴 게지."

"어찌 그리 냉정하십니까? 어찌 그리 무심하십니까? 마님의 외손주세요. 이제 겨우 다섯 살배기 어린 아기씨입니다. 안아주세요. 품어주세요. 어미 품을 떠난 아기씨가 가엾지도 않으십니까?"

"…그런가?"

그런가? 또, 그저 그말뿐이셨다. 이후로도 내내 노마님의 무심한 태도는 바뀌지 않았다. 그 대신 보다 못해 저가 별채로 가기를 자처한 함창댁이 서경을 챙기고 나섰다. 하루 삼 시 세끼, 새로 지은 밥에 따뜻한 국으로 밥상을 마련했다. 아기씨 수저질을 유심히 보았다가 아기씨가 좋아하는 반찬은 상마다 빠뜨리지 않고 다시 올렸고, 몇 번 젓가락이 가지 않은 반찬은 간을 새로 해 다시 올렸다가 그마저도 싫다 싶으면 다시 올리지 않았다. 아침이면 늘 딱 맞게 데운 세숫물로 직접 씻겼고, 매일매일 기름칠 먹은 참빗으로 머리도 빗겼다. 추위가 심한 밤에는 몸소 아궁이 앞에 지키고 앉아 밤새 불이 꺼질까 불침번도 섰다. 누구의 사랑도 받지 못하는 어린 아기씨가 가여워 스스로 어미가 되고, 할미가 되고, 가족이 되어주고 싶었다.

"울지 마셔요. 제가 있지 않습니까? 할멈이 지켜드릴게요. 저만 믿으세요. 다시는 어머님도 할머님도 아기씨 못 괴롭히게, 이 할멈이 꼭 지켜드릴게요."

젊은 마님이 어쩌다 간혹 친정을 찾을 때마다 아기씨의 귀에 대고 온갖 저주의 말을 속삭이고 가고 나면, 소리 내어 울지도 못하고 그저 눈물만 뚝뚝 흘리는 가여운 아기씨를 밤 새워 업어준 것도 바로 함창댁이었다.

"뭣하면 이 할멈이랑 같이 저어기 멀리 대동강변에 가서 사실려우? 내 딸이 거기 시집을 가 있는데 말예요. 어찌나 음식 솜씨가 좋은지 모른다오. 아기씨, 나랑 거기 가서 우리 딸이 빚은 약과나 먹을라우? 아님 갱엿을 먹을라우? 꿩고기 넣은 떡국을 먹을라우? 아, 근데 어쩌나? 우리 아기씨 다리가 이리 새다리니 거기까지는 너무 멀어 못 가겠네. 아기씨, 얼른얼른 자라우. 부쩍부쩍 자라우. 그래서 우리 대동강변에 꼭 가요. 알았죠?"

함창댁이 자장가인 양 타령인 양 그리 사설을 늘어놓고 있으면 어린 서경은 함창댁의 등에 기대 금세 잠이 들곤 했다. 하지만 서경과 함창댁이 손을 꼭 잡고 함창댁의 딸을 만나러 가는 날은 영영 오지 않았다. 서경이 피접을 내려온 지 10년이 지났을 때 함창댁의 외동딸은 늦둥이 아이를 낳다 목숨을 잃고 말았던 것이었다. 아이 아버지가 도저히 키울 수 없다며 데리고 와 외할미에게 버리듯 떠안기고 가버린 아이가 바로 달이었다. 그날 밤 처음 제 외손녀를 품에 안은 함창댁은 아이가 가여워, 먼저 간 딸년이 가여워, 제 팔자가 서러워 끝도 없이 울었다.

"이제 나는 어떻게 살라구우우. 이 어린것은 어찌 살라구우우. 하늘도 무심하시지, 이 늙은것이나 잡아가시지. 어쩌자구 애어멈을 데려가셨나. 아이구우우."

그리 우는 할멈을 이제는 할멈의 키를 훌쩍 넘어버린 열다섯의 서경이 안아주었다. 예전 할멈이 서경에게 그러했듯, 할멈을 껴안고 다정한 위로의 말을 건넸다.

"울지 마, 내가 있잖아. 우리 셋이 언젠가 대동강변에 가 살자. 할멈은 나만 믿어. 이제는 내가 지켜줄게. 아무도 할멈도 이 아이도 괴롭히지 못하게 할 거야. 내가 할멈의 딸이고 손녀고, 내가 이 아이의 엄마고 언니야. 그러니 울지 마. 그만 좀 울어, 어?"

그런 서경이었기에 함창댁은 훗날 노마님이 돌아가시며 제 귀에 속삭여 준 비밀을 차마 털어놓을 수 없었다. 그래서 묻기로 했다. 그저 가슴 깊은 곳에 조용히 묻기로 했다.

"서경이는 한 씨 핏줄이 아니야. 내 여식이, 그 어리석은 것이 한때의 유혹에 넘어가 저지른 수치의 과실이라네. 그러니 저도 그저 보고만 있을 수 없었겠지. 끔찍하기도 했겠지. 그러니 그리 '죽어라, 죽어라' 저주를 한 것 아니겠나? 하지만… 그런 내 딸을 비난할 수가 없어. 나 또한 그 아이가 끔찍이도 싫었거든. 그 애의 얼굴을 볼 때마다 내 딸이 저지른 짓이 떠올라, 새삼 소름 끼치게 무서워졌으니까. 서경이는 결코 태어나서는 안 될 아이였어…."

## 3-4. 뻔뻔한 남자

그때 서경은 뒤에서 입이 틀어막힌 채 산기슭으로 질질 끌려가고 있었다. 사력을 다해 도망친다고 달음박질쳤지만 놈들 중 가장 걸음이 빠른 녀석에게 금세 뒷덜미를 잡히고 말았던 것이었다.

"으읍!!"

힘없이 끌려가면서도 서경은 결코 포기하지 않았다. 어떻게든 벗어나려 발버둥을 쳤다. 어떻게든, 자신의 입을 가로막은 사내의 손을 풀려 손톱을 세워 사내의 손등을 할퀴고 쥐어뜯었다. 그 바람에 사내의 손이 느슨해지자 이번엔 사내의 손을 있는 힘을 다해 물고 늘어졌다.

"악! 이년이!"

사내가 팔을 털어 서경의 입에서 제 손을 빼려 했지만 그래도 서경이 놓지 않자 이번엔 주먹으로 서경의 뺨을 후려갈겼다. 그 바람에 사내의 손을 놓친 서경이 풀썩 쓰러지고 말았다. 사내는 살까지 뜯겨 너덜너덜해진 제 손을 보고선 눈이 뒤집혔다.

"너, 이녀언! 아주 이 자리에서 요절을 내주꾸마."

사내가 도망치려는 서경의 발목을 잡아 끌어당기고선 서경의 가슴 위에 걸터앉아 서경의 가는 목을 조르기 시작했다.

"죽어라, 빨리 죽어라. 질기고 질긴 년."

"끅…끅…"

서경이 입을 뻐끔거렸다. 아무리 들숨과 날숨을 반복해보아도 필요한 만큼의 넉넉한 숨이 쉬어지지 않았다. 어느새 눈앞에는 까맣고 하얀 제각각의 별들이 명멸하기 시작했다.

'달아, 할머…엄.'

파드득, 파드득. 서경의 눈꺼풀이 마치 새의 날갯짓처럼 요란스레 움직였다. 그리고 서경의 동공이 점점 더 확장되어가는 그때, "이 노오옴!" 하는 소리와 함께 서경의 위에 걸터앉아 있던 사내가 누군가의 발길질에 나가떨어졌다.

제 숨을 가로막고 있던 방해자가 사라지자 서경은 바닥에 엎드려 바삐 숨을 들이쉬고 내쉬며 제 안에 공기를 불어넣으려 애썼다. 하지만 한꺼번에 너무 많은 숨이 들어온 탓이었을까? 급격한 현기증과 함께 아득한 어둠 속으로 떨어지기 시작했다.

"네 이놈들!!"

"거기 서!!"

"잡아!"

엇갈리는 굵은 사내들의 소리가 들리는 듯했다. 동시에 귀에 익은 누군가의 목소리도 들려왔다.

"눈 떠. 눈 떠!! 제발 정신 차리고 눈 좀 떠봐!"

그 누군가가 거칠게 자신을 흔들고 있었다. 아득한 수면의 나락으로 떨어져 편히 쉬고만 싶은데, 그 누군가가 이제는 뺨까지 두들겨가며 자꾸만 자신의 쉼을 방해하려 들었다.

"…쯧."

귀찮은 나머지 힘없이 혀를 차며 서경이 간신히 천근같이 무거운 눈꺼풀을 들어올렸다.

눈앞에, 거기에, 자신을 가만히 내려다보고 있는 얼굴이 있었다. 심각하게 굳어져 있던 얼굴이 사르르 녹듯이 풀어지는 게 보였다. 팔자 모양으로 처져 있던 눈썹이 순식간에 둥글게 휘기 시작했다. 길고 깊은 눈 가장자리에는 옅은 주름도 잡혔다. 그리고 피딱지가 엉겨붙은 입매는 시원한 곡선을 만들며 위로 향하고 있었다.

윤이었다.

도방에 갇혀 있어야 할 그가 지금 서경을 보고 환히 웃고 있었다.

"왜…?"

서경의 물음에 답을 하지도 않고 윤이 와락 서경을 당겨 제 품에 안았다. 마치 갓난아기라도 안는 것처럼 그의 커다란 한 손은 서경의 뒤통수를, 다른 한 손은 서경의 등을 소중히 감싸 안았다.

"임자를 잃는 줄 알았어. 임자를 잃었다면, 그랬더라면, 죽어도 날 용서하지 못했을 거야…. 미안, 미안해."

윤이 몇 번이나 '미안'을 입에 담았다. 그리곤 서경을 제 품에서 떨어뜨렸다. 윤의 눈은 조금 젖어 있었다. 서경은 그 눈에 사로잡혀 그의 얼굴이 점점 자신에게 다가오는 것도 눈치채지 못했다. 아니, 알았으면서도 모르는 척하고 싶었는지도 모르겠다.

윤의 조심스러운 숨결이 서경의 코끝을 간질였다. 윤의 매끈한 콧날이 조심스럽게 서경의 콧등을 살짝 스쳤다. 그리고… 윤의 마른 입술이 서경의 입가에 살며시 닿았다 떨어졌다.

순간 저도 모르게 아랫입술을 가볍게 문 서경의 윗입술을 할짝, 윤의 혀가 핥았다. 그러고선 서경의 얼굴을 두 손으로 감싸 안더니 이번엔 조금 더 단단히 제 입술을 밀어붙였다.

그리고 …

그리고 …

마침내 머뭇거리며 틈을 내준 서경의 입술 사이로 조심스럽게 윤의 혀가 스며들어왔다.

"…!"

윤의 눈빛에 홀린 듯 제 입술을 힘없이 내준 서경이 문득, 제 입 안에서 느껴지는 뭉클거리는 감촉에 놀라 얼굴을 떼려 들었다. 하지만 도망치는 서경의 입술을 윤의 입술이 다시 좇았다. 수줍어 안으로 도망치려는 혀를 좇아 윤의 혀가 서경의 입 안 깊숙이 침범해 들어왔다. 톡톡 쪼고, 두드리고, 휘감았다. 그 집요한 추적에 서경은 저도 모르게 넋을 잃고 첫 입맞춤이 전해주는 짜릿함에 몸을 떨었다.

집요한 추적은 입술만이 아니었다. 서경의 양 볼을 감싸고 있던 커다란 손 하나가 둥근 뒤통수를 지나 길고 날씬한 뒷목에서 등까지 단번에 미끄러져 내려갔다. 그러고선 자꾸만 힘없이 무너지려는 서경의 몸을 힘주어 제게 끌어당겼다. 한참을 입술이 입술을 탐했다. 한참을 혀가 혀를 탐했다. 남자의 몸과 여자의 몸은 서로에게 조금의 틈도 허락하지 않고 찰싹 달라붙어 서로의 욕망을 부채질해만갔다.

"자알 한다. 자리 펴주랴?"

방해자의 목소리가 뜨거운 욕망에 찬물을 끼얹었다. 화들짝 놀라 서로의 몸에서 벗어난 서경과 윤이 '쯧쯧' 혀를 차고 있는 방해자를 보았다. 도인처럼 허연 수염을 휘날리고 있는 송 대방이었다.

그제야 제가 무슨 꼴을 하고 있었는지를 떠올린 서경이 기겁을 하곤 뒤로 돌아 사내에게 빼앗겼던 제 입술을 얼른 제 손으로 훔쳤다. 얼얼한 열기와 함께 촉촉하게 부풀어오른 제 입술이 민망스러워, 연거푸 손으로 닦고 또 닦았다.

"몰매 맞고 죽을 놈 살려놨더니, 계집질부터 하는 것이냐?"

"흣…, 저도 모르게 그리 되었습니다."

윤이 멋쩍은 듯 머리를 긁으며 힐끗 서경을 쳐다보았다.

"쯧쯧쯧. 허술한 것 같으니라고. 서경이 넌 나중에 따로 이야기 좀 하자."

그때, 저 멀리에서 제각각 왈패들을 쓰러뜨린 채 무릎으로 등을 눌러 제압하고 있는 건장한 사내 무리 중 하나가 송 대방을 향해 소리 질렀다.

"어르신, 이제 이자들을 어찌할까요?!!"

"현… 아니 윤이 넌 저 아일 데리고 임방(任房, 보부상들이 모여 어울리던 곳. 보부상들의 거처로 혹은 임시 사무소로도 쓰임)에 가 있거라. 여·러·모·로 많이 놀란 것 같으니 진정 좀 시켜주고."

송 대방이 서경과 윤을 보며 다시 한번 "한심스러운 것들, 쯧쯧" 하며 혀를 찼다. 하지만 무리 쪽으로 걸어가는 대방의 표정은 무언가 기분 좋은 것이라도 본 듯 흐뭇한 미소를 짓고 있었다.

'제아무리 감춘다고 용을 써도 인연의 뿌리는 질기게 얽히기 마련인 것인가?'

송 대방이 저만치 걸어갈 때까지도 서경은 여전히 제 입술을 손등으로 박박 닦아내고 있었다. 윤이 손을 뻗어 그런 서경의 손목을 낚아챘다. 그리곤 서경 쪽으로 고개를 기울이고는 슬며시 귀에 속삭였다.

"그런다고 없었던 일이 될까?"

서경의 얼굴이 순식간에 화악 달아올랐다. 귓불까지 한순간에 벌겋게 붉은 물이 들었다. 분김에 휙! 고개를 쳐들어 윤을 노려보는데, 사내의 시선이 제 얼굴의 아랫부분을 더듬는 것이 느껴졌다.

"무, 무얼 보는 게요?!"

"으흠…."

윤의 눈은 서경의 입술을 더듬었다. 조금 전, 갑작스러운 충동으로 자기가 범한 그 입술이 여전히 제 눈 아래 가까이에 있었다. 붉게 부푼 그 곡선이 아직도 촉촉이 젖어 있어 자신을 유혹하는 듯 했다. 윤의 입술이 닿아오기를 기다리며 바르르 떨고 있는 듯도 했다. 저도 모르게 윤이 다시 고개를 기울여 그 입술로 가까이 가려는데, 휙 서경이 야

멀찌감치 돌아서 걷기 시작했다. 윤이 빙글거리며 얼른 그 곁에 따라가 붙었다.

"그래도 수줍은가?"

"수줍긴 뭐가 수줍단 말이요! 그나저나 여, 여긴 어찌…윽!"

긴장이 풀린 탓이었는지, 걸음을 내딛는 서경의 무릎이 휘청 하고 꺾였다. 균형을 잃은 서경을 윤이 얼른 달려들어 허리를 휘감아 부축했다.

"노, 놓으시오. 혼자 걸어갈 수 있소."

"지금도 이리 바들바들 떨고 있는 주제에. 무리하지 말고, 편히 기대. 서방 좋다는 게 뭔가. 이럴 때 써먹으라고 있는 거지."

"……"

하도 어이가 없어 뭐라 한소리를 하려던 서경이 금세 포기하고 윤에게 제 몸을 기댔다. 뭔가 쏘아붙여주고 싶었지만 그럴 힘도 없었다. 또, 실제로 제 힘으로 더는 한 발자국도 내딛을 수 없을 것만 같기도 했다. 난생처음 겪은 여·러·가·지 경험들에 놀라긴 놀란 모양이었다. 그렇게 윤의 든든한 팔에 거의 안기다시피 하며 임방으로 가는 동안, 서경은 지난밤의 사정들을 전해 들었다. 여행 중에 도방에 들른 송 대방 어른께 일전의 상인이 서경과 윤의 이야기를 귀띔해주었다는 것, 그리하여 대방 어른이 직접 신원보증을 하고 방면비를 넉넉히 지불하는 대가로 윤을 빼내줬다는 것 등을… .

"임자가 도성으로 갔다면 분명 큰말 강가 쪽으로 돌아올 것이라 생각하고 맞으러 오는 도중, 임자 등짐을 들고 뛰어가는 그 노파를 본 거야. 악독한 늙은 계집이 제 짐이라고 딱 잡아 우기더군. 하지만 그 안에 든 임자 짐을 내가 모를 리 있나? 결국 뒤짐을 하여 그 짐이 임자 것인 것을 확인하고선 대방 어른의 수하들이 매파를 잡아 도방에 넘기…."

말을 하다 말고 윤이 걸음을 멈추고 서경을 보았다. 윤에게 몸을 기댄 채 느리게 걷던 서경의 발이 어느새 멈춰 있었다. 깜빡 잠이 든 모양이었다. 그도 그럴 것이 서경은 지난밤 내내 도성에서 말을 타고 오느라 한숨도 못 잔 상태였다. 새벽녘에는 제 목숨을 노리고 덤벼드는 작자들로 거의 저승 문턱까지 갔다 왔으니 기운이 소진되었을 법도 했다.

제 팔과 어깨에 고개를 기댄 채 잠든 서경을 내려다보던 윤이 살그머니 서경의 허리와 팔을 당겨 제 등 뒤로 보냈다. 그리곤 서경의 팔을 제 목에 두른 후, 두 팔을 뒤로 뻗어 서경의 엉덩이를 받쳐 들었다.

둥실…둥실…. 서경은 잠결에도 기분이 좋았다. 할멈의 등이었다. 어린 시절 자신에게 있어 유일한 구원이었던 할멈의 따뜻한 등이 되돌아왔다.

"으흐음…"

서경이 윤의 등에 볼을 비비며 나른한 한숨을 내쉬었다. 윤이 제 등으로 서경의 온기를 느끼며 지난새벽 자신을 놀라게 했던, 송 대방의 이야기를 되짚었다.

"현무군마마가 어찌하여 신분을 속이고 이런 수모까지 겪는 줄 모르겠소만, 그 아이를 군마마의 일에 끌어들인 이상 책임은 져주셔야겠소이다."

"책임이라니?"

"듣자하니 그 아이와 군마마를 부부로 아는 자가 많더이다. 내 알기로 그 아이는 사연이 있어 스스로 제 손으로 머리를 올리긴 하였으나, 엄연히 아직 혼례를 올리지 않은 처녀아이인데 말이오. 그런 아이와 부부입네 한방까지 쓰셨다지요?"

"아니, 그건…."

뜻밖의 이야기에 당황한 윤에게 송 대방이 넌지시 일렀다.

"부부가 아닌 자가 부부를 가장하여 동침을 하였다. 비단 장문의 물음난(勿淫亂) 죄에 해당하지 않더라도, 종친으로서도 이는 중죄에 해당될 일이 아닙니까?"

송 대방은 거의 협박에 가까운 어조로 서경에 대한 부채(負債)를 윤에게 안겼다. 그의 말이 맞았다. 자신이 신분을 속인 건 한때의 치기 어린 장난이라 둘러댈 수 있었어도, 여인과 부부 행세를 했다는 것이 들킬 시에는 적지 않은 비난을 받을 것이었다.

하지만 서경을 보는 눈이 달라진 건 서경이 혼인한 자가 아니라는 사실 때문만도, 송 대방의 협박 때문만도 아니었다. 염 매파를 잡은 후 혹시나 싶어 강가로 서둘러 달려왔을 때, 왈패에게 깔려 목이 졸리는 서경을 본 순간, 제 가슴 밑바닥에서 치솟아 오르는 불덩이를 느낀 순간, 마치 제 목이 졸리고 있는 양 끝없는 공포를 느낀 순간, 윤은 깨달았던 것이었다. 자신이 저 여인을, 저 이상한 여인을, 저 건방진 여인을, 저 욕심 많은 여인을, 어느새 마음 깊이 품고 있었음을….

"연모한다. 내 고집 센 여인…."

윤이 제 등에 침을 흘리며 졸고 있는 여인에게 가만히 속삭였다.

# 3-5. 붉은 문

"후아함-"

모처럼 기분 좋은 단잠을 자고 일어난 서경이 크게 기지개를 켰다. 주변이 환한 걸 보면 아침 나절인 듯했다. 서경은 다시 한 번 두 팔을 공중을 향해 쭉 펴고 제 안에 시원한 아침 공기를 담았다. 살아있음에 대한 만족감을 듬뿍 만끽하면서….

"속살 보여."

곁에서 들려온 목소리에 서경이 팔을 내릴 생각도 못하고 고개를 돌려 바라보았다. 제가 누웠다 일어난 자리, 바로 곁에서 윤이 팔을 괸 채 옆으로 누워 서경을 보고 있었다. 그리곤 턱짓으로 기지개를 켜는 바람에 옷섶이 치켜 올려져 설핏 드러난 속살을 가리켰다. 서경이 얼른 팔을 내리고 몸을 돌려 저고리를 끌어 내렸다.

그러다 문득, 제 머리가 쪽이 풀린 채 어깨로 내려와 있음을 눈치챘다. 윤과 함께 방에 들 때는 불편하더라도 늘 쪽찐 머리 그대로를 유지하였건만, 자는 사이에 윤이 머리를 내려준 모양이었다. 서경이 고개를 돌려 짐짓 노려보자 윤이 또 다시 뺀뺀스러운 웃음을 흘렸다.

"아아, 그 머리? 불편해 보이는 것 같기에. 근데 임자도 참 대단하이. 어떻게 하루 온종일 깨지도 않고 내처 잘 수가 있어? 대방 어른이 임자한테 볼일 있다고 찾아오셨기에 몇 번 흔들어 깨웠는데, 기억도 안 나지? 수종사인가 하는 절에 잠시 머무를 거라고, 시간 되면 일간 들르라고 하시더군. 하아아-암."

윤이 벌러덩 드러누우며 늘어지게 하품을 했다.

"쯧!"

서경이 혀를 차고는 얼른 돌아앉아 제 머리를 틀어올리기 시작했다. 경대도 보지 않은 채 솜씨 좋게 땋은 머리를 꽈리모양으로 꼬아 뒤통수에 붙이곤 제 주변을 두리번거렸다.

"이걸 찾는 건가?"

서경이 머리 만지는 걸 내내 보고 있던 윤이 제 소맷자락에서 은비녀를 꺼내 서경을 향해 내밀었다.

"내 것이 아니오."

여전히 머리를 손으로 고정한 채 서경이 다시 주변을 두리번거렸다.

"임자 목비녀는 너무 낡아서 버렸는데?"

"쯧!"

서경이 못마땅한 듯 다시 혀를 차고는 여전히 한 손으로는 머리를 고정시키며 벽에 걸려 있는 제 등짐을 내리려 일어섰다. 윤이 얼른 그런 서경의 소매를 잡아끌어 앉혔다.

"짐 속에 있던 것도 버렸어. 나머지는 팔 물건일 텐데, 그리 귀한 것들을 꽂을 수 있겠어?"

윤이 다시 제 손에 있는 은비녀를 내밀었다. 그 손을 물끄러미 보고 있던 서경이 퉁명스레 말했다.

"내 비녀를 댁이 버렸으니, 따로 값은 쳐주지 않을 것이오."

"알았어. 누가 돈 달래? 빨리 꽂기나 해."

윤에게서 은비녀를 받아든 서경이 다시 돌아앉더니 다시 머리를 틀어 올려 비녀에 고정시켰다. 고개를 숙여 머리를 만지는 바람에 드러난 긴 목에는 손가락 모양의 검붉은 멍 자국이 고스란히 남아 있었다. 전날, 서경의 목을 졸랐던 사내의 손자국이었다. 윤이 눈살을 찌푸리며 저도 모르게 그 멍자국에 제 손을 가져다 대었다.

"뭐요!!"

갑작스러운 접촉에 화들짝 놀라 돌아본 서경은 좀 전의 능글맞은 표정과 달리 급격히 어두워진 윤의 표정에 한 번 더 놀랐다.

"뭐요? 왜 갑자기…."

"멍이 들었네. 아프지 않아?"

"아…."

서경이 제 손을 들어 목을 쓰다듬었다. 그러고 보니 욱신거리는 통증이 느껴지기도 했다.

"자국이 오래갈까?"

"별 걱정을 다 하오. 시간이 지나면 울혈은 풀어지게 마련인 것을."

"잠시만 나갔다 올게. 먼저 요기하고 있어."

그러고는 윤이 대충 옷가지를 집어 들더니 바깥으로 나갔다.

서경이 간단히 아침 요기를 마칠 때까지 윤은 돌아오지 않았다. 대신 전부터 몇 번 거래가 있었던 관찰사댁 계집종이 임방까지 서경을 찾으러 왔다. 관찰사 부인이 생일을 맞아 오후에 동네의 양반 부인들을 불러 모아 조촐한 연회를 열 계획인데 사단이 생겼다고 했다. 얼굴에 탈이 나서 야용(冶容, 화장)을 하지 못하게 되었다고, 어서 아파를 데려오라고 성화를 부리신다고 했다.

"오늘 연회는 누구누구 참석하시는데?"

"옆집 진사 댁 마나님이랑 허 생원 부인, 그리고 전 직제학 대감댁 마님에다 우리 마님의 동생되시는 분까지, 얼추 그 정도이실걸요?"

"…챙길 짐이 있으니 너 먼저 가 있으렴. 곧 따라나서마."

서경이 아이를 먼저 보내놓고 짐을 챙기고 있노라니 윤이 뒤춤에 무언가를 감춘 채 슬며시 방에 들어섰다.

"관찰사 부인이 찾으니 그리 갈 예정이오. 백 규수 댁 마님도 얼굴을 비춘다고 하던데, 함께 가겠소?"

"잠시만."

윤이 서경의 뒤로 돌아가 무엇인가를 서경의 목에 둘러주었다. 투명감이 돋보이는 은은한 모시에 색실로 꽃수가 놓인 얇디얇은 천 자락이었다. 윤은 서경의 멍 자국을 가릴 수 있도록 느슨하게 천 자락을 목에 감아준 후 꼼꼼히 매듭까지 여며준 뒤 한 발자국 떨어져 서경의 뒷모습을 보았다.

"음, 비싼 값을 하네. 이제 됐어, 감쪽같아."

윤이 만족스러운 듯 고개까지 끄덕이는 데 반해, 서경은 석상처럼 잠시 그대로 서 있었다. 그러다 제 목에 둘린 천 자락을 풀어헤치기 시작했다.

"그냥 두어. 왜, 갑갑해서 그래?"

윤을 향해 돌아선 서경이 제 목에서 천 자락을 마저 걷어낸 후 윤에게 내밀었다.

"왜 이러오?"

"…뭐가?"

"은비녀도 그렇고, 이 천도 그렇고. 갑작스레 내게 이런 선심을 쓰는 이유가 뭐요?"

"사내가 좋아하는 여인에게 선물을 주는 데 이유가 필요한가?"

"……"

서경이 제 입술을 깨물었다. 그리고 고집스레 턱을 치켜들고는 윤의 눈을 빤히 쳐다보며 말했다.

"도성에서 댁을 위해 거금 오백 냥을 단박에 내어준 기루의 여인이 있소. 댁의 안위를 걱정해 낯선 나를 의심도 안 하고 저 가진 돈을 모두 털어준 여인이오. 알고 있소?"

"…누군지 알 것 같아."

"허면, 그 여인이 어떻게 그만한 돈을 벌었을까 생각해본 적 있소? 그 여인이 얼마나 많은 굴욕을 겪고, 얼마나 많은 눈물을 흘리고, 또 얼마나 많은 한숨을 쉬었을지 나는 감히 짐작도 할 수 없소."

이번엔 윤이 제 입술을 깨물었다. 홍란이 어떤 길을 걷고 있는지 자신이 제일 잘 알고 있다. 또 홍란이 어떤 심정으로 그리 큰돈을 선뜻 내어주었는지도 잘 알고 있다.

"그리 제 눈물 값으로, 제 한숨 값으로 댁의 목숨을 구하려 한 그 여인을 생각한다면 내게 이래선 안 되는 것 아니오? 그런 여인을 따로 두고 내게 좋아한다고 한들, 설령 그게 부인할 수 없는 댁의 진심이라 한들, 나는 다른 여인의 눈물을 밟고 그걸 받아들일 순 없소."

서경이 윤에게서 받은 천을 바닥에 떨어뜨리곤 등을 돌렸다. 윤이 서경의 손목을 잡아끌어 다시 저를 향하게 했다.

"그래도 임자가 좋다면? 내가 그 가여운 아이의 진심을 밟고 그래도 널 택하고자 한다면?"

윤이 와락 서경을 끌어안았다.

"나도 왜 이러는지 모르겠어. 원래 난 이런 사내가 아냐. 이리 서두는 사내가 아니라고. 그런데 임자가 자꾸 나를 이상하게 만들어. 만지고 싶고, 안고 싶게 만들어. 지금 이 자리에서 너를 쓰러뜨려 내 여인으로 만들까? 다시 장문의 법률로 엄히 다스려진다고 해도 그게 내 진심을 가로막을 순 없어."

"댁은 지금 취해 있을 뿐이오."

"…뭐?"

서경이 억지로 힘을 주어 떠밀어 윤의 품에서 벗어났다.

"댁은 지금 욕정을 연모로 착각하고 있는 것뿐이오. 항시 붙어 다니는 계집, 손만 뻗으면 닿을 수 있는 곳에 있는데 막상 닿지 못하는 그 미묘한 금기가 댁의 욕정을 부채질했을 뿐이오."

"무슨…"

제 말을 가로채려는 윤의 팔을 서경이 잡았다. 그리고 어린아이에게 이르듯 찬찬히 제 말을 들려주기 시작했다.

"아시겠소? 우리는 요 며칠 함께 위험한 상황에 처해 있었소. 사람이 위험한 상황에 처하게 되면 의외로 제 자신의 욕정에 더욱 취하게 마련이라오. 어제 그 일은… 우리 둘은 잠시 위험이 불러온 욕정에 취했던 것뿐이오. 이것을 진심이라 착각하지 마시오."

"연모가 아니다?"

"욕정이지요."

서경이 다시 한 번 딱 잘라 단정 짓고는 방을 나섰다. 윤이 망연히 바닥에 떨어진 천을 내려다보더니 허리를 굽혀 집어 들었다.

"욕정이라고…?"

제 자신에게 되묻듯 중얼거린 후, 윤이 가냘픈 나비의 날개 같은 천 자락에 입을 맞추었다.

"이리도 가슴이 아린데, 그저 욕정일 뿐이라고? 후…."

윤이 천을 제 가슴팍에 집어넣은 후 방을 나섰다. 텅 빈 방 안에 윤이 남긴 서글픈 한숨이 안개처럼 가라앉았다.

관찰사댁 마님은 도성에 살던 때부터 서경의 아파로서의 재능을 높이 평가하던 이였다. 쉰을 가까이에 둔 이로, 보통 그 나이쯤 되면 얼굴이나 몸치장에 대한 관심은 줄어들기 마련이었건만, 관찰사 부인은 달랐다. 늘 언제나 '아름다운 채 늙어가고 싶은 게 소원'이라며 저 자신 꾸미기를 게을리 하지 않았다.

"아파! 이 얼굴 좀 보게. 이걸 어찌 한단 말인가? 이제 곧 부인들이 모여들 텐데, 이 얼굴을 들고 어찌 나가누? 아파아!! 나 좀 살려주게에!"

서경이 안채 방을 들어서자마자 관찰사 부인은 곡소리를 하며 서경에게 달려들었다.

"찬찬히 좀 뵈어주시지요."

관찰사 부인의 얼굴을 살피는 서경의 미간에 주름이 잡혔다. 무슨 짓을 한 건지, 얼굴에 온통 울긋불긋한 흉이 생긴 데다가 몇 군데 흉에서는 화농(고름)까지 잡혀 있었다.

"쯧! 대체 무얼 하신 겁니까?

"아니, 그게… 요즘 부쩍 분칠이 잘 안 먹길래 이틀 전 실 면도를 잘한다던 아파 하나를 불러 얼굴을 만지게 한 것뿐인데 오늘 아침에 일어나 보니 이리 됐지 뭔가."

울상으로 하소연하던 관찰사 부인이 서경의 눈치를 살피며 우물거렸다. 서경이 아닌 다른 아파를 부른 게 미안한 모양이었다.

"어떤가? 뭔가 좋은 수가 없겠나?"

처음 보았지만 한눈에도 관찰사 부인의 동생임을 알 수 있을 만큼 꼭 빼어 닮은 여인이 근심스러운 낯빛으로 그리 물었다. 서경의 표정은 한층 더 어두워졌다. 명주실을 팽팽하게 꼬아 살갗에 대고 조였다 풀기를 반복하여 얼굴의 잔털을 뽑는 실 면도는 분을 잘 먹도록 도와주기에 양반 부인들이 자주 하는 처치이긴 하나, 이처럼 강약을 잘못 조절한 탓에 만만치 않은 흉이 지게 하는 부작용을 일으키곤 했다.

"일단 누워보시지요."

서경은 행랑어멈에게 바깥 행랑채에 있을 자신의 서방을 불러달라고 했다. 지금 가진 것들만으로는 처치를 하기에 부족했기 때문이었다.

윤이 방에 들자 서경을 제외한 방 안의 모든 여인들, 관찰사 부인 자매와 자리를 깔고 있던 계집종 두엇의 눈이 일제히 윤에게 쏠렸다. 누군가의 입에서인가 하아- 하는 감미로운 한숨 소리도 새어 나왔다. 관찰사 부인은 제 흉진 얼굴이 부끄러워 얼른 두 손으로 얼굴을 가리면서도 손가락 사이로 윤의 얼굴을 훔쳐보느라 정신이 없었다.

"임방 오 아파를 찾아가 돼지기름 남은 것이 없는지 물어보오. 값은 얼마든지 쳐줄 터이니 가지고 있는 것 중 가장 특질의 것을 내어달라고 하여 갖고 와주시오."

서경이 방 안의 사람들에게 들리지 않도록 윤에게만 그리 속삭였다.

한 식경 안에 다녀올 수 있는지도 물었다. 윤이 가만히 고개를 끄덕이곤 얼른 방을 나섰다.

"이보게! 저이가 자네 서방인가?"

"아니, 뭐하는 작자기에 저리 인물이 좋단 말인가?"

윤이 나가자마자 두 부인이 앞다투어 서경에게 물었다.

"저이의 인물이 그리 잘난 것입니까?"

서경이 계집종을 도와 자리를 마저 펴고 관찰사 부인을 눕히며 그리 물었다. 그러고선 딱히 대답도 기다리지 않고 제 등짐에서 꺼낸 약재거리며 화장수들을 꺼내 계집종이 준비해준 얕은 접시들에 조금씩 덜어냈다.

"이 사람아, 자네 서방이 얼마나 잘생긴지도 모르고 산다는 것이야?"

"이미 자네 눈을 피해 집적거리는 여인이 한 둘이 아니었을 텐데?"

"흔히들 인물이 좋은 선비를 일러 옥골선풍(玉骨仙風, 살빛이 희고 고결하여 신선과 같은 풍채)이라 하지 않나. 자네 서방이야말로 신분이 저리해 망정이지, 저 허우대에 흰 도포 하나만 걸치고 저잣거리에 나서보게. 저자의 계집들이 자네 서방 손 한 번만 잡아보겠다고 난리일걸세."

"언니도 그리 생각하죠? 우리 집 인근에 학당이 있어 저도 오랜 세월 인물 좋은 선비나 도령 꽤나 봤다면 본 사람인데, 저리 잘생긴 남정네는 처음 봅니다."

"…그렇습니까?"

사실 서경도 지금껏 윤이 딱히 못생겼다고 생각한 적은 없었다. 처음 봤을 때부터 다른 사내들에 비해 단정한 이목구비를 가진 사내라고 생각했었다. 윤과 동행할 때마다 하나같이 잘생겼다는 칭찬을 늘어놓기에 '그런가 보다' 하고 생각하기도 했다. 하지만 다른 여인들처럼 그를 보며 저절로 한숨이 나오거나, 눈도 제대로 못 마주칠 정도로 잘났다고는 생각해본 적이 없었다. 하지만 어제… 제 얼굴에 점점 가까이 다가오던 그 얼굴을 되새겨 보면… 뭐, 제법 여인을 홀릴 만한 얼굴인 것 같기는 했다.

"이 사람 보시게. 무얼 생각하느라 볼까지 붉어진 것이야?"

"아, 아닙니다. 어서 이쪽으로 누우시지요."

서경은 달아오른 제 볼을 감추려 얼른 방 안의 종들에게 필요한 것들을 일러주고 가져다 달라 하였다.

잠시 후, 윤이 서경이 부탁한 물건들을 갖고 돌아왔을 땐, 자리를 펴고 누운 두 마님의 사이에 서경이 앉아 있었고 서경의 곁에는 김이 솔솔 나는 약탕기도 놓여 있었다.

"이제 마님은 일어나셔서 이쪽 약탕기에 얼굴을 가까이 대시면 됩니다."

관찰사 부인이 서경이 이르는 대로 몸을 일으켜 약탕기 가까이에 얼굴을 가져다 대었다.

"조금 식힌 상태이니 그리 뜨겁지는 않을 것입니다. 잠시만 대고 계시지요."

서경이 약탕기의 윗부분에 관찰사 부인의 고개를 향하게 한 채 약탕기의 뚜껑을 막고 있는 껍질을 벗겼다. 금세 화악- 하니 김이 올라와 부인의 얼굴을 감쌌다.

"이리 하면 정말 효과가 좋겠나? 이게 무슨 약초라고?"

"공심초(空心草)라 합니다. 흔히들 쇠뜨기라고 부르는 풀이지요. 공심초를 넣고 살짝 끓여 한 식경 정도 이리 그 김을 쐬어주면, 화농을 진정시키는 데 제법 효과가 좋습니다. 끓이는 법은 행랑어멈에게 일러뒀으니 이레에 한두 번 이리 쐬어주시지요. 꼭 화농이 아니더라도 살결이 연신 물기를 머금은 듯 촉촉하게 하는 데도 꽤나 효과가 좋습니다."

그리고선 서경은 방에 들어선 윤을 가까이 불러들여 그에게 곁에 놓인 작은 꿀단지와 얕은 접시 하나를 건네주었다.

"미안한데, 그 안의 것과 이 꿀을 덜어 되직하게 섞어주겠소?"

"그건 또 무언가? 어디에 어찌 쓰면 좋은 것인데?"

관찰사 부인의 동생이 누운 채 성급하게 물었다. 그녀는 벌써 서경이 제 얼굴에 발라준 미안수(美顔水)에 마음을 뺏긴 터였다. 다른 아파의 것들과 달리 서경이 권하고 발라준 미안수는 따갑지도 않았고 약초 냄새가 진하지도 않았다. 그저 제 살결을 포옥 감싸주는, 향긋하면서도 보드라운 감촉을 직접 느껴본 순간, 왜 제 언니가 꼭 서경을 불러오라 안달했는지 알게 되었다.

"재료는 말씀드릴 수 없지만 살결의 윤을 더하는 데 이보다 나은 것이 없으니 잠시 뒤에 한번 발라보시지요."

두어 식경이 지난 후, 관찰사 부인은 더없이 만족한 얼굴로 서경의 손을 잡고선 입이 마르도록 칭찬을 아끼지 않았다. 부인의 얼굴에는 좀 전의 흉들은 온데간데없이 백자처럼 뽀얀 분칠이 곱게 먹어져 있었다.

"역시, 역시 자네야. 자네 없었으면 어쩔 뻔했어!"

"그러게요. 어쩜 이리 감쪽같은지 모르겠어요. 이게 진짜 언니 얼굴 맞소? 그 많던 붉은 흉이 자취도 보이지 않아요."

"너는? 네 얼굴도 마찬가지란다. 여태껏 본 중에 가장 고운걸? 누가 널 며느리까지 둔 시어미라 보겠니?"

민망스럽지도 않은지, 서로의 얼굴을 보며 연신 칭찬을 아끼지 않는 두 마님이었지만 그들의 화기애애한 분위기는 그리 오래가지 않았다.

"이 분항아리랑 누에고치집, 그리고 아까 꿀과 섞었던 재료들까지 모두 내게 팔게나. 특히 이 누에고치집은 내 여태 쓰던 것과 달라도 너무 다르이. 이리 꼼꼼히 분칠을 해주는 건 처음 봤어."

먼저 눈빛을 반짝이며 욕심을 드러낸 건 부인의 동생이었다.

"얘, 이건 모두 내 것이다. 언감생심, 가로챌 생각은 꿈도 꾸지 마."

관찰사 부인이 얼른 서경의 짐들을 제 앞으로 끌어당겼다.

"언니, 언니는 또 이 이에게 다시 구해달라 하면 되잖수. 나는 한 번 내려가면 언제 이런 것들을 살 수 있을지 몰라요. 우리 집에 들르는 아파들이란 어찌나 한심한 치들인 건지, 팔러 오는 물건이래봤자 도성서 팔다 남은 찌꺼기가 전부인걸요!"

동생이 그 짐들을 끌어다 얼른 제 뒤로 감추었다.

"나도 구하기 힘들어! 여기 아파가 아무 때나 오는 인줄 알어? 나도 이 녀 얼굴 한 번 볼려면 몇 달을 기다려야 해. 거기다 오늘은 내 생일이잖니! 괜히 욕심 부리지 말고, 포기해."

"그러니 선심 한번 쓰시구려. 일 년에 딱 한 번, 생일만이라도 너그러운 품성을 보여보시라고요!!"

윤은 그저 이 사단을 입을 딱 벌리고 구경만 할 뿐이었다. 좀 전까지 나름 품위를 지키던 중년의 멀쩡한 양반댁 부인들이 이제는 서로 서경의 짐을 갖겠다고 저잣거리 어린 계집애들처럼 악다구니를 쓰며 싸우고 있었기 때문이었다.

"두 분 모두에게 공평히 나눠 드리면 되지 않겠습니까?"

서경이 제자리에 엎드려 가만히 고했다. 이제 막 서로의 머리채를 잡기 일보 직전이던 두 부인이 서경의 말에 얼이 빠져 돌아다보았다.

"뭐?"

"다행히 누에고치집도, 미안수의 재료들도 이번에는 제법 넉넉히 준비해 왔습니다. 이미 써보신 대로 최상질의 것이라 자신하는 것들로, 두 분께 공평히 나눠 드릴 양으로는 부족하지 않을 것입니다. 대신…"

"대신?"

"쇤네의 청을 하나 들어주시지요."

서경이 고개를 들더니 씨익 미소를 지었다.

그날 오후, 관찰사 부인의 생일연회가 열렸다.

상다리가 부러지지 않는 게 용할 만큼 푸짐한 산해진미를 올린 잔칫상이 차려졌고, 각각 휘황찬란한 비단 옷감에 높게 올린 가체에 금은보석 머리꽂이들까지 잔뜩 꽂은 양반댁 마님들이 관찰사 부인의 생일을 축하하기 위해 방 안으로 들어섰다.

"생신, 축하드려요. 어쩌면 이리 고우실 수 있습니까? 제게도 그 비결 좀 나눠주시어요."

"한 살을 더 드셨는데, 열 살이 더 어려진 까닭이 무엇입니까?"

"…축하드립니다."

호호호호… 연신 웃음을 흘려가며 입에 발린 인사치레를 전한 양반부인들 중 가장 늦게 방에 들어선 이는 전 직제학 대감의 부인, 즉 은호 낭자의 모친이었다. 관찰사 부인 자매를 비롯하여 그 방에 모인 다른 부인들이 모두 눈에 띄는 화려한 차림새인데 반해 직제학 부인은 평범한 무명치마에 가체도 없이 쪽 찐 머리에 비녀만 꽂은 단출한 차림새였다.

직제학 부인은 관찰사 부인에게 간단히 축하 인사만 전한 후 잔칫상의 제일 말석에 가 자리를 잡고 앉았다. 방 안에 있는 이들은 관찰사 부인 자매를 비롯해 고작해야 여남은 명밖에 되지 않았지만, 그렇다고 아무 자리에나 앉을 수는 없었다. 잔칫상의 자리야말로 그들 사이의 친밀도나 계급을 보여주는 가장 명확한 표시였기 때문이다.

원래 관찰사 부인과 직제학 부인은 그리 친한 사이가 아니었다. 둘 다 도성에서 이곳으로 내려온 지 얼마 되지 않았지만, 한쪽은 남편의 부임으로 온 것이었고 한쪽은 남편의 퇴직으로 온 것이다보니 알게 모르게 자존심 싸움 비슷한 것도 적지 않게 있었던 터였다.

사실 시가나 친정 가문을 따져봐도, 남편이 올랐던 벼슬자리를 따져봐도 직제학 부인이 관찰사 부인에 비해 나으면 나았지 뒤질 것은 하나도 없었다. 하지만 현역 관찰사 부인과 '전(前)' 직제학 부인—그것도 벼슬자리에서 밀려난, 다시 올라갈 수 있는 희망조차 보이지 않는—의 처지는 사뭇 다를 수밖에 없었다.

다른 부인들이 관찰사 부인과 직제학 부인을 대하는 태도에서도 그 차이는 극명하게 드러나곤 했다. 겨우 진사며 생원에 불과한 시골 양반들이면서도 직제학 부인을 눈 아래로 내려다보려고 하는 때가 많았다. 이번에도 마찬가지였다.

"어쩜, 직제학 대감도 너무하시지. 어떻게 변변한 가체 하나 마련해 주시지 않으십니까? 청렴, 청빈도 좋지만 그래도 부인 체면치레는 하게 도와주실 것이지, 에휴."

진사댁 부인이 제 풍성한 가체를 쓰다듬으며 직제학 부인의 쪽찐 머리가 가엾다는 듯 한숨을 쉬었다.

"그런 소리 마세요. 어디 대감께서 무심하셔서 그러셨겠습니까? 값이 이만저만 해야지요. 저도 이 가체 하나 들인다고 전답깨나 팔았더니 우리 생원 나리가 어찌나 싫은 기색을 하던지, 누가 자린고비 아니랄까봐. 호호호."

딸 은호 낭자와 비슷한 연배인 젊은 생원 부인이 직제학 부인의 차림새를 아래위로 훑고는 경박스러운 웃음을 흘렸다. 비록 벼슬자리는 한미하다 하나 저마다 남부럽지 않은 만석꾼 재산인 까닭에 젊은 진사 부인과 생원 부인은 진작부터 직제학 부인을 깔보아온 터였다.

"어허! 왜들 이러세요. 나라님도 곱게 보지 않는 게 바로 우리 여인네들의 사치임을 모르셔서 그럽니까? 이건 우리가 창피해야 할 일이에요. 검소하고 검약하는 직제학 부인을 보고 배워야 할 일이지요."

관찰사 부인이 편을 든다고 들었지만 그 역시도 직제학 부인에게는 저를 비꼬는 소리로만 들렸다. 분해서 눈물이 차올랐다. 이런 수모를 당할 줄 알았으면 괜히 참석했다 싶었다. 하지만 그랬더라면 보나마나 참석하지 않은 자신의 옹졸함을 수군거렸을지도 몰랐다.

"참, 부인, 여기 조촐하지만 제 작은 성의입니다. 어용장인이 직접 만든 칠보 보석함이라지요. 그냥 놓아두고 보셔도 제법 쏠쏠히 눈요깃거리는 될 것입니다."

진사댁 부인이 관찰사 부인에게 선물 보따리를 건넸다. 이에 질세라 생원 부인도 제가 가져온 큼지막한 선물 꾸러미를 건넸다.

“전 별건 없고, 산삼 몇 뿌리 챙겨왔습니다. 장수하셔야지요.”

“언니, 이건 내 선물이우. 중국에서도 없어서 못 판다는 비단 옷감 몇 필 넣었으니까, 옷이나 한 벌 지어 입으시구려.”

그 밖에도 연회에 오지 못한 이들이 전해 온 선물 꾸러미가 속속들이 들어오기 시작했다. 관찰사 부인이 하나, 하나 꾸러미를 풀어볼 때마다 방 안 모든 사람들의 탄성이 새어 나왔다. 동시에 직제학 부인의 이마에서는 식은땀 한 방울이 또르르 흘러내렸다.

그저 동네 부인 몇 사람이 모여 덕담이나 나누고 조촐한 선물이나 주고받는 연회자리일 줄 알았던 것이 잘못이었다. 빈손으로 오는 건 뭐하다 싶어 간단한 찻주전자와 찻사발을 챙겨왔건만, 다른 이들의 비싼 선물에 비하면, 그야말로 안 내놓는 게 더 나을 성싶을 정도였다.

‘어쩌나? 지금이라도 아프다고 핑계 대고 자리를 떠버릴까?’

직제학 부인은 선물에 정신 팔린 부인들을 보며 자신이 가져온 선물 꾸러미를 뒤춤에 감춘 채 슬며시 일어나려고 했다. 그때였다.

“부인은요?”

선물에 정신이 팔려 있던 생원 부인이 갑자기 돌아보며 물었다.

“설마 빈손으로 오시지는 않았겠지요?”

“아, 아니 저기… 나는….”

엉거주춤 일어선 채 당황한 직제학 부인에게 방 안의 모든 사람들이 시선이 쏠렸다.

“어딜 가시려고요?”

“자, 잠시 볼일 좀… 배가 아파서….”

직제학 부인은 슬그머니 꾸러미를 내려놓고는 발로 상 밑에 밀어 넣은 채 어색한 웃음을 흘리며 방을 나갔다. 그런 부인의 뒤로 젊은 생원 부인과 진사 부인의 웃음소리가 들려왔다.

"아직 수저를 드시지도 않았는데 왜 배가 아프실까요? 호호호."

"오랜만의 산해진미다보니 미리 뱃속을 비워두시려는 거 아닐까요? 까르르……."

"어허, 농들이 심하세요. 부인이 들으시면 어쩌시려고요."

관찰사 부인이 말리는 듯했지만 두 젊은 부인들의 수다는 멈출 기미가 보이지 않았다.

"근데, 전 직제학 대감 댁이라면서 어쩜 그리 살림이 기우셨답니까? 어떻게 그 흔한 가체 하나 없이 저리 민머리로 오냐고요. 남우세스럽게. 신고 온 신발 꼴은 보셨어요? 그게 뭐예요, 요즘은 중인이나 상인 나부랭이들도 그런 낡은 신발은 안 신을걸요?"

"그게 다 실세들에 찍혀 쫓겨나듯 도망쳐온 까닭이라 그러지요. 고리타분한 직제학 대감 성격에 따로 뒷돈을 마련해두셨을 리도 없고, 그동안 모아놓은 녹봉들만 야금야금 까먹으며 생활하고 계신 듯하니 있는 가체도 진작에 다 파셨겠지요. 가체가 뭡니까? 곧 있으면 노비문서까지 갖다 팔게 생겼다던데?"

"아아, 그래서 그리 까탈스럽게 혼처를 구하는 거군요. 부잣집 사위라도 얻어서 그 덕에 먹고 살려고. 난 또, 뭐 얼마나 대단한 사위를 얻으려고 그리 하나 싶었네요, 호호호호호!"

직제학 부인은 마루에서 올라서지도, 내려서지도 못한 채 입술을 깨물며 치솟아 오르는 눈물을 참으려 애썼다. 몇 년 전까지 북촌의 고관대작 안사람들과 시문을 읽으며 담소를 나누던 자신이 이제는 시골의

하찮은 말단 양반 부인네들에게까지 이리 무시당하는 신세가 되었다고 생각하니 제 팔자가 서러워 피눈물이 날 것만 같았다.

"어머나, 이것 좀 보셔요. 고작 이걸 선물이랍시고 가져온 모양입니다. 까르르르."

"고작 찻주전자랍니까? 백자도 청자도 아닌 그냥 막주전자? 어휴, 내 얼굴이 다 화끈거립니다. 이런 걸 어찌 관찰사 부인께 드릴 생각을 한 건지, 차암!"

"그만들 좀 하시라니까요? 자꾸 이리 무례하게 구시면 저 화낼 겁니다. 선물이란 게 형편껏 하는 거지요. 직제학 댁 형편에 이 정도면 과한 거지요."

짐짓 젊은 부인들의 입방아를 말리는 듯했지만, 관찰사 부인의 목소리에도 적지 않은 비웃음이 묻어 있었다. 분함을 견디지 못해 파르르 떨리는 입을 다시 한번 힘주어 다물고서, 부인은 댓돌 아래로 내려섰다. 나중이야 어찌 되건 지금 당장 이 자리를 벗어나고 싶었다.

"이리 도망가시면 두고두고 후회하지 않으시겠습니까?"

마루끝에서 내내 직제학 부인을 보고 섰던 서경이 다가와 말을 걸었다. 갑작스러운 서경의 접근에 놀라면서도 직제학 부인은 제 얼굴의 눈물자국을 닦아내는 일을 잊지 않았다.

"도망은 누가… 난 그저 몸이 좀…."

"들어가시지요."

서경이 직제학 부인의 팔을 잡아 이끌었다.

"놓으시게, 난…."

"이대로 도망가시면 다음에는 더 밟히실 텐데요?"

제법 힘을 주어 당기는 그 손길에 못 이긴 척 직제학 부인이 서경을 따라 방 안에 들어갔다. 어느새 다기 꾸러미를 다시 밀어넣었는지, 방 안의 여인들이 반색을 하며 맞았다.

"어찌 이리 오래 걸리셨습니까?"

"심기가 불편하시어 먼저 가시기라도 한 줄 알았습니다. 후후훗."

"가기는요…."

"마님, 다기는 어디에?"

직제학 부인에게 서경이 공손히 물었다. 직제학 부인이 영문을 몰라 쳐다보자 서경이 의미심장한 눈빛으로 직제학 부인에게 다시 고했다.

"마님이 명하신 차 재료는 어렵사리 구해두었으나 그 다기가 없으면…."

"아, 아. 그거? 저, 저기에 뒀네."

직제학 부인이 자신이 앉았던 자리로 가서 상 밑에서 다기 꾸러미를 꺼내 서경에게 내밀었다. 부인네들이 한번 풀어헤쳤다가 성급히 묶어둔 꾸러미를 서경은 세상 제일의 보물이라도 되는 듯 소중히 받아들고서는 자리에 앉아 풀기 시작했다. 곧 꾸러미 안에서 제 모습을 드러낸 찻주전자와 찻사발을 서경은 아주 조심스러운 손길로 쓰다듬었다.

"흠, 맞습니다. 다행히도 딱 맞는 물건을 준비해주셨습니다."

"그, 그런가?"

"그럼 곧 재료들이 준비되는 대로 가져오겠습니다. 잠시만 기다려주시지요."

서경이 방 안의 여인들에게 반절을 하고선 찻주전자와 찻사발을 든 채 일어서서 뒷걸음질로 방을 나갔다.

"아니, 직제학 부인도 저 아파를 잘 알고 있습니까?"

관찰사 부인이 의외라는 듯이 물었다.

"아, 네…."

"아, 그래서 아까 저이가 연회 때까지 예서 잠시 머무르게 해달라고 한 거구려. 예서 만나기로 하셨던 겁니까?"

"아, 그것이 저… 제집에 사정이 있어 예서 만나기로 하였습니다."

직제학 부인이 대충 얼버무리며 자리에 앉았다.

'저 아파가 대체 무슨 짓을 하려는 거지?'

"부인, 부인께서 오래 거래해온 이가 바로 저 아파입니까?"

"부인께서 믿고 찾으시는 자면 저희 집에도 불러야겠습니다."

직제학 부인의 혼란스러움과 상관없이 생원 댁과 진사 댁이 아부라도 떨 듯 '아예 아파가 올 때마다 이곳에서 함께 모이는 게 어떠냐'는 둥, '부인이 그리 아끼는 자면 많이 팔아줘야겠다' 는 둥의 이야기들을 주워섬겼다.

잠시 후, 서경과 윤이 나란히 찻상을 들고서 방에 들었다. 젊은 부인네들은 잘생긴 윤의 등장에 눈빛을 반짝이는데 반해 관찰사 부인과 직제학 부인은 들고 들어온 찻상에 더욱 관심을 보였다.

"이것이 뭔가?"

"잠시만 기다리시지요."

성급한 질문을 던지는 관찰사 부인을 뒤로하고 서경은 따뜻하게 덥힌 찻주전자를 한번 쓰윽 쓰다듬더니, 윤에게 고개를 끄덕여 보였다. 윤이 소매를 걷어 날렵하게 뻗은, 동시에 사내다운 힘줄이 여인네의 시선을 끄는, 팔을 드러내더니 그 팔에 여전히 김이 모락모락 나는 찻주전자의 물을 조금 부었다.

"어머나!!"

방 안의 여인네들이 모두 화들짝 놀라 비명을 질렀다.

"데지 않았소?"

"무슨 짓이야!"

놀라 웅성거리는 여인들을 서경의 침착한 목소리가 진정시켰다.

"사람 몸의 온도와 닮았는지 시험해본 것뿐이니 놀라지 마십시오."

서경의 말처럼 뜨겁지 않은 물이었던 탓인지 윤의 표정은 조금도 흐트러지지 않았다. 먼저 제 팔을 닦아낸 후 소매를 고쳐 내린 윤은 이내 찻사발에 찻물을 붓기 시작했다.

"어머나…!!"

이번에는 아까와 다른 의미에서 탄성이 터졌다.

쪼르륵-

윤이 찻주전자를 높이 들어 찻물을 내려붓자 사발 안에서 복숭아색과 연한 보랏빛이 어우러진 꽃잎이 활짝 날개를 펼치기 시작했다. 찻물이 차오르고 꽃잎이 점점 더 크게 펼쳐지면서, 말로 표현할 수 없는 은은하면서도 달짝지근한 향기가 온 방 안을 금세 가득 채웠다.

"이것이, 이 향이 대체 무엇이냐?"

"쉬…!"

관찰사 부인의 물음에 서경은 제 손가락을 입에 가져다 대었다.

"잠시 차향을 먼저 음미하시지요."

윤이 소중하게 찻사발을 받쳐 들고는 여인들에게 차례대로 다가갔다 물러났다. 관찰사 부인부터 동생 댁, 직제학 부인, 진사 부인, 생원 부인의 순이었다. 찻사발을 들고는 여인의 눈을 뚫어져라 마주 보며 다가간 후 찻사발을 코와 입 사이에서 느리게 한 바퀴 돌리고는 물러났다. 윤이 다가서고, 또 물러날 때마다 여인들은 아흑- 하며 숨을 들이쉬었다. 향도 향이거니와 동작 하나하나가 우아한 윤의 모습에도 취한 듯싶었다.

"그래서 이게 뭐라고?"

차향과 분위기에 취해 몽롱한 가운데 관찰사 부인이 다시 물었다.

"한참 전부터 직제학 댁 마님께서 제게 구해달라 하신 것입니다. 혹자는 칠십 년, 혹자는 백 년에 한 번 핀다고들 하는 귀한 난초로 끓인 꽃차이지요. 여인이 이 꽃차의 향을 맡으면 쉰 배는 아름다워진다고 하고, 사내가 이 꽃차의 향을 맡으면 스무 배는 더 용감무쌍해진다고 합니다. 관찰사댁 마님과 관찰사 대감 어른께 이보다 더 좋은 선물은 없을 거라며 꼭 구해달라고 신신당부를 하셨습니다."

서경이 넌지시 눈치를 주자 직제학 부인이 고개를 끄덕여 보였다. 관찰사 부인은 감격에 찬 눈길로 직제학 부인을 보더니 두 손을 꼭 잡았다.

"그러셨소? 그러하셨소? 고맙습니다. 참으로 고맙습니다."

"아닙니다. 그리 대단한 것도 아닌 것을요…."

"미안합니다. 그동안 내가 부인의 진심을 오해한 것 같소. 늘 차갑고 데면데면한 사람이라 여겨 나도 모르게 거리를 두었거늘, 밉다 아니하시고 이리 귀한 선물까지 주시다니요. 속이 좁은 나를 용서해주시지요."

"아닙니다. 저 역시 형편이 마땅치 않다보니 괜한 자존심에 엇나가기만 한 것을요. 이리 고마워해주시니 제가 더 고마울 따름입니다."

비슷한 연배의 두 여인이 서로 손을 마주 잡고 우의를 다졌다. 그간의 쓸데없는 경쟁심이 어쩐 일인지 지금 이 순간 눈 녹듯이 사라진 듯했다. 젊은 부인네들은 그 모습을 보더니 쌜쭉해서는 서경에게 물었다.

"근데 그리 귀한 꽃차를 왜 고작 이런 사발에 담아낸 것인가? 백자나 청자 같은 귀한 그릇에 담아냈더라면 더욱 어울렸을 것을…."

"내가 알았더라면 거기에 어울릴 청자를 준비해두었을 것을. 쯧쯧…."

"그것은…"

서경이 채 대답하기도 전에 윤이 말을 가로막고 나섰다.

"겉의 소박함이 오히려 귀함을 더욱 돋보이게 하는 법이지요. 반들반들 빛나는 그 자체로서도 충분히 아름다운 자기들보다, 투박하지만 제 기능에 충실한 이 평범하기 그지없는 사발이 오히려 꽃차의 아름다움에, 이 은은한 차향에 더욱 집중하게 만들어주지 않습니까?"

그리 말하는 윤의 시선은 말할 것도 없이 서경을 향해 있었다.

* * *

"알았재? 니는 고마 내가 시키는 대로 하믄 니 팔자 피는 기다. 쫌 전에 아아들 시켜서 소문 쫘악 내라 캤으니까 니는 이제 오늘 그 집 대문 앞에 가서 내 시킨 대로만 해라."

서경과 윤이 관찰사 부인의 연회에서 융숭한 대접을 받고 있을 때, 한때 윤이 갇혔던 도방의 창고 안에서는 염 매파가 젊은 상인과 밀담을 나누고 있었다. 바로 염 매파의 조카인 '송 성창'이었다.

"걱정 마세요. 시키신 대로 다 준비해뒀으니까. 근데, 이모는 어쩌시려고요? 이대로 장문의 송정에 서면…."

밧줄에 꽁꽁 묶인 염 매파를 보는 성창의 눈길에는 걱정이 가득했다. 죽을 죄를 지었건 어쨌건, 염 매파는 조실부모한 자신을 지금껏 키워준 부모나 다름없는 소중한 존재였다.

"걱정할 꺼 읎다. 돈으로 안 되는 일이 뭐 있겠노? 이미 여 아아들은 내가 다 손써 놨다. 그놈의 송 대방인지 뭔지 하는 영감탱이도 없으니께 잘만 하믄 장 몇 대로 어름할 수 있을 끼다. 내가 죽이라 캤다는 증거가 있나? 내하고 거 아아들하고 딱 잡아떼믄 지들이 증좌가 뭐가 있노?"

"이모, 그래도 만의 하나 잘못되기라도 하면…."

"걱정도 팔자라는 게 딱 니다. 돈도 안 되는 그놈의 걱정, 고마 버리삐라. 죽일라믄 죽이라 캐라. 내 염라대왕 할배 모가지를 비틀어서라도 살아올틴께."

"이모오."

"얼른 가라. 일은 사람들 많을 때 해야 한데이. 그리고 여는 다시 오지 마라. 괜히 내하고 짠 게 들키믄 말짱 다 도루묵이데이."

성창이 다시 한번 매파를 향해 걱정스러운 눈빛을 보내고는 쓰고 있던 패랭이를 눈 아래까지 내려 얼굴을 가린 후, 문 쪽으로 다가가 살며시 툭툭 쳤다. 그 소리에 응하듯 문이 열리고 창고지기가 얼굴을 들이밀었다.

"다 끝났수?"

"여기."

성창이 제 얼굴이 보이지 않게 고개를 숙인 후 허리춤에서 두둑한 돈 주머니를 꺼내 창고지기의 손에 쥐어주었다. 창고지기가 주머니 무게를 가늠해보더니 만족스러운 듯 고개를 끄덕이며 문 옆에서 자리를 비켜주었다.

"보는 이가 없으니 얼른 나가슈."

"고맙소. 우리 이모님 좀 잘 부탁드리겠소."

성창이 고개를 숙여 인사하고서는 얼른 문 밖으로 빠져나갔다. 창고지기가 그런 성창의 뒷모습을 보더니 염 매파에게 말을 걸었다.

"뭐 요기할 거라도 갖다 드릴까?"

"그랄래? 그라믄 동동주 한 사발 묵을 수 있을까? 먼지 구덩이 속에 내내 갇혀 있었더니 목이 막 칼칼하다."

"알았소. 잠시만 기다리슈."

창고지기가 찰랑찰랑 돈주머니를 흔들며 창고 문을 닫았다.

"성창아, 봤재? 세상에 돈 싫다카는 놈 아무도 읎다. 장무운? 송저엉? 백 번을 열어봐라. 내가 어데 눈썹 하나 깜짝하나."

빛이 들지 않는 창고 속에서 염 매파는 이미 가고 없는 조카에게 이르듯 혼잣말을 하며, 히죽 누런 이빨을 드러내며 웃었다.

* * *

관찰사 부인의 생일연회가 파한 것은 늦은 오후가 다 돼서였다.

직제학 대감 부인은 관찰사 부인이 건넨 술을 서너 잔 비운 터라 취기가 살짝 오른 기분 좋은 상태였다. 관찰사 댁의 대문을 나서며 계집종이 건넨 장옷을 걸친 부인이 뒤이어 따라나온 서경과 윤에게 제집으로 함께 가자고 청한 것도 그 기분 좋은 취기 때문이었다.

"오늘 고마웠으이. 내 작은 보답이라도 하고자 하니 잠시 우리 집에 들렀다 가지 않겠나?"

"칭찬 받을 만한 일을 한 기억이 없습니다."

서경이 짐짓 그리 사양했지만 직제학 부인은 제 뜻을 굽히려 들지 않았다.

"그러지 말고. 그리 멀지도 않으이. 여기서 반 식경만 걸어가면 우리 집이라네. 자네가 가진 귀한 물건들 눈구경이라도 시켜주는 셈치고 같이 가세, 응?"

"그럼, 그리 하겠습니다."

서경과 윤은 마지못해 따르는 척, 직제학 부인의 서너 걸음 뒤를 따라 걷기 시작했다.

"잘됐네. 이번 참에 그 댁 규수를…, 왜?"

서경의 곁에 바짝 붙어 서서 넌지시 귀엣말을 하던 윤이 서경의 심상치 않은 표정을 보고 놀라 물었다. 서경이 좀 전과 달리 턱을 딱딱하게 굳힌 채, 심각한 표정으로 제자리에 멈춰 서서 주변을 두리번거렸다.

"이상하오."

서경이 앞에서 걸어가는 직제학 부인에게 들리지 않도록 낮은 목소리로 중얼거렸다.

"뭐가?"

"사람들이, 사람들의 시선이 이상하오."

윤도 조금 전 서경이 그랬던 것처럼 주변을 두리번거렸다. 그리고 보니 길을 지나는 행인들의 낌새가 이상하긴 했다. 가장 눈에 띄는 건 직제학 부인과 계집종이 걸어가는 길 맞은편에서 걸어오는 행인들의 시선이었다. 직제학 부인 앞에서는 일부러 딴 곳을 쳐다보거나 고개를 푹 숙이며 걷던 이들이 직제학 부인을 지나치고 나면 금세 돌아보며 저들끼리 무언가를 쑥덕거리고 있었다. 동네의 다른 사람들도 마찬가지였다. 대놓고 직제학 부인에게 무어라 하는 이들은 없었지만 직제학 부인과 계집종 뒤에서 심상치 않은 시선을 보내며 쑥덕거리고 있었다.

"저기, 저 아이들에게 가서 물어봐주시오. 도대체 뭣 때문에 그러는 것인지."

서경이 담벼락 밑에서 저들끼리 쿡쿡 웃으며 수군대는 계집아이 셋을 눈으로 가리켰다.

"내가?"

"아이들이 댁에게도 꽤나 관심 있는 눈빛을 보이고 있으니 어렵지 않게 입을 열 것이오."

서경은 얼른 걸음을 빨리하여 직제학 부인의 뒤로 따라붙었다. 그리고는 손만 뒤로 하여 얼른 물어보라는 듯 휘휘 저었다.

"흐··· 알았네. 임자가 시키면 뭐든 해야지."

윤이 그리 중얼거린 후 한때 도성의 모든 여자를 매혹시켰던 궁극의 미소를 입과 눈가에 새긴 후, 여전히 담벼락에 붙어 서서 직제학 부인과 자신을 흘끔거리며 저들끼리 수다를 떨고 있는 계집아이들에게 다가갔다.

"뭐가 그리들 재미있나? 나도 좀 아세?"

"아, 아니에요."

열다섯에서 열일곱쯤 되어 보이는 계집아이들이 윤의 접근에 저들끼리 마주 보며 볼을 붉힌 후 금세 시선을 아래로 내리깔았다. 어떤 아이는 괜히 저고리 고름 끝을 만지작거리며 몸을 배배 꼬기도 했다.

"나도 좀 알자, 응? 뭐가 그리 재미있어?"

윤이 고개를 숙여 아이들에게 제 얼굴을 좀 더 잘 보이게 한 후 다시 눈썹을 휘며 그림같이 웃었다.

"저, 저기… 저 백 대감 댁 마님하고는 잘 아는 사이인가요?"

계집아이 중 하나가 고개도 들지 못한 채 손만 들어 저 앞에 가고 있는 직제학 부인을 가리킨 후 그리 물었다.

"아니? 난 관찰사 댁 마님께 물건만 팔고 가는 길인데? 왜 저집에 무슨 일이 있대?"

윤이 짐짓 목소리까지 낮게 깔며 은밀히 물었다.

"아니, 그게 아니라…."

계집아이가 고개를 들어 말하려다 윤의 눈빛과 마주친 후 얼른 다시 고개를 푹 숙이며 말을 삼켰다. 대신 그 곁에 섰던 다른 계집아이가 얼른 끼어들어 말을 이었다.

"글쎄, 백 낭자가 외간 남자랑 정을 통했대요. 한참 전부터 밤이면 밤마다 백 낭자 방에 사내 하나가 들락날락했다던대요?"

한 열다섯쯤 먹어 보이는 아이가 그리 말하고선 "아이, 난 몰라!" 하며 제 볼을 감싼 채 뒤돌아섰다. 말을 전하기는 했는데, 그 내용이 내용이다보니 부끄러운 모양이었다. 다른 계집아이 둘도 마찬가지였다. 저마다 "야아, 그 말을 하면 어떡해!" "아이, 몰라아!" 하며 저마다 부끄러운 듯 제 볼을 감싼 채 발을 동동 굴렀다.

"백 낭자가 뭐? 누구랑 정을 통해?"

전혀 예상도 못한 이야기에 놀란 윤이 정색을 하고 한 걸음 다가서자 계집아이들은 "꺄아!!" 하며 얕은 비명을 지르곤 내달리기 시작했다.

"누가, 누구랑 뭘 했다고?!"

아이들의 뒤에 대고 그리 물었지만 아이들은 "저흰 아무것도 몰라요" 란 성의 없는 대답만 남긴 채 또다시 까르르 웃으며 멀리 달아났다.

* * *

한편, 직제학 백 대감 댁 솟을대문을 오십 걸음쯤 앞둔 곳에서 갑자기 웬 선비 차림의 사내 하나가 직제학 부인과 계집종의 앞을 가로막고 나섰다.

"백 대감 댁 마님 되십니까?"

사내, 아니 성창이 장옷이 가려주지 못한 직제학 부인의 얼굴을 지긋이 응시하며 그리 물었다.

"그러하오만, 뉘신지?"

부인이 낯선 사내를 경계하며 그리 묻자, 갑자기 사내가 허리를 굽혀 고개를 조아리고는 고래고래 소리를 치기 시작했다.

"장모님! 이제야 인사 드리게 되었습니다. 저, 송 서방입니다. 사위, 절 받으십시오오오!!"

그러더니 넙죽 큰절을 올렸다.

사내의 뜬금없는 행동에 놀란 건 직제학 부인과 그 계집종만이 아니었다. 무슨 일이 일어나려나 싶어 직제학 부인 쪽을 흘끔거리고 있던 동네 사람들도 사내의 큰절에 놀란 건 마찬가지였다.

"무, 무슨 짓이요?! 사람 잘못 본 것 아니오? 사위라니, 장모라니!"

직제학 부인이 기겁을 하며 제 앞에 엎드린 사내를 향해 비명을 지르듯 소리쳐 물었다. 그러고선 금세 자신을 향해 있는 사람들의 시선을 눈치채고는 억지로 목소리를 낮춰 다시 물었다.

"이게 무슨 해괴한 짓이오. 사람 잘못 봤소. 얼른 일어나시오."

"아닙니다! 장모님!! 제가 바로 백 낭자의 처소에 들락날락한 그 죽일 놈입니다아아!"

성창이 엎드린 상태에서 쩌렁쩌렁 온 동네가 울리게 큰 소리로 외쳤다. 그 소리에 거의 기절할 것처럼 뒤로 휘청 넘어지는 직제학 부인의 등을 서경과 계집종이 얼른 받치고 나섰다. 뒤늦게 무리에 합류한 윤이 그런 여인들을 보호하듯 얼른 앞으로 나섰다.

"웬 소란이시오? 할말이 있으면 일단 자리를 옮깁시다."

"네 이노옴!"

엎드려 있던 사내가 또 다시 온 동네가 울리도록 고함을 치며 자리에서 일어났다.

"행색을 보아하니 장돌뱅이 같거늘, 네 감히 사대부 양반에게 이래라 저래라 명을 하는 것이냐?! 내가! 내 장모님에게!! 첫인사를 드리거늘 감히 니가 무언데 막아서는 것이냐. 네 이노옴!!!"

사내의 입에서 또 다시 '장모' 소리가 터져 나오자 멀리서 흘끔거리던 동네 사람들이 스멀스멀 다가오기 시작했다. 동시에 이제는 뻔뻔스럽게 자신을 향해 미소까지 짓고 있는 사내와 호기심이 가득한 얼굴로 다가서는 군중들을 바라보는 직제학 부인의 얼굴에서는 핏기가 가시고 있었다.

어느새 모여든 동네 사람들이 서경네들을 뺑 둘러쌌다. 개중에는 뒤늦게 모여든 작자들도 있었던지 저들끼리 묻고 답하는 소리들이 서경과 윤의 귀에까지 들려왔다.

"뭐래? 왜들 그러는데?"

"누가 누구라고?"

"아-, 그 소문의…. 그럼 그 소문이 다 사실이란 말이야?"

"그러니까 그 까탈스러운 아가씨가 지금껏 매파들을 마다한 게 다 저 양반이 있어서 그랬다는 거지?"

"아이고, 저 마님은 그냥 이 자리에서 혼절하게 생겼네."

"쉿…, 저기 젊은 새댁이 뭐라 하나보네. 그 입 좀 다물어봐."

"원하시는 바가 무엇입니까?"

나지막한 서경의 물음에 귀를 기울이려 한 탓인지 군중의 소란이 일시에 멈췄다.

"넌 누구냐?!"

성창이 다시 버럭 소리를 질렀다. 서경에게 기대다시피한 직제학 부인은 물론이고 서경까지 눈살을 찌푸리게 할 정도의 거친 소리였다.

"마님을 모시고 있습니다. 보시다시피 지금 마님이 몹시 편찮으시니, 내일 다시 오시지요."

"뭐야?! 네깟 년이 지금 누구더러…!"

또 다시 성창이 버럭 소리를 지르자 서경이 못마땅한 듯 "쯧!" 하고 혀를 찼다.

"정이 장인 장모에게 인사를 여쭙고자 하신다면 합당한 절차를 밟으시지요. 사대부의 선비 되시는 이가 어찌 이리 노상에서 인사를 여쭌

다, 어쩐다 소란을 피우십니까?"

너무도 공손한, 그렇지만 따박따박 제 할 말을 다 하는 서경의 이야기에 주변에 몰려든 사람들이 한마디씩 거들기 시작했다.

"그럼, 그럼. 사정이 어떻건 간에 정식 인사를 올리고 싶다면 의당 그 댁으로 찾아뵈면 될 것을…."

"그러게 말이야. 직제학 대감 댁이 바로 지척인데, 왜 한길가에서 이 난리래?"

"거기다 스스로 통정했네 하고 나서는 것도 꽤나 이상스럽구먼?"

"뭔가 딴맘이 있어서 저러는 것 아냐?"

그저 재미있는 이야깃거리가 생겼다는 듯 호기심을 보이던 처음의 눈길들과 달리, 이제는 자신을 의심스러워하는 눈길이 늘자 성창은 잠시 당황한 듯 말을 잇지 못했다. 하지만 이내 무슨 생각이 떠올랐는지 다시 얼굴에 빙글거리는 미소를 띠며 직제학 부인에게 한 발자국 더 가까이 다가왔다.

"낭자가 이리 하라 시켰습니다. 집안의 반대가 극심하니 이리 해서라도 저를 맞으러 와달라고 하였지요! 저자에 소문을 내어달라 청한 것도 모두 낭자 자신입니다. 못 믿겠으면 백 낭자를 불러 확인해보시지요!"

"아이고오…"

현기증이 이는지 머리에 손을 가져다 대고 다시 비틀하는 직제학 부인의 등을 서경이 얼른 받쳐 들었다.

"괜찮으십니까, 마님?"

그러곤 얼른 직제학 부인에게만 들릴 목소리로 속삭였다.

"혼절하세요, 지금 당장…."

서경의 말에 직제학 부인이 잠시 눈알만 데굴데굴 굴리더니 이번엔 좀전과 달리 어색하기 그지없는 신음소리를 내기 시작했다.

"아. 아이고. 어지러워죽겠네-"

마치 서책이라도 읽는 투로 중얼거리던 직제학 부인이 누가 봐도 어설프기 그지없는 행동으로, 눈을 꼭 감고는 서경의 어깨에 제 머리를 툭 가져다 대었다. 그 어색한 모습에 서경과 윤, 심지어 성창까지 입에 쓴웃음을 물었다.

"뭐야? 지금 저 마님이 혼절하신 거야?"

"에이, 딱 봐도 일부러 그런 것 같은데?"

"임자 보기에도 그렇지?"

"호호호호, 급하시니 일단 혼절 시늉부터 내시는 건가?"

사람들의 비웃음과 수군거림에 '혼절하신!' 직제학 부인의 얼굴이 점점 더 벌겋게 물들어갔다. 그러거나 말거나 서경은 제 할 말을 따박따박 내어놓았다.

"보신 대로 지금 마님이 많이 편찮으시니 일단 댁으로 모셔가겠습니다. 정 더 하실 말씀이 있으시다면 댁으로 오시지요."

그러고선 눈앞의 사내를 살피는 시선으로 아래위로 훑어보았다. 여러 모로 눈에 걸리는 점들이 많은 사내였다.

'니 단디이 들으래이. 일단, 니는 사람들 앞에서 절대로 그 집에 들어가믄 안된다. 그 댁 가시나고 영감이고 무조건 밖으로 끌어내래이. 정 안 되거든 포청에 끌려가는 한이 있어도 니가 니 발로 그 댁에 들어가믄 안댄데이. 말짱 다 도루묵이데이.'

성창은 잠시 염 매파가 제게 일러주었던 말을 되새겨보았다. 이모의 말에는 언제나 다 이유가 있었다.

'그렇다면, 지금 해야 할 일은…'

"장모님께 인사를 드리고 싶은 마음에 제가 너무 서두른 듯합니다. 자네들도 어서 모시고 가게. 그리고 장인어른을 뵙거든, 사위될 송 서방이 저어기 삼거리 초입의 초가를 한 채 빌려 들어 있으니, 그쪽으로 찾아와달라 여쭤주시게."

성창은 그리 말하곤 제 도포자락에 묻은 흙을 툭툭 털며 인파를 헤치고 걸어가버렸다. 사람들의 시선이 그런 그의 뒷모습에 향해 있는 동안, 서경과 계집종은 얼른 부인의 어깨를 부축하여 직제학 대감댁을 향해 걸음을 서둘렀다.

* * *

"네 입으로 말해봐!! 도대체 이게 다 무슨 말이더냐!"

백 대감댁 사랑채 안.

작은 서안 하나와 책장, 방석 몇 개가 전부인 그 방 안에 백 대감 내외와 은호 낭자가 들어 있었다. 직제학 부인은 흰 띠를 두른 이마에 손을 가져다 댄 채 연신 끄응- 끄응- 앓는 소리를 내고 있었고, 은호 낭자는 제 아비와 마주하여 허리를 꼿꼿이 세운 채 앉아 있었다.

"아는 바가 없습니다."

나지막하지만 단호한 목소리로 은호는 부정하였다.

"아는 바가 없는데, 온 동네에 추문이 돌아?! 네가 빌미가 될 행동을 한 것이 아니더냐?!"

"아닙니다."

"네 지금껏 내게 무어라 했더냐? 아버님, 걱정하지 마십시오. 저희 집안은 반드시 제가 일으켜 보이겠습니다. 당돌하게도 수십 번, 수백 번 그리 말했던 너다."

"지금도 그 뜻은 변함이 없습니다."

"그 결과가 이것이야?! 우리 집안이 어떤 집안이더냐? 네 고모가 청상과부로 십 년 수절 끝에 자신의 정절을 지키려 제 목숨을 끊은 덕분에 열녀를 배출한 가문으로 칭송 받아온 집안이다. 비록 홍살문은 그 아이의 시댁 앞에 세워졌지만, 어디까지나 그 아이를 낳고 기른 진정한 열녀 집안은 우리 집안이야!"

은호도 너무나 잘 알고 있는 사실이었다.

어린 시절, 아버지 백 대감이 친히 어린 은호의 손을 붙잡고 고모의 시댁 앞에 세워진 홍살문(紅箭門, 충신, 효자, 열녀 등의 집 앞에 세운 문, 두 개의 기둥 위에 가로로 나무를 걸치고 화살 창을 박은 문으로, 문 전체가 온통 붉은색이다.)을 보여준 그 순간부터, 길을 가는 반상(班常)의 모든 사람들이 백 대감을 알아보고 열녀 동생을 둔 것에 치하해 마지않는 모습을 본 그 순간부터, 붉은 문은 은호에게 언젠가 제 손으로 성취하고 싶은 하나의 목표가 되어 있었다.

"비록 누명을 썼다고는 하나 조정에 중죄를 지었다는 명목으로 쫓겨난 내가 이토록 무탈할 수 있는 것도, 이리 가세가 기울었는데도, 거기다 네 그 만만치 않은 성정에도 우리 집안과 혼인을 맺고자 하는 집안이 많았던 것도, 모두 다 우리가 열녀를 배출한 집안이었기 때문이야. 그런데 네가 감히 집안의 명성에 먹칠을 해?!"

"아이고, 하나마나 한 소리는 뭐 그리 길게 하시우. 이 일을 어떻게 수습할지 그것부터 의논해야지요. 가만 놔두면, 그 흉악한 인사가 내일도 모레도 또 이 집 앞을 서성일 텐데요! 이제 이 땅에서 얼굴 들고 어찌 삽니까?"

백 대감 부인이 앓는 소리를 하며 백 대감을 원망스레 쳐다보았다.

"어쩌기는 뭘 어째!"

백 대감이 다시 한번 버럭 소리를 질렀다.

"네가 정 결백하다면, 죽음으로 너의 정절을 증명하거라."

"대가암!!"

백 대감 부인이 기겁을 하며 남편을 불렀다. 내내 평정을 유지하며 가만히 눈을 내리깔고 제 아비가 하는 말을 듣고 있던 은호도 그 소리엔 꿈틀, 눈썹을 움직였다.

"죽거라. 그것이 너와 우리 집안을 모두 살릴 수 있는 길이다. 아니면 그놈과 혼인이라도 하겠느냐?!"

다시 한번 백 대감의 냉혹한 명이 떨어졌다.

그때 사랑채의 문이 스르륵 열렸다.

"누구냐!"

백 대감 내외의 시선은 문 앞에 엎드린 서경을 향했다.

"쇤네가 잠시 한말씀 올려도 되겠습니까?"

백 대감이 자신의 부인을 돌아다보았다. 누구냐고 묻는 눈빛이었다.

"아파입니다. 관찰사 부인 댁에서도 아까 그 난장판 속에서도 저를 구해준 이지요. 영민한 사람이니 무어라 하는지 잠시 들어만 보십시다."

너무도 간곡한 부인의 청에 백 대감이 들어오라는 듯 고개를 끄덕였다. 서경이 조심스러운 몸짓으로 방문을 닫고 들어와 은호 낭자의 곁에서 한 걸음쯤 물러선 자리에 앉아 다시 엎드렸다.

"자진 이외에 아가씨의 정절을 증명할 방안이 있다면 어찌 하시겠습니까?"

"네까짓 게 뭘 안다고. 아무리 결백하다 주장한들 이제 와 세상이 그것을 인정하려 들겠느냐?!"

서경이 허리를 펴고 똑바로 앉아 백 대감을 마주 보았다.

"그 사내가 한바탕 난장으로 제 거짓 주장을 설파했으니, 이쪽도 그에 맞는 난장으로 결백을 증명하면 될 터이지요."

"그놈이 누구인 줄 알고 있느냐?"

"알지 못합니다."

"허면 어찌하여 그놈이 거짓을 주장한다, 그리 확신하느냐?"

"그자의 옷차림을 보았습니다."

"옷차림?"

"네. 의복이 너무나 새것인 것이 마음에 걸렸지요. 한길에서 큰절을 하느라 도포에 흙이 묻은 부분을 제외하면 나머지 의복들이 너무도 깨끗하더군요. 거기다 흑립(黑笠, 갓)의 양태(凉太, 얼굴을 가리는 차양부분)도 구긴 흔적 하나 없이 빳빳하기 그지없었구요. 하지만 가장 수상했던 건 신고 있던 태사혜(太史鞋, 양반의 가죽신발) 역시 방금 막 갈아신은 듯 흙먼지 하나 제대로 묻어 있지 않은 새것이었다는 점입니다."

"그것이 뭐 어쨌단 말인가?"

백 대감의 부인이 의아하다는 듯 물었다. 하지만 백 대감은 무언가 수긍이 간다는 눈빛으로 진지하게 서경을 바라보고 있었다.

"대감마님도 아시겠지만, 검소와 검약을 신조로 삼고 있는 조선의 사대부 선비들께서는 새 옷이 새 옷으로 보이는 것을 기꺼워하지 않으십니다. 그 사내처럼 어디를 봐도 새 옷입네 하고 눈치챌 수 있는 옷을 걸친 선비는 이제껏 본 적이 없습니다. 아니 그렇습니까?"

서경이 백 대감의 동의를 구했다.

"그렇다면 그놈이 양반이 아닐지도 모른다?"

"그리 추측이 됩니다."

확신에 찬 서경의 말투에 지금껏 내내 정면만을 보고 꼿꼿하게 앉아 있던 은호 낭자가 문득 서경을 돌아보았다.

"아니, 그대는?"

은호 낭자와 눈을 마주친 서경이 묵례를 하였다.

"그대는 분명 수종사에 머물고 있는…"

"무슨 말씀이신지 모르겠습니다만, 혹시 저를 아십니까?"

확실치 않은 기억을 더듬는 듯 눈을 가늘게 뜨고 자신을 보는 은호 낭자를 향해 서경은 한 점 거리낌도 없다는 듯, 올곧은 시선을 보냈다.

"…아니, 아닐세. 그나저나 아파라 했나?"

"네. 사실은 며칠 전에 이 댁을 찾아왔었습니다만 뵙지 못하고 돌아간 적이 있습니다."

"그런…가?"

은호 낭자가 서경의 모습을 아래위로 찬찬히 훑었다. 단정하게 쪽을 진 머리나 깨끗하긴 하지만 여기저기가 기워져 있는 낡은 치마저고리 차림은 어딜 봐도 평범한 장사치의 모습이었다.

'그래, 내가 잘못 본 것일 게야. 그 낭자일 리가 없지.'

"이 아이의 정절을, 결백함을 밝힐 방안이라는 것이 무엇인가?"

백 대감의 물음에 서경은 은호의 눈을 빤히 바라보며 목소리를 낮춰 은밀하게 물었다.

"어느 정도까지 각오하실 수 있으십니까?"

은호는 서경이 무엇을 묻고자 하는 것인지 몰라 그저 그녀의 눈만 쳐다보았다.

"손에 피를 묻히실 각오가 있으십니까?"

"흐읍!"

서경의 당돌한 물음에 백 대감 부인이 거칠게 숨을 들이마셨다. 안색이 창백해진 건 백 대감도 마찬가지였다. 오직 은호 낭자만이 평정을 유지한 채 서경의 이야기를 재촉하고 나섰다.

"무슨 소린가? 소상히 말해보게."

"이 일은 아가씨 혼자만 뜻을 굳혔다고 해서 가능한 일이 아닙니다. 대감마님도 마님도 모두 찬성해주셔야 할 수 있는 일입니다."

꿀꺽-

누군가의 침 삼키는 소리가 방 안을 울렸다.

"그자가 바라는 것이 돈인지, 아니면 아가씨와의 혼인인지는 아직 잘 모르겠습니다. 어찌 되었건 그자는 자신이 원하는 것을 얻을 때까지 대감님 댁을 궁지로 몰기 위해 계속 헛소문을 퍼뜨릴 것입니다. 안타까운 건 아가씨나 대감님이 아무리 아니라고, 없는 일이라고 해도 사람들은 결국 그 자의 말을 더 믿을 것이라는 점이고요."

"그쪽이 더 재밌을 테니까."

은호 낭자가 말을 받았다.

"그렇지요. 특히 아가씨에 대한 평판이 그리 곱지 않은 만큼, 아가씨가 당한 이 곤경을 더욱 즐기고자 하는 이들이 많을 것입니다."

"우리 아이 평판이 무어!"

"어머니!… 전 괜찮습니다."

서경의 말을 따지고 들려는 직제학 부인의 말을 은호 낭자가 가로막았다. 부인은 무어라 더 말하려는 듯 입술을 몇 번 움찔거리더니 이내 옹- 하니 입술을 다물었다.

"그래서?"

"아랫사람들이 괴로워할 정도로 지나치게 청결을 강조해오던 아가씨가, 밤이면 밤마다 사람들 눈을 피해 외간 남자와 통정을 하였다, 입 가진 사람이라면 누구나 한 마디씩 거들고 나서고 싶을 정도의 이야깃거리가 아니겠습니까? 헛소문이라 부정할 수 있으면 다행이겠지만 그것이 불가능할 경우에는 그 사내와 혼인을 하든가, 아니면 자녀안(姿女案)에 그 이름이 올라가게 될 수도 있겠지요."

"끄응!!"

지금껏 내내 들어주고만 있던 백 대감이 더는 견딜 수 없다는 듯 헛기침을 하며 눈살을 찌푸렸다. '자녀안'이라는 이름에 대한 혐오감이 그대로 드러나는 표정이었다.

사실 조선의 모든 양반 가문에게 '자녀안'이란 이름은 떠올리기도 싫은 세 글자였다. 부덕한 여인, 음탕한 여인, 간통한 여인 등 부정한 양반 여인들의 이름을 기록하는 장부인 자녀안에 이름을 올린다는 것은 조선이라는 나라에서 다시는 얼굴을 들고 다닐 수 없을 정도의 치욕, 그 자체였기 때문이다.

"그러니 대감마님과 마님도 이 일에 동참해주시길 바라는 것입니다."

백 대감 내외의 못마땅한 기색에도 불구하고 서경은 주저함 없이 똑바로 제 뜻을 전했다.

"…그래서, 내가 어찌 하면 되겠는가?"

"밤이 좀 더 깊어지면 아가씨가 직접 그자의 처소를 찾아가십시오. 물론 아가씨가 그리 행차하시는 걸 많은 사람들이 보고 있으면 더욱 좋겠지요."

"그리고?"

"아가씨만의 장도를 지니고 계시겠지요?"

은호 낭자가 긴장한 낯빛으로 고개를 끄덕였다.

"그자가 아가씨를 방에 들이거든 그 장도를 휘둘러 그자를 찌르십시오."

"허억!!"

"무슨…!"

너무 놀란 나머지 백 대감 내외의 입에서 동시에 신음이 새어나왔다. 내내 특별한 표정을 보이지 않고 있던 은호 낭자 역시 이번에는 제법 놀란 듯 눈빛이 흔들리고 있었다.

"나더러… 살인을 하란 이야긴가?"

"아니지요. 아가씨도 아시지 않습니까? 여인의 은장도는 제 자신을 베기는 쉬워도 쉽게 남정네를 벨 수 있을 만한 무기는 못된다는 것을요."

"그럼?"

"그자가 말하기를 자신은 아가씨와 통정하는 사이라고 했습니다. 또

한 혼인을 반대하는 부모님에게서 허락을 받기 위해 아가씨 스스로 저자에 소문을 내어달라 부탁했다고도 했지요. 참으로 그럴싸한 거짓말이 아닙니까? 거짓이라 해도 거짓임을 증명할 수 없는 이야기들만 입에 담았으니 말이지요."

"그러니 이쪽에서 그 이야기가 사실이 아니라고 우겨본들 사람들은 믿으려들지 않겠지. 양반가에서 딸의 수치를 덮기 위해 거짓말을 할 뿐이라고 생각할 테니까."

서경은 내심 감탄했다. 은호 낭자는 생각 이상으로 꽤 말이 통하는 상대였다.

"네, 그러합니다. 그렇기에 아가씨가 직접 칼을 들고 그자의 집을 찾아가 그자를 죽이려 하는 모습을 보임으로써 그자의 그 모든 이야기가 거짓임을 증명하셔야 합니다."

"…사람을 죽이려 한 죄는 어찌하고?"

백 대감이 침통한 어조로 물었다. 서경의 수가 영특하긴 하지만 자칫하면 은호의 장래를 망칠 수 있는 위험한 내기가 아닐 수 없었다.

"뭘 그리 물으십니까? 다 헛소리예요. 잠시나마 이딴 것의 이야기를 들어보자고 한 제가 나빴습니다. 얼른 내쫓아버리세요. 귀에 담을 필요도 없는 이야기입…"

"살을 에고 뼈에 사무치는 많은 원한 중에 정조를 지키는 여자가 음란하다는 무고를 당하는 것보다 더한 원한은 없다고 했습니다."

서경이 단호한 어조로 직제학 부인의 말을 자르고 나섰다.

"잠시라도 이런 누명을 쓴다면 곧 천만 길 깊은 구덩이와 참호에 빠진 것과 다름없는데, 구덩이는 부여잡고 오를 수도 있고 참호는 뛰어서 빠져나올 수도 있지만 이 누명이야 해명하려 한들 어떻게 해명할 것입니까?"

서경이 은호 낭자의 손을 힘주어 잡았다. 그리고 단단한 어조로 제 뜻을 밝혔다.

"죽이라는 것이 아닙니다. 그저 작은 상처 하나만 입히시면 됩니다. 은장도를 땅에 몇 번 꽂아 그 날을 무디게 하세요. 아무도 그런 칼로 죽을 수는 없다는 걸 보여줄 수 있을 정도로요. 아시겠습니까? 이것은 사람을 상하게 하자는 이야기가 아닙니다. 그자가 난장으로 자신의 뜻을 펼쳤듯 이쪽도 이쪽 나름의 난장으로 결백함을 주장하자는 이야기지요."

서경의 이야기가 끝났지만 방 안 어느 누구도 쉽게 입을 열지 않았다. 서경의 뜻이 무엇인지는 알았지만 받아들이기에는 너무도 큰일인지라 당사자인 은호 낭자 역시 쉽게 무어라 이야기할 수 없었던 것이다.

"…그것이 과연 먹히겠는가?"

침묵을 깨고 다시 한번 다짐을 받듯 물음을 던진 건 백 대감이었다.

"양반 댁 아가씨가 어느 양반과 통정을 하였다, 라는 이야기와 양반 댁 아가씨가 자신의 결백을 증명하기 위해 사내를 직접 찾아가 칼을 휘둘렀다, 라는 이야기가 동시에 퍼진다면, 소문을 좋아하는 사람들은 어느 쪽 이야기에 더 귀를 기울일까요?"

"…그래도 관아에서는 죄를 물으려 할 것이야."

"정절을 지키고자 저지른 여인의 항거를 누가 단죄하려 하겠습니까? 현감 나리나 관찰사 나리조차도 그리 쉽게는 아가씨의 죄를 묻지 못할 것입니다. 그보다는 이 소문의 시시비비를 먼저 가리려 들겠지요."

"차라리 지금 바로, 관아에 그자의 짓거리를 고발하는 게 어떤가? 헛소문을 퍼뜨리고 우리 아이를 비방한 죄를 물을 수 있지 않겠나?"

이번에는 직제학 부인이 물었다.

"그러면 세상 사람들은 아마 권력으로 진실을 덮으려 한다, 그리 믿을 것입니다. 아가씨의 정절을 의심하는 눈들은 더욱 많아질 뿐이고요."

서경이 은호 낭자의 손을 한 번 더 힘주어 꽉 쥐었다.

"아가씨가 직접 나서셔야만 아가씨의 말을 믿어줄 것입니다. 그리 하실 수 있으시겠습니까?"

"안 된다. 은호야, 절대로 안 돼. 너무나 위험한 일이야!"

은호 낭자는 제 뜻을 굳혔다. 그리하여 모친의 애원에 가까운 만류에도 불구하고 서경의 흔들림 없는 눈빛을 마주 보고, 천천히 고개를 끄덕였다.

"제가 함께 있겠습니다. 저를 믿어주십시오."

"…이 일로 자네가 얻는 것이 무언가?"

다른 여인들처럼 은호 낭자 역시 서경에게 그리 물었다.

"내게 도움을 주겠다 나서는 이유가 뭐냐 말일세."

"장사치의 호의가 공짜일 리 있겠습니까? 이 일이 무사히 해결되는 대로 아가씨께 중신을 서고자 합니다."

거래를 성사시킬 때면 언제나 그랬듯, 서경의 입가에 살짝 미소가 걸렸다.

"이랏! 이랏!!"

서경이 은호 낭자와 부모를 설득하고 있을 때, 윤은 연신 말에 채찍질과 박차를 가하며 도성을 향해 달려가고 있었다. 이제 밤이 슬며시 검은 날개를 펼치려 하는 시간이었다.

"그걸 어디서 구한단 말이요? 그건 장시나 객주에서도 쉽게 구할 수 없다는 걸 모르오?"

"그것을 구할 만한 장소를 알아."

직제학 대감 집 앞에서의 소란이 대충 마무리되고 혼절을 가장했던 직제학 부인을 집안으로 들여보낼 때, 윤은 문득 자신이 서경을 도울 수 있는 길이 있음을 깨달았다. 그러기에 이번엔 스스로 먼저 나서 '그것'을 이용하면 어떻겠냐고 제의했었다.

"…허면, 내일 오전까지 구해올 수 있겠소?"

"구해온다면 임자는 내게 무엇을 해줄래?"

그 경황 없는 와중에도 윤은 서경에게 귓속말을 하며 추파를 던졌더랬다.

"작은 포상 하나만 약속해준다면, 내 걸음이 더욱 빨라질 것 같은데."

"포상…?"

떨떠름한 표정을 짓는 서경에게 윤은 다시 한번 고개를 숙여 귓속말을 했다.

"짧은 접문(接吻, 입맞춤, 키스) 한 번이면 어떤가?"

"쯧!"

서경이 제 귀에 달라붙은 윤의 얼굴을 밀어내며 혀를 찼다.

"무슨 시답잖은 수작이오. 그럴 거면 관두쇼."

직제학 부인의 뒤를 따라 그 집 대문 안으로 들어서려는 서경의 소매를 윤이 얼른 다시 잡았다.

“어허, 그것만 있으면 일이 훨씬 수월해질 걸 임자도 알잖아.”

하긴 윤의 말이 맞았다. ‘그것’만 구할 수 있다면 복잡한 수를 쓰지 않고서도 간단히 해결될 일이긴 했다. 그러기에 서경은 이 말도 안 되는 제의에 잠시 망설였다. 하지만 이내 자신의 머릿속을 비집고 들어오는 망상을 떨치기라도 하듯 굳건히 고개를 저었다.

“이 일이 나를 위한 일은 아니지 않소. 애당초 따지고 보면 댁의 일이고 난 그것을 돕는 입장일 뿐인데 왜 내가 댁에게 포상을 주어야 하오?”

“그런가? 임자가 정 싫다면 어쩔 수 없지. 이번 낭자 일은 그만하세. 어차피 이런 추문이 있는 낭자라면 더 이상 볼일은 없을 터이니 다음 명단으로 넘어가지, 뭐.”

어깨를 으쓱인 후 돌아서는 윤의 소매를, 이번에는 서둘러 서경이 잡았다.

“진짜, 그리 할 생각이오?”

“응. 진짜 그리 하려네.”

서경이 난감한 듯 “쯧!” 하고 혀를 찼다.

“다른 걸로는 안 되겠소?”

“그럼 일을 마치고 치르기로 한 돈에서 한 백 냥만 깎아주려나?”

윤이 서경에게 물었다. 그러고선 금세 발끈하여 고개를 쳐드는 서경을 보고 빙긋이 웃었다.

“그렇지? 절대 돈만큼은 포기 못 하겠지?”

“달리, 다른 조건은 없소?”

"흠…"

잠시 생각하는 시늉을 하던 윤이 금세 고개를 저었다.

"없는데?"

그러곤 또 환히 웃는 사내를 보며 서경은 순간 눈앞의 이 사내를 한 대 때리면 기분이 얼마나 좋을까 궁금해졌다. 도방에 갇혀 있는 동안 도대체 뭘 어떻게 잘못 먹었는지 틈만 나면 노골적으로 들이대는 이 사내가 점점 버거워지고 있었다. 애써 기억 속에서 몰아내고 아무렇지 않은 듯 평정을 가장하고 있건만, 자꾸 불쑥불쑥 사내가 기억을 되새기게 하는 것이 싫었다.

"쯧! 맘대로 하시오. 그만두든 말든 난 상관 않겠소."

서경이 잡고 있던 윤의 소매를 놓았다. 그리고 다시 직제학 집 안으로 들어서려는데 뒤에서 윤이 다시 말을 걸었다.

"알았어, 알았어. 그럼 다른 조건을 걸게."

걸음을 멈춘 서경에게 윤이 마지막 제의를 건넸다.

"여기 일이 갈무리되거든, 함께 꽃구경을 하지 않겠어?"

"…천지 사방이 꽃으로 가득하거늘 따로 시간을 내어 꽃구경을 가자는 것이오?"

서경은 별 헛소리를 다 한다는 듯 윤을 돌아다보았다.

"약효나 재료로써의 꽃이 아니라 그저 피어 있는 어여쁨 그대로를 즐기잔 말이야. 이마저도 싫다고 하면 정말로 나도 그만둘걸세."

"… 쯧! 알았소."

서경이 그리 약속해주었기에 윤은 이 밤 동안 '그것'을 구해 서경에게 가져다 줄 참이었다. 걸음마를 뗀 이후부터 배워온 자신의 승마 솜씨면 하룻밤이면 능히 다녀올 수 있는 거리였다. 문제는 형님이신 전하가 '그것'을 선뜻 내어주실 건지에 달렸지만….

* * *

"푸하하하! 이놈 봐라? 네 그것을 가져다 무엇에 쓰려고?!"

역시 윤의 예상대로 임금 학(鶴)은 '그것'의 쓰임새를 알기 전에는 쉽게 내어주지 않겠다 버텼다.

"이노옴. 나와의 내기는 어찌 하고, 어린아이처럼 이리 생떼를 쓰는 것이냐. 한동안 얼굴을 안 비춘다 했더니, 그동안 무슨 짓을 하고 다닌 것이야?"

말의 내용은 엄중한 꾸짖음을 담고 있었지만 말의 어조는 그저 사랑하는 아우를 향한 다정함만이 묻어 있었다.

"자세한 이야기를 여쭙기에는 시간이 촉박하옵니다만 '그것'부터 내어주시면 아니되겠습니까?"

"어쩌느냐, 아우야. 네게는 그리 촉박한 시간이 내게는 이리도 더디 가고 있는 것을. 하하하하, 밖에 대전상궁 있느냐?"

"마마, 불러계시옵니까?"

임금의 부름에 스르륵 방문이 열리고 늙은 대전상궁이 허리를 굽힌 채 곧 떨어질 임금의 명을 기다렸다.

"내 오늘은 강녕전에서 이 아이와 함께 밤새 환담을 할까 하네. 수라간에 일러 주안상이든 다과상이든 우리 입 좀 달래주게나."

"네, 마마!"

"전하, 전 급히 가야 할 곳이 있어서."

윤은 마음이 급했다. 빨리 '그것'을 얻어내어 가지 않으면 서경과의 약속을 지키지 못하게 될지도 몰랐다. 하지만 그런 아우의 속내를 아는지 모르는지, 임금은 친히 어수(御手)를 들어 아우의 어깨를 다정하게 토닥거렸다.

"자, 그동안 무슨 일이 있었는지 내게 고해보려무나. 제법 재미있는 이야기가 될 것 같아 벌써부터 내 가슴이 이리 뛰고 있지 않느냐. 하하하하."

임금의 명이 떨어졌다. 윤은 그것을 거부할 재주가 없었다. 그리하여 윤은 장장 세 시간에 걸쳐 자신이 보부상으로 변복하여 처자들을 찾아 나선 것과 특별한 능력과 재주를 가진 아파의 도움을 받았다는 것, 그리고 그 와중에 장사치 무리에게 장 매를 맞을 뻔한 일, 그리고 두 처자에 관한 일을 모두 아뢰었다.

윤의 이야기가 계속되는 동안 임금은 반짝반짝 눈을 빛내며 "어이쿠!" "저런!" "어찌 그런 일이!" "아하!" "거 참, 신통한 계집이구나." 등등의 감탄사와 추임새를 넣어 이야기의 원활한 진행을 도왔다. 어찌나 이야기에 흠뻑 빠졌던지, 수라간의 최고상궁이 정성을 다해 마련한 다과상의 안주가 거의 줄어들지 않았을 정도였다.

"하아-."

이윽고 윤의 이야기가 끝났을 때 임금은 부러움 반, 질투 반에 가까운 시선으로 윤을 보며 한숨을 내쉬었다.

"고오연 놈!"

"무슨 말씀이십니까?"

"세상 재미진 일은 혼자 다 하고, 그래놓고는 내게 와서 뻔뻔스레 '그것'을 내어달래? 이런 고약한 놈, 미운 놈, 못된 놈… 부러운 놈."

"하하하하! 너무 그리 미워 마옵소서. 따지고보면 전부 다 전하께서 시키신 일이나 다름없는 것을요. 그러니 이번 일도 책임을 져주시옵소서. 그것도 되도록 빨리요."

앉은 채로 넙죽 엎드린 후 고개만 살며시 들어 배시시 웃는 아우를 보고 임금의 용안에도 비슷한 웃음이 걸렸다.

"알았다. 오늘 밤 네놈의 이야기 값으로 내 그것을 내어주마. 거기 대전상궁!"

임금은 다시 한번 대전상궁을 불러들였다. 그리고 내의녀에게 그것을 달라 하여 윤에게 줄 것을 명했다.

"명, 받잡겠습니다!"

자시 정각(子 時, 밤 11시)을 훌쩍 넘긴 시간, 윤은 비로소 '그것'을 받아 들고 궁을 나설 수 있었다.

* * *

그날 밤, 성창은 좁은 방 안에 누워 천장만 바라보고 있었다.

제가 저지른 일도 일이거니와 앞으로의 일, 그리고 지금쯤 장문의 송정에 섰을 이모 염 매파의 일도 여간 걱정이 되는 것이 아니었다. 아무리 염 매파가 별일 없을 것이라 장담했어도 엄격하기 그지없는 장문에서 무죄 방면은 애당초 불가능한 일이다. 장 매를 때리는 것에 그친다면야 미리 매수해둔 사람들이 도움이 되겠지만 참형이나 월족형(刖足刑, 발뒤꿈치의 힘줄을 베는 형벌. 앉은뱅이나 절름발이가 된다)이라도 받게 되면 그야말로 피할 방법이 없을 터였다. 성창은 이런저런 복잡한 마음에 잠도 오지 않고 하여 일어나 호롱에 불을 붙이는데, 문득 밖에서 누군가의 인기척이 들렸다.

"계시오?"

젊은 여인의 목소리였다.

'왔다!'

성창은 긴장하여 낯빛을 굳혔다. 이모의 말대로 백 대감 집에서 사람이 온 것이 분명했다. 염 매파는 말했었다. 소문을 크게 퍼뜨리면 그 소문을 부정하기 위해서 백 대감이 직접 오거나 사람을 보낼 것이라고. 그것도 필시 한밤중에 은밀히.

"알았나? 백 대감이 직접 오든, 사람을 보내든 너는 무조건 그 가시나를 불러오라케라. 니가 그리만 나가믄 쉽게 발고도 못할 끼다. 니가 그 가시나랑 몸을 섞었다고 하는데, 떡하니 증거도 있다 카는데, 지들이 우짤 끼고? 곱게 딸을 내놓든가, 아니믄 제발 없었던 일로 해달라고 싹싹 빌겠지."

이모가 한 말을 되새기면서 방문을 연 성창은 흠칫, 놀라고 말았다. 계집종이나 노비가 자신을 부르러 왔으리란 예상과 달리 방문 앞에 서 있는 건, 푸른 치마 위에 무릎까지 내려오는 장옷을 걸친, 누가 봐도 양반집 처자로 보이는 여인이었다. 거기다 열린 방문에서 새어 나오는 빛에 비친, 장옷 사이로 보이는 하얗고 창백한 얼굴은 염 매파가 미리 일러주었던 은호 낭자의 모습 그대로였다.

'설마 당사자가 직접 오리라곤…'

백 대감의 여식이 직접 찾아온 것도 예상 밖이었지만 성창이 놀란 이유는 또 있었다. 언제들 몰려왔는지 동네 사람들도 사립문 밖에서 이

쪽을 들여다보며 수군거리고 있었기 때문이다.

"은호 낭자, 어쩐 일이오. 예까지 직접 찾아오시고. 드디어 두 어른께서 우리 사이를 허락해주신 것이오?"

성창은 짐짓 동네 사람들이 들을 수 있게끔 일부러 자상한 어투로 '은호 낭자'의 이름을 입에 올리며 마루에서 내려왔다. 하지만 낭자는 가만히 서서 성창을 바라보고만 있을 뿐이었다.

"어서 안으로 드시오. 안 그래도 내 낭자 생각을 하던 중이오. 어서요."

낭자가 장옷을 어깨로 내린 후 성창의 얼굴을 빤히 바라보고 섰다. 그들 두 사람의 귀에 뒤에 선 마을 사람들의 수군거림이 들려왔다.

"아이구, 세상 말세네. 혼인도 안 한 양반댁 아가씨가 한밤중에 제 발로 남정네를 찾아오고."

"쯧쯧쯧, 백 대감네도 이젠 볼 장 다 봤네. 귀한 양반댁 따님이 부끄러운지도 모르고 이리 사람들 다 보는 데서 밤마실을 다 다니고."

"에이, 혼인할 사인데, 뭐!"

"혼인 안 시켜준다고 아가씨가 아주 몸이 다셨구먼, 큭큭큭."

사람들의 수군거림에 하얗게 굳어버린 낭자의 얼굴을 보며 성창은 슬며시 입꼬리를 올렸다. 하늘 높은 줄 모르고 잘난 척하는 양반댁 아가씨가 모욕을 참고 견디는 모습이 즐겁기 그지없었다.

"자, 어서 듭시다."

계속 가만히 서 있는 낭자의 등을 성창이 한 손으로 지그시 미는 순간, 갑자기 무언가 날카로운 것이 그의 뺨을 베고 지나갔다. 성창의 손이 닿는 순간, 낭자가 돌아보며 손에 감추어 쥐고 있던 장도를 휘두른 것이었다.

"으윽!"

"꺅!!"

성창이 비명을 지르는 것과 동시에 구경하고 있던 아낙네들의 입에서도 비명이 터져 나왔고, 사내들은 "어!" "어! 피다, 피야!!" 하며 웅성거리기 시작했다.

성창은 피라는 소리에 얼른 통증이 느껴지는 제 볼에 손을 가져다 대어보았다. 그러자 제 뺨에서 뜨끈한 피가 흘러나오고 있는 것이 느껴졌다.

"낭자! 이 무슨…"

성창이 뺨을 감싼 채 노려보는데, 낭자가 "네 이노옴!" 하며 비명에 가까운 소리를 지르며 다시 피 묻은 장도를 들고 덤벼들었다. 놀란 성창이 제게 장도를 휘두르는 낭자를 막으려 두 어깨를 힘주어 잡아보려 했지만, 낭자는 거세게 몸부림치며 금세 그 손에서 벗어났다. 그리곤 다시 칼춤이라도 추는 듯 맹렬히 장도를 휘두르며 덤벼들려고 했다. 두 눈을 빛내며 하얀 달빛에 번쩍이는 작은 칼을 들고 휘두르는 낭자의 모습은 흡사 광인과도 같아 보였다. 그 모습에 덜컥 겁이 난 성창은 이제 사내의 체면 따위는 다 벗어던지고 연신 허공에서 너울처럼 번득거리는 칼날을 피하려고 문 앞에 모여 있는 사람들 틈으로 뛰어들었다.

"왜 이러슈! 놔요, 놔!!"

건장한 사내 등 뒤에 몸을 숨긴다고 숨겼지만, 장도를 들고 다가오는 낭자의 기백에 사내는 성창을 뿌리치고 여남은 걸음 멀찍이 뛰어 도망갔다. 다른 구경꾼들도 마찬가지였다. 괜히 말려들기 싫은 마음에 멀찍이 도망가긴 했어도 구경거리에 대한 호기심은 있는 탓인지 두 남녀를 바라보는 시선들은 줄어들지 않았다.

"어, 어찌 이러오, 은호 낭자. 나요, 나. 낭자와 혼인을 약속했던 송 가(家)란 말이오."

성창은 두려움에 질려 있으면서도 끝끝내 자신의 거짓 가면을 벗으려 들지 않았다. 죽든 살든 자신은 어디까지나 백 낭자와 통정한 정인이라는 사실을 사람들에게 인식시켜야 했기 때문이었다.

"네 이놈! 어찌하여 일면식도 없는 내게 부정한 누명을 씌우는 것이냐! 누가 너와 혼약을 하였다고? 누가 너와 통정을 하였다고? 오늘 이 칼로 너와 나의 시시비비를 가려보자구나!!"

낭자가 장도를 고쳐 쥐고선 그리 말했다. 그리고 다시 한번 장도의 날을 사내에게 향한 채 뛰어들려 했다. 그때였다.

"멈추시오!"

하는 소리와 함께 육모 방망이(박달나무를 육각으로 다듬어 만든 방망이)를 든 포졸들과 다모 몇몇이 뛰어 들어왔다. 그리고선 포승줄과 붉은 오랏줄로 성창과 낭자를 옭아매기 시작했다.

* * *

밤이 늦었던 까닭에 두 사람은 따로 멀찌감치 떨어진 옥에 갇혀 하룻밤을 지냈다. 이윽고 아침이 밝아왔을 때 다모의 손에 낭자가, 포졸의 손에 성창이 이끌려 관아의 동헌(東軒, 고을 원님이 공사를 처리하던 대청) 뜰로 끌려나와 무릎 꿇려졌다. 이미 동헌 뜰 주위에는 구경하려는 인파들이 가득 차 있었고, 마루 위에는 고을 현감과 육방이, 마루 밑에는 관속(官屬, 지방 관아의 아전과 하인)들이 나란히 늘어서 있었다.

"죄목이 무엇이냐?"

"여인은 전 직제학 백 대감의 여식인 은호 낭자이고, 사내는 안동 송 생원의 아들이라 합니다. 두 사람은 전부터 사람들의 눈을 피해 몰래 통정한 바, 양반의 법도를 어기고 풍기를 문란케 한 죄가 있으며, 특히 백 낭자는 어젯밤 사내를 죽이려 한 죄가 있습니다."

현감의 물음에 곁에 선 이방이 소상히 아뢰었다. 이방의 이야기를 듣는 현감의 얼굴에는 눈에 띄게 못마땅한 기색이 드러나 있었다.

"거짓입니다!"

낭자가 날카롭게 외치며 자리에서 일어났다.

"거짓이라? 무엇이 거짓이란 말인가?"

"다 여쭙기 전에 한 가지만 더 확인하게 해주십시오."

"끄응-"

현감은 지금 이 상황이 마음에 들지 않았다. 풍기문란, 그것도 사대부 집안의 풍기 사건은 그 가문의 수치로 그치는 것이 아니라 때로는 그 고을의 수치로 여겨지기도 했다. 자신에게도 오명이 될 수 있는 일을 저지르고, 거기다 살인까지 하려 한 계집이 저리 뻔뻔하게 나오는 걸 참고 볼 수가 없었다. 하지만 상대가 그래도 한때 직제학까지 올라갔던 대감의 여식이었다. 그 죄가 뚜렷해질 때까지는 함부로 대할 것이 아니었다.

"알았도다. 무엇을 확인하려 하는가?"

현감의 허락이 떨어지자 낭자가 성창을 향해 고개를 돌렸다.

"네놈이 통정한 자가 정말 누구인가?"

"낭자, 어찌 이러시오? 아무리 집안의 추궁이 무서웠다고 하나 어찌 나를 죽이려 했단 말이오."

"현감 나리, 이자에게 제 물음에 대한 답을 하라 명해주십시오."

낭자가 현감에게 청을 올렸다. 현감은 여전히 인상을 찌푸린 채 심드렁하게 사내에게 명했다.

"낭자의 물음에 분명히 답하라. 정녕 네가 통정한 자가 누구인가?"

"정말 억울합니다. 몇 번을 아뢰오리까? 제가 통정한 여인은 바로 제 곁에 있는, 백인라 대감의 딸 은호 낭자입니다."

"그것이 참말인가?"

현감이 성창의 답을 거듭 확인했다.

"정녕코, 진실로 참입니다."

"그러하다는데?"

'자, 이제 어찌할 것이냐?'는 물음을 담고 현감은 심드렁하게 낭자를 내려다보았다. 그러다 문득 제 눈을 의심했다. 뻔뻔스럽게도 낭자가 미소를 짓고 있는 것이 아닌가? 아니 고개를 숙이고 쿡쿡대며 웃기까지 하고 있었다.

"고얀…! 그 방자한 태도는 무엇이냐?! 여기가 어디라고 감히!"

현감의 나무람에 주변에 섰던 구경꾼들이 저마다 마주 보고 웅성웅성거렸다. 웅성거림 속에는 '백 낭자가 실성한 거 아닌가?' 하는 추측들도 섞여 있었다. 육방이며 관원들, 성창마저 낭자의 이상스런 태도에 당황하긴 마찬가지였다.

그때, 구경꾼들 틈에서 장옷을 뒤집어쓴 한 여인이 나섰다.

"방자한 그이의 태도를 용서해주십시오."

여인은 얌전한 걸음으로 낭자의 곁으로 가까이 다가섰다.

"댁은 뉘신가!"

"제가 바로 백인라 대감의 여식, 은호입니다."

말을 마친 여인이 장옷을 내려 제 얼굴을 밖으로 드러냈다. 유난히 창백할 정도로 하얀 얼굴, 석상처럼 무표정한 얼굴, 눈꼬리가 달려올라갈 정도로 뒤로 당겨 땋은 머리는 성창 곁에 서 있는 낭자, 아니 서경과는 전혀 다른 얼굴이었다.

"그러네! 백 대감 댁 아가씨네"

"아니 이게 뭔 일이래?"

"저이가 백 낭자면, 저기 서 있는 백 낭자는 누구야?"

"뭐가 도대체 어떻게 돌아가는 거야?"

구경꾼들 사이에서 혼란스러운 웅성거림이 번지기 시작했다.

혼란스러운 건 현감이나 육방 관속들도 마찬가지였다. 특히 이 사태에 놀라 벌떡 일어서던 현감은 의자 다리에 걸려 휘청거리기까지 하였다. 그리고 성창은 소 발바닥에 짓밟힌 개똥 같은 면상이 되어 저를 내려다보며 웃고 서 있는 낭자, 아니 서경을 바라보았다.

"백 낭자와 통정하였다는 이가 낭자의 얼굴도 몰랐던 것이오?"

서경의 비웃음에 성창의 얼굴은 더욱 험악하게 일그러지고 있었다.

사실 지난밤, 원래대로라면 성창을 찾아가 장도를 휘둘러야 할 것은 은호 낭자였다. 하지만 끝끝내 직제학 부인의 허락이 떨어지지 않았다.

"그 흉측한 놈에게 칼을 휘두르다 되려 이 아이가 다치지 않는다는 보장은 어디 있나? 그리고 이 아이가 살인을 하려 했다는 죄로 처벌 받지 않는다는 보장은 또 어디 있고?! 너무 위험해. 게다가 그리 하면 오늘 하룻밤은 꼬박 옥에 갇혀 있어야 할 텐데, 이 아이를 그리 험한 곳에 둘 수는 없어."

"어머님…."

은호가 직접 나서 설득하려 했지만 직제학 부인의 마음은 꺾이지 않았다.

"알겠습니다. 그럼 제가 아가씨의 이름을 빌리는 것은 허락해주시겠습니까?"

그리하여 서경은 은호의 옷을 빌려 입고 은호처럼 머리를 꽉 당겨 묶은 후, 창백한 은호의 얼굴빛을 닮기 위해 좀처럼 하지 않는 분칠까지 더했던 것이었다. 다행히 은호가 그리 바깥출입이 잦은 편이 아니었기에, 또한 밤이 깊었던 탓에 동네 사람들에게도 들키지 않고 넘어갈 수 있었다. 혹시나 사내가 은호의 얼굴을 알고 있는지를 보려고 일부러 장옷을 내리고 불빛에 얼굴까지 비춰 보여줬지만, 사내가 자신을 은호라 부르는 것을 보고 낭자의 얼굴을 모르고 있음을 확신하고 나서야 장도를 휘두르며 아수라장을 펼쳐 보일 수 있었다.

하지만 성창은 예상했던 이상으로 끈질긴 작자였다. 궁지에 몰렸으면서도 결코 제놈의 거짓을 인정하려 들지 않았다.

"그래서 낭자의 결백을 주장하기 위해 아파 네가 일부러 낭자 행세를 하고 소란을 피웠다는 것인가?"

"그렇습니다. 낭자와 제 얼굴을 구분조차 못하는 이를 어찌 믿을 만한 자라 하겠습니까?"

"송가는 들어라. 네가 통정하였다 주장한 이는 백 낭자가 아니었다.

이것이 어찌 된 영문이냐? 네놈이 감히 무고로 사대부 아녀자를 욕보이려 한 것이냐?"

현감이 서경의 곁에 앉은 은호 낭자를 힐끗 본 후 성창에게 따져 물었다. 스스로 제 이름을 대고 나선 낭자는 지금, 서경이 무릎을 꿇고 앉은 곁에 한쪽 무릎을 세우고 그 위에 두 손을 포갠 채 앉아 있었다.

"아닙니다! 저는 백 낭자와 통정한 것이 맞습니다."

"헌데 어찌하여 백 낭자의 얼굴조차 구분하지 못하였느냐?"

"그것이… 그것이… 실은 만날 때마다 낭자가 무척 부끄러워하여 제대로 얼굴을 보여주지 못한 탓입니다. 항상 밤에만 몰래 만나기도 했고, 또 저 여인이 하도 그럴싸하게 흉내를 냈던지라…, 하지만 제가 낭자와 통정하였다는 것을 증명할 증거가 여럿 있습니다."

"증거가 있다?"

"그렇습니다!"

"그것이 무엇인가?"

성창이 곁눈질로 서경과 은호를 노려본 후 현감을 향해 울상을 지어 보였다.

"정인에게서 배반당하고 죽을 뻔까지 하였으니 이제 더 이상 제가 무얼 숨기겠습니까? 소상히 아뢰지요."

성창은 염 매파의 권유에 억지로 머릿속에  새겨두었던 것을 하나하나 끄집어내기 시작했다.

"그 첫째로, 저는 지금까지 밝은 낮에 공공연히 직제학 대감 댁에 간 적이 없소이다. 그것은 옆에 앉은 낭자도 인정하는 사실일 겁니다."

현감이 서경과 은호를 보자 은호가 고개를 끄덕였다.

"그런데?"

"그런데 저는 대감 댁 안채, 그중에서도 은호 낭자의 방이 어디에 있는지 어떤 모습인지 지금 이 자리에서 말씀 드릴 수 있습니다. 그 댁, 그 방에 가지 않았다면 제가 낭자의 방을 어찌 알겠습니까?"

그리고 성창은 제가 알고 있는 은호 방의 모습을 자세히 설명하였다. 안채 평대문을 지나 채 스무 걸음이 되지 않는 곳에 있는 은호 방의 위치와 어른 팔 한 뼘 길이에 난초 화병이 얹혀 있는 작은 책장과 붉은 빛의 나무로 만들어진 서안에 이르기까지, 직접 보지 않고서는 알 수 없는 것들을 설명하였다.

"백 낭자, 저자의 말이 사실이오?"

"…그러하옵니다."

사람들의 웅성거림이 다시 커졌다.

"조용! 일견 그럴 듯은 하나, 방의 모습은 다른 누군가에게 들어 알 수도 있는 것이다. 그 밖의 증거가 될 만한 것이 무에 있는가?"

현감의 물음에 성창이 씨익 웃었다.

"제 품 안에 낭자가 직접 준 정표가 있습니다. 꺼내서 살펴보시지요."

현감이 마루 아래의 포졸을 향해 고개를 끄덕였다. 포졸이 얼른 성창에게 다가와 품속을 뒤적이더니 비단 천에 싸여 있는 무엇인가를 꺼내 현감에게 바쳤다. 현감이 천을 풀자 곱게 접힌 새빨간 댕기 하나가 드러났다. 순간, 은호의 표정이 눈에 띄게 흔들렸다. 그 모습까지 놓치지 않고 살핀 현감이 다시 성창에게 물었다.

"이것이 무엇인가?"

"직제학 대감께서 낭자의 열다섯 생일에 선물로 주신 댕기라고 하더이다. 댕기를 자세히 살펴보시면 꽃글씨(한자를 꽃이나 새 등 다양한 모양으로 표현한 그림)로 새겨진 낭자의 이름자를 확인하실 수 있으실 겁니다."

현감이 댕기를 들고 햇빛이 비추어 색실로 수놓아진 꽃글씨를 확인하였다. 그리고선 곁에 선 육방들에게 댕기를 건네주어 확인케 하였다.

"내 눈엔 분명 은호라는 이름자가 보인다. 너희도 그러한가?"

육방들이 전부 허리를 숙여 "예이. 소인들의 눈에도 그리 비치옵니다." 하며 답을 올렸다.

현감이 다시 은호에게 물었다.

"어찌 된 일이오? 이것조차 저자가 꾸민 거짓 증거요?"

은호가 가만히 입술을 깨물었다.

"제 것이 맞습니다만, 일전에 잃어버린 것입니다."

"낭자! 어찌하여 이리 거짓만 고하시오? 우리의 첫날밤, 낭자 손으로 직접 쥐어주며 당신 자신인 듯 항시 가슴속에 품어달라 하지 않았소?!"

"그런 적 없습니다."

성창이 은호를 향해 부러 간절한 시선을 보내는 데 반해, 은호는 성창 쪽을 보지 않은 채 단호하게 부인했다. 그 곁에서 서경은 연신 누군가를 찾듯 주변의 구경꾼들 사이를 눈으로 훑고 있었다.

"낭자가 그리 나를 부인만 하시니 결국 이 말까지 할 수밖에 없구려."

성창이 한층 더 목소리를 높여 마지막 무기를 꺼내 들었다.

"낭자의 몸, 가장 깊숙한 곳, 다리가 시작되는 부분에 세 개의 붉은 반점이 있습니다. 그것만 확인하시면 제가 낭자와 인연을 맺은 사이임을 아실 수 있으실 겁니다."

뜻하지 않은 성창의 발언에 동헌 뜰의 모든 사람들이 놀라 입을 딱 벌였다. 노골적인 호기심을 담은 사람들의 시선이 일제히 은호 낭자의 아랫배 쪽으로 쏠렸다. 그 시선들을 받은 은호 낭자는 피가 어릴 정도로 입술을 굳게 깨물고, 자꾸만 처지려는 고개를 더욱 높이 치켜 세우고는 부들부들 떨면서 모욕들을 감내했다. 무릎 위에 올려 포갠 손이 흐트러지지 않도록 위에 있는 손가락 손톱으로 아래에 있는 손등을 찍어 누르며 스스로를 진정시켰다.

"거짓입니다!"

은호를 대신해 서경이 단호히 부인하고 나섰다.

"모두 이자가 꾸며낸 거짓말입니다!"

"참인지 거짓인지 살펴봐주시지요! 낭자의 몸만 살펴보면 제 말의 진위 여부는 쉽게 확인될 것이 아닙니까?"

현감은 난감한 듯 좌우의 육방들을 둘러보았다. 성창의 말이 그럴듯하긴 하나, 그렇다고 사대부 아녀자의 몸을 쉽게 조사할 수는 없는 일이었다. 육방들도 고개를 설레설레 저었다.

"백 낭자, 사정이 이러하니 혹시 다모에게 몸을 보여줄 수 있겠소? 그리하면 자연 낭자의 결백이 드러날 것이오."

현감이 넌지시 은호의 의사를 물었다. 은호가 몸검사를 받겠다고 한다면야 더 일을 끌 필요가 없는 터였다.

"싫습니다."

은호는 눈을 감은 채 단호한 거부 의사를 밝혔다.

"거, 보십시오! 제 말이 사실이라는 증거가 아닙니까!! 이래도 제게 죄가 있다 하시겠습니까?!"

성창이 뻔뻔스레 언성을 높이며 입가에 비열한 미소를 머금었다. 그리곤 염 매파가 일러주었던 마지막 말을 떠올렸다.

"댕기까지 내밀고도 사람들이 안 믿거든, 그때는 그 가시나 몸 깊숙한 곳에 붉은 반점이 있다고 고해삐라."

"사실이에요? 이모님은 그걸 어찌 아셨소?"

"있기는 뭐가 있노? 다 그짓말이재. 중요한 거는 그 가시나는 그게 거짓이라고 케도 죽어도 그걸 증명 못한데이. 그걸 증명할라믄 지가 다른 사람 앞에서 지 몸을 드러내 보여야 카는데, 그 성질에? 그 자존심에? 카카카. 그 가시나는 아마 죽으믄 죽었지 그리는 안 할걸?"

염 매파의 말대로였다. 제 몸을 보이기만 하면 간단히 증명할 수 있는 거짓을 은호는 밝힐 수 없다고 저리 고집을 피우고 있지 않은가? 성창은 또다시 슬며시 비집고 나오는 웃음을 참으려 입술 양 끝에 꾸욱 하니 힘을 주었다.

"끄응-"

현감은 난처하기 그지없었다. 내심 성창의 말이 거짓인 것 같지만 저리 나오니 어떻게 해결할 방안이 없었다.

"백 낭자, 단 한 명에게만이라도 좋소. 낭자의 결백을 스스로 증명하지 않겠소?"

백 낭자가 다시 절레절레 고개를 저었다.

"아가씨의 몸뒤짐을 하지 않고도 아가씨의 결백을 증명할 방안이 제게 있습니다."

서경이 벌떡 일어나 현감에게 고했다. 이내 사람들의 시선이 서경에게 쏠렸다. 은호 역시 감고 있던 눈을 떠 서경을 올려다보았다.

"그래? 그게 무엇인가?"

"혹여 이런 일이 있을까 하여 진즉에 인편에 구해오라 한 것이 있습니다. 지금 막 당도한 듯하니 그것을 받아도 되겠습니까?"

"…허락한다. 저 여인의 오라를 풀어주어라."

"네이!"

다모가 얼른 달려와 서경의 몸에 묶인 오랏줄을 풀었다. 서경이 뒤로 묶여 있던 손을 앞으로 모아 잠시 손목을 돌린 후 둘러선 사람들 가운데 유난히 키가 훌쩍한 삿갓 쓴 사내를 향해 다가갔다.

"난 줄 알고 있었어?"

윤이 슬며시 삿갓을 들고는 눈웃음을 보였다.

"쯧! 왜 이리 늦은 것이오. 구해 오긴 하였소?"

윤이 제 품속에 손을 넣어 뚜껑 주변을 촛농으로 굳게 밀봉한 둥근 통을 꺼내 서경에게 건네주었다.

"수고하였소."

"이 값은 톡톡히 받을 것이네?"

그리 말하고선 윤은 다시 삿갓을 얼굴 아래로 깊숙이 내렸다. 서경이 윤에게서 받아 든 통을 들고 현감 앞으로 나아갔다.

"그것이 무엇인가?"

"앵가(鸚哥, 앵무새의 옛말)의 생피를 몇 수십 배 농축하여 만든, 처녀 감별약(鑑別藥)이옵니다. 원래 궁에 입궐하는 어린 생각시들의 처녀 감별을 위하여 앵가의 생피를 이용한 지는 오래되었지만, 어느 약방 의원이 앵가 생피의 감별 효과를 더욱 높인 이 감별약을 만든 것을 계기로, 근래 들어서는 도성의 양반가에서도 드물지 않게 사용하고 있지요."

"…그런 약이 있다는 것은 나도 들어 알고 있었다. 그래! 이것이면 되겠구나. 이것이라면 굳이 몸뒤짐을 하지 않아도 낭자의 결백함을 증명할 수 있을 터이니!"

현감이 흡족한 미소를 띠며 서경을 보았다. 그때였다.

"그것이 거짓 시약이 아님을 어찌 압니까? 저 여인이 거짓말을 하는 것이면 어쩌시려고요? 제가 알기로는 그 약값만 해도 기백 냥에 이른다 들었습니다. 돈이 있어도 쉽게 구하지 못한다는 이야기도 들었지요. 그리 귀한 것을 어찌 구해올 수 있었는지, 쉽게 믿어지지 않습니다!"

성창이 따져 물었다. 주변의 사람들도 성창의 말에 수긍하는 표정들이었다. 현감이 넌지시 서경에게 물었다.

"저자가 저리 나오는 것도 어찌 보면 합당하네. 뭐 달리 좋은 수가 없겠나?"

"그럼, 이리 하시지요."

서경이 주변에 모인 구경꾼들을 휘휘 둘러본 후 현감에게 말했다.

"사람들에게 일러 스물 안팎의 여인 다섯만 데려오라 하시지요. 물론 저를 만난 적이 없는 여인들로 혼인을 한 자와 혼인을 하지 않은 자가 섞여 있어야만 합니다. 그들이 모이거든 현감 나리께서는 그들 모두에게 같은 복색을 시키고 같은 머리 모양을 하게 한 후, 부채로 얼굴을 가려 제 앞에 데려와주십시오. 제가 직접 이 감별약으로 그들 다섯의 처녀 감별을 하겠습니다. 만약 다섯 중 어느 하나라도 틀리거든 거짓을 고한 죄로 제 손목을 자르시지요. 그 정도면 이 감별약의 효과가 입증되지 않겠습니까?"

현감이 서경이 요구한 조건의 여인을 찾는 동안 서경과 성창은 각기 아침까지 갇혀 있던 옥에 다시 감금되었다. 서경이 다시 오랏줄에 묶여 옥방 안에 있을 동안 윤은 내내 옥문 앞에 서 있었다. 그러더니 그 자리에 주저앉아 서경과 눈높이를 맞춘 후 지그시 바라보았다.

"…뭐요?"

"으음. 그냥 그런 옷을 입은 임자는 처음 보는 것 같아서."

은호의 옷을 빌려 입은 서경은 양반 규수, 그대로의 모습이었다. 앞머리를 곱게 갈라 땋아내린 머리, 흰 모시 적삼에 넓게 퍼진 푸른 치맛자락이 제 옷인 양 자연스러웠다. 그저 옷차림 하나가 달라진 것뿐인데도 지금의 모습이 서경의 본모습이 아닐까 의심될 정도였다.

"겁나지 않아? 그 시약이 만에 하나 가짜라면 어쩌려고. 설령 진짜라 해도 간혹 틀릴 수도 있다는 걸 알잖아. 뭘 믿고 선뜻 손목까지 내건 거야?"

따져 묻는 것이 아니었다. 윤은 그저 항상 뭘 하든, 제 자신을 전부 내어놓는 그녀의 무모함을 걱정한 것이었다.

"…댁을 믿소."

"뭐?"

서경이 너무도 작은 소리로 읊조린 탓에 윤은 다시 한번 되물었다.

"뭐라고?"

"댁을 믿소. 댁이 그저 허튼 시약을 가져왔을 리 없으니, 그저 믿을 뿐이오."

그리 말하는 서경의 올곧은 시선에는 단 한 점의 의혹도 없었다. 하지만 서경을 보는 윤의 마음을 절대 편치 않았다. 죽을 뻔했던 게 고작 며칠 전인데 다시 이리 저 스스로를 위험한 지경에 처하게 하는 그 무모함에 화가 났다.

"…먼저 나가 있을게."

화가 났지만, 짜증이 머리끝까지 치밀었지만 서경에게 화풀이를 할 수는 없었다. 그래서 윤은 끝까지 그녀 곁에 있어주지 못하고 먼저 옥문을 나서고 말았다.

그로부터 한 시각 후, 서경은 다시 동헌 뜰로 끌려나왔다. 아침나절보다 배는 많은 구경꾼들이 몰려든 그 뜰 안에 성창이 꿇려 앉혀져 있었다. 그리고 성창의 열 걸음 앞에는 부채로 얼굴을 가리고 현감 쪽을 향해 여섯 명의 여인이 서 있었다. 여인들의 앞에는 긴 탁자가 놓여 있었고 그 탁자 한켠에 서경이 현감에게 보여주었던 감별약과 깨끗한 명주 천, 가느다란 구멍이 뚫려 있는 나무 수저 하나가 준비되어 있었다. 제가 요구한 다섯보다 한 사람이 많음에 서경이 현감을 쳐다보았다.

"다섯 명의 마을 여인들 사이에 백 낭자도 섞여 있다. 백 낭자는 물론이거니와 나머지 다섯 여인도 너의 감별이 끝날 때까지 입을 열지 않을 것이다."

현감이 그 연유를 밝혔다.

"알겠습니다."

그리고 모든 이들의 시선을 한몸에 받으며 서경이 여인들의 앞에 섰다.

"모두 제게서 등을 돌리고 부채를 내려 사람들에게 얼굴을 보여주시오. 제 감별이 맞았는지 여러 사람들이 알게 하고자 합니다."

여인들이 서경의 말대로 등을 돌려 사람들에게 제 얼굴을 보여준 후

다시 부채로 얼굴을 가리고 돌아섰다. 서경이 제 곁에 선 다모에게 한 사람, 한 사람씩 한쪽 소매를 걷어달라고 요구하였다. 다모가 여인 여섯의 손목을 다 걷고 여인들이 그 드러난 팔을 앞으로 내밀었다. 서경은 가장 오른편에 섰던 여인부터 감별을 시작하였다. 우선 명주 천으로 깨끗이 손목을 닦고 구멍 뚫린 수저를 약통에 담갔다 꺼내 여인의 손목 위 다섯 치(약 15cm)쯤 되는 위치에 놓았다.

똑, 똑, 똑.

검붉은 시약이 여인의 하얀 손목 위에 떨어졌다가 이내 또르르 살결을 따라 굴러떨어졌다.

"혼인한 자이옵니다."

"정(正)이오!"

서경의 감별에 현감의 곁에서 장부를 들여다보고 있던 이방이 소리 높여 맞췄음을 널리 알렸다. 동시에 "오~!!" 하는 사람들의 탄성이 터졌다. 성창의 낯빛이 조금 어두워졌다.

두 번째 여인은 손목 위에 시약을 떨어뜨렸을 때는 이내 또르르 굴러떨어지지 않고 손목 위에 얌전히 고였다.

"혼인하지 않은 자이옵니다."

"정(正)이오!"

이번에도 이방이 외쳤다. 그렇게 세 명, 네 명까지 연달아 "정(正)이오!" 하는 소리가 동헌 뜰에 울려 퍼질 때마다 사람들의 환호성이 더욱 커졌다.

어느덧 다섯 번째 여인까지 감별을 마쳤다. 서경은 여인의 손목에 고여 있는 시약을 보고서 다시 "혼인하지 않은 자이옵니다"라고 고했다.

이윽고 여인이 부채를 내렸을 때 동헌 뜰에는 "와-" 하는 사람들의 환성과 함께 "그럼, 그렇지!!" 하는 탄성들이 터져나왔다. 초조하게 지켜보고 있던 현감도 비로소 "휴-" 하고 한숨을 내쉬었다. 어느새 온 건지 사람들 틈에 섞여 초조하게 기다리고 있던 백 대감과 그 부인까지 서로를 마주 보며 안도의 한숨을 쉬었다. 다섯 번째 여인이야말로 바로 이번 감별의 진짜 주인공인 은호 낭자였기 때문이다.

"거짓이다! 다 거짓이야! 이건 조작이야!!!"

성창이 벌떡 일어나 소리 질렀다. 포졸들이 이내 달려들어 강제로 성창을 다시 꿇어 앉혔지만 성창은 여전히 목이 터져라 외쳤다.

"이건 다 거짓이오! 다 짜고 하는 짓이란 말이오!!"

"조용!"

현감의 명이 떨어졌다.

"아직 모든 감별이 끝나지 않았도다. 아파는 어서 감별을 마저 마치시게."

"알겠습니다."

그리고 마지막 여인의 차례가 되었다. 서경은 여느 때보다 더 신중히 여인의 손목을 닦아낸 후 약통에 담갔던 수저를 손목 위 다섯 치 되는 곳에 놓았다.

똑.

똑.

똑.

수저의 구멍을 통해 떨어진 시약들이 손목 위에 고였다.

"혼인하지 않은 자이옵니다."

서경이 그리 고하고 여인이 부채를 내려 얼굴을 드러내었다. 이방이 얼른 서책을 보고 답을 말하려다 어쩐 일인지 얼굴을 일그러뜨리고는 말을 잇지 못했다.

"어찌 된 일인가? 답을 고하라."

현감이 명하자 이방이 마지못해 두 눈을 질끈 감고선 소리 높여 외쳤다.

"오, 오(誤, 틀리다. 그릇되다)요!"

"무어라?!"

현감이 기겁을 하고 일어나 이방을 다그쳤다.

"다시 확인하라. 저 여인이 정말 혼인한 자란 말인가?"

"네. 지난해 죽은 벌목꾼 오가의 안사람이옵니다."

이방의 대답에 지켜보고 있던 직제학 부인이 휘청거렸고, 백 대감이 그런 부인의 어깨를 얼른 부축하고 나섰다. 구경꾼들의 소란도 점점 더 커져갔다.

서경은 제 앞에 선 여인을 뚫어져라 보며 서 있었고 여인은 미안한 듯 서경의 시선을 피하며 고개를 돌렸다.

"하하하하! 그것 보시오! 그 감별약이라는 게 틀리지 않았소. 자, 이제 약조대로 그 계집의 손목을 자르시오! 그리고 백 낭자와 나와의 관계를 인정해주시지요!"

쾌재를 부르며 웃음을 터뜨린 성창의 우렁찬 목소리가 온 동헌을 쩌렁쩌렁 울렸다. 그러자 구경꾼들 사이에서도 "손목을 자르시오!" "자르시오!!" 하는 소리들이 터져 나왔다.

현감이 난감한 듯 주변을 둘러보더니 곁에 선 형방을 향해 명했다.

"작두를 가져오라."

"안 돼엣!!"

윤이 비명을 지르며 사람들 틈을 뚫고 나왔다. 구경꾼을 통제하고 있던 포졸 두엇이 얼른 들고 있던 창을 가로질러 윤을 막아섰다. 윤이 힘으로 창을 밀며 나아가려 했지만, 서너 명의 포졸이 더 달려들어 윤을 강제로 바닥에 엎드리게 하고는 무릎으로 등을 눌러 옴짝달싹 못하게 만들었다.

"이거 놔!! 이거 놓으라고!! 내가 누군 줄 알고, 감히!"

현감이 소란을 떨고 있는 윤 쪽을 힐끗 보더니 서경에게 물었다.

"아는 자인가?"

"…바깥사람입니다."

다시 윤 쪽을 보는 현감의 눈에는 설핏 동정의 빛이 떠올라 있었다. 그러다 문득 고개를 내밀곤 좀 더 자세히 보려 눈을 가늘게 떴다. 삿갓이 벗겨진 그 얼굴은 어디선가 본 듯한 얼굴이긴 했지만 너무 멀리 있는 까닭에 제대로 본 것인지 확실하지 않았다.

'현무군? 아니다, 그럴 리가 없어. 이 자리에 있을 리가 없는 분 아닌가? 거기다 저 행색하고… 으흠, 아니야. 그럴 리가 없지.'

"작두 대령했습니다."

감별약이 놓여 있던 긴 탁자에 작두가 놓였다. 현감이 고개를 끄덕이자 서경의 곁에 섰던 다모들이 서경의 오른손을 쥐어 작두의 칼날 아래 두었다.

"잠시만요!"

급히 은호가 한 발자국 앞에 나섰다. 그리고 현감에게 고했다.

"만약… 만약 제가 몸검사를 받겠다면, 그리하여 제 결백과 제 정조를 증명한다면, 저 여인을 방면해주시겠습니까?"

"그리 할 수는 없소. 그 일은 차후에 따로 따져볼 수 있으나 이 일은 여기서 마무리되어야 할 것이오. 이만한 준비를 하게 하고, 또 여러 사람 앞에서 공공연히 약속을 한 것이니만큼 아파는 자기 말에 책임을 져야 할 의무가 있기 때문이오."

"…물론 그리 하겠습니다."

서경이 현감의 말을 받았다. 얼굴에는 초조한 기색 하나 없었다. 그저 자기한테 주어진 형벌을 그대로 받겠다는 의지가 드러나 있었다. 하지만 작두 위에 올려진 서경의 손은 아주 미세하게 떨리고 있었다. 그 모습을 동정의 눈으로 바라보면서 현감이 천천히 손을 들어올렸다. 현감의 손이 내려지는 순간, 작두의 칼날도 서경의 손목을 향해 빠르게 내려질 것이었다. 순간 일제히 조용해진 동헌 뜰에 "으아아악!" 하는 윤의 고함소리가 거칠게 울려 퍼졌다. 성창은 눈을 번들거리며 얼른 칼날이 내려오기를 기대에 차서 바라보고 있었다.

현감이 윤에게는 동정의 눈길을, 성창에게는 혐오의 눈길을 보낸 후 손을 내리려 움찔거리는 찰나였다.

"아니에요!"

쇳소리 같은 여인의 목소리가 터져 나왔다.

그리곤 후다다닥, 마지막 여섯 번째 감별을 받았던 여인이 제가 섰던 줄에서 뛰쳐나와 현감 앞에 무릎을 꿇고 머리를 조아렸다.

"현감 나리, 아닙니다, 아닙니다. 그게 아닙니다."

후두둑 여인의 눈에서 떨어진 굵은 눈물방울들이 동헌 뜰의 흙바닥을 적셨다. 동헌 안 모든 사람들이 그녀의 다음 말을 기다렸지만 그녀는 쉽게 말을 잇지 못한 채 계속 눈물만 흘렸다. 현감은 다모에게 서경의 팔을 풀어주라고 명했다.

"아낙은 말하라. 무엇이 아니라는 것인가?"

"…실은, 실은… 제가 혼인을 한 자이긴 하지만 흑… 제가 혼인을 하였을 때 이미 서방은 벌목 사고로 아랫도리를 다쳐 사내 구실을 할 수 없는 자였습니다. 흐윽…."

"그럼 어찌하여 처음부터 그리 말하지 않았는가?"

"몸이 이어지지 않았다 하나 그가 어찌 제 서방이 아닐 수 있겠습니까! 이 사람들 중에도 제 서방을 아는 이들이 적지 않습니다. 그들에게 차마, 차마, 제 입으로… 흐흐흑."

아낙은 이제 아예 땅바닥에 얼굴을 묻고는 꺼이꺼이 울음을 토해냈다. 현감도, 육방도, 나머지 관속들도, 그리고 동헌 뜰 안의 구경꾼들도 감별을 받은 나머지 여인들도 모두 아연실색하여 그런 여인을 바라만 보았다.

오직 서경만이 엎드려 울고 있는 아낙을 일으켜 세우며 가만히 등을 쓸어주었다. 여인이 그런 서경에게 안겨 울며 연신 "미안하오." "미안하오." 하며 사과의 말을 읊조렸다.

그 후 한식경도 안 되어, 은호 낭자는 특별히 엄선된 입이 무거운 다모와 함께 방에 들어 제 몸을 보여주어 자신의 결백을 입증했다.

한편, 거짓 소문으로 이 모든 사건을 일으킨 성창은 그로부터 채 하루가 지나기도 전에 망나니의 칼날에 목이 베어졌다. 은호 낭자에 대한 무고도 무고려니와, 호패(양반의 신분증)를 위조한 까닭에 사형이라는 처벌이 내려졌기 때문이었다.

* * *

그날 밤, 백 대감 부인은 일부러 행랑채가 아닌 사랑채에 서경과 윤을 위한 방을 마련해주었다. 그리고 잔칫상 못지않은 저녁상에 반주로 할 술까지 넉넉히 들려 보내주었다. 물론 서경에게는 은호 낭자의 누명을 벗겨준 것에 대한 사례로 두둑한 돈주머니까지 주어졌다.

"하마터면 큰일 날 뻔했어. 천운이 있어 하늘이 도왔기에 망정이지 정말 손목이 잘려나갈 뻔했잖아. 도대체 무슨 생각으로…"

국이 식기를 기다리며 아직 수저를 들고 있지 않은 서경에게 투덜거리던 윤은, 너무도 태평한 서경의 표정을 보고서 문득 서경이 무언가 감추고 있지 않나 하는 의심이 들었다.

"설마 또, 임자가 무얼 한 건가?"

서경은 아무 말없이 제 국그릇만 보고 있다가 슬며시 손으로 국그릇 온도를 가늠해보고는 그제야 수저를 들기 시작했다.

"알고 있었지?"

윤이 거듭하여 물었다. 아무 대답도 하지 않는 서경이었기에 더욱 수상했던 것이다.

"…감별약과 상관없이 이미 답을 알고 있었던 거지?"

"무슨 이야기를 하는지 모르겠소만…."

여전히 딴청을 피우며 산적 하나를 통째로 들어 입에 넣어 우물거리는 서경을 보고서 윤은 피식 웃음을 흘리고 말았다.

"아무 계책도 없이 무턱대고 제 손목을 걸 임자가 아님을 진작 눈치 챘어야 했어. 그래 무슨 수를 쓴 거야? 어? 어서 말해봐."

윤은 기어이 답을 알아야겠다는 듯, 서경이 밥그릇을 다 비울 때까지 끈질기고 끈질기게 똑같은 질문을 되풀이했다.

"쯧! 그리 궁금하오?"

윤이 반가움에 눈을 동그랗게 뜬 채 급히 고개를 끄덕였다.

"어디서부터 보았는지 모르겠지만 처음 여인들을 감별하기 전에 사람들을 향해 돌려세워 부채를 내리도록 했었소. 이는 구경꾼들이 감별의 답을 먼저 알게 하기 위함이었소."

"설마… 구경꾼들 중에 협조자가 있었단 말인가?"

"산채 막한이 두목의 큰아이가 마을에 내려와 산 지 반 년이 넘었소. 동네에서 이런저런 잡심부름과 농사일을 도와가며 살아가고 있지요."

"그러니 여인들의 얼굴을 보고서 혼인한 자와 혼인하지 않은 자를 알려줄 수 있었다는 이야기군."

"그렇소. 저를 찾고 있던 나와 눈이 마주친 순간 내 뜻을 알아챌 정도로 영특한 아이라오. 여인 한 사람, 한 사람에게 시약을 쓸 때 몰래 수신호로 내게 답을 알려주더이다."

"그랬었군. 그럼 마지막 그 여인에 관한 것도 미리 답을 알고 있었던 것인가? 그래, 죽은 서방이 벌목꾼이었다고 하니 산채에서 살았던 그 아이가 미리 알고 있었던 게로군."

"그건 아니오."

서경이 가만히 고개를 저었다.

"그 여인에 관해 아이가 수신호로 알려준 답은 '혼인한 자'였소."

"그럼, 임자 맘대로 답을 바꿔 말했다는 거야? 왜?"

윤이 앉은걸음으로 서경에게 바짝 다가앉으며 질문을 던졌다. 서경이 그런 윤을 피해 주춤거리며 뒤로 물러난 후 답을 말했다.

"분명 아이가 말해준 답은 '혼인한 자'였으나 그러기에는 감별을 받고자 하는 여인의 손목이 미세하게 떨리고 있었소. 살결에는 제법 촉촉하게 땀도 어려 있었고, 손목에서는 불규칙하게 뛰는 맥도 느껴졌소. 이는 그 여인이 무언가 숨기고 있음을 뜻함인데, 생각해보오. '혼인하지 않은 자'가 처녀 감별을 받을 때 떠는 것은 당연한 이치라 할 수 있소. 정조를 지키고 있는 여인이라고 해도 만에 하나 감별이 잘못되면 그야말로 그 자리에서 부정한 여인으로 낙인 찍히게 될 터이니 말이오."

"정조를 지키지 않고 있는 여인이라면 당연히 그 사실이 밝혀질까봐 떨게 될 것이고."

"그 말이 맞소. 하지만 혼인을 한 자는 감별을 받을 때 떨 이유가 없소. 혼인을 한 자신에게 어떤 결과가 나오든 자신은 어떤 피해도 받지 않을 것이니 말이오. 맞아도 그만, 틀려도 감별약의 무효함을 말할 뿐 자신에게는 어떤 도덕적 흠결도 씌워지지 않소."

"헌데 혼인을 한 자라던 그 여인이 떨고 있었다."

"그렇소. 거기서 생각해볼 수 있는 건 아이가 여인의 얼굴을 잘못 보았을 경우와 여인이 거짓말을 할 경우, 단 두 가지밖에 없었소. 허나 벌목꾼의 안사람이었던 그 여인의 얼굴을 아이가 몰라볼 리 없지 않소."

"하아-"

윤은 새삼 놀라 가벼운 탄성을 터뜨렸다. 판단력 하나만큼은 사서삼경을 깨친 웬만한 남정네 못지않은 여인이다 싶었다.

"그럼 그 감별약의 결과도 임자 손으로 조작한 것이란 말이야?"

"…앵가의 피는 떨어뜨리는 각도에 따라 얼마든지 손목 위에 고이게 할 수도, 손목 밑으로 떨어지게 할 수도 있소. 궁에서 내의녀가 쓸 때도 비슷한 방법을 쓴다고 들었소."

"그러니까… 처음부터 내가 가져올 감별약에 대해서는 조금도 믿지 않고 있었다는 거네?"

윤이 점점 더 서경에게 다가오며 따져 물었다. 서경이 윤을 피해 점점 더 물러나다 벽에 가로막혔다. 이제 벽과 윤의 사이에서 서경은 윤의 눈빛을 좀 더 가까이 들여다볼 수 있었다. 윤이 느끼고 있는 배신감에 대해서 충분히 이해했다. 도성에서 제법 쓰이는 약이라고는 하나 돈이 있다고 해도 아무 때나 쉽게 구할 수 없는 물건이었다. 그것을 하루 만에 구해가지고 온 것은 분명 윤이 보통 이상으로 힘써준 덕분이었으리라. 거기다 자신의 무모한 태도에 그가 마음 졸였던 것을 생각하면 그가 지금 이토록 마음을 다친 것도 충분히 이해할 수 있었다.

"미안하오. 하지만 그럴 수밖에 없었소. 감별약이 보여줄 결과가 얼마나 정확한 것인지, 혹은 얼마만큼의 오차가 있는 것인지 알지 못하는 상태에서 감별약에만 기대고 있을 순 없었소."

서툰 사과밖엔 윤에게 할 말이 없었다. 그가 자신에게 화를 낸대도 이번만큼은 고스란히 받아줄 생각이었다.

"임자가 선뜻 제 손목을 걸겠다고 나선 것도 모두 계산된 행동이었던 것인가? 혹여 다른 사람이 그 감별의 결과에 대해 의심을 품거나 딴소리를 할 수 없게 하기 위해?"

윤이 두 손을 벽에 짚어 서경의 얼굴을 가둔 채 침통한 목소리로 따져 물었다.

"그것뿐만은 아닐 것이오."

갑자기 방문 밖에서 은호의 목소리가 들리더니 문이 열렸다. 은호가 비단 보자기를 껴안은 채 방으로 들어섰다. 그리곤 윤과 서경에게 등을 보인 채 앉았다.

"그럼 또 무슨 이유가 있었다는 것입니까?"

윤이 여전히 서경을 가둔 채, 서경에게 향한 시선을 거두지 않은 채, 은호에게 물었다.

"아마 내가 스스로 나서 몸뒤짐을 받도록 하게 하려고 일부러 그런 강수를 둔 것일 게요."

서경이 사실을 캐묻기라도 하듯 자신을 지긋이 들여다보는 윤의 눈을 피해 시선을 돌렸다.

"그저 단순한 감별 결과만으로는 아가씨에 대한 세인들의 의혹을 완전히 지울 수 없다고 생각했소. 어떻게든 그 사내의 말이 거짓임을 증명해야 하는데, 그러기 위해서는 결국 아가씨가 스스로 자신의 결백을 증명해야만 했소."

"허나 나는 내가 죽는 한이 있어도 몸뒤짐은 받지 않았을 것이오. 하지만 아파가 자신의 손목까지 내걸었으니 내 어찌 나의 자존심만 지키려 들 수 있었겠소."

"쿡! 쿠쿠쿠쿡…"

갑자기 윤이 웃음을 터뜨렸다. 서경을 가두고 있던 제 팔에 고개를 묻은 채 한참 동안 쿡쿡거리며 웃었다.

"아! 못살겠다, 정말. 하하하하하! 당신이란 여자는 참, 언제나 내 뒤통수를 후려친단 말이야. 하하하하!"

"…화난 것 아니었소?"

"화는 무슨, 임자에게 한 번 더 반했는걸?"

윤이 고개를 돌려 여전히 등을 향하고 있는 은호의 눈치를 보더니 서경의 귀에 제 얼굴을 가까이 가져가 속삭였다.

"지금 이 방에 임자랑 나랑 단 둘만 있었다면 당장 임자에게 입 맞추고 싶을 정도라네. 그뿐인가? 그보다 더한 짓도 해버릴 거야. …하여… 한 후, 내일 앵가피의 처녀 감별 효과를 직접 가늠해보면 어떨까. 훗, 임자도 그 결과가 궁금하지 않은가?"

"……!"

그 속삭임이 담고 있는 외설적인 내용에 볼이 새빨개진 서경은 황급히 윤을 밀어붙이고는 팔에서 빠져나왔다. 그리고선 괜히 제 저고리의 여밈 부분을 손으로 누른 후 여전히 벽을 향해 돌아앉아 있는 은호에게 물었다.

"흠… 그런데 여기는 어쩐 일이십니까?"

"아버님께서 저이를 보자고 하시네. 밖에 나서면 행랑아범이 데려다 줄 것이네."

윤이 일어서며 자신에게 고개를 돌리고 있는 서경의 정수리를 쓰윽 하고 쓰다듬고선 방 밖으로 나갔다. 윤이 나가고 난 후에야 서경 쪽으로 돌아앉은 은호는 서경에게 제가 갖고 있던 보자기를 내민 후 앉은 자리에서 깊이 반절을 하였다.

"무슨 일이십니까?"

서경도 허겁지겁 반절을 돌려주었다.

"낭자의 덕분으로 고초에서 벗어날 수 있었소. 그 예라 하기에는 너무나 간소하오나, 여기 아이 옷과 낭자가 입을 만한 옷가지들을 몇 가지 추려 갖고 왔으니 받아주시지요."

"…낭자라니, 무슨."

"전년 초파일에 수종사에 갔다가 어린 아이와 함께 탑돌이를 하는 모습을 본 적이 있지요. 그 후로도 불공을 드리러 갈 때마다 아이와 늙은 할멈과 함께 나물을 캐던 모습을 종종 보았습니다."

"……"

"아파의 모습일 땐 긴가민가 확실치 않았지만 저로 변장하기 위하여 머리를 내린 모습을 보고서야, 비로소 낭자임을 알아볼 수 있었습니다."

정체가 드러난 건 서경만이 아니었다.

윤은 백 대감이 있는 안방으로 들어가자마자 제 정체가 드러났음을 알 수 있었다. 보료가 깔려 있는 상석을 비워둔 채 백 대감이 옆으로 비껴 앉아 있었던 것이다. 윤은 눈썹을 한 번 치켜 올리곤 자연스럽게 아랫목으로 가 보료 위에 자리를 잡고 앉았다.

"오랜만에 군마마를 뵙사옵니다."

백 대감이 방바닥에 두 손을 짚은 채 고개를 숙여 보였다.

"아직도 내 얼굴을 기억하고 있었소이까? 워낙 오래전에 스치듯 뵌 게 전부인지라 몰라보실 줄만 알았습니다."

"그때나 지금이나 달라진 것이 하나 없질 않습니까? 여전히 천하에 둘도 없는 미공자이신 것을요."

"하하하! 그렇습니까?"

"군마마의 얼굴을 한 번 본 이라면 어찌 그 얼굴을 쉽게 잊을 수 있겠습니까?"

"꼭 그렇지도 않더라고요. 그저 옷 한 벌만 갈아입었을 뿐인데, 도성 곳곳을 휩쓸고 다녀도 어느 누구 하나 알아보는 사람이 없더이다. 천하제일 미공자라는 별칭이 모두 뜬구름 같은 허명임을 그제야 깨달았습니다. 하하하!"

"존귀하신 군마마가 미천한 장돌뱅이 행색으로 돌아다닌다는 걸, 누가 믿겠습니까? 저 역시도 이리 가까이에서 보고 있지 않았다면 끝끝내 믿지 않았을 것을요. 헌데…."

백 대감이 목소리를 낮춰 은밀하게 물었다.

"무슨 까닭에 이리 변복을 하시고 다니시는 겁니까? 제집을 찾아오신 연유는 무엇이고요."

내내 미소를 머금고 있던 윤이 금세 표정을 달리하곤, 일어나 방문 쪽으로 가 방문을 활짝 열어젖혔다. 그리고 고개를 길게 빼어 바깥을 살핀 후 되돌아와 백 대감의 곁에 가까이 앉아 저의 본론을 이야기했다.

"전하의 명을 받아 왔소."

"전하라면 주상 전…!!"

놀라 이야기하는 백 대감의 입을 윤이 제 손으로 얼른 덮었다.

"듣고만 계시오."

백 대감이 긴장으로 얼어붙은 얼굴을 아래위로 힘겹게 끄덕거렸다. 그 모습을 보고서야 윤은 대감의 입을 가로막고 있던 손을 떼어낸 후 자신의 진짜 볼일에 대하여 알리기 시작했다. 주상 전하가 세도가나 왕대비 일족과는 상관없는 왕빗감을 뽑고자 하신다고, 그 후보자 중 한 명이 바로 은호 낭자라고. 그러니 하루라도 빨리 처녀단자를 내고 간택 준비에 들어가라고. 그러면서 윤은 생각했다. 자신이 드디어 형님의 숙제를 푼 것 같다고.

'형님, 드디어 제가 형님의 신붓감을 찾은 것 같습니다.'

* * *

몸가짐은 물론 성품까지 고지식할 정도로 강직하고 깔끔한 은호 낭자는 윤이 보기에 어려운 왕대비, 대왕대비 시집살이는 물론 내명부의 일을 주관하기에 충분한 능력이 있어 보였다. 거기다 집안이 이렇다 할 명문 세도가가 아니면서도 백 대감 역시 성품이며 인품, 학식이 부원군(임금의 장인)이 되기에 나무랄 데가 없어 보였다.

"백 낭자면 나무랄 데가 없을 것 같아. 그러니 우리 일도 이쯤에서…"

사랑으로 돌아오자마자 가벼운 마음에 서경에게 일의 마무리를 고하려던 윤은 서경의 우울한 낯빛에 말을 멈췄다.

"무슨 일이야?"

"다음 낭자를 찾아봐야 할 것 같소."

"그럴 필요 없어. 백 낭자 정도면 충분할 것 같아."

"…다른 낭자들을 더 살펴보고 정하는 게 어떠시오."

"뭐 하러? 처음부터 말했잖아. 꼭 명단에 있는 모든 낭자를 찾아갈 필요는 없다고. 언제라도 괜찮은 사람이 나타나면 거기에서…. 도대체 뭐야? 무슨 일이 있었어?"

서경이 일어나 벽에 걸린 제 짐을 내리며 말하기 시작했다. 일부러 아무렇지 않은 척하려 했지만 그 목소리에는 적지 않은 한숨과 적지 않은 울음이 스며들어 있었다.

"낭자가 매파들을 통해 신랑감을 까다롭게 고른 건 특별한 이유가 있어서였소."

"응?"

"살날이 얼마 남지 않은 자신보다 먼저 죽을 가능성이 큰 상대를 찾기 위해서요."

놀라 얼어붙은 윤을 본척만척하며, 서경은 제 등짐을 열어 은호 낭자가 건네준 비단 보자기 속의 옷들을 둥글게 말아 바닥 쪽부터 채워 넣기 시작했다.

"유난히 창백하다 싶었소. 감별을 위해 손목을 잡았을 때 느껴지는 맥도 심상치 않다 싶었고. 따져 물으니, 몇 년 전부터 흉통(가슴통증)이 적지 않게 있었고, 홀로 일부러 멀리까지 찾아가 만난 의원들에게서는 오래 살지 못할 것이란 진단도 받았다 하오."

서경은 옷들을 넣다 말고 신경질적으로 나머지 옷들을 방바닥으로 패대기쳤다.

"한심하지 않소?! 그럴 거면 자기 마음대로 자유롭게나 살아볼 일이지… 그깟 가문이 뭐라고, 열녀문이 뭐라고!"

서경이 패대기치다 만 옷들을 움켜쥐고 부르르 떨었다. 조금 전 은호 낭자가 제게 해준 말을 떠올리자 자꾸만 화가 나 견딜 수가 없었다.

"나는 지금 죽어가고 있다오. 남은 목숨이라고 해야 채 일 년이 되지 않을 것이오. 신기한 게, 의원이 따로 일러주지 않는데도 내가 얼마나 죽음에 가까이 다가서고 있는지 스스로가 먼저 알게 된다는 점이더이다."

"병든 사내를 찾아 그가 죽으면 기다렸다는 듯이 따라 죽어 열녀문을 하사 받을 작정이라고요?"

서경의 힐난하는 듯한 물음에 은호 낭자는 담담히 답했다.

"이왕 죽을 몸이라면 그 정도 거래는 해야 여한이 남지 않을 것 같아서 말이오. 먼저 가는 불효를 저지르는데 그만한 선물쯤은 전해드려도 좋지 않겠소? "

"그깟 열녀문이 뭐라고, 왜 남은 인생을 자신을 위해 쓰려 하지 않는 것이오? 하고 싶은 일도 없소? 보고 싶은 것도 없소? 열녀가 되어 죽는 것만이 당신 소망의 전부란 말이요?"

아무 대답 없이 은호 낭자는 여린 꽃처럼 웃었다. 하늘에서 떨어지는 굵은 빗줄기를 맞아 허리가 꺾인 채, 금세라도 뉘어질 듯 하늘거리는 작디작은 꽃처럼 서글프게 웃었다.

"멍청한 여인, 바보 같은 여인, 우둔한…"

연신 옷들을 내려치는 서경의 눈에서 주르륵 눈물이 흘렀다. 어느새 곁에 다가온 윤이 서경을 가만히 안아주었다. 서경이 그 품에서 벗어나려 비비적거렸지만 더 힘주어 꽉 안아주었다.

"은호 낭자가 좋아졌소?"

"누가 그런 바보 같은 여자를…."

서경이 고개를 들고 항변하려는데 윤이 다시 서경의 머리를 제 품에 묻었다. 그 품에 기대어 있던 서경이 한참 후 입을 떼었다.

"나는…"

"응…."

"그 여인이 정말 싫소."

"그래…."

"당신도 정말 싫소."

"알았어…."

그렇게 윤은 가만가만 서경의 등을 쓸어주었다. 더 울어도 괜찮다는 듯이, 얼마든지 울어도 괜찮다는 듯이….

## 제4장

# 사향과 난향

# 4-1. 상사화

새벽녘. 따로 인사도 하지 않은 채 백 대감 집을 나선 서경은 아무 말도 없이 적갑산 쪽을 향해 발걸음을 옮겼다. 내내 낯빛이 어두운 서경에게 윤은 '꽃구경 약속을 지키라'는 말을 할 수 없었다. 어슴푸레한 산길을 걸어 올라가는 서경의 뒤를 따라 오르면서도 힘들다는 내색조차 비추지 못했다. 하지만 올 때와 달리 산 중턱에서 옆길로 새는 서경의 뒤를 따르면서 윤은 고개를 갸웃거렸다. 올 때 묵었던 산적패들의 산채 쪽과는 반대쪽으로 뻗어 있는 길이었기 때문이다.

산길을 걸어가면 갈수록 하늘을 가린 숲의 울창함 때문에 점점 더 어두워져만 갔다. 이백 걸음 정도 걸었을까, 숲이 끝나는 부분에서 빛이 쏟아져 들어오고 있는 것이 눈에 띄었다.

그 빛을 향해 서경의 뒤를 따라 걷던 윤은 눈부신 아침 햇살과 함께 제 눈에 들어온 광경을 보고 입을 다물지 못했다.

"우와…, 이게 다 뭐야?"

바보 같은 질문처럼 들릴 거라는 걸 알면서도 그저 그 말밖에 나오지 않았다.

숲의 끝은 범상치 않은 풍경을 자랑하는 계곡이었다. 마치 신선의 장기돌인 양 오묘하게 빚어진 커다란 바위들이 계곡 여기저기에 장식되어 있었고, 그 바위들 사이를 졸졸졸 맑은 소리와 함께 푸른 계곡물이 흘러내리고 있었다. 가히 절경이라 할 만한 모습이었다.

하지만 윤의 입을 딱 벌어지게 한 건 계곡의 절경만이 아니었다. 숲과 계곡의 사이에 형형색색의 꽃들이 지천으로 피어 있는 야생화 꽃밭. 그것이야말로 여태껏 윤이 어디서도 보지 못한 장관을 연출하고 있었다.

다다다닥-

그 모습에 홀려 저도 모르게 서경을 뒤로 하고 꽃들 사이로 들어간 윤은 두 팔을 벌린 채 한껏 꽃향기를 맡았다. 차가운 계곡물 냄새와 달큰한 꽃 냄새가 어우러져 윤을 황홀케 했다. 취할 것만 같은, 아찔한 꽃향기에 휘청, 다리가 풀릴 정도였다.

'차암, 별스런 사내다. 사내가 되어 꽃이 저리 좋을까?'

서경은 꽃에 취해 있는 윤의 뒷모습을 보며 "쯧!" 하고 혀를 찼다. 그 순간, 홱 윤이 돌아보더니 "또, 혀 찼지?" 하고선 짐짓 서경을 흘겨보았다.

그리곤 제 손에 집히는 대로 야생화 몇 송이를 꺾어 들고선 저벅저벅 서경을 향해 위협적으로 걸어왔다.

"뭐요?"

"혀 차는 것, 그만두라고 몇 번이고 얘기했지? 말로는 들어먹지 않으니 이제부턴 임자가 혀를 찰 때마다 내 나름의 벌을 줄 것이야. 이건 첫 번째 벌!"

윤이 제가 꺾어온 꽃송이들을 서경의 귀에 꽂아주었다. 비록 머릿수건을 쓴 상태였지만 꽃으로 장식하니 서경의 얼굴이 더욱 앳되어 보였다. 하지만 솔직히 그리 잘 어울리는 모습은 아니었다.

"여인인데도 이리 꽃과 안 어울리다니, 임자도 차암."

놀리는 듯한 윤의 말이 채 떨어지기도 전에 서경이 제 귀에 꽂힌 꽃을 빼내며 습관적으로 혀를 찼다.

"쯧! 뭐하자는 거…"

쪽-

서경의 말이 채 끝나기도 전에 윤이 냅다 서경의 입술에 제 입을 맞췄다.

"무, 무슨…?"

갑작스러운 입맞춤에 놀라 뭐라 따져 묻지도 못하는 서경에게 윤이 제가 꺾은 꽃들처럼 화사한 미소를 보냈다.

"두 번째 벌이야! 한 번 더 혀를 차면 그 다음 벌은…, 나도 장담 못하네?"

엄지손가락으로 서경의 입술을 쓰윽 문질러 묻지도 않은 침을 닦아낸 후, 윤이 서경의 눈을 바라보며 그리 겁박했다.

"무, 물음난(勿淫亂) 죄로 다시 송정에 서고 싶소? 아님 대명률을 어긴 죄로 관아에 발고라도 하리까?"

평소와 달리 연거푸 말을 더듬을 정도로 서경은 윤의 돌발적인 태도에 꽤나 놀랐다.

"내외지간에 접문 한 번 하였다고 처벌이 될까? 우리가 부부로서 한

방을 쓰는 것을 목도한 증인만 해도 열 손가락이 넘을 것인데? 거기다 며칠 전엔 대방 어른 앞에서도 흐흐… 꽤나 부끄러운 모습을 보여드렸지."

전날의 격렬했던 입맞춤을 떠올린 서경의 귀가 뜨끈하니 달아올랐다.

"그땐 임자도 좋아했으면서."

"누, 누가…!"

"아니라고? 그럼 다시 해봐?"

윤이 성큼 한 발 더 다가서며 서경의 입술에 맞춰 비스듬히 제 고개를 기울여왔다. 화들짝 놀란 서경이 그런 윤의 가슴팍을 힘주어 밀어냈다. 그리고선 "쯔…" 하고 저도 모르게 혀를 차려던 서경이 얼른 입을 다물었다. 자기 눈앞의 이 능글맞은 사내가 벌을 준다는 명목으로 또 무슨 짓을 저지를지 몰라 겁이 난 탓이었다.

"하하하핫!"

서경의 모습을 본 윤이 유난히 튀어나온 목울대를 흔들어가며 통쾌하게 웃었다. 내내 울적해 있던 서경의 기분을 바꿔주기 위해 일부러 더 가벼운 태도로 벌칙을 가장하였지만, 처음으로 자신에게 꼼짝 못하고 당하는 서경의 모습은 생각 이상의 재미가 있었다.

그 통쾌한 웃음소리에 울컥 화가 치민 서경은 눈앞의 얄미운 사내를 힘껏 노려보고선 뒤로 돌아섰다. 숲길로 다시 돌아가려 한 것이었다. 하지만 긴 다리로 성큼성큼 따라온 윤이 어느새 서경 앞을 막아섰다. 물론 그 잘생긴 얼굴에는 웃음의 뒤끝이 진하게 남아 있는 채였다.

"혼자 어디 가려고?"

“꽃구경 하게 해달라는 약속은 지켰소. 나 먼저 천천히 가고 있을 테니 실컷 구경하고 오시오.”

여느 때보다 더 퉁명스레 답한 뒤 윤의 곁을 지나치려는데 윤이 서경의 팔목을 휙 하니 잡아챘다.

“또 뭐요?”

“나 꽃 이름 모르는데? 가르쳐주고 가야지-”

어이없어 하며 저를 바라보는 서경에게 윤은 천연덕스럽게 제 손에 있던 야생화들 중 붉은 꽃송이 하나를 내밀었다.

“이 꽃은 뭐야?”

“…천일홍이오!”

“아! 이게 그 유명한 천일홍이구나. 꽃의 붉은 기가 천일 동안이나 바래지 않는다지? 이제야 이름과 생김새가 머릿속에서 합치가 되었네.”

서경의 퉁명스러운 대답에도 아랑곳않고 윤이 꽃송이를 빙글빙글 돌려가며 샅샅이 훑더니, 제 코에 가져다 대어 향기까지 맡았다.

“이 꽃도 어딘가에 효능이 있어? 어디에 좋아?”

“…아이들 경기 일으킬 때나 창상, 나력 등에 좋으오.”

“나력이 뭔데?”

“나력(瘰癧)은 목의 앞이나 옆에 콩알만 하게 생기는 멍울을 말하오.”

“목의 멍울을 없애는 데도 효과가 있어? 으흠….”

윤이 코끝으로 부슬부슬한 꽃잎을 부볐다. 그 모습을 지켜보던 서경이 다시 돌아서려는데 윤이 이번엔 서경의 팔을 끌고 홍자색의 꽃뭉치들 사이로 데려갔다. 석 자(1m) 길이의 줄기에다 끝이 뾰족한 잎에 여남은 개의 올망졸망한 꽃들이 층층이 달린 꽃들이었다.

"이건 무슨 꽃이야?"

"…천굴채요. 흔히들 부처꽃이라고 부르는 게 바로 그 꽃이오."

서경이 다시 퉁명스레 대답했다.

"왜 부처꽃이야? 어디 부처님을 닮은 구석이라도 있나?"

윤이 줄기째로 꽃을 따더니 이리저리 살펴보며 물었다.

"그게 아니고, 연꽃은 연못물이 너무 깊어서 쉽게 따지 못하는 까닭에, 대신 물가 근처에 많이 피는 이 꽃을 부처님께 바쳤다고 하여 부처꽃이란 이름이 붙었다고 하오."

"오오~ 그럼 이 꽃은 어떤 약재로 써?"

"…혹자들은 양혈지혈(凉血止血, 혈의 열을 차게 하여 피를 멎게 함)에 효능이 있다고는 하나, 나는 써본 적이 없소."

입이 댓발은 나와 있으면서도 서경은 윤의 물음에 꼬박꼬박 답했다.

꽃밭에 피어 있는 여러 꽃들의 이름과 효능을 물으며 꽃을 따기 시작한 윤의 품에는 어느새 한아름의 꽃들이 안겨 있었다. 서경은 이제 먼저 갈 생각을 포기하고, 꽃밭 가의 큰 바위에 앉아 그런 윤의 모습을 보며 묻는 말에 대답만 해주었다.

이윽고 제 품에 가득 찰 정도의 꽃다발을 안은 윤이 서경 쪽을 향해 다가왔다. 사내이긴 하지만 수려하게 생긴 윤과 꽃다발은 제법 잘 어울리는 한 폭의 그림 같았다.

"아- 좋다."

윤이 서경 옆에 털썩 주저앉더니 다시 한번 꽃다발에 제 얼굴을 묻으며 꽃향기를 만끽했다.

"아마 선계(仙界)가 있다면 분명 이런 곳이겠지?"

그리고선 고개만 옆으로 돌려 서경을 바라보았다.

"고마워. 여기 데려다줘서."

"…약속을 지켰을 뿐이오."

다시 퉁명스레 답하고 입을 다물려던 서경이 잠시 망설이다 자그마한 소리로 저도 고마움을 표했다.

"나도 고맙소. 도성에 들르는 걸 이해해줘서…."

지난밤, 서경은 윤에게 다음 낭자를 찾아가기 전에 잠시 도성에 들렀다 가면 안되는지 물었던 터였다. 객주에 들러 팔 만한 물건도 다시 구입해야 하고, 잠시 볼일이 있다고도 했다. 하지만 그것은 핑계일 뿐, 사실은 도성에 들러 전부터 알고 있는 몇몇 매파들에게 도움을 청할 생각이었다. 다른 이들에게는 비밀로, 은밀히 은호 낭자가 원하는 조건의 혼처를 찾게 할 요량이었다. 낭자의 결심은 아무리 생각해도 불만스럽기 짝이 없었지만 어차피 그리 될 거라면 제가 도와주고 싶었다. 윤은 서경의 그런 마음까지는 몰랐지만 서경이 제 쪽에서 무언가 청을 한 것은 처음인지라 선뜻 그러자고 허락해주었다.

아직 한 달하고도 이레 정도의 시간이 더 남았으니 급할 게 없었다. 이제 명단에 남은 건, 세 명의 규수였다.

그러고도 한참 동안 윤과 서경은 꽃에 대해 묻고 답했다. 퉁명스럽게 답을 하던 서경이었지만 진정으로 꽃에 흠뻑 빠진 윤을 보면서 저도 모르게 슬며시 입가가 풀어지기도 했다.

해가 중천에 떠오르자 윤은 제가 들고 있던 꽃줄기들을 하나하나 계곡 물에 띄웠다.

"자알 노시게."

물결을 따라 흘러가는 꽃들에게 작별 인사를 고하고 지천으로 피어 있는 야생화들에게는 다정한 눈인사를 보낸 후 꽃밭을 떠나려던 윤이었지만, 무엇을 보았는지 문득 발걸음이 멈췄다. 서경이 그런 윤의 시선을 더듬어 따라가자 몇 송이 되지 않는 붉은 꽃이 눈에 들어왔다. 방금 막 새하얀 살결에서 떨어져 내린 핏방울처럼 붉은 꽃잎이었다. 윤은 꽃의 붉음에 홀리기라도 한 양, 시선을 떼지 못하고 있었다.

"그건…"

"상사화지? 이건 나도 알고 있어…."

서경이 그 이름을 일러주기도 전에 윤이 먼저 꽃의 이름을 입에 담았다. 그리운 추억을 더듬는 눈빛으로 한 발, 한 발 꽃을 향해 다가서서는 붉은 꽃잎을 어루만졌다.

아주 오래전 여름, 홍란이 윤의 방 앞에 마지막으로 놓아주었던 꽃이었다. 그 꽃의 이름이 상사화(相思花)란 걸 알게 된 건, 윤이 꽃을 받을 때마다 제가 받은 양 어여쁘게 봐주던 유모가 꽃의 의미를 일러준 덕분이었다.

"누군가 군마마를 지극히 사모하나봅니다. 이 꽃은 너무나 깊이 연모하지만 이루어질 수 없는 사랑을 뜻하는 상사화라고 하지요. 잎이 다 지고 난 뒤에야 꽃이 피기 시작하기에, 꽃과 잎이 영원히 만나지 못한다고 하여 그리 슬픈 이름이 붙었답니다."

오랫동안 한 자리에 서서 선혈처럼 붉은 꽃을 손가락 끝으로 조심스럽게 쓰다듬는 윤을 보며 서경은 그가 은월각의 그 여인을 떠올리고 있음을 눈치챌 수 있었다. 처절할 정도로 붉디붉은 꽃은 어쩐지, 윤의 안위를 걱정하며 그 큰 눈에 눈물을 가득 채우던 은월각의 여인을 닮아 있었으니까….

'쯧!'

서경은  차마 입으로 내지 못하고 마음속에서만 몰래 혀를 찼다. 이유는 몰랐다. 그저 마음속에 딴 여인을 품고 있으면서 저에게 집적대는 저 사내가, 그리고 그런 사내에게 자꾸만 휘둘리는 자신이 한심스러웠나보다.

* * *

홍란은 낮부터 은월각 내실 자신의 방에 누워 있었다. 몸살로 끙끙 앓는 홍란에게 은월각 주인 하 서방은 특별히 며칠간 주연(酒宴, 술자리)에 나오지 않아도 좋다고 허락해주었다. 이틀 전, 은월연에서 제법 두둑한 화전을 받아낸 홍란을 위한 하 서방 나름의 배려인 셈이었다.

하 서방과 약조한 대로, 이틀 전 홍란은 은월연의 꽃으로 서서 저를 팔았다.

여느 때와 달리 저녁 일찍 문을 걸어 잠근 은월각의 가장 내밀한 연회방에서는 우의정 이상호, 좌의정 송만섭과 좌의정의 손님으로 특별히 초청된 변 역관(譯官), 그 외에 두어 명의 갑부 양반들이 저마다 부채로 얼굴을 가린 채 술상을 앞에 두고 앉아 있었다.

변 역관과 좌상을 제외한 모든 사람이 연거푸 술잔을 비우며 초조하게 꽃의 등장을 기다리고 있을 때, 곁문이 열리고 역시 부채로 얼굴을 가린 하 서방이 들어섰다. 하 서방은 깊게 허리를 숙여 손님들에게 예를 표한 후 은밀한 어조로 손님들에게 주의할 점들을 일러주었다.

"여기 계신 분들 중에는 처음 오신 분들도 있고 여러 번 뵈온 분들도 있사옵니다만, 대부분 서로에 대해서는 익히 잘 알고 계시리라 생각하옵니다."

객들이 저마다 부채로 얼굴을 가린 채 곁의 객들에게 고개를 숙여 동지의 예를 보였다.

"허나 은월연에서는 손님들 사이의 통성명을 금지하는 것을 알고 계시겠지요? 또한 이 자리에 계신 분들은 오늘만은 서로의 지위고하에 상관없이 그저 대등한 한 분의 객이오니 부디 화전 경쟁에 있어 불미스러운 일이 없으시기를 당부 드리옵니다."

"어허, 하 서방, 오늘따라 사설이 길구나."

우의정이 술잔을 비우며 그리 통박을 하자 하 서방이 다시 한번 고개를 숙여 양해를 구했다.

"마지막 당부의 말씀은, 추후에 은월연의 꽃에 대한 비방이나 중상모략을 하시는 분이 있다면 저희 은월각과는 영영 인연을 끊겠다는 뜻으로 알겠습니다."

공손한 어조였지만 겁박임에 틀림없는 하 서방의 말에 방 안의 모든 손님들이 고개를 주억거리며 동의의 뜻을 표했다. 오직 한 사람, 건성으로 부채를 들고 있는 변 역관만이 이 모든 상황을 흥미로운 듯 지켜보고 있을 뿐이었다.

"자, 그러면 은월각의 밤을 즐겨보실까요? 모두들 들라!"

하 서방의 명이 떨어지자마자 좌우 양쪽의 문이 열리더니, 여느 때보다 더욱 화사하고 곱게 차려입은 기생들이 들어와 각기 손님상에 앉았다. 특이한 점은 모두 정면을 향해 앉아 있는 손님들과 달리, 기생들은 맞은편, 사선 쪽으로 앉아 있다는 점이었다. 즉, 기생들은 모두 뒤를 향해 보고 있는 형태인 것이다. 이는 은월연의 꽃은 오직 화전을 내고 경쟁할 손님들만이 볼 수 있다는, 하 서방이 만든 원칙에 따라 정해진 방식이었다.

"오늘 밤의 꽃이옵니다."

하 서방이 다시 고하자, 방의 가장 안쪽 곁문이 열리더니 살결이 비칠 듯 말 듯 흡사 잠자리 날개를 닮은 세모시 장삼에 여인다운 둥근 곡선을 자랑하는 왼쪽 어깨에서 오른쪽 겨드랑이까지 붉은 가사(袈裟, 승무를 출 때 입는 법복)를 걸치고, 새하얀 모시 고깔을 쓴 여인 하나가 들어왔다. 바로 홍란이었다.

홍란은 방의 가운데 위치에 서자마자 사뿐한 움직임으로 객들에게 반절을 올렸다. 홍란이 허리를 펴자 하 서방이 방 안 전체가 울리도록 외쳤다.

"일기(一技, 한 가지 재주)요!"

동시에 방 밖에서 은은한 악기 소리가 들려왔다. 그 소리에 맞춰 홍란이 장삼 속에 감추어졌던 버선발을 살짝 내어 보이더니 곡조에 맞춰 춤사위를 선보이기 시작했다. 곡조와 하나가 되어 손을 뻗고, 무릎을 굽히고, 허리를 틀었다. 한 바퀴 제자리에서 돌다 고깔 속의 고운 얼굴이 엿보였을 때는, 객들이 저마다 무릎을 치며 탄성을 질렀다. 새하얀 고깔 속에서 엿보이는 홍란의 붉은 입술은, 모시 옷감 너머로 은은히 떠오르는 홍란의 낭창낭창한 몸 선은 가히 사내들의 음욕(淫慾)을 자극하기에 충분했다.

이윽고 악기 소리가 점점 잦아들었고 홍란은 그에 맞춰 점점 더 작은 춤사위를 선보이더니 악기 소리가 완전히 멈췄을 때는 절을 하는 자태로 마무리하였다.

"일품이네!"

"지족선사를 파계시켰다던 명기 황진이의 승무가 아마도 이러했을 것이야!"

"역시 은월각의 일패 기생이로세."

손님들의 찬탄이 멎을 때까지 기다리던 하 서방이 만족스러운 미소를 띤 채 다시 큰 소리로 외쳤다.

"이기(二技, 두 가지 재주)요!"

다시 방 밖에서 은은한 가야금 소리가 들려왔다. 그 서글픈 가야금 소리에 맞춰 홍란이 고깔을 벗었다. 단정히 쪽을 진 머리는 홍란의 섬세한 얼굴 생김새를 더욱 돋보이게 하고 있었다. 음악 소리에 맞춰 장삼의 긴 소맷자락을 휘휘 날리며 춤사위를 선보이던 홍란이 이번엔 가슴께 밑에서 매듭지어진 붉은 가사의 끈을 풀어 제 몸에서 벗겨내었다. 마치 선녀가 날개옷을 벗어던지는 듯한 그 모습에 방 안의 객들은 저들 곁에 가까이 앉아 술시중을 들고 있는 기생들에게는 시선 하나 주지 않고 거칠게 숨을 몰아쉬며 홍란을 향해 탐욕스러운 시선을 보냈다. 오직 홍란의 몸짓, 손짓, 발짓 하나에 온 정신을 집중시켰다.

바닥에 끌릴 정도로 긴 소매가 달린 장삼을 벗어내자 홍란은 치마끈에 묶여 더욱 풍만하게 두드러진 가슴골이 엿보일 정도의 투명한 모시 저고리와 그보다는 덜하지만 속바지의 형태를 능히 짐작할 수 있을 정도의 치마 차림이 되었다. 이제 홍란이 제 손으로 저고리 고름을 풀려고 하는데, 문득 방 안 누군가가 제 상 위로 두둑한 엽전 꾸러미를 올려놓는 소리가 들렸다.

"백 냥!"

삼기(三技)가 끝나야 객들이 제나름의 화전을 매기는 것이 통상적인 방법이었기에, 규칙을 깬 이 성급한 객에게 사람들의 시선이 집중되었다. 그는 바로 오늘 밤 처음으로 은월각에 발을 디딘, 변 역관이었다.

"손님, 아직 기예를 다 보여드리지 않았습니다. 삼기가 끝나거든 그때 화전을 매겨주시지요."

하 서방이 한껏 친절한 미소를 가장하여 말했다. 성질 같았으면 "은월각에 왔으면 내 말을 따라라!" 한껏 호기를 부리고 싶었지만, 거스를 수 없는 손님이었다. 직접 보는 건 처음이지만 사실 하 서방은 진작부터 변 역관에 대한 소문을 익히 알고 있었다. 중국과 조선의 무역에 있어 절대 빼놓을 수 없는 실력자 중 한 명이 바로 변 역관이었기 때문이었다. 오늘 좌상이 직접 그를 데리고 온 것만 봐도 그의 힘을 능히 짐작할 수 있었다. 실제로 조선의 관리치고 그의 돈을 먹지 않은 사람이 없다는 것이 도성 장사치들 사이의 공공연한 비밀이었다.

"더는 안 봐도 상품의 가치를 충분히 알겠소. 이쯤에서 화전을 매겨봅시다. 어차피 임자는 한 사람이 될 터인데, 공연히 여러 사람 눈을 탈 필요가 있겠소?"

변 역관의 말에 방 안 손님들의 경쟁심에 일제히 불이 붙었다.

"백오십 냥이오!"

"이백 냥이오!"

"이백에 삼십 더!"

여기저기서 화전이 매겨지기 시작했다. 본격적인 화전 경쟁이 시작되자 하 서방이 바깥에 명하여 음악을 멈췄고, 홍란은 얌전히 무릎을 세우고 앉아 제게 가장 높은 값을 매길 사람을 기다리며 조용히 눈을 감고 있었다.

"오백 냥."

낮고 침착한 목소리는 늘 자신을 호의로 대해주던 좌상 대감의 목소리였다.

"오백오십 냥!"

이번에 들려온 목소리는 언제나 노골적으로 자신에게 음흉한 시선을 보내던 우상 대감의 목소리였다.

"이천 냥."

"헉!"

"그건 좀…."

"너무 세게 부른 것 아니오?"

처음 자신에게 성급히 값을 매긴 사내의 목소리도 들려왔다. 그가 부른 값에 사람들이 놀라는 목소리도 들렸다. 그도 그럴 것이 이천 냥이면 기생 하나를 사서 아예 제집안으로 들일 수도 있는 돈이었기 때문이었다. 홍란은 눈을 떠, 제게 통상의 화전보다 세 배는 더 높은 값을 매긴 사내를 바라보았다. 부채로 얼굴을 가린 탓에 움푹 팬 눈만 보였지만 그 형형한 눈빛만 보아도 그가 꽤나 만만치 않은 사내임을 느낄 수 있었다.

"더는 없지요?"

사내가 주변을 둘러보며 그리 말한 후, 제 소매 안에서 어음 몇 장을 꺼내더니 하 서방에게 날렸다. 하 서방이 얼른 어음 문서들을 집어 들어 그 안에 수결(手決)된 금액을 확인하고는 얼른 제 품으로 집어넣었다.

"이리로 오시지요. 원하시는 방을 골라 보옵소서."

변 역관이 방 안 다른 사내들의 부러움에 가득 찬, 특히 좌상에게서는 강렬한 질투와 닮은 시선을 받으며 홍란을 데리고 방을 나섰다.

"어디, 이천 냥짜리 몸뚱이 구경이나 하자."

제가 고른, 붉은 침구가 깔린 내실에 들어서자마자 변 역관이 홍란에게 그리 요구했다. 홍란이 아무 말 없이 옷고름을 풀었다. 저고리, 치마를 벗고서 얇은 속속곳 하나만을 걸친 채 제 팔로 드러난 가슴을 가리고 섰다. 얇은 팔은 드러난 가슴을 반절도 감추지 못했다.

그 모습을 보던 변 역관은 못마땅한 듯 고개를 절레절레 저었다.

"고작 이백 냥이면 충분한 것을…. 내 과용했구나."

홍란은 아무 말도 하지 않았다. 제가 비싼 가격을 매겨놓고는 이제 와서 후회하는 걸 보면 꽤나 즉흥적인 사람인가 싶었을 뿐이다.

"뭐, 겉보기와 다른 즐거움이 있을지도 모르지. 네년이 이천 냥짜리 기쁨을 줄 수 있는지 보자꾸나. 좌상이 그리 안달복달할 정도면 네년에게 특별한 무언가가 있는 모양이겠지."

변 역관은 그다지 욕정이 느껴지지 않는 메마른 표정으로 홍란을 붉은 침구 위에 강제로 눕힌 후, 제 옷은 벗을 생각도 없이 그저 허리춤만 푼 채 홍란에게 달려들었다. 이렇다 할 애무도 전희도 없는 형식적인 몇 번의 손길 뒤 이어진 거친 삽입과 율동은 홍란에게 어떤 쾌감도 전해주지 못했다. 굴욕과 아픔, 그게 전부일 뿐이었다. 사내의 밤일은 다른 사내들보다 유난히 거칠고, 길고, 끈질겼다. 다른 사내들보다 두 곱은 더 시간을 끈 후에 홍란의 가슴에 철퍼덕 엎어진 그는, 그러고도 한참 동안 홍란의 안에서 머물렀다.

사내의 거칠고 난잡한 취급에 눈물까지 맺혔지만, 홍란은 싫다는 표현 한 마디 없이 달리 어떤 반응도 하지 않은 채 그의 성마른 태도를 온순히 받아들였다.

'좌상의 성미를 거스르기 위해 일부러 나를 산 것인가?'

변 역관이 홍란에게 싫증을 표한 건 첫 번째 밤을 보내고 아침을 맞았을 무렵이었다.

"요즘 기루에서는 너 같은 것을 일러 일패 기생이라 하더냐? 나무토막을 안고 잤대도 너보단 재미졌겠다."

그날은 그게 끝이었다. 변 역관은 헤쳐 풀었던 제 바지춤을 고쳐 입고는 퉁명스레 "밤에 다시 오마" 하고서는 제 볼일을 보러 나갔다.

보통 은월연의 꽃을 딴 이들이 사흘 연속 방 안에 머무르며 제 꽃들과 이런저런 쾌락을 누린다고 들었던 것과는 전혀 다른 태도였다. 그날 밤 늦게야 방에 다시 든 그는 전날보다 한층 더 거칠게 홍란을 대하였다. 거금을 들여 간신히 손에 넣은 꽃을 대하는 태도라고는 볼 수 없었다. 욕망에 들뜬 애무도 없었다. 홍란의 몸이 준비될 때를 기다리지도 않았다. 준비되지 않은 몸에 급박하게 제 몸을 끼워 넣느라 홍란이 아픔에 겨워 비명을 지르는데도, 그저 제 본능에만 충실할 뿐 아랑곳하지 않았다.

"사흘까지 채울 필요도 없겠다. 교접의 재미가 이리도 없으니 시간

낭비가 따로 없구나. 핫!"

변 역관은 제 거친 취급에 몸도 마음도 다친 홍란을 마치 걸레짝이라도 되는 듯 경멸 어린 시선으로 내려다보고는, 날카로운 비웃음을 남기고 방을 나섰다.

홍란이 옷을 꿰 입을 힘조차 없어 구겨진 이불자락으로 더러워진 몸을 덮고 있노라니, 슬며시 방문이 열리고 하 서방이 들어왔다.

"내일 또 오신다더냐?"

"……"

"큰 돈 내신 손님이야. 충분히 즐기게 해드렸겠지?"

"……"

"어여뻐 해주시던? 혹시 소실로 들어앉혀주마, 약조는 안 하던?"

눈치 없는 하 서방의 질문이 이어졌지만 홍란은 아무 말도 하지 않았다. 그저 빨리 제 몸의 기력을 조금이나마 회복해 몸을 씻고 싶은 생각밖에 없었다. 지금 당장은 제 손가락 하나 움직일 힘이 없었다.

결국 홍란이 움직일 수 있었던 것은 그로부터 한 시간이나 지나서였다. 이불 안에서 덜덜 떨며 제 몸의 충격을 가라앉히려 애쓴 덕분에 옷을 주워 입고 움직일 기력이 생겼다. 방을 나서자마자 오 영감에게 정방 준비를 부탁했다.

"이걸 어쩌나? 아침 나절이라 목간통을 채울 더운 물이 태부족한데?"

오 영감이 안쓰러운 눈으로 하룻밤 새 핼쑥해진 홍란에게 말했다.

"찬물이어도 괜찮아요. 그저 씻을 수 있게 채워만 주세요."

초여름이라고는 하나 아직도 찬물 목욕은 살을 에는 아픔을 주었다. 이가 덜덜덜 떨렸다. 하지만 뼛속까지 스며드는 한기가, 홍란은 오히려 고마웠다. 제 몸에 여전히 배어 있는 뜻뜨미지근한 타인의 온기를 씻어낼 수 있어 좋았다. 온몸에 남은 사내의 흔적을 지울 수 있을 것 같아 좋았다. 그렇게 하루 온종일 차가운 물로 제 온몸을 박박 닦아냈다. 고운 살갗이 벌겋게 일어나도록 거친 수건으로 박박 닦아내었다. 연신 찬물을 머리끝에서 거듭거듭 뒤집어쓰며 제 더러움을 씻으려들었다.

결국 오랜 찬물 목욕 때문에 홍란은 밤부터 독한 몸살을 맞아 잠 한숨 이루지 못한 채 내내 끙끙 앓았다. 어찌나 심하게 앓았든지 다음날 아침, 웬만해서는 제 돈 들여 의원 부르는 걸 죽어라 싫어하는 하 서방이 직접 양방 의원까지 불러다주었을 정도였다.

"이보게 홍란이."

은월각 행랑아범 오 영감이 홍란을 부른 건 해가 서산 너머로 완연히 기울어가고 있을 때 즈음이었다.

"그분이 오셨네. 지금 객방에 들어 계시는데, 가보려나?"

땀까지 뻘뻘 흘리며 앓고 있는 홍란을 안쓰럽게 쳐다보며 오 영감이 말했다. 윤이 객방에 들어 있다는 이야기였다. 홍란은 힘겹게 제 몸을 일으켜 일어서려다, 문득 안색을 굳히고 다시 자리에 누웠다. 아직 제 몸에서 다른 사내의 온기가 가시지 않은 것 같은 느낌이 들었다. 아직도 제 다리 사이를 거칠게 파고들던 사내의 느낌이 사라지지 않았다. 아랫도리에도 여전히 동통(疼痛, 몸이 쑤시고 아픔)이 남아 있었다.

'이 꼴을 하고, 이 몸을 하고 그분을 어찌 뵈어….'

"오늘은… 그냥 돌아가시라 전해주셔요."

말을 마친 홍란의 눈에서 새어나온 굵은 진주알 같은 눈물방울이 뺨을 타고 흘러내려 귓가에 촉촉이 고였다. 베고 있는 베갯잇까지 축축하게 적셨다.

"알았네. 몸조리 잘하게?"

오 영감이 홍란의 한층 더 오그라진 작은 등에 안쓰러운 시선을 보낸 뒤 방을 나섰다. 영감이 마루를 내려서자마자, 작게 흐느끼는 홍란의 울음소리가 새어 나왔다.

## 4-2. 그 남자

"주상, 분명 왕대비 전에서 무언가 손을 쓴 듯하오."

대왕대비 전에서 찾는다는 말에 급히 든 임금 학(鶴)에게 대왕대비는 다짜고짜 왕대비에 대한 의혹부터 꺼냈다. 효순 대왕대비 김 씨는 임금의 할머니 되시는 분이다. 여섯이나 되는 아드님을 낳으셨지만, 그중 맨 위 두 아드님을 먼저 잃으셨다. 학의 부친이기도 한 큰아드님께서 보위에 오른 지 겨우 3년 만에 승하하셨고, 그 뒤를 이어 보위에 오른 둘째 아드님마저 재위 4년을 못 넘기고 승하하신 뒤, 적손(嫡孫, 적자 즉 맏아들의 정실이 낳은 아들)인 학을 보위에 올려 오랫동안 수렴청정까지 해온 여걸 중의 여걸이었다. 궁 안의 입 가진 사람이라면 모두 이르기를 왕대비인 명혜왕대비 한 씨가 백 년 묵은 구미호라면, 대왕대비 김 씨는 천 년 묵은 능구렁이와 같다고 하였다.

"또 무엇이 그리 심상치 않으시옵니까?"

"세상 사람들은 아직 초간택도 결정짓지 못한 것을 이 할미의 욕심 때문이라고 하겠지만, 간택이 이리 더딘 것은 나 때문이 아니에요. 왕대비가 무언가 심상치 않은 짓거리를 벌이고 있어요."

"흐흐… 또 대비마마와 다투셨습니까?"

학(鶴)의 놀리는 것 같은 말투에 대왕대비가 짐짓 눈을 흘겼다. 그리고선 한 걸음 더 바짝 다가앉아 학(鶴)에게 긴히 일렀다.

"뒷방에 물러앉았다고 대비를 만만히 보셔서는 아니됩니다. 지금 궁중 실세들이 누구입니까? 모두 대비가 중전 시절부터 돈으로, 권세로 친히 거두고 키운 신료들이 아닙니까? 그중에서도 좌상이 대비의 충견이라는 건 온 조선이 다 아는 사실인 것을요."

"…그렇습니까?"

저 역시도 익히 아는 사실이었지만 학은 딱히 어떤 내색도 보이지 않았다. 지금 대왕대비가 이러는 것에는 연유가 있었다.

실은 며칠 전, 전 의금부 판사 성시춘 대감의 여식이 불공을 드리러 산을 찾았다 발을 헛디뎌 추락해 숨진 사건이 있었기 때문이었다. 그것도 보필하던 계집종과 나란히 추락사한 사건이었다. 이를 일러 일각에서는 타살의 의혹이 짙게 거론되었지만, 이렇다 할 증좌가 없는 까닭에 그저 '불운한 사건'으로 유야무야되고 있는 상황이었다.

하지만 대왕대비나 학에게 이 일이 심상치 않게 비치는 이유는 성 대감의 여식이야말로 대왕대비가 간택령을 내릴 때부터 내심 교태전의 주인감으로 주시해오고 있던 몇몇 규수 중 한 사람이었기 때문이었다. 마음에 두고 있는 규수들은 이렇다 할 집안의 뒷배는 없어도 아름다움이나 총명함, 몸가짐 등으로 조선 최고의 신붓감들로 손꼽힐 만한 규수들이었다.

"무엇보다도 왕대비 쪽 사람들과 연을 맺은 집안들이 아니라는 점이 마음에 듭니다. 이 정도 규수들이라면 왕대비도 뒷말을 내놓진 못할 거예요."

대왕대비는 임금을 불러 직접 몇몇 규수들의 이름을 들며 입에 침이 마르게 칭찬했었다.

구중심처에 있는 할마마마가 어찌 그 규수들에 대해 그리 잘 알고 있는지 학은 따로 여쭙지 않았다. 여쭙지 않아도 알 일이었다. 대왕대비의 친정붙이들 역시 왕대비의 친정 집안을 경계하기 위해 미리 조사해 둔 터였을 것이었다.

대왕대비건 왕대비건 결국 그들이 바라는 바는 같았다. 자신의 친정 집안 권세를 보강해줄 왕비 간택이었다.  그 모든 사정을 누구보다 잘 알면서 학이 거기에 아무 말도 않았던 것은 지금 자신을 지지해주는 권력층이 상당 부분 대왕대비 쪽 집안과 왕대비 쪽 집안에 겹쳐져 있었기 때문이었다. 만약 성급하게 어느 한쪽을 편들려 했다가는 대대적인 사화(士禍, 정치적 반대파에게 몰려 참혹한 화를 입는 일)로 번질지도 몰랐다. 그래서 알면서도 모르는 척, 그저 허허거리며 대왕대비 전과 왕대비 전을 오가고 있을 뿐이었다.

하지만 문제는 간택령이었다. 간택은 내명부 최고위에서 결정짓는 일이었다. 그렇기에 대왕대비는 이번만큼은 자신의 입김이 들어간 간택을 할 수 있으리라 내심 기대했던 바였다. 전 비(妃)는 그저 사람 하나만을

중히 보고 뽑았었다. 자신의 집안과도 왕대비의 집안과도 전혀 연이 닿지 않는, 그저 평범한 집안의 수더분한 규수였다. 하지만 그 때문인지 자신과 왕대비 사이에서 내내 기 한 번 펴지 못하고, 마음을 졸이더니 그예 그리 일찍 졸하고 말았던 것이다. 그러기에 이번만은 차라리 제 사람으로 뽑아 직접 손아래 거두고 보살펴주고픈 마음도 있었다.

"이런 괘씸한 일이! 이건 분명, 왕대비 전에서 무언가 손을 쓴 거요! 그렇지 않다면 어찌 이런 일이!!"

어느 정도 처녀단자가 모였을 때, 대왕대비는 학을 불러 똑같은 내용으로 분통을 터뜨렸었다. 무슨 일인지, 금혼령에 이어 봉단령까지 내렸음에도 불구하고 대왕대비가 내심 마음에 담아두었던 규수들 중 어느 하나도 처녀단자를 내지 않았던 까닭이었다.

"그럴 리가요. 그저 요즘엔 이 궁궐이 인기 있는 혼처감이 아닐 뿐이겠지요."

학은 그저 허허실실 웃으며 그리 답했을 뿐이었다. 사실은 대왕대비의 말도 맞았고 학의 말도 맞았다. 삼간택에 오를 만한 유력한 규수네 집에는 이미 왕대비의 친정붙이들 중 누군가가 손을 써 처녀단자를 내지 못하도록 하였고, 그렇지 아니한 집에서도 집안의 명운을 가를 수 있는 위태한 자리인 왕비자리에 제 딸을 내놓고 싶지 않아 처녀단자를 내지 않고 버티는 이들도 많았다. 학이 윤에게 은밀히 다섯 규수들의 명단을 준 것은 바로 그런 까닭이었다. 다섯 규수들은 대왕대비가 손꼽은 규수들 중에서 나름 대왕대비 전과 그다지 연이 닿지 않을 법한 집안들로 추려낸 결과였다. 윤에게 명단을 건넨 것은 규수 자체가 왕비

자리에 어울리는 품성이나 자질을 가졌는지 살펴보고 오라는 뜻도 있었지만, 혹시 왕대비 쪽에서 어떤 위압을 가하진 않았는지, 아님 규수네 집안 자체에서 무슨 문제가 있는 까닭인지 살펴보게 하기 위함이었다. 물론 대왕대비에게는 명단의 존재에 대해서는 알리지 않았고, 윤에게는 명단의 이유에 대해서 알리지 않았다.

성 대감의 여식은 대왕대비가 마음에 두었던 규수이자 윤에게 준 명단 속 다섯 규수 중 한 명이었다. 갑작스러운 규수의 죽음은 물론 학에게도 심상치 않은 의혹을 가져다주었다.

"여기서 그치지는 않을 거예요. 아마 앞으로 또 어떤 불상사를 일으킬지 모릅니다."

"할마마마, 말씀이 지나치시옵니다. 설마 대비마마께서 그런…."

"왕대비 전의 속셈이란 뻔하지요. 이런저런 불미스러운 일을 기화로 어찌됐건 빨리 초간택을 마무리 지으려 들 거예요. 지금의 상황이라면 어느 누가 재간택에 오르건, 삼간택에 오르건 전부 왕대비 손안의 사람들인 것을요."

"그렇습니까? 허허허허."

"이래서, 이래서, 우리 주상께서 이리 선한 분이니 이 늙은 할미가 더 전전긍긍할 수밖에요. 어찌 이리 성정이 유하시기만 하신지. 쯧쯧쯧쯧. 두고 보세요. 곧 왕대비 쪽 사람들 중에서 간택을 빨리 마무리 지어달라는 상소를 올릴 테니."

대왕대비의 예상이 맞았다. 그로부터 얼마 지나지 않아 간택령에 처녀단자를 낸 규수 두엇이 더 불상사를 입었다. 한밤중에 집 안에 침입

한 도적에게 베여 다행히 목숨만 건진 규수가 있었는가 하면, 어느 규수는 거리 한복판에서 보쌈을 당해 이틀 동안 행방을 알지 못하다 한밤중에 제집 앞에 버려진 경우도 있었다. 성 대감 댁 여식에 이어 처녀단자를 낸 규수들까지 연달아 불상사가 일어나다보니 궁궐 내는 물론 조선 천지에 요상한 소문들이 퍼지기 시작했다.

"금혼령에 앙심을 품은 자들이 규수들을 죽이고 다닌다!"

"임금 짝 찾자고 제 혼인을 못하게 된 사내들이 울분에 차 사건들을 벌였다!"

"간택이 빨리 끝나지 않으면 또 몇 명의 규수들이 화를 입을지도 모른다!"

등등의 소문들이었다. 그리고 소문들이 퍼져나감에 따라 상소들이 빗발치기 시작했다.

"한시라도 바삐 간택을 마무리 지어 모든 불상사를 일거에 해소하시옵소서!"

"교태전을 더 이상 비워 두셔서는 아니될 것입니다!"

이런 내용의 상소들이었다.

* * *

사건들이 불거지기 며칠 전 밤. 좌상은 불도 켜지 않은 채 손님을 맞아들였다.

"앞으로 몇이 더 남았습니까?"

어둠 속에서 사내는 제 앞에 앉아 있을 좌상에게 그리 물었다.

"명단 속 둘, 명단 밖 둘."

좌상의 짧은 답이 내려졌다.

"한 번 더 여쭙겠습니다. 이번 일이 끝나면 대감과 저 사이의 부채는 없는 것이옵니다."

"알았네. 단, 이 일에 대해서는 자네의 목숨을 지키듯 비밀을 지켜야 할 것이야."

사내는 어둠 속에서 보이지 않는 상대에게 고개를 숙인 채 방을 나섰다. 주변을 살피고, 들어올 때 그러했듯 담을 넘었다.

담 아래로 무사히 착지한 사내는 이내 복면을 벗고 여느 행인들마냥 달빛에 제 얼굴을 드러내고 사람들 사이로 총총히 발걸음을 옮겼다.

"감 서방, 아니 객주 감 서방이 북촌에는 어인 일이신가?"

지나치던 누군가가 뜻밖의 만남에 반갑다는 듯이 어깨를 툭 치며 말을 걸어왔다. 무현이 긴장한 얼굴로 돌아보니 잠자리에 좋다는 귀한 비약을 찾으러 몇 번 사문객주에 들른 적이 있는 생원 중 한 명이었다.

"오랜만에 뵙습니다. 무탈하셨습니까?"

무현이 제 낯빛에 웃음을 띤 채 흔연히 인사를 건넸다.

북촌에서부터 하얀 달밤을 꿰뚫듯 말을 달려 객주에 당도한 무현을 사환들이 반겨 맞았다.

급한 볼일이 있다는 핑계로 객주를 비운 지도 여러 날이 지났다. 무현이 말 등에서 내린 후 수고했다는 듯 툭툭 말 목을 두드려준 후 고삐를 사환에게 건넸다. 객주의 서기를 맡고 있는 임 서방이 사통각 쪽에서 무현을 보고 달음박질쳐왔다.

"볼일은 무사히 다 보셨습니까?"

"…그래. 그간 별일은 없고?"

"지금 대방 어르신이 들어계십니다."

"그래?"

반색을 하며 얼른 사통각 쪽으로 걸음을 옮기는 무현의 눈치를 보던 임 서방이 조심스레 말을 덧붙였다.

"친구 분과 그 아파도 함께 들어 있습니다만…."

임 서방은 무현이 서경을 보는 시선이 남다르다는 것을 알고 있는 유일한 사람이기도 했다. 그런 까닭에 조심스럽게 무현의 눈치를 살핀 것이었다. 무현이 잠시 걸음을 멈췄다가 이내 서둘러 사통각 쪽으로 향했다.

"염 매파 말이다."

사통각 안. 송 대방과 윤은 작은 술상을 마주하고 있고, 서경은 그 곁에서 제 등짐 안에서 어린아이 옷이며 신발 들을 꺼내 따로 보따리 안에 챙겨 넣고 있었다. 송 대방이 다른 이야기 끝에 지나가듯 염 매파를 입에 담았다.

"양쪽 발뒤꿈치 힘줄이 잘렸단다. 앞으로 평생 서서 다니지는 못할 것이라 하더구나."

"…송정에서 그리 결론이 났습니까?"

윤이 굳은 안색으로 물었다. 저 역시 자칫 그런 꼴을 당했을지도 모른다고 생각하니 모공이 송연해지는 듯했다. 송 대방은 자신이 직접 도방 사람들에게 일러 더 엄한 처벌을 내리게 했다는 사실은 굳이 내색하지 않았다.

"여깄습니다."

서경이 어느새 다 챙긴 보따리를 송 대방 쪽으로 밀어 건넸다. 은호 낭자가 챙겨준 옷가지에 더해 자신이 객주에서 마련한 달이 신발이며 옷가지들을 싼 보따리였다.

"나를 제 심부름꾼으로 쓰는 건 조선 천지에서 너밖에 없을 거다."

"그래서 섭섭하세요? 오히려 수종사에 한 번 더 갈 기회가 생겨서 좋아하시는 건 아니고요?"

퉁명스럽게 받아치는 서경의 말에, 송 대방이 괜히 흠흠거리며 입가에 빙긋 떠오르는 미소를 감추기 위해 얼른 술잔을 비웠다. 처음 보는 송 대방의 쑥스러운 모습에 윤 역시 미소를 금치 못하고 있는데, 마침 "무현입니다." 하는 소리와 함께 오른편 문이 열리고, 무현이 들어섰다.

"오셨습⋯."

"이놈! 몇날 며칠 장사는 팽개치고 어딜 그리 쏘다니다 온 것이냐!"

무현이 자리를 잡고 앉기도 전에 송 대방의 고함이 떨어졌다.

"지방에 잠시 볼일이 있어 며칠 비웠습니다. 찾으셨습니까?"

설핏 서경의 눈치를 보고 무안해진 무현이 애써 미소를 띠며 주안상에 다가앉아 대방의 빈 술잔에 술을 따랐다. 송 대방이 무현이 따라준 술잔을 들지도 않고 지긋이 보며 지나가는 말처럼 물었다.

"얼마 전 의주에서 밀무역을 하던 자들이 대거 추포되었다는 이야기를 들었다. 아는 것이 있느냐?"

"⋯의주와 회령에서 일어나는 밀거래야 일상사가 아닙니까?"

"헌데, 사헌부 쪽에서는 아무것도 아는 것이 없다고 하더구나. 이상하지 않느냐?"

여전히 술잔만 본 채 송 대방이 물었다. 원래 밀무역을 단속하는 건 사헌부 감찰관원들의 일이었다. 그런데 잡혀간 이들은 있는데 잡아갔다는 이들이 없었다. 그 이상한 소문이 흘러흘러 송 대방의 귀에까지 닿은 건 바로 지난밤의 일이었다.

"저희와는 관계가 없는 일이옵니다. 아시지 않습니까? 웬만하면 밀무역에는 손을 대지 않는다는 걸."

무현이 슬그머니 곁눈으로 윤과 서경을 보고는 자신과는 관계 없는 일임을 하소연했다.

"너는 아는 것이 없다, 이 말이지?…"

송 대방이 잠시 심상치 않은 눈빛으로 무현을 살피더니 이내 서경을 향해 말을 돌렸다.

"제법 술기운이 오르는 것 같다. 함께 잠시 거닐지 않겠느냐?"

힘겹게 일어나려는 송 대방을 얼른 윤이 팔을 붙들어 부축한 뒤 서경에게 건넸다.

서경과 송 대방이 왼쪽 문으로 나간 뒤, 사통각 안에는 잠시 어색한 침묵이 돌았다.

"…언제 왔어?"

"아까 저녁 무렵에. 대방 어른이 집까지 사람을 보냈더라."

"…함께 움직인 건가?"

서경을 이르는 말이었다.

"아냐. 일이 있다고 며칠 전부터 여기 객주에 머물고 있었어. 자네는 어딜 갔다 온 건가? 객주를 제법 여러 날 비웠다고 대방 어른이 많이 노여워하더군."

“좀 바쁜 일이 있었어. 그나저나 얼굴이 제법 상한 듯하네. 무슨 일인지, 아직도 비밀인 건가?”

윤은 대답 없기 그저 웃기만 하였다. 그러더니 제 뒤에서 커다란 짐 보따리를 가져와 무현에게 건넸다.

“이게 뭔가?”

“홍란이 것이야. 돌려주러 갔는데, 여름 고뿔에 걸렸다고 하여 만나지 못했어. 자네가 대신 전해주게.”

“왜, 직접 건네주지 않고.”

“오늘내일 내로 저이 일이 마무리 되는 대로 다시 가야 하거든.”

윤이 서경을 일러 저이라 다정하게 부르는 것에 내심 놀란 무현이 윤의 얼굴을 뚫어져라 쳐다보았다. 윤의 얼굴에도 그 호칭처럼 다정함이 가득 묻어 있었다. 누가 봐도 뻔히 알 수 있을 정도의 호감이 드러난 얼굴이었다. 하물며 가장 오래, 가장 깊이 사귄 무현에게 그 속마음이 비치지 않을 리 없었다.

“왜 그리 빤히 보는데?”

“자네, 그이를… 좋아하는군.”

“하하하하하!!”

갑작스레 정곡을 찌르는 벗의 말에 윤이 너털웃음을 터뜨렸다.

“역시 무현 자네일세. 내 자네에게 무엇을 숨길 수 있겠나? 그렇다네, 벗이여. 내가 그 고집 센 여인을 마음에 품었다네. 하하하하하.”

만면에 웃음이 가득한 윤과 달리, 무현은 새삼 뒤통수라도 얻어맞은 듯 멍한 모습이었다. 설마 윤이 이리도 선뜻 제 속내를 그대로 보여줄 줄은 몰랐던 탓이었다.

"어찌하려고…, 지체부터가 다르잖아. 부부인 마님이 아시면 어쩌려고!"

"그야 제법 놀라기는 하시겠지. 근데 꼭 아실 필요가 있을까?"

"뭐?"

"무현, 나는 말일세. 저이를 마음에 품으면서 내 곁에 둘 수 있는 방법을 열심히 고민했다네. 정실이 아니되면 첩실로라도 들이고 싶은 마음은 굴뚝 같지만, 어디 그 고집 센 여인에게 씨알이라도 먹히겠나? 그래서 생각한 것인데…, 이러면 어떻겠나?"

윤이 무현에게 몸을 기울여 은밀하게 속삭였다.

"……"

윤의 말에 귀를 기울이고 있던 무현은 무어라 말해야 할지 몰랐다. 대담하다고 해야 할지, 순진하다고 해야 할지, 아무튼 윤의 계획이 그리 현실성 있게 들리지는 않았다.

"그것이 가능하겠어?"

"일단 해보는 거지, 뭐. 안 되면, 그때는 다시 다른 방안을 강구해볼밖에."

너무도 흔연히 대답하는 윤을 보며 무현은 굳게 입을 다물었다.

"어이 왜 그러나?"

윤이 심상치 않은 무현의 표정을 보며 물었다. 한참 동안 침묵을 지키고 있던 무현이 말했다.

"… 부럽네."

"응?"

"뭐든 그리 쉬울 수 있는 자네가 정말 부러우이."

"그런가? 하하하하!!"

제 오랜 벗이 무엇을 마음에 걸려 하는지도 모르고 윤은 그저 기분 좋은 웃음소리로 사통각 안을 가득 채웠다.

한편, 송 대방과 서경은 송 대방의 수하들로 하여금 뒤를 따르게 한 채 밤의 객주를 거닐고 있었다. 밤인데도 횃불로 환히 밝혀진 객주 곳곳에는 사람들의 움직임이 활발했다.

"내가 빌려주랴?"

송 대방이 나지막이 서경에게 물었다.

서경은 고개를 저었다.

"예전에 일을 배우겠다고 한 제게 말씀하셨잖아요. 무슨 일이 생기건 사사로운 돈 거래만큼은 하지 않겠다고. 필요한 돈은 내 발로 내 손으로 직접 벌어들이라고 하셨죠."

서경도 한때는 송 대방에게 급전을 꿔서라도 일단 함창댁과 달이를 속량시키는 게 어떨까 생각해본 적도 있었다. 하지만 어쩐지 썩 내키지 않았다. 괜한 고집에, 사서 고생인 줄을 알면서도 함창댁과 달이는 온전히 제 손으로, 제힘으로 자유를 찾게 해주고 싶었다.

"하지만 그 먼 길을 어찌 가려고. 몸도 성치 않은 늙은이와 제 걸음 걷기조차 버거운 약한 아이까지 데리고."

좀 전에 서경은 송 대방에게 말했었다. 윤과의 일이 마무리되면 그 돈으로 할멈과 달이를 속량시키고 중국으로 갈 예정이라고.

"할멈을 다시 못 볼까봐 서운하셔서 그래요? 후훗, 아직은 걱정 마세요. 좀 더 생각해보고 정 아니다 싶으면 할멈이랑 달이는 어른께 맡기고 갈게요. 어차피 어머님이 원하시는 건 내가 사라지는 것뿐이니 속량을 아니 시켜주겠다고 하시지는 않을 거예요."

서경이 씁쓸하게 웃었다. 자신의 어머니를 생각하면 늘 입 안에서 쓰디쓴 신물이 나는 것만 같았다.

"기어이 중국으로 가겠다는 것이냐?"

"…그래야겠지요."

"그 녀석은 어찌하고. 너한테 이미 톡톡히 마음을 빼앗긴 듯한데? 너도 그리 싫은 기색은 아니었고."

송 대방이 놀리듯 씨익 웃으며 윤의 일을 물었다. 달빛에 혹시 서경의 얼굴이 붉어지진 않았는지 넌지시 들여다보기도 했다.

"별걸 다 물으세요."

서경이 밉지 않게 눈을 흘기고는 송 대방을 뒤로 한 채 저 혼자 쓱쓱 앞으로 걸어나갔다.

서경은 주막 평상에 모여 앉아 권커니 잣거니 탁주를 나눠 마시는 늙은 매파 무리들에게 다가갔다.

"오랜만이우."

"아이고, 이게 누군가?"

"어찌 이리 오랜만에 들렀는고?"

"할멈들이야말로 어찌 이리 오랜만에 모이신 거요? 내 예서 얼마나 기다린 줄 아시오?"

평소의 무뚝뚝한 태도와 달리 싹싹하게 매파들의 비위를 맞추는 걸 보면 뭔가 알아낼 것이 있는 모양이구나, 싶어 송 대방은 서경을 뒤로하고 제 수하들을 이끌고 다시 사통각 쪽으로 발길을 옮겼다.

# 4-3. 진영, 민영

"워- 워-"

윤이 서경을 등 뒤에 태우고 강원도 홍천 동창마을의 마방에 당도한 것은 도성에서 출발한 지 꼬박 이틀하고도 반나절이 더 지나서였다. 윤의 예상보다 훨씬 늦게 도착한 것은 발 빠른 준마(駿馬, 썩 잘 달리는 말) 대신 두 사람을 넉넉히 태울 수 있는 짐말을 선택한 까닭이었다.

하지만 윤은 시간을 지체하는 행중에도 초조해하지 않았다. 서경과의 여정이 생각 이상으로 즐거웠던 까닭이었다. 중간 중간, 말을 쉬게 하기 위해 말에서 내려 함께 강을 보고 숲을 보며 시간을 보낸 것도 즐거웠다. 지금까지와 달리 다리품을 팔지 않아도 된다는 것도 좋았다. 하지만 무엇보다 좋았던 건 제 등에 기대어 꾸벅꾸벅 조는 서경을 위해 천천히 말을 걷게 하고, 혹시라도 떨어뜨리지 않기 위해 제 허리를 감싸 쥔 서경의 팔을 단단히 붙든 채, 등에서 느껴지는 온기를 만끽했던 일이었다.

밤늦게 마방에 도착한 탓인지, 지금도 서경은 그렇게 윤의 등에 고개를 묻은 채 꾸벅꾸벅 졸고 있었다.

"당도했어."

윤이 부드러운 어조로 서경을 깨운 뒤 말에서 내렸다. 서경은 졸음결에 말에서 내리다 말등자에 제대로 발을 꿰지 못하고 훅 하니 말 아래로 떨어질 뻔했지만, 곁에 선 윤이 화들짝 놀라 허리를 받쳐 안아준 덕분에 무사히 땅에 발을 디딜 수 있었다.

"큰일 날 뻔했으이. 그리 내내 졸고도 아직도 잠이 부족한 거야?"

윤이 마치 아이에게 하듯 다정하게 서경의 머리를 툭툭 치고는 말 등에 묶어 놓았던 짐들을 풀러 서경에게 나눠주지도 않고, 혼자서 들고서는 마방 사람의 안내에 따라 객방 쪽으로 성큼성큼 발걸음을 옮겼다.

그 밤, 윤과 서경은 서로에 대해 의식하고 자시고 할 겨를도 없이 요를 깔자마자 세상 모르고 깊은 잠에 빠졌다. 중간중간 쉬긴 했지만 이틀 내내 잠을 자지 않은 채 말을 달린 까닭에 두 사람 다 이루 말할 수 없을 정도로 피곤했던 까닭이었다.

다음 날, 오전 무렵에 전 정4품 장령 오근우 대감 댁을 찾은 서경은 이내 별당으로 안내되었다. 윤은 함께 들지 않고, 대신 동리 주변을 돌아다니며 오 대감 댁 사정에 대해 귀동냥을 하기로 했다. 마방 객주에서 장사치들을 통해 오 대감 댁이나 낭자에 대해 수소문해보았지만, 딱히 이렇다 할 정보는 얻지 못했던 탓이었다. 알게 된 것이라고는 오 대감 댁에 같은 나이의 아가씨가 두 분이 있다는 이야기가 전부였다. 두 아가씨란 다섯 해 전부터 와병 중인 오 대감 댁 무남독녀 민영 아가씨와 오 대감을 대신해 다섯 해 전부터 만석꾼이나 되는 집안 살림을 맡게 된, 오 대감의 동생 오명근 영감의 무남독녀인 진영 아가씨라고 했다.

"못 보던 자일세. 도성 쪽에서 온 아파라고?"

별당에 들어서니 두 낭자가 나란히 상좌에 앉아 서경을 맞았다. 몸에 걸친 옷과 들인 댕기만 다를 뿐, 같은 모양으로 나란히 앉아 있는 두 낭자는 쌍둥이라 해도 믿을 만큼 서로를 쏘옥 닮은 모습이었다. 왼편에 앉은 낭자는 호기심으로 눈을 빛내며 서경을 샅샅이 훑어보고 있었고, 오른편에 앉은 낭자는 딱히 서경에게 시선을 보내지 않은 채 윤선(輪扇, 수레바퀴처럼 둥근 부채)을 팔락거리고 있었다.

"오늘 이리 찾아뵌 이유는 두 가지이옵니다. 일단 두 아가씨께 팔고 싶은 물건이 있는 까닭이고, 또 하나는 두 분 중 한 분께 중신을 서고자 하기 위함입니다."

"중신에 관한 일을 어찌 우리에게 먼저 이야기하는가? 당연히 어른들께 여쭈어야 할 일인 것을…."

부채를 팔락거리던 낭자가 흘낏 서경을 보며 물었다.

"혼사라는 것이 가문과 가문이 연을 맺는 일이라고는 하나, 그 전에 사람과 사람이 연을 맺는 일이 아니옵니까? 당사자되시는 분의 의사를 먼저 묻고자 합니다."

내내 서경을 흘끔거리고 있던 왼편의 낭자가 오른편 낭자에게 귓속말로 무엇인가를 속삭였다. 그리고선 얼굴에 장난기를 가득 담고서 서경을 보았다. 오른편의 낭자가 부채를 내려놓고 서경에게 물었다.

"혹시 우리에 대해 어디까지 알고 왔는가?"

"두 분이 친자매보다 우애가 좋은 사촌 자매분이라고 들었습니다. 실제로 이리 뵈오니 두 분께서 마치 한 날, 한 시, 한 배에서 나오신 분들인 듯 닮아 놀랐습니다."

"그게 전분가?"

"그리고 두 분 중 한 분은 다섯 해 전 속초에서 이곳으로 옮겨 앉으신 걸로 알고 있습니다."

"그렇다면 자네, 이 자리에서 우리 둘을 가려낼 수 있겠나?"

내내 엎드려 고하고 있던 서경이 고개를 들어 저를 빤히 내려다보고 있는 두 낭자를 보았다.

"어려서부터 스무 걸음 이상 떨어진 거리에서는 양쪽의 부모님들 또한 우리를 쉽게 구분하지 못하였다네. 동리 사람들 중에도 아직 우리 둘을 제대로 구분 못 하는 이들도 많고 말일세. 그런 우리 둘을 가려낼 수 있다면 자네의 안목도 꽤나 쓸 만하지 않겠는가?"

"그러게. 자네가 우리 둘을 가려낸다면 자네가 가진 물건 중 가장 비싼 것을 사 주겠네. 호호호, 어떤가? 우리 둘을 가려낼 수 있겠나?"

번갈아가며 제게 말하는 두 낭자를 서경이 찬찬히 살피고는 답을 아뢨다.

"…그럼 답을 아뢰겠습니다. 제 쪽에서 보기에 왼편에 계신 분이 이 댁 당주(當主, 호주. 집주인)의 따님이신 민영 아가씨, 오른편에 계신 분이 그 사촌 되시는 진영 아가씨가 아니신지요?"

질문에 망설임 없이 즉답을 내어놓은 서경에게 두 낭자 모두 놀라움을 금치 못했다.

"그리 생각하는 이유가 무엇인가?"

오른편의 낭자가 미심쩍은 시선을 보내며 서경에게 물었다.

"전해 듣기로는 다섯 해 전 속초에서 이곳으로 오신 진영 아가씨의 경우 이곳으로 오신 후에도 여름이나 가을 무렵에는 종종 속초 바닷가로 피접을 자주 가신다 들었습니다."

"그것이 무어?"

"바닷가 쪽에서 오래 사신 분들 중에는 머리카락의 빛이 바래고 머리 끝부분이 잘게 갈라지신 분들이 종종 있습니다. 오른편 아가씨의 귀밑 고수머리에서 그 흔적을 엿볼 수 있지요. 살결도 마찬가지입니다. 바닷바람과 햇빛을 오랫동안 쐬어오신 까닭에 오른편 아가씨의 살색이 왼편의 아가씨보다 아주 조금 더 그을었고, 또 그 결이 조금 더 성긴 것을 보면 분명 오른편의 아가씨가 진영 아가씨인 듯하옵니다."

"호호호, 정답이네. 자네, 정말 용하구먼?"

왼편의 낭자, 즉 민영 낭자가 까르르 웃으며 말했다. 그리고선 달리 표정을 바꾸지 않고 있는 진영 낭자를 끌어안으며 놀렸다.

"거 봐, 이 고집쟁이야. 내가 속초 좀 그만 가랬지? 몇 번이나 말했잖아. 그깟 바닷바람 오래 쐬어봐야 얼굴만 상한다고. 꼴 좋다. 이래서 시집은 어찌 가려누?"

그러더니 그 천진난만한 표정으로 반짝반짝 빛나는 얼굴을 서경을 향해 돌렸다.

"자네가 이겼네. 자네가 가지고 온 것 중 가장 비싼 것을 보여주게. 참, 그리고 이 아이의 상한 머릿결과 살결을 가꿔줄 무언가 특별한 것은 없나? 값은 얼마든지 쳐줄 테니, 곱게 단장 좀 해줘. 내가 아니면 꾸미는 일에 도통 관심이 없는 아이라서 말야."

"나는 됐어. 그보다 아파, 혹시 잠을 잘 오게 해주는 약재나 찻잎을 가진 것이 있나? 요즘 이 아이가 밤마다 잠을 설치는 듯해서 말이네."

"얘 좀 봐? 내가 잠을 설치는 건, 니가 밤마다 하도 뒤척여서 그런 거야."

"후후후, 알았어. 나 때문이라고 치자. 그러니 아파, 잠을 잘 오게 하는 뭐 좋은 수가 없는지 일러나 주게."

"치자가 뭐야, 치자가. 정말 너 때문이라니까?"

"알았어, 알았다니까?"

다시 한번 엉겨붙으며 치근덕거리는 민영 낭자와 못 이기는 척 받아주는 진영 낭자의 모습은 누가 봐도 사이좋은 자매의 모습, 그것과 다름없었다. 그 모습을 보며 서경은 아침나절에 마방을 떠나기 전 다른 아파에게서 들었던 이야기들을 떠올렸다.

"웬만큼 비싼 물건을 팔고 싶으면 민영 아가씨보다 진영 아가씨 쪽을 먼저 구슬리는 게 좋아. 원래대로 하면 만석꾼 재산이 모두 민영 아가씨네 것이지만, 지금 그 많은 재산을 손에 움켜쥐고 있는 게 누군지 아나? 바로 진영 아가씨네 부모님이시라네."

두 낭자가 각자의 기대감을 안고 보는 가운데 서경이 제 등짐에서 곱게 싼 물건들을 꺼내놓기 시작했다. 하나하나가 색 고운 종이로 곱게 싼 물건들이었다. 조심스러운 손길로 서경이 종이들을 풀 때마다, 자수로 매미가 놓아진 향낭들이며 호박과 진주로 장식된 단작노리개, 은으로 세공된 향갑 들이 그 어여쁜 모습들을 드러냈다.

"이게 다 뭔가? 전부 향구(香具)들이 아닌가?"

민영이 달려들어 하나하나 손에 들어 만져보며 연달아 탄성을 질렀다.

"이것이 자네가 우리에게 팔고자 한 것들인가?"

진영 역시 손에 들고 있던 부채를 내려놓고는 서경이 내놓은 물건들을 눈으로 더듬었다. 그 곁에서 민영이 금사로 수가 놓아진 매미자수향낭의 입구 부분을 꽁꽁 동여맨 끈을 풀려고 애를 썼지만 쉽게 열리지 않자 서경에게 주머니를 건넸다.

"어서 열어보게. 이리 고운 주머니 속에 어떤 향이 들었는지 매우 궁금하이."

"잠시만 기다려주시겠습니까?"

서경이 민영의 곁으로 다가가 체취를 맡아보고 곁의 진영에게도 다가가 체취를 맡았다.

"두 분 모두 평소에는 백단향을 쓰시는군요."

"향이 좋지? 아주 귀한 것이야. 일전에 도성에 갔을 때 꽤 비싼 값을 치르고 구한 거지."

"이 아이 불면증에 조금이라도 도움이 될까 하여 쓰고 있다네."

서경이 제자리에 앉아 민영의 앞에 놓인 매미자수향낭을 집어 들어 끈을 풀기 시작했다.

"다행히 두 분의 몸에 밴 향이 짙지 않으니 보여드려도 되겠습니다."

향낭의 끈을 다 풀고, 향환을 감싸고 있던 내지 역시 벗겨내자 이윽고 향낭에서 스며 나온 은은한 향이 방 안을 가득 채우기 시작했다.

"흐음, 이게 도대체 무슨 향이야? 처음 맡아보는데?"

민영이 얼른 빼앗듯 향낭을 받아들고 향을 음미하며 질문들을 쏟아냈다.

"삼나무 향과도 닮은 것을 보면 이것이 바로 용뇌향인가보지? 하지만 다른 용뇌향들과는 그 깊이가 다른 것 같으이. 향을 만드는 데 다른 방법이라도 쓴 건가?"

민영의 곁에서 함께 향을 음미하던 진영이 서경에게 물었다.

"향에 대해 조예가 깊으십니다. 아가씨 말씀대로 용뇌향에 국화와 몇 가지 꽃 향을 더하여 고루 섞어 만든 것입니다. 오목한 자기 그릇에 담아 기름을 먹인 종이로 그 입구를 굳게 봉한 후, 땅속에 묻어 서른 날 이상을 익힌 향이지요."

"오오- 그래서 이리 기이한 향이 나는 거야? 향을 땅속에 묻어둔다는 이야기는 들어 알고 있었지만 이리 직접 맡아보는 건 처음이야. 그럼 이 노리개에 든 향은 또 뭐야?"

민영이 향낭을 젖혀두고 이번엔 단작노리개를 집어 들었다. 단순한 노리개가 아니라 작은 향갑이 장식된 향갑노리개였다. 민영이 노리개에 달린 작은 향갑 뚜껑을 열려 하는데, 서경의 목소리가 민영을 막았다.

"그리 마시지요."

"뭐?"

방금 전까지 방실방실 웃고만 있던 민영의 얼굴이 확 굳었다.

"뭐라고?!"

"…잠시만 기다려주십시오. 서로 다른 향이 섞이면 온전한 향을 음미하시기에 어려우실 것입니다. 우선 향낭부터 닫겠습니다."

서경이 향낭의 입구를 벌여 아까 빼놓았던 기름 먹인 종이로 환을 곱게 싼 다음 향낭의 입구를 조이고, 다시 색을 입힌 명주 끈으로 꽁꽁 묶었다. 민영은 심사가 상한 듯 그 모습을 못마땅하게 보고 있는데 진영이 방 안의 분위기를 바꾸려는 듯 서경에게 물었다.

"근데 왜 향낭들에는 예부터 그리 매미 자수가 많이 수놓여 있는가? 전에 다른 아파들이 보여준 향낭들에도 매미 자수가 유독 많더군."

"그깟 자수 따위에 무슨 이유가 있겠어? 그냥 다른 사람들이 수를 놓으니까 다 비슷비슷하게 따라 하는 거겠지."

토라진 민영이 입술을 삐죽이며 먼저 답을 내놓았다. 서경이 꽁꽁 묶인 끈을 다시 한 번 힘주어 조이며 답했다.

"매미 자수는 유난히 섬세한 자수 솜씨가 있어야 합니다. 거기다 예부터 매미는 공기와 이슬만 먹고 산다 하여 고결함의 상징으로 여겨지고 있습니다. 그런 까닭에 이처럼 오색 자수로 세밀하게 수놓아진 매미 향낭은 오직 아가씨들처럼 귀한 분들만 패용하실 수 있는 물건인 것이지요."

한 번 더, 향낭에서 향이 새어 나오지 않는지 꼼꼼하게 점검한 서경이 향낭을 내려놓고 민영이 집어 들었다 내려놓은 향갑노리개의 뚜껑을 열어 건넸다. 향갑 안에서 좀 전과 달리 피부에 착, 하니 진하게 감싸드는 향이 퍼져 나왔다.

"이건?"

이번에는 진영과 민영이 함께 놀라며 서경을 보았다. 좀 전의 향과는 전혀 다른, 좀 전의 향이 마치 갓 꽃봉오리를 터뜨린 꽃송이 같다면 지금의 향은 흐드러지게 만개한 꽃처럼 매혹적이었다.

"아마 두 분도 들어보신 적 있으실 겁니다. 바로 사향(麝香)이지요."

"이게 말로만 듣던 그 사향이라고?"

"워낙 귀하여 돈이 있어도 쉽게 구할 수 없다던 그 사향이란 말인가?"

두 낭자 모두 호기심에 눈을 빛내며 향갑 안을 들여다보았다. 유지(油脂)랑 되직하게 섞여 개어져 있는 흑갈색의 덩어리가 바로 사향이었다. 사내의 욕정을 불러일으키기에 '침실의 비향'이라고 불리는 사향을 소문으로만 들어봤지 실제로 맡아보는 것은 두 낭자 다 처음이었다.

"사향 중에서도 특히 상질의 것입니다. 사향노루, 그중에서도 첫 이슬이 맺힌 이끼와 풀, 정성 들여 키운 나무의 어린 싹과 고운 잎만을 골라 먹여 키운 천불산의 사향노루에서 채취한 것이지요."

서경이 검지 손끝에 보일 듯 말 듯, 아주 조금의 사향을 묻힌 후 진영에게 손을 내밀었다.

"손을 주시지요."

진영이 손을 내밀자 서경이 손끝에 묻은 사향을 진영의 손목에 묻힌 후 몇 차례 원을 그렸다. 그리고 다시 조금 전보다 더 작게 향을 묻힌 후 이번에는 진영의 쇄골 쪽으로 손을 뻗어 또 다시 둥글게 원을 그렸다.

"이건…?"

진영의 표정이 확 달라졌다. 잔잔한 물과 같이 평정을 유지하던 얼굴에 놀라움이 작은 파문을 일으켰다.

"쉬… 아직, 향이 녹아들지 않았습니다. 잠시만 더 기다리시지요."

서경의 말대로 진영은 입을 다물었다. 이윽고 방 안에 진영의 체취와 어우러진 사향이 가득 퍼졌다. 좀 전의 색정(色情)적이었던 사향과 달리 어딘가 애틋함이 느껴지는 잔잔한 향기였다.

"나도, 나도! 발라주게!!"

진영이 제 몸에서 나는 향을 음미하느라 눈을 감고 있는 동안 민영이 불쑥 제 팔을 서경에게 내밀었다.

"송구스럽지만 이 향은 아가씨께는 어울리지 않습니다."

"무슨 소릴 하는 것이야, 이리 내게!"

민영이 서경에게서 향갑노리개를 빼앗아 든 후, 조금 전 서경의 행동을 흉내 내어 손끝에 듬뿍 향을 묻힌 후 제 팔목과 귀 뒤, 쇄골의 오목

한 부분에 향을 발라 둥글게 원을 그렸다.

"우-, 우웩-"

향을 묻힌 지 얼마 지나지 않아 민영은 헛구역질을 시작했다. 진영이 화들짝 놀라 얼른 등을 어루만져주었지만, 그 손을 뿌리치고 방바닥에 대고 몇 번인가의 헛구역질을 더 했다.

"무슨 짓을 한 건가? 갑자기 왜 이래!!"

진영이 서경을 책망하는데도 서경은 낯빛 하나 바뀌지 않았다.

"그저 향에 취한 것이옵니다. 찬 물수건을 가져오시지요."

민영에게 달려들어 안절부절못하고 등을 쓸어준다, 이마를 만져준다 걱정해대는 진영에게 서경이 너무나 태평한 얼굴로 말했다. 서경의 말에 걱정스레 민영을 쳐다보던 진영이 얼른 일어나 치맛자락을 들고는 종종걸음으로 뛰쳐나갔다. 서경이 제법 구역질이 잦아든 민영을 일으켜 곁문 가까이로 데려갔다.

"크게 심호흡을 하시지요. 쉬이- 쉬이-"

서경의 호흡에 맞춰 민영이 크게 심호흡을 하였다.

"바깥 공기를 좀 더 크게 들이마시세요."

민영은 다시 서경의 지시대로 크게 공기를 들이마셨다. 어느새 찬 물수건을 들고 들어온 진영이 서경에게 수건을 내밀었다. 서경이 수건을 받아들고는 정성스레 민영의 손목이며, 쇄골, 귀 뒤 등 향이 묻은 부분을 닦아내었다. 그 덕분인지 차츰차츰 민영의 표정은 편안해지는 듯했다. 그 모습을 보고 진영 역시 안도의 한숨을 내쉬는데, 문득 민영이 서경을 돌아보고 미심쩍다는 듯 물었다.

"향에 취한 거라고?"

"네. 평소에 쓰시는 향과 다른, 진한 향을 한꺼번에 깊이 맡은 탓에 몸이 놀란 것뿐입니다."

"진영이는 괜찮았잖아!"

"사람에게는 저마다 자신에게 맞는 향이 있는 법이지요. 같은 향이라도 그 사람의 체취와 체온에 따라 서로 다른 향이 되는 것을요."

"그럼 내 것은 뭐야? 아까 그 용뇌향?"

서경이 고개를 저었다.

"그럼 저 은갑에 들은 것이 내 몫이야? 진영아, 그것 좀 이리 가져다줘."

"더는 향을 맡지 마시지요."

서경의 만류에는 신경도 쓰지 않고 민영이 다시 진영을 향해 말했다.

"진영아, 얼른 가져다 줘어, 응?"

민영이 진영에게 응석을 부리듯 고개를 갸웃거리며 애처로운 표정을 보였다. 제가 그런 표정을 지으면 결국 진영이 들어주고말 거라는 걸 잘 알면서 지은 표정이었다. 민영의 예상대로 진영은 잠시 망설이더니 마지못한 듯 서경이 내어놓은 은갑을 집어 여전히 곁문 가에 서서 밖을 향해 있는 민영에게 건네는데, 은갑을 받아들던 민영이 미간을 찌푸렸다.

"어떡하지? 나 네 몸의 향 때문에 또 구역질이 날 것 같아. 씻고 오면 안 돼? 응?"

이번엔 울먹거리는 목소리로 응석을 부리자 진영이 어쩔 수 없다는 듯 피식 웃으며 방에서 나갔다. 진영이 방 밖으로 나가자마자 금세 표정을 달리 한 민영이 은갑을 열어젖혔다.

"이번엔 무슨 향이려나?"

향갑 안에 거의 코를 박듯 하고 냄새를 맡던 민영이 금세 은갑 뚜껑을 닫았다. 실망한 표정이 역력했다.

"흔해빠진 난향(蘭香)이네? 달리 다른 건 안 가져왔어?"

"목향(木香)과 정향(丁香), 곽향(藿香) 등이 더 있사옵니다만 아가씨께 권하고자 하는 향은 바로 이 난향이옵니다."

쨍그랑-

민영이 제가 들고 있던 은갑을 거칠게 바닥으로 던졌다.

"진영이는! 그 아이한테는 그리 귀하디귀한 사향을 주고 내게는 이리 흔해빠진 난향을 쓰라는 거야?!"

은갑을 주워 드는 서경을 노려보며 민영이 말을 이었다.

"왜, 세상 사람들이 그래? 이 집 재산은 이제 다 진영이네 것이라고? 그런데 이걸 어쩌니? 정작 진영이는 내 말이라면 꼼짝을 못하는데?! 네 년이 무얼 팔든, 무엇을 얻으려 하건 간에 결국 비위를 맞춰야 할 것은 나라고, 알았어?!"

"제가 알 바가 아니지요."

"뭐야?"

파르르 입술까지 떨며 노여워하는 자신과 달리 너무도 태평스럽게 받아치는 서경의 태도에 민영이 한쪽 눈썹을 치켜 올렸다.

"이 댁의 주인이 뉘인들, 그게 저랑 무슨 상관이 있겠습니까? 다만 아무리 귀한 향이라 해도 자신에게 맞지 않으면 그저 구역질을 자아낼 뿐이고, 아무리 흔하디흔한 향이라고 해도 자신에게 맞는 향이면, 세상에 단 하나뿐인 귀함을 가지게 되는 것을요. 천한 장사치라고 하나 물건에는 각기 제 주인이 따로 있음을 잘 압니다."

"결국 나한테는 이런 흔해빠진 향이 어울린다는 거지? 이 요망한!!"

분김에 손톱을 세우고 서경에게 달려들려는 민영을 어느새 방에 돌아온 진영의 목소리가 가로막았다.

"민영아!"

"…진영아, 흑…."

민영이 얼른 진영의 품에 달려들더니 갑자기 눈물을 쏟아내기 시작했다.

"나도 사향, 사향 가질래. 가지고 싶어. 난향은 싫어. 저런 밋밋한 걸 지니고 있으면 더 우울해진단 말이야. 나 사향 아니면 싫어. 절대로 싫어. 으와앙!!"

마치 떼를 쓰는 아이인 양 엉엉 소리 내어 우는 민영의 머리를 진영이 다정히 쓰다듬어주었다.

"그렇게 해. 대신 지금 향으로는 너무 진한 것 같으니까 여기 아파에게 좀 더 연하게 만들어줄 수 없는지 물어보자. 그럼 네게도 잘 어울리는 향이 될 수 있을 것이야. 아파, 그렇게 해줄 수 있겠나?"

진영이 눈짓으로 서경에게 그리 대답하라 시켰다.

"…하루 정도 말미만 주시면 다시 찾아뵙겠습니다."

"정말?"

진영의 품에서 고개를 든 민영이 눈물 젖은 눈으로 방실 웃어 보였다.

"꼭 그래야 해? 약속이네? 헤헤-"

잠시 후, 별당 밖으로 나서는 서경을 배웅하려는 듯 진영이 따라나섰다.

"값은 얼마든지 쳐줌세. 저 아이가 원하는 대로 준비해주시게. 너무 아이 같다 흉보지는 말고. 응?"

서경은 진영이 무엇을 신경 쓰는지 알았다. 아파들은 전국 각지의 여러 양반댁을 돌아다니는 만큼, 소문을 만들고, 옮기고, 전하는 데 일가견이 있는 치들이었다. 거기다 중신을 서는 등, 매파 노릇도 적지 않게 하는 만큼 양반댁 처자의 평판이 아파들의 입에 달린 경우가 적지 않았다. 진영은 지금, 민영의 버릇없는 태도로 서경이 마음 상하지 않았을까, 혹여 다른 집에 그 이야기를 전하지는 않을까 걱정하는 것이었다.

"감정의 기복이 꽤나 크신 분이시더군요."

"병환으로 어머니를 갑작스레 잃은 지 얼마 안 돼, 아버지마저 몸져누웠으니 그 충격이 어땠겠는가? 거기다 지금까지 제집이었던 곳에 친척들이 들어와 제집인 양 누리며 살고 있으니 그 마음은 또 어땠겠는가? 만석꾼 외동딸로 오냐오냐 귀염만 받고 살다, 하루아침에 천덕꾸러기가 되어 이 눈치, 저 눈치를 보게 된 설움은? 혹여 아버지마저 돌아가시면 제 신세가 어찌 될지도 모르니 밤마다 잠을 설치는 그 아이 마음을 다른 사람들이 어찌 알겠는가?"

휴우- 진영이 깊은 한숨을 쉬었다.

마치 제가 그런 신세인 양, 제가 민영인 양, 진영의 눈에는 깊고 깊은 슬픔이 떠올랐다.

-2권에서 계속